I0678479

 — Dis-moi ton nom, ordonnai-je à voix basse, afin qu'elle seule m'entende.

Un autre glapissement retentit alors qu'un des lycans se familiarisait avec son nouveau jouet de la plus ancienne des manières. J'aurais pu faire de même, plier cette femme en deux et la sauter jusqu'à ce qu'elle me réponde, mais ce n'était pas mon style.

— Ton nom, répétai-je, tirant d'un coup sec sur ma veste. Ou bien je vais trouver une façon plus créative de te faire parler.

Des grognements sur notre gauche ponctuèrent ma menace. Elle déglutit et son regard glacé se dégela un tant soit peu, révélant quelque signe d'embarras. Le destin faisait enfin sentir sa présence. J'aurais bien eu pitié de cette femme si je le pouvais. Mais les humains existaient pour servir leurs supérieurs, et elle me servirait comme il se devait.

Et elle aimerait ça aussi.

Je glissai mes doigts dans ses cheveux, les enroulai dans ses mèches épaisses.

— Tu mets ma patience à l'épreuve, petit agneau. Je te suggère de collaborer avec moi si tu ne veux pas voir les résultats de mon impatience.

— Pourquoi ? Pour que vous puissiez changer mon nom avant de me tuer ?

Putain, cette femelle débordait de sexualité de partout. Dans son regard, ses lèvres pleines, ces courbes délicieuses cachées sous ma veste, sa voix sensuelle. Je me fichais même qu'elle ait encore éludé ma question. Rien que l'entendre parler suffisait à apaiser la plus turbulente des tempêtes.

Je raffermis ma prise dans ses cheveux, tirant dessus jusqu'à ce qu'elle grimace.

— Vas-y, pousse-moi à bout.

À la fois une menace et une demande mêlées dans ces mots sombrement murmurés.

Lutte contre moi.

Soumets-toi.

Donne-moi tout.

Ma main sur la veste descendit des revers sur sa hanche nue. Elle plaqua ses paumes sur mon abdomen quand je la forçai à me coller. Mes lèvres effleurèrent sa joue avant de s'approcher de son oreille.

— Je veux savoir quel nom je grognerai tout à l'heure quand je serai en toi.

LE VAMPIRE ROYAL

ROYAL

L'ALLIANCE DE SANG

TRADUCTION DE L'ANGLAIS
AU FRANÇAIS
PAR JEAN-MARC LIGNY

AUTEURE À SUCCÈS USA TODAY

LEXI C. FOSS

Le Vampire royal

Copyright © 2021 Lexi C. Foss

Traduction de l'anglais au français par Jean-Marc Ligny

Correction de la version française : Sophie Salaün

Conception de la couverture : Manuela Serra Book Cover

Publié par : Ninja Newt Publishing, LLC

Édition imprimée

ISBN : 978-1-954183-68-1

Print ISBN: 978-1-68530-015-9

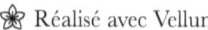 Réalisé avec Vellum

À mes lecteurs, pour avoir adopté mon côté sombre et m'avoir donné l'occasion de jouer dans ce monde cruel…

LE VAMPIRE

ROYAL

L'ALLIANCE DE SANG
LIVRE DEUX

LE VAMPIRE ROYAL

*Jadis, l'humanité gouvernait le monde et les lycans et vampires
vivaient en secret.
Cette époque est révolue.*

Rae

La Journée du Sang – l'aboutissement de ma formation. Le
jour où je vais découvrir ma destinée.

Je ne pleurerai pas. N'implorerai pas. Je vais rester calme.
Les émotions sont l'apanage des faibles, et je ne suis pas
faible.

Je m'appelle Rae, et je survivrai à cela.
Mais je ne m'attendais pas à ce que ce soit *lui* qui
m'appelle…

Kylan

On veut me faire accuser de démence immortelle ? Vas-y,
fais-toi plaisir.

Je vais choisir une combattante comme appât, une consort
ayant un soupçon de défiance.

Et quand le coupable tentera de mordre, c'est moi qui le
mordrai en retour.

Car personne ne touche à ce qui est à moi, y compris la rousse ardente à mes côtés.

Bienvenue à Kylan City.
Je vous défie tous de venir y jouer.

NOTE DE L'AUTEURE

Juste un bref avertissement avant de commencer : l'amour de Kylan n'est pas conventionnel, et parfois cruel. C'est un ancien vampire qui prend ce qu'il veut quand il veut, ce qui peut inclure Rae ou d'autres de temps en temps. Les humains n'ont aucun droit dans ce monde, et mes lycans et vampires ne sont pas du genre à fréquenter les contes de fées.

Il y aura des morsures, des partages et beaucoup de sang.

Bien à vous,
Lexi

Jadis,
l'humanité gouvernait le monde
tandis que les lycans et vampires vivaient en secret.

Cette époque est révolue.

Bienvenue dans un futur
où les lignées supérieures font la loi.

Continuez à vos risques et périls.

L'ALLIANCE DE SANG

La loi internationale supplante toute gouvernance nationale et sera appliquée par l'Alliance de Sang, un conseil mondial composé à parts égales de lycans et de vampires.

Toutes les ressources doivent être réparties équitablement entre lycans et vampires, y compris les territoires et les esclaves de sang. Toutefois, richesse et position sociale seront à la discrétion des meutes et des maisons individuelles.

Tuer, blesser ou provoquer un être supérieur est puni de mort immédiate. Tous les litiges doivent être présentés à l'Alliance de Sang pour un jugement final.

Les relations sexuelles entre lycans et vampires sont strictement interdites. Toutefois, les partenariats commerciaux, lorsqu'ils sont fructueux et appropriés, sont autorisés.

Par la présente, les humains sont considérés comme des biens et ne disposent d'aucun droit légal. Chacun d'eux sera étiqueté selon un système de tri basé sur le mérite, l'intelligence, la lignée, les capacités et la beauté. L'ordre de priorité sera établi à la naissance et finalisé lors de la Journée du Sang.

Douze mortels seront sélectionnés chaque année pour concourir au statut de sang immortel, à la discrétion de l'Alliance de Sang. Parmi ces douze, deux recevront la morsure d'immortalité. Les autres mourront. Créer un lycan ou un vampire en dehors de ce processus est illégal et passible de mort immédiate.

Toutes les autres lois sont à la discrétion des meutes et de la royauté, mais ne doivent pas désobéir à l'Alliance de Sang.

PROLOGUE

KYLAN

La Journée du Sang.

Les humains étaient alignés comme du bétail à l'abattoir, dans l'attente de leur destinée entre les mains d'une reine vampire qu'ils vénéraient comme une déesse.

Quelques-uns tenteraient de s'enfuir, d'autres pleureraient, plusieurs accepteraient docilement leur sort.

Je soupirai. Ces mortels étaient les chanceux, le gratin des cinq pour cent dans leur vingt-deuxième année. Tous les autres humains étaient en route pour les fermes de sang ou étaient détenus pour les chasses lunaires mensuelles.

Toujours la même cérémonie : un jeu de pouvoir censé maintenir les petits agneaux dans les rangs. Comme si c'était nécessaire.

Je parcourus les enregistrements électroniques sur mon téléphone, jetai un œil aux attributs de la sélection de cette année pour les harems. Rien d'extraordinaire. Forcément, dans ces conditions, les mortels ne pouvaient pas s'épanouir.

— Tu en vois une qui t'intéresse ? me demanda Robyn, promenant ses doigts manucurés sur la manche de mon costume.

Je coulai un regard en biais à la beauté blonde dans sa petite robe noire.

— En dehors de toi, chérie ?

Elle retroussa ses lèvres rouges, une lueur d'intérêt brilla dans ses yeux bleus.

— On en choisit une ensemble ?

Ah, ce jeu. On y avait joué tant de fois. Agréable, bien sûr. Sanglant, également. Et abrutissant. Cependant j'avais une réputation à tenir dans cette danse, que je ne pouvais me permettre de ternir. Surtout depuis que de récents événements l'avaient assombrie.

— Tu en as une en tête ? demandai-je, feignant de m'y intéresser.

— Il y a une brunette prometteuse. Prospect 108.

Je fis défiler du pouce les images de corps nus à l'écran, trouvai son choix : une femelle à la taille fine, sans courbes, aux yeux morts. Tout à fait le genre de Robyn. Elle adorait torturer les filles brisées.

— Je vais y réfléchir, murmurai-je, me forçant à sourire. Quelqu'un d'autre ?

Elle haussa les épaules.

— Le 238 n'est pas mal, bien qu'un peu décharné.

Comme il fallait s'y attendre, vu que la société forçait les mortels à se contenter du minimum vital. Un coup d'œil au profil me révéla un garçon émacié qui ne me donnait absolument pas envie.

— Tu as toujours eu l'œil pour la beauté, la complimentai-je, n'en pensant pas un mot.

— Oui, en effet, opina-t-elle, traçant des ongles les contours de mon biceps.

— Tu flirtes ? la taquinai-je.

Je la connaissais trop bien.

Elle me pinça le bras.

— Le flirt implique une nécessité. Nous savons tous les deux qu'il me suffit d'un regard pour te mettre à genoux, Kylan.

Je me penchai vers elle et lui chuchotai à l'oreille :

— La seule qui va s'agenouiller, c'est toi, mon cœur. (Je lui mordis le cou jusqu'au sang. Elle savait bien qu'il ne fallait pas tenter de me dominer.) Je ne suis pas un de tes jouets, Robyn.

Elle se lécha les lèvres, et son excitation assombrit ses yeux d'une nuance saphir.

— Alors on en choisit un qui se soumettra à nous deux.

— J'accepte cet arrangement, murmurai-je. (Je me détendis en voyant Lilith s'approcher de son trône.) Tu ferais mieux de regagner ta place, chérie. On dirait que notre reine est prête à briller.

Ou était-elle une déesse à présent ? Mmmh. Les affaires politiques m'avaient toujours ennuyé.

— On se voit plus tard, mon amour.

Robyn m'embrassa sur la joue et s'éloigna, me laissant savourer ma solitude.

D'autres royaux me lancèrent des regards, mais aucun d'eux n'avait le courage de s'approcher.

Oui, considérez-moi comme fou, les encourageai-je sans sourire. *Après tout, j'ai tué mon harem pour le sport, non ?*

C'était ce qu'ils supposaient tous, et pourtant la société avait l'intention de me récompenser en m'offrant d'autres humains à massacrer. Car c'était ainsi que fonctionnait ce monde.

Un cauchemar total. Pénible, nécessaire, et affreusement ancien.

Des chants s'élevèrent dans l'air, accueillant Lilith sur sa scène mortelle.

Pauvres petits agneaux.

Que la Journée du Sang, ou plutôt le bain de sang, commence.

RAE

La robe en soie blanche moulait mon corps, moite malgré l'air frais. Mes jambes tremblaient, mes muscles se tendaient, tandis qu'on prononçait une autre condamnation depuis le podium devant nous.

Willow se figea à l'écoute du verdict, son destin scellé : *le camp de reproduction.*

Mon estomac vide se serra, ma bouche s'assécha. *Je t'en prie, ne m'envoie pas là-bas, Déesse. Je t'en prie.*

J'avais passé ma vie à me préparer à ce moment. Mes résultats aux examens étaient parmi les meilleurs de ma promotion, mais ceux de Willow aussi.

Bon stock, avait marmonné le Magistrat.

Et s'il disait pareil à mon sujet ?

Je déglutis. *Pas de panique. Ils vont sentir ta peur.*

— Vas-y donc, pressa le Magistrat, indiquant d'un geste la zone du terrain où étaient rassemblées celles qui étaient destinées à engendrer la future race humaine.

Willow, blême, réussit à clopiner hors de la scène.

Je ne la reverrais plus jamais.

Ses yeux brillants croisèrent les miens et clignèrent une seule fois, avant qu'elle ne suive docilement le garde Vigile le long des rangs. Nous nous étions fait nos adieux dans le bus quelques heures plus tôt, mais assister à son départ à présent le rendait encore plus réel.

Je pourrais être envoyée dans une ferme de sang, mise

en cage pour une chasse lunaire, ou condamnée à une courte vie de servitude.

J'étais à deux doigts de serrer les poings. Il n'y avait pas d'autre choix. Nulle part où fuir. Nulle part où se cacher. Accepter mon sort ou mourir.

Plusieurs avaient déjà été punis pour des réactions inappropriées. Les restes de Colleen jonchaient un côté de la scène, sa tête avait roulé près des escaliers, tel un trophée morbide offert à nos regards. *Agis comme elle et paie le prix.*

Respire, m'enjoignis-je. *Tout ça sera bientôt terminé.*

Ou commencera.

— Prospect 702, année 117, appela le Magistrat.

Silas frotta ses jointures contre les miennes en signe d'adieu avant de s'avancer vers sa destinée.

Je suis la prochaine.

Ces mots résonnèrent dans ma tête, brouillant ma vision. Ça y était. Mes derniers instants avant que tout ne change. Plus de cours. Plus de formation. Ne restait plus que ma future position dans la société. Où allaient-ils m'envoyer ?

— La Coupe Immortelle, annonça le Magistrat.

Je restai bouche bée.

Putain de merde.

Silas a vraiment réussi.

Il est élu.

Nous avions passé la majeure partie des dix dernières années à travailler dans ce but, dans l'espoir que l'un de nous, Willow, Silas ou moi, y parvienne.

Mon regard devint vitreux. Déesse, ça voulait dire qu'il pourrait vivre une vie entière. Heureuse. Immortelle. Mais ça voulait dire aussi que je n'aurais pas cette chance.

— Il ne reste que deux places, murmura le Magistrat d'un ton amusé.

Bien sûr qu'il s'amusait. Les lycans et vampires

adoraient la Coupe Immortelle. J'avais grandi en les regardant tous les ans, je m'y préparais, je voulais avoir une chance.

Une tension parcourut les rangs, chacun sentait sa chance lui échapper. Seuls douze d'entre nous se voyaient offrir l'occasion de se battre pour l'immortalité. Mes résultats me qualifiaient pour en faire partie, mais j'aurais pu dire la même chose de Willow.

Ils vont m'envoyer à la reproduction…

Stop. Tu n'en sais rien encore.

— Prospect 703, année 117.

Je frissonnai en entendant cette appellation familière. C'était mon tour de faire face à mon destin. Tous les regards tombèrent sur moi quand je m'engageai dans l'allée, les yeux baissés en signe de révérence. Des éclaboussures de sang maculaient l'herbe fraîche, les corps de ceux qui avaient désobéi ayant disparu depuis longtemps. Sauf la tête de Colleen, dont les yeux morts semblaient m'observer tandis que je gravissais les marches.

Respire.

J'inspirai lentement, expirai, et répétai l'opération, mes talons claquant sur la scène. La robe de soie bruissait contre mes jambes, son décolleté plongeait juste assez pour révéler que je ne portais rien dessous : une exigence pour tous les diplômés.

Je m'agenouillai devant le Magistrat en baissant la tête. Il m'ignora, penché sur son registre, son doigt griffu parcourant bruyamment la page avec une patience que je ne ressentais pas.

— Intéressant. (Il s'éclaircit la gorge, son verdict suspendu entre nous.) La prospecte 703 est aussi destinée à la Coupe Immortelle.

Mon cœur s'arrêta de battre.

Quoi ?

Est-ce que j'avais bien entendu ? La Coupe Immortelle ?

Je rêve ou quoi ?

— Ce qui ne laisse qu'une seule place disponible, reprit le Magistrat, dont la voix me ramena au moment présent.

Ce n'était pas un rêve.

Mais la réalité.

Je me relevai, les muscles tendus par le choc. *Je vais me battre pour l'immortalité. Contre Silas.*

Mes jambes reprirent de la force à chaque pas vers le Vigile qui m'attendait. Il ne se donna pas la peine de prendre l'air intimidant, il se contenta de déambuler à mes côtés d'un pas insouciant. Personne ne fuirait une telle opportunité, même en sachant que seuls deux survivraient.

Silas se tenait à l'écart, mains pendantes, mais je ressentais son allégresse de me voir le rejoindre. Car j'éprouvais la même chose à son sujet. Deux d'entre nous étaient parvenus au sommet.

Oh, mais pas Willow. Putain. Ça devait lui faire plus mal que d'être envoyée dans un camp de reproduction. Nos notes aux examens étaient les mêmes, nos apparences bien au-dessus de la moyenne, et nos physiques acceptables.

Peut-être qu'elle avait une aptitude génétique prédéfinie pour la reproduction ?

Les jointures de Silas touchèrent les miennes quand je pris la place libre à côté de lui. Je n'osai lui jeter un regard ni répondre à l'affection qu'exprimait ce simple frôlement. Mais je la comprenais.

Je suis trop content que tu sois là, disait-il. *Et je suis désolé aussi pour Willow.*

Nous étions tous trois inséparables et connus pour notre esprit de compétition. Autrefois, je détestais Silas qui me surpassait toujours. Je réfrénai un sourire au souvenir de toutes les fois où Willow et moi avions comploté pour le battre. Puis il nous avait surpris à la mi-séance et nos vies avaient changé à jamais.

Un autre frôlement de ses doigts sur les miens, une manière subtile de me dire de me concentrer. Toujours à me coacher, même maintenant.

Je ravalai mes émotions. Nous n'avions aucune prise sur le destin de Willow.

Je ne t'oublierai jamais, jurai-je. *Je suis désolée.*

Ces mots tissèrent une toile dans mon cœur, verrouillés à jamais avec les souvenirs de notre vie commune.

Aujourd'hui, je renaissais.

On ne m'appellerait plus Prospect 703 de la classe 117. Mon nom était désormais Concurrente n° 11 pour la Coupe Immortelle, année 117.

Et si je gagnais, je serais Rae : le nom que je m'étais choisi.

L'électricité bourdonna le long de mes bras, dans ma poitrine, dans mes jambes. La vraie compétition commencerait sitôt après la cérémonie. Seuls dix d'entre nous atteindraient la phase suivante. J'en ferais partie.

Le Magistrat continuait son appel, assignait des destinées.

— Harem royal.

— Formation des Vigiles.

— Camp de reproduction.

— Accouplement lycan.

— Secteur des services à Lilith City.

— Harem de clan.

À chaque désignation, je me sentais de plus en plus soulagée. Les Vigiles avaient été mon second choix. Aucun autre ne m'attirait, mais tout valait mieux que les fermes de sang ou la chasse lunaire.

Être chassée pour le sport par les lycans durant la pleine lune… Je frissonnai. *Non merci.*

— Prospect 1000, appela finalement le Magistrat, désignant le dernier humain sélectionné. Secteur des services du Clan Clemente.

Mon estomac se serra à ce nom familier. Les Clemente étaient considérés comme le plus puissant des clans lycans. Leur alpha était sur le point de prendre sa retraite, son fils Edon prenant les rênes. Cette année, le gagnant de la Coupe Immortelle rejoindrait son clan, ou bien les rangs des vampires de Jace. L'éligibilité changeait chaque année, et cette fois leur choix s'était porté sur notre classe.

La région de Jace avait ma préférence, bien que ce ne soit pas à moi de choisir.

— Ainsi se conclut notre Journée du Sang annuelle, annonça la Déesse, prenant possession de la scène. (Nous nous agenouillâmes, tête baissée, en signe de respect.) Vigiles, veuillez escorter vos équipes respectives vers leurs destinations. Les prospects de harems et les participants à la Coupe Immortelle restent ici.

Ça commence.

C'était une partie qu'ils n'avaient jamais expliquée : la sélection initiale. Alors que douze se voyaient offrir l'opportunité de concourir, seuls dix concurrents survivaient pour assister à la première compétition. Nul ne savait comment ces nombres étaient réduits.

Je vais le découvrir.

— Levez-vous, mes enfants, roucoula la Déesse d'une voix aussi belle qu'on l'entendait dans les films.

C'était la première fois que je me trouvais en sa royale présence. Sa robe rouge moulante était décolletée jusqu'au nombril, ses longs cheveux blonds flottaient sur sa taille. Malgré mes notes élevées en attrait physique, mes cheveux auburn et mes traits pâles tombaient à plat en comparaison. Une autre indication de son statut élevé et de ma modeste condition humaine.

Ça va changer quand j'aurai gagné.

Debout au milieu des autres, j'étudiai mes adversaires, les yeux baissés. Les trois quarts d'entre eux étaient des inconnus, issus d'autres écoles. Mais je connaissais Silas, Clarence et Daniella. Je n'allais pas profiter des faiblesses de Silas. Mais je ne pouvais en dire autant de mes autres anciens camarades de classe.

Le silence tomba quand le dernier humain partit, escorté de son Vigile.

Adieu, Willow, songeai-je, fermant brièvement les yeux. *Mon amie pour toujours. Je ne t'oublierai jamais.*

Des froissements de vêtements me firent rouvrir brusquement les paupières et me raidirent.

Des vampires et lycans nous entouraient, des royaux et des alphas de meute. Leurs tenues élégantes affichaient leur richesse et leur statut, leur silence visait à intimider. Des années d'études me permettaient de les identifier par leurs seuls emblèmes. Chacun portait le symbole de son territoire ou de son clan, généralement sur un anneau, mais parfois sur un collier ou un bracelet.

Jace.

Robyn.

L'alpha du Clan Clemente.

Hazel.

L'alpha du Clan Stella.

Je calmai mon pouls en me concentrant sur ma respiration. Ils voulaient simplement un bon aperçu des humains potentiels qui rejoindraient leurs rangs. C'était tout.

Claude.

Kylan.

L'alpha du Clan Ernest et sa consort.

Naomi.

Ils continuaient de se déplacer sans bruit sur le gravier.

Certains se trouvaient derrière moi, d'autres devant, à tourner autour de nous en admirant, mais sans toucher. Silas demeurait totalement immobile près de moi. Je me focalisai sur lui, sur notre avenir potentiel, sur la destinée qu'on désirait : l'immortalité.

— Qu'en dites-vous ? s'enquit la Déesse, l'assemblée s'écartant pour la laisser approcher.

Elle s'arrêta à quelques pas de nous, croisant ses doigts délicats devant elle.

— C'est ça les meilleurs ? grommela un mâle bourru, sa voix grondante dénotant ses origines lycanes.

— Allons, Walter. Tu dois bien voir au moins quelque potentiel ?

Son ton était plein d'espérance, mais souligné d'un soupçon de réprimande. Une combinaison miraculeuse qui assurait sa position au sommet de la hiérarchie.

— Finissons-en, Lilith, grogna Walter, l'alpha Clemente. J'en ai marre de ce jeu, c'est mon dernier tour.

Mon souffle se bloqua dans ma gorge en l'entendant prononcer le nom de la Déesse et non son titre officiel. Un humain serait tué pour une telle insolence. Allait-elle punir un lycan, un alpha, en plus, pour cette offense ?

— Pressé de réclamer ton harem ? le taquina-t-elle d'un ton plein d'humour. Bien sûr que tu l'es. Vous l'êtes tous. Vigiles, veuillez amener les prospects ici, rejoindre ceux qui sont sélectionnés pour la Coupe Immortelle.

Je faillis plisser le front, repris aussitôt une expression neutre. Montrer mes émotions était une faiblesse que je ne pouvais me permettre. Pas maintenant. Jamais.

Les lycans et vampires reculèrent, laissant les humains dévolus aux harems nous rejoindre de part et d'autre, formant ainsi une assemblée tout en blanc en forme de U.

— Parfait, murmura la Déesse. Maintenant nous pouvons commencer le véritable processus de sélection.

Vous tous qui vous tenez devant nous, vous êtes la crème de la moisson, vous avez reçu les notes d'aptitude les plus élevées dans les catégories que nous prisons. C'est pourquoi nous vous faisons la faveur d'être en présence de nos membres les plus estimés.

Je me forçai à déglutir. *Ça sonne comme une menace…*

— Celles et ceux qui sont sélectionnés pour les harems suivront une formation de deux mois pour apprendre à servir au mieux nos besoins physiques. Mais une poignée d'élus se verront accorder l'opportunité d'étudier sous la direction exclusive d'un royal ou d'un alpha. Ou au sein de leur harem, si c'est leur préférence.

Le sourire dans sa voix ne correspondait pas à ce que ses paroles impliquaient.

Insinuait-elle que les royaux et les alphas allaient choisir des candidats pour les servir *maintenant*, sans aucune formation ? Nous avions reçu une éducation sexuelle à l'école, mais pas du tout au niveau qu'ils exigeraient.

Ça s'applique aux harems, pas à…

— Nous avons l'habitude de sélectionner les meilleurs pour notre Coupe Immortelle, ce qui est un peu décevant puisque deux d'entre vous seulement survivront jusqu'à la fin. Comme c'est là un gaspillage de potentiel, vous allez tous être étudiés lors de cette étape afin de nous assurer que nos royaux et nos alphas ne manquent pas une opportunité désirée. Bien. (Elle tapa dans ses mains.) Vigiles ? Veuillez aider les candidats à se déshabiller.

Mon cœur manqua un battement.

C'était comme ça qu'ils abaissaient le chiffre à dix ? Pas par une bataille ni un duel à mort, mais en donnant aux royaux et aux alphas l'option d'ajouter l'un ou l'une d'entre nous à leurs harems ?

Un Vigile s'arrêta devant moi et m'arracha ma robe par les épaules.

Je ne résistai pas, ne criai pas, ne lui fis pas remarquer que j'aurais pu l'enlever moi-même s'il m'en avait laissé le temps. Je laissai simplement l'étoffe tomber par terre et l'écartai du pied avant qu'il n'ait l'occasion de toucher mes jambes.

Silas jeta la sienne près de la mienne, exhibant une musculature à rendre les autres jaloux. Je l'avais vu nu à d'innombrables occasions, et nous avions été partenaires en classe pour divers exercices pratiques. Dire qu'on se connaissait bien était un euphémisme.

Il resta près de moi, et la chaleur de son corps me procurait un confort indéniable. Tandis que nous gardions les yeux baissés, les vampires et lycans s'approchèrent et s'alignèrent face à nous.

— Kylan, tu as la parole, l'invita la Déesse, s'en remettant à l'aîné des royaux encore en vie.

Son nom m'envoya un frisson dans le dos. Les royaux étaient principalement des dieux qui régnaient sur des territoires séparés, et chacun d'eux était réputé pour quelque chose.

Chez Kylan, c'était la cruauté.

Il s'avança dans son costume noir à la cravate assortie. Les yeux baissés, je ne pouvais voir son visage mais je connaissais bien ses traits : cheveux noirs, yeux de la même couleur, pommettes saillantes, menton volontaire semé d'une barbe de trois jours. Magnifique, comme tous les vampires, mais d'une nature brutale.

— Mmmh, et je n'ai droit qu'à un seul ?

Il avançait lentement, examinant attentivement ses choix.

— Avoir tué ton harem ne te donne pas droit à plus de la moisson de cette année, rétorqua une femme d'un ton nettement dédaigneux. Essaie de ne pas les blesser avant qu'on y ait goûté.

— J'ai toujours apprécié ta franchise, Naomi, dit-il d'un ton légèrement amusé, qui mourut quand il reprit : Mais en tant que ton aîné, je te conseille de bien te rappeler à qui tu t'adresses.

Même les royaux avaient une hiérarchie, et Kylan occupait le sommet. L'ambiance se refroidit nettement, les implications de son avertissement n'échappant à personne.

Joue au con avec moi. Si tu l'oses, semblait-il dire.

Et à voir les autres reculer, personne n'avait envie de relever son défi.

— Toutes mes excuses, grinça Naomi.

— Acceptées.

Kylan s'approcha du harem pour vampires, la main levée, et s'éclipsa de mon champ de vision.

— Elle est mignonne. (La femme glapit en réponse à ce qu'il lui fit, et il fit claquer sa langue.) Bon, ça ne va sûrement pas le faire.

Il répéta son action avec plusieurs autres, récoltant chaque fois la même réaction. Poussant un soupir théâtral, Kylan s'avança dans notre direction. Il marmonna quelques mots dans une langue ancienne qui firent glousser quelques-uns de ses frères.

Sa paume glissa sur une femme près de moi, la faisant tressaillir. Je faillis lever les yeux au ciel. Si elle ne pouvait pas supporter le contact d'un vampire royal, elle n'avait aucune chance à ces jeux-là.

Quand Kylan m'atteignit enfin, je forçai mes membres à se détendre, mon souffle à rester égal. *Bouge de là, vampire. Il n'y a rien à voir ici.*

Son regard traça un sillon brûlant sur ma peau nue, dispersant des braises dans son sillage. Je réprimai un frisson, les réactions de mon corps outrepassaient mon esprit.

Ne l'attire pas, m'enjoignis-je. *Feins l'indifférence.*

Il effleura ma hanche de ses jointures, presque comme s'il m'avait entendue et voulait tester ma résolution. Je ne bougeai pas. Ne réagis pas.

Concentre-toi.

Inspire, puis expire.

Encore.

Kylan attrapa mon menton et me força à lever la tête, plongeant ses yeux brun foncé dans les miens. Une étincelle me transperça, me perturbant totalement. J'attrapai son bras en quête de quelque chose de stable pour reprendre pied. Le contact visuel avec un vampire était interdit, c'était une marque de désobéissance. Pourtant, il venait de me forcer à croiser son regard, et il me tenait là, à quelques centimètres de son visage.

Il pencha légèrement la tête de côté d'un air curieux.

Je déglutis, hésitante. Essayait-il de me forcer à mal me comporter ? Pour avoir une bonne raison de me punir ?

Non. Il ne m'aurait pas si facilement.

Mes ongles se plantèrent dans sa veste et mon avant-bras se tendit, prêt à réagir, à pousser, *n'importe quoi.*

Attends… Je le touche.

Oh merde…

Ma main resta en place et refusa de le lâcher, réagissant de la pire façon possible dans cette situation. J'ouvris la bouche, prête à m'excuser, quand ses lèvres couvrirent les miennes.

Je me figeai, incapable de gérer.

Il est en train de m'embrasser.

Pourquoi il m'embrasse, bordel ?

Sa langue se glissa dans ma bouche, exploratrice.

Oh non. Ce n'était pas bien. Je ne pouvais pas me permettre d'intéresser Kylan, avec l'immortalité à portée de main.

Tu ne peux pas me vouloir, songeai-je.

Mais comment lui transmettre ça ?

Je… je…

Fais quelque chose !

Je serrai les dents de frustration, ne sachant comment arrêter ça…l'arrêter *lui*. Il serrait mon menton à me faire mal, son grondement vibrait dans ma poitrine. Je mis trop longtemps à réaliser pourquoi, ce que j'avais fait.

Sa langue était coincée entre mes dents.

Je venais de le mordre.

Je venais de mordre un vampire royal.

Et pas n'importe quel vampire royal, mais Kylan, le plus vieux royal en vie.

KYLAN

Elle m'a mordue.

D'après l'angoisse qui irradiait de ses yeux bleu acier, sa réaction l'avait choquée presque autant que moi. Pourtant elle continuait de planter ses ongles dans ma veste.

Une combattante. Courageuse. Juste ce qu'il me fallait.

Mon envie de piocher dans le harem lycan, juste pour emmerder les loups, s'évanouit en un éclair.

Je posai la main sur la nuque de la rousse et serrai.

— C'était une erreur, petit agneau, chuchotai-je sombrement.

Car à présent je la voulais. Méchamment.

Elle ouvrit la bouche, mais n'émit aucun son. Pas même une excuse.

Oh, j'allais l'apprécier.

Je reculai en la traînant avec moi.

— Si je la tue avant que la sélection ne soit achevée, j'aurai droit à un remplacement ? demandai-je à Lilith, sans rompre le contact visuel avec ma nouvelle conquête.

— Vu son attitude insolente, je le permettrai très certainement.

L'irritation de Lilith me fit presque sourire. Bien sûr qu'elle souhaiterait punir cette fille pour sa réaction. Ce qui rendait ma beauté auburn d'autant plus parfaite.

Je mordillai sa lèvre inférieure tremblante, puis resserrai ma prise sur sa nuque pour la ramener dans le cercle des royaux. Ils nous firent de la place, aucun d'eux ne voulant risquer d'être éclaboussé de sang.

Le genre de chose qu'ils s'attendaient à me voir faire.

Dommage pour eux, je n'allais pas leur faire ce plaisir.

— Je devrais te faire mettre à genoux et me supplier de te pardonner, grognai-je. Mais je ne suis pas sûr de te faire confiance.

— Walter, c'est à toi, appela Lilith, invitant l'Alpha Clemente à prendre son tour.

Nous allions alterner ainsi pendant une heure environ, jusqu'à ce que chacun ait choisi son prix initial. Puis les candidats à la Coupe Immortelle seraient remaniés pour atteindre les dix requis.

Ce qu'ignorait mon petit agneau, c'était que je venais de lui sauver la vie. Car si je ne l'avais pas choisie, l'un des lycans l'aurait fait. Elle était bien trop belle pour être gaspillée dans la Coupe Immortelle, avec ses cheveux roux flamboyants, ses yeux bleu clair et sa peau crémeuse. Et ses courbes parfaites me mettaient l'eau à la bouche.

Elle ne détourna pas le regard, et sa défiance s'inscrivait dans les plis de sa bouche pincée. Parce que je l'avais menacée de l'obliger à se mettre à genoux ? Ou parce que je l'avais retirée de la compétition ? Peut-être un peu des deux.

Je frôlai ses lèvres des miennes, et souris en la voyant contracter la mâchoire.

— Oh, tu as une attitude suicidaire, jeune fille, murmurai-je. Je pourrais te garder juste pour le plaisir de te briser.

Mes paroles s'adressaient plus à mon entourage qu'à elle.

Elle ne répondit pas, mais le feu dans ses yeux bleus me dit tout ce que je voulais savoir. Celle-ci avait de l'esprit. Plutôt une rareté de nos jours. La plupart des humains étaient déjà brisés quand je les rencontrais, leurs esprits fracturés par des dizaines d'années de traitements sévères et de conditionnement mental. Mais elle possédait un feu avec lequel je voulais jouer, pas l'étouffer.

— Comment vais-je t'appeler, petit agneau ? susurrai-je contre ses lèvres.

Elle plissa les yeux, ce qui me ravit encore plus. Elle se tenait contre moi, ne portant rien d'autre qu'une paire de talons hauts, sa vie tout entière entre mes mains, et elle me *fusillait du regard*.

Un hurlement sur le terrain confirma le choix de Walter. Ignorant les cris d'approbation, je me concentrai sur mon prix. Comment avais-je pu rater son profil ? Trop occupé à feuilleter pour y prêter attention, supposai-je.

— Jace, appela Lilith, invitant le doyen en second des royaux.

Ce nom dégrada considérablement mon humeur. Quelqu'un se foutait de moi, et je soupçonnais fort ce royal en apparence insouciant et boute-en-train d'être le coupable. Sa récente nomination de Darius au poste de souverain ne faisait que renforcer mes soupçons.

La femme dans mes bras se mit à frissonner, l'air nocturne refroidissait sa peau nue. Sa bravade semblait s'être estompée, les éléments la touchaient à présent.

Je la lâchai pour retirer ma veste. Les humains étaient si fragiles, ils tombaient facilement malades. Je ne pouvais pas la laisser s'affaiblir trop tôt.

Elle haussa les sourcils quand je drapai sur ses épaules le vêtement fait sur mesures.

— Eh bien quoi ? Tu es surprise que je veuille garder en vie l'unique membre de mon harem ? demandai-je d'une voix douce, en faisant la moue. (Je rabattis les revers de la veste sur ses seins, l'attirant à moi.) J'ai des plans pour toi, mon cœur. J'ai besoin que tu sois forte.

Elle déglutit, et son regard lâcha le mien pour tomber sur mes lèvres, avant de remonter vers mes yeux.

Jace fit son choix pendant que l'observais mon nouveau jouet, et Lilith appela l'alpha suivant. Son choix se traduisit par un hurlement assourdissant qui n'ébranla pas mon petit agneau le moins du monde. Elle continua à soutenir mon regard sans broncher pendant plusieurs tours, ce qui me surprit au plus haut point. Toute autre humaine aurait détourné le regard par déférence ou soumission après quelques secondes. Mais pas elle.

— Dis-moi ton nom, ordonnai-je à voix basse, afin qu'elle seule m'entende.

Un autre glapissement retentit alors qu'un des lycans se familiarisait avec son nouveau jouet de la plus ancienne des manières. J'aurais pu faire de même, plier cette femme en deux et la sauter jusqu'à ce qu'elle me réponde, mais ce n'était pas mon style.

— Ton nom, répétai-je, tirant d'un coup sec sur ma veste. Ou bien je vais trouver une façon plus créative de te faire parler.

Des grognements sur notre gauche ponctuèrent ma menace. Elle déglutit et son regard glacé se dégela un tant soit peu, révélant quelque signe d'embarras. Le destin faisait enfin sentir sa présence. J'aurais bien eu pitié de cette femme si je le pouvais. Mais les humains existaient pour servir leurs supérieurs, et elle me servirait comme il se devait.

Et elle aimerait ça aussi.

Je glissai mes doigts dans ses cheveux, les enroulai dans ses mèches épaisses.

— Tu mets ma patience à l'épreuve, petit agneau. Je te suggère de collaborer avec moi si tu ne veux pas voir les résultats de mon impatience.

— Pourquoi ? Pour que vous puissiez changer mon nom avant de me tuer ?

Putain, cette femelle débordait de sexualité de partout. Dans son regard, ses lèvres pleines, ces courbes délicieuses cachées sous ma veste, sa voix sensuelle. Je me fichais même qu'elle ait encore éludé ma question. Rien que l'entendre parler suffisait à apaiser la plus turbulente des tempêtes.

Je raffermis ma prise dans ses cheveux, tirant dessus jusqu'à ce qu'elle grimace.

— Vas-y, pousse-moi à bout.

À la fois une menace et une demande mêlées dans ces mots sombrement murmurés.

Lutte contre moi.

Soumets-toi.

Donne-moi tout.

Ma main sur la veste descendit des revers sur sa hanche nue. Elle plaqua ses paumes sur mon abdomen quand je la forçai à me coller. Mes lèvres effleurèrent sa joue avant de s'approcher de son oreille.

— Je veux savoir quel nom je grognerai tout à l'heure quand je serai en toi.

Son frisson en réponse n'avait rien à voir avec le froid, mais tout avec ma promesse mortelle. Pourtant elle demeurait tendue, comme prête à me frapper.

Fascinant.

— Prospect 703, année 117, grinça-t-elle. Amusez-vous avec ça.

Un rire m'échappa, fort et joyeux, qui provoqua quelques regards dans notre direction. Je les ignorai, tout à cette femelle qui me défiait.

— Tu es adorable.

Le froid recouvrit de nouveau ses iris bleus, et elle retomba dans son silence exaspérant.

Ma queue déjà dure palpitait devant cette évidente manifestation de résistance. Celle-ci ne se briserait pas facilement. Aucune peur, aucune honte, aucun empressement à s'écraser et encaisser. J'ignorais que des humains comme ça existaient encore.

— On va beaucoup s'amuser tous les deux, petit agneau, susurrai-je, mes lèvres effleurant les siennes à chaque mot. Et tu vas me donner ton nom.

Car je savais qu'elle en avait un. Ils en avaient tous un, on ne prenait simplement pas la peine de les mentionner dans nos dossiers.

Le défi s'écoulait d'elle par vagues, ce qui m'excitait fort.

Merde, j'aurais pu rater ça. Une femme qui savait vraiment tenir tête, qui refusait de s'incliner devant moi à cause de mon statut social.

Même entourée de prédateurs, elle ne bronchait pas. Peut-être préférait-elle que je la tue plutôt que je la ramène à la maison ? Mmmh, une idée décevante. Je ne lui rendrais pas ce service. Ma question à Lilith sur le choix d'une autre avait pour unique but de maintenir mon image. Non, j'avais bien l'intention de garder cette femelle fougueuse, et ses tendances guerrières pourraient bien la maintenir en vie dans le jeu dangereux de l'existence.

L'appât parfait.

Je la retournai dans mes bras, son dos contre mon torse, et la coinçai avec mes avant-bras.

Regarde, chuchotai-je à son oreille. Regarde quelle pourrait être ta destinée.

Les royaux et les alphas échangeaient tout le temps des membres de harem. Non que je n'y aie jamais participé, mais ça, elle n'avait pas besoin de le savoir.

Les humains encore en lice pour la sélection s'étaient blottis les uns contre les autres. La plupart de mes frères avaient déjà fait leur choix. Robyn avait choisi le mâle maigrichon plutôt que la brunette. Il était agenouillé à ses pieds, et elle passait ses doigts dans ses cheveux comme si c'était un chien.

Jace avait choisi la belle brune que j'avais caressée en premier. Elle ne paraissait plus aussi nerveuse maintenant qu'il l'avait couverte de sa veste. Il croisa mon regard en fronçant les sourcils, me mettant au défi de commenter son geste similaire au mien. Je ne mordis pas à l'hameçon, je suivis plutôt le regard de ma protégée vers l'humain blond qui se tenait parmi les sélectionnés pour la Coupe Immortelle.

Je le reconnus d'après les fichiers. Il n'était pas concerné par ce tour, Jace et Walter ayant convenu que ce prospect ferait un immortel convenable. À la façon dont il se tenait, épaules droites, jambes écartées, l'air ennuyé, je ne pouvais qu'être d'accord avec cette désignation. Six humains étaient favoris, et parmi eux, il était clairement le plus prometteur.

Mais qu'est-ce qui fascinait donc tant mon petit agneau ?

La concentration de l'humain ne faiblit pas un instant, même quand Naomi fit courir un ongle de son sternum à son aine. Elle adorait coucher avec les recrues. Je pourrais l'apprécier, si elle n'était pas une telle salope.

Quoique sans doute pas.

Mon agneau se tendit quand Naomi posa ses lèvres sur l'oreille du mâle pour lui chuchoter une raillerie. Il retroussa les lèvres en réponse, ce qui m'intrigua, mais bien moins que le souffle irrégulier de mon jouet. Elle resta tendue jusqu'à ce que Naomi s'éloigne vers sa prochaine victime.

— Ah, une faiblesse, soufflai-je à son oreille, assez bas pour qu'elle seule m'entende.

Non que quiconque nous prête la moindre attention. Tous étaient trop occupés à s'amuser avec leur nouveau jouet ou à saliver devant ce qui restait de la récolte.

Ses épaules se raidirent de nouveau, ce qui me fit sourire dans son cou.

— Oh oui, une vraie faiblesse. (Je mordillai la peau tendre couvrant son pouls emballé.) Si je te tue, je pourrais le choisir à la place. J'ai toujours trouvé que les mâles étaient plus compétents dans certaines activités que les femelles. (Je caressai sa mâchoire du bout du nez.) Qu'en penses-tu, petit agneau ? Est-ce que je devrais me débarrasser de toi et requérir plutôt sa compagnie ? À moins que tu n'aies quelque chose qui pourrait m'appâter ?

Une menace cruelle, qui la fit trembler contre moi. Je n'aimais pas faire ça, mais je ne pouvais laisser passer cette occasion de réaffirmer ma domination. Mes frères l'auraient tuée dans la seconde après qu'elle les ait mordus. Je n'attendais pas de gratitude ni de servilité de sa part, mais je voulais connaître son nom. Et je la bousculerais jusqu'à ce qu'elle me le donne.

— Tic-tac, raillai-je, mon nez sur sa gorge. Ton silence m'ennuie.

Elle saisit mon avant-bras et le serra, toute tremblante. C'était la deuxième fois ce soir qu'elle s'appuyait sur moi sans s'en rendre compte. La première fois m'avait tellement surpris que je n'avais pas pu reculer. Puis elle avait scellé son destin avec ce baiser.

— Rae.

Ce mot atteignit à peine mes oreilles, par-dessus les grognements bestiaux qui s'élevaient çà et là. Jenkins, l'alpha du Clan de l'Hiver, avait donné son nouvel animal humain à son fils pour jouer avec, et le jeune lycan n'avait pas mis longtemps à se familiariser avec lui.

Ma femelle tenta de se retourner, me surprenant.

J'étreignis ses hanches et lui permis de bouger, puis croisai son regard excédé.

— Mon nom, prononça-t-elle lentement, dans un ronronnement de gorge qui titilla mes sens masculins. Mon nom est Rae.

— Rae, répétai-je, goûtant cette unique syllabe sur ma langue. Mmmh. (J'aimais bien, mais je le trouvais trop faible pour elle. Trop court. *Pourquoi pas…*) Raelyn ?

Elle secoua la tête.

— Non. C'est Rae.

— Je préfère Raelyn.

Elle plissa de nouveau les yeux.

— Si c'est juste pour me renommer, pourquoi vous m'avez demandé mon nom, d'abord ?

— Parce que je voulais t'entendre parler.

— Comme un chien.

— Exactement.

Elle me détailla avec une telle passion que je ne pus empêcher les bords de mes lèvres de se relever. J'appréciais assez sa voix, mais mmmh, j'aimerais tellement susciter ce regard chez elle au lit.

— Ton secret sera bien gardé avec moi, petit agneau, promis-je.

Son front se plissa.

— Quel secret ?

J'appuyai mes lèvres sur son oreille, afin que personne ne nous entende.

— Ce secret que tu partages avec ce mâle humain. (Je mordillai son lobe, respirant doucement, mes bras autour d'elle.) Mais quel qu'il soit, c'est terminé. Car tu m'appartiens maintenant, Raelyn.

RAE

Ma langue était épaisse dans ma bouche, comme si c'était Kylan qui m'avait mordue et non l'inverse. Son corps ferme tenait le mien, ses lèvres soufflaient à mon oreille des mots que je ne voulais pas entendre.

Car tu m'appartiens maintenant, Raelyn.

Comment mon destin avait-il tourné ainsi ?

Un peu plus tôt, j'étais destinée à la Coupe Immortelle. À présent, un royal me possédait. Tout ça parce que je n'avais pas réussi à garder le contrôle de mon corps. Après que Kylan avait suggéré à la Déesse de me tuer, j'avais cessé d'essayer. Car à quoi bon ? S'il avait prévu de me massacrer de toute manière, autant partir avec ma dignité intacte.

Sauf qu'ensuite il avait menacé Silas. Ma faiblesse. Le seul endroit où Kylan pouvait me frapper pour me forcer à bien me tenir. Car je ne pouvais pas laisser mon comportement mener à la mort de Silas. Pas après tout ce que nous avions traversé ensemble. Il méritait une chance. Je ferais tout pour qu'il y arrive. Y compris être gentille avec le royal que j'avais plus envie de tuer que de baiser.

Kylan avait tout ruiné.

Non, c'était faux. J'avais tout ruiné en le mordant. En réagissant à lui.

Il déposa un baiser bouche ouverte dans mon cou.

— Est-ce qu'on t'a déjà mordue, Raelyn ?

Je serrai les dents à ce nom ridicule.

— Qu'est-ce que ça peut faire ? rétorquai-je, éludant sa question. Vous allez me mordre de toute façon.

Et utiliser mon corps pour son plaisir physique.

De tous les royaux qui auraient pu me choisir, il avait fallu que ce soit celui qui avait un penchant pour la violence. Le récent massacre de son harem avait constitué un sujet de discussion populaire parmi mes professeurs vampires. En vérité, personne ne s'était soucié des vies perdues, seulement du sang gâché et de la possibilité très réelle que Kylan soit en train de devenir fou.

Et maintenant il me possédait.

Ses incisives frôlèrent mon pouls en signe d'avertissement.

— Quand je te pose une question, j'attends une réponse. As-tu déjà été mordue ?

Mes ongles se plantèrent dans son abdomen plat.

Pour Silas, me rappelai-je. *Fais-le pour le sauver. Puis quand il passera à la prochaine étape, tu pourras le repousser.*

Car il était hors de question que je couche volontairement avec ce vampire royal. Qu'il soit beau ou pas, je préférais mourir. Et je mourrais en combattant.

— Non, me forçai-je à prononcer. Jamais.

Il sourit dans mon cou.

— Mmmh, un autre point en ta faveur. (Il embrassa ma gorge, puis ma mâchoire, et replanta ses yeux sombres dans les miens.) Continues de m'intriguer, Raelyn, et je pourrais bien te laisser vivre. (Il repoussa mes cheveux derrière mon oreille avant de poser sa paume sur ma nuque.) Comment étaient tes notes en études sexuelles ?

Il demandait cela car c'était tout ce dont se souciait un homme dans sa position. Pourtant je me sentis obligée de le corriger là-dessus.

— Mes notes étaient les plus élevées de ma classe dans toutes les matières.

— J'imagine qu'elles t'auraient qualifiée pour la Coupe Immortelle, murmura-t-il. Mais je veux tes résultats en arts sexuels en détail. Dans quels actes tu excelles, et quelles techniques requièrent plus… (son regard tomba sur mes seins couverts par sa veste) d'entraînement ?

— Kylan ? appela la Déesse, ramenant son attention à l'endroit où nous étions. Tu as pris une décision ? Les autres ont terminé.

— Mmmh. (Il me lança un regard cruel, indéchiffrable.) Réponds-moi, Raelyn.

Le *« où sinon »* demeura tacite.

Je déglutis. *Ce ne sont que des résultats, comme n'importe quelle autre matière.*

— J'ai des notes excellentes en activités orales, et ma tolérance à la douleur est bien supérieure à la moyenne. Le seul domaine où j'ai reçu une note un peu négative était les jeux de soumission, mais j'étais quand même au-dessus de la moyenne par rapport au reste de ma classe.

Et la seule raison pour laquelle j'avais reçu cette note négative était que j'avais du mal à lâcher prise lorsque Silas dirigeait nos exercices ensemble. Je me sentais mal de me soumettre à lui, même s'il était très doué dans l'art des préliminaires.

Les lèvres de Kylan se retroussèrent.

— Merci, Raelyn.

Il me fit tournoyer dans ses bras, replaçant mon dos contre sa poitrine, une main sur ma gorge, son autre bras serrant mon bas-ventre.

Le regard bleu de Silas me transperça, irradiant la peur.

Ça va aller, tentai-je de lui faire comprendre. *Ne leur montre pas que tu te soucies de moi.*

Le silence s'étira, et Kylan resserra sa prise.

Je ne vais pas pleurer.

Je ne vais pas supplier.

Je vais rester calme.

Des points noirs dansèrent devant mes yeux, mais avant je perçus la douleur sur les traits de Silas.

Déesse, j'espérais que Kylan n'allait pas le choisir. Mais je savais qu'il le ferait. Tout cela n'avait été qu'un jeu cruel pour me forcer à parler, pour faire de mon comportement un exemple.

Tout avait si mal tourné. Si horriblement mal tourné.

Je suis désolée, Silas. Je suis tellement désolée.

Le pouce de Kylan frôla mon pouls faiblissant, son contact fut comme un marquage au fer rouge sur ma peau.

— On dirait que le jeu de la respiration demandera à être exploré plus tard, murmura-t-il contre mon oreille.

Il desserra sa prise juste assez pour laisser l'air entrer dans mes poumons. Je l'aspirai goulûment, le regard brouillé par l'humiliation de la réaction nécessaire de mon corps.

Une faiblesse.

À cet instant, je le haïs plus que jamais.

Il se foutait de moi.

À faire semblant de me tuer, juste pour bien me faire comprendre à quel point c'était facile, et il avait obligé Silas à regarder.

— Je crois que je vais aimer briser celle-ci, Lilith, déclara Kylan en souriant. Merci de m'offrir l'occasion de la garder.

— Si tu en es sûr, répliqua-t-elle. Ça semble être plus de travail que ça n'en vaut la peine.

— Oh, j'ai bien besoin de m'amuser.

Il caressa mes vertèbres cervicales tout en maintenant sa paume serrée sur ma gorge. Je ne pouvais qu'à peine respirer, et son bras bandé sur mon bas-ventre n'aidait en rien.

— Très bien, alors voilà qui conclut notre processus de sélection. Il ne reste plus qu'à égaliser les rangs de nos participants à la Coupe Immortelle.

Je comptai les membres restants et n'en dénombrai que six. Tous les autres avaient été sélectionnés. Deux d'entre eux gisaient au sol, leurs poitrines immobiles, et leur moitié inférieure… Je détournai le regard, incapable d'assimiler ce qu'on leur avait fait. L'un des cadavres était Daniella.

Ç'aurait pu être moi…

Kylan desserra sa prise un peu plus, ses lèvres effleurant ma tempe, comme s'il sentait la direction de mes pensées.

Mais non. C'était impossible. S'il pouvait lire dans les esprits, je serais déjà morte car il aurait vu de quelles façons j'adorerais le tuer. Les vampires ne pouvaient mourir, du moins c'était ce qu'ils prétendaient, mais j'aurais aimé trouver un moyen de l'abattre. Faire que *lui* me supplie *moi* de le laisser respirer.

— Jace, Walter, s'il vous plaît…

La Déesse esquissa un geste comme pour dire *« arrangez ça »*.

Jace passa sa nouvelle membre de harem au vampire près de lui, un homme aux cheveux noirs que je ne reconnus pas comme un royal. À ses côtés se tenait une femme aux cheveux bruns et aux yeux assortis, portant une robe de soirée faite d'une étoffe translucide. Elle avait les yeux baissés.

Une humaine. Qui ne venait pas de la sélection. Je ne l'avais pas remarquée jusqu'ici, ni même son Sire, qui me fixait directement à présent, avec de saisissants yeux verts. J'abaissai les miens en tressaillant.

Est-ce que j'avais complètement perdu l'esprit aujourd'hui ?
Non, seulement ma vie.

— C'est une vierge de sang, me dit doucement Kylan à

l'oreille. Accouplée depuis peu à Darius, le nouveau souverain de Jace.

Je cillai. Venait-il de m'expliquer quelque chose ?

Et que diable était une vierge de sang ?

Je jetai un nouveau coup d'œil à la femme. Magnifique, bien soignée, et nulle trace de peur. Elle avait l'air de s'ennuyer, tout comme son maître, qui s'était recentré sur les événements qui se déroulaient devant nous. Jace avait sélectionné deux humains, ses paumes sur leurs épaules. Walter en avait un et semblait avoir du mal à en trouver un second.

Silas n'avait pas bougé, conservant une attitude assurée, les yeux détournés. J'avais envie de lui souhaiter « *Bonne chance* » . *Même si tu n'en as pas besoin.*

La main de Kylan remonta sur mon menton, me forçant à lever la tête de façon à croiser son regard.

— N'ai-je pas dit que c'était terminé, Raelyn ? avertit-il à mi-voix, ses pupilles flamboyant sous l'éclat de la lune.

Mon cou me faisait mal à cause de la position inconfortable et de la douleur résultant de mon quasi-étranglement. Je voulus répondre mais ne le pus, la gorge à vif. Des larmes me montèrent aux yeux de nouveau, ce qui me fit le haïr encore plus. Je n'avais pas crié. Pas supplié. Ne m'étais pas plainte. Pourtant, au bout d'à peine une heure en sa présence, je voulais déjà pleurer.

Je veux te tuer, lui dis-je par le regard, vu que ma voix refusait de fonctionner.

Il sourit avant de me relâcher, et ses mains se posèrent sur mes hanches pour me garder contre lui. Son érection se pressait contre mon derrière, me confirmant que la haine entre nous n'était pas partagée.

Coucher avec lui serait mon pire cauchemar devenu réalité. Car alors que mon esprit le méprisait, mon corps allait réagir en sa faveur.

Sa force et son pouvoir agissaient comme un aphrodisiaque, et son visage avait été façonné au paradis. Un superbe mâle tout en muscles et expérience – je ne pouvais nier son attrait physique. Et d'après ce que j'avais compris, la morsure d'un vampire procurait une extase sans commune mesure avec ce qu'un humain pouvait donner à un autre.

Il prendrait de moi ce qu'il voudrait, et une partie malade de moi-même s'en réjouirait, alors que je le détestais.

Ses lèvres parcoururent de nouveau mon cou, son souffle chaud contre ma peau.

— Je vais te détruire, petit agneau, chuchota-t-il sombrement. Tu ne penseras plus jamais à lui quand nous en aurons terminé.

Un frisson rampa le long de ma colonne. Car il avait raison. Une fois qu'il aurait brisé mon âme, je n'aurai plus aucune raison de penser à personne, encore moins à Silas.

Je baissai les yeux, envahie d'un sentiment de défaite.

J'en connaissais beaucoup qui désiraient un tel destin : vivre une vie de luxe en compagnie des royaux ou des alphas. Mais en observant le champ autour de moi, les corps déjà brisés, en sentant le mâle excité dans mon dos menacer mon destin, je réalisai que tout cela n'était que du glamour. Un faux espoir instillé en nous à la naissance pour nous mettre au pas. Et dans quel but ? Une chance infime d'acquérir l'immortalité ?

Est-ce que ça valait le coup ?

Silas aurait dit oui. Je l'espérais.

— Ce sont les prospects que tu souhaites ajouter ? s'enquit la Déesse d'un ton surpris.

— Ils ne survivront pas, et n'ont pas l'étoffe d'un lycan. Donne-leur une chance.

Walter avait l'air dégoûté quand il poussa les humains qu'il avait choisis vers la sélection de la Coupe Immortelle.

J'aurais survécu, pensai-je, grognant mentalement. Les deux qu'il avait choisis étaient dociles, déjà brisés. La sélection de Jace avait au moins une certaine valeur, même s'ils n'avaient aucune chance contre Silas, ou même contre moi.

Mais je ne suis plus dans la course.

M'arracher des mains la destinée que j'avais désirée si longtemps, après avoir goûté à la gloire potentielle pendant quelques minutes, c'était un acte cruel. Quoique très approprié.

Les vampires et lycans adoraient jouer avec leur nourriture et leurs animaux familiers.

Ce n'était pas différent.

Kylan m'entoura de nouveau de ses bras, d'un geste légèrement réconfortant que je rejetai aussitôt. Il n'était pas meilleur que les autres. En fait, il était pire.

Des paroles roulèrent dans l'air : la Déesse félicitant ceux qui étaient choisis pour la Coupe Immortelle, quelques mots à propos de l'entraînement au harem et d'un renvoi, tout cela se confondant dans mon esprit. Je ne m'en souciais plus. Ça n'avait aucun intérêt.

Silas croisa mon regard, le sien contenant un mélange d'excitation et de chagrin qui me brisa le cœur.

Tue-les tous, lui dis-je avec le mien. *Élève-toi, mon ami.*

Il m'adressa un signe de tête subtil avant de se retourner et de disparaître. Kylan soupira.

— Si tu n'obéis pas à l'ordre simple d'oublier, comment vais-je arriver à te former à servir ?

Je me mordis la langue. *Ne réagis pas encore. Attends que Silas soit en sécurité.*

— Suis-moi, mon chou, ordonna-t-il en me lâchant.

Mes pieds menacèrent de faire le contraire, de rester

immobiles pendant que je lui lancerais un regard de défi. Mais mon esprit me poussa à obéir.

Il nous fit passer devant les autres royaux qui lui cédèrent une large place, sa présence les mettant mal à l'aise de toute évidence. Les rumeurs prétendaient qu'il devenait fou, un ancien qui perdait son âme dans l'immortalité.

J'y réfléchis pendant que nous marchions. Le contrôle qu'il exerçait sur moi et sur notre situation laissait penser que son état mental était sain, voire fort. Il pouvait simplement jouer avec moi, d'autant plus qu'il avait suggéré de me tuer quelques instants plus tôt.

Est-ce important ? me demandai-je. *Il va te détruire, tu te rappelles ?*

Un frisson me parcourut l'échine à cette pensée. Cette déclaration pouvait signifier tant de choses.

Kylan m'amena devant une petite voiture noire à deux portes. Un bip retentit quand il appuya sur un bouton, et les portières se soulevèrent.

— Monte, petit agneau.

Plusieurs humains attendaient près des voitures, les autres royaux et les alphas cheminant lentement vers nous. Il semblait que Kylan avait mené la meute.

Il haussa un sourcil devant mon hésitation.

— Tu me désobéis encore ?

Toujours, faillis-je rétorquer. À la place, je me glissai dans le siège baquet et regardai droit devant moi. Son gloussement fut étouffé par la fermeture de la portière, mais il arborait toujours un grand sourire en s'installant à côté de moi derrière le volant.

— Ceinture, dit-il, se penchant sur moi pour attraper l'objet en question. Sécurité avant tout.

Toute seule dans une voiture avec un vampire sadique. Ouais. Super question sécurité.

— Le silence, remarqua-t-il, bouclant également sa ceinture. Tu m'ennuies de nouveau, Raelyn.

— Vous préférez que je chante et danse ? lançai-je.

Jace s'approcha de notre voiture, un bras passé autour de la femelle que Kylan avait appelée vierge de sang. Derrière lui venait Darius, un nouveau membre de harem à ses côtés.

— Vous n'avez pas de souverain, repris-je, me remémorant mes études concernant le territoire de Kylan. J'ai toujours trouvé ça bizarre.

Il démarra et le moteur émit un bruit guttural, puissant comme son maître.

— Les souverains sont des laquais de confiance, répondit Kylan en quittant sa place. Et je ne fais confiance à personne.

Une femme apparut devant notre voiture, mains sur les hanches, obligeant Kylan à freiner brutalement avant de sortir du parking.

La femelle royale pencha la tête sur le côté, ce qui le fit soupirer.

— Bon. (Il mit la voiture au point mort mais n'arrêta pas le moteur.) Ne touche à rien, ou je serais forcé de te punir. (Il me lança un regard me signifiant que sa menace était sérieuse.) Reste là comme un bon petit toutou.

RAE

Je plantai mes ongles dans mes paumes si fort que cela me fit mal. Les vampires et lycans m'avaient parlé avec mépris toute ma vie, mais jamais avec une telle condescendance.

Kylan sortit de la voiture sans un regard en arrière et rejoignit la femme, Robyn, devant moi. Il lui glissa la main dans le cou et l'attira pour un baiser qui me donna la nausée.

Les vampires étaient toujours affectueux. Ces deux-là n'étaient pas différents, mais la façon dont il la touchait dénotait un passé dont je ne voulais rien savoir.

Les mains de Robyn se posèrent sur ses flancs puis remontèrent le long de sa chemise noire jusqu'à ses épaules, le caressant comme si elle le possédait. Il sourit contre sa bouche avant de saisir ses poignets de sa main libre. Quoi qu'il lui dise en réprimande provoqua chez elle un sourire de pure satisfaction féminine.

Je levai les yeux au ciel, puis observai sa dernière acquisition. Il était à genoux par terre, tête baissée, toujours nu. Elle lui avait mis un collier de métal autour du cou, auquel était fixée une laisse qu'elle avait lâchée pour toucher Kylan.

Ce qu'il lui dit ensuite lui fit pincer les lèvres en une grimace. Puis elle me fixa, assise dans le siège passager. La barbarie rôdait dans son regard, me faisant reconsidérer la réputation de cruauté de Kylan. Car son regard me disait clairement ce qu'elle avait envie de me faire.

Kylan voulait me détruire.

Cette femme voulait me mettre en charpie.

J'aurais pu regarder ailleurs, mais à quoi bon ? Mon destin était déjà scellé dans les mains d'un monstre.

Robyn fit un pas vers la voiture, mais Kylan l'attrapa par le coude et l'attira sèchement à lui, son air élégant laissant place au puissant prédateur tapi sous les habits luxueux.

Je ne pouvais les entendre, mais de toute évidence, la conversation ne tournait pas en faveur de Robyn. Elle le regarda de travers, puis baissa les yeux en signe de soumission. Il l'embrassa sur la tête, comme si c'était un animal. Les platitudes qu'il lui chuchota semblèrent la calmer légèrement, mais elle continua de serrer les poings quand il s'éloigna.

— On se revoit bientôt, Robyn, dit-il en ouvrant la portière.

— Oui, opina la femme en récupérant la laisse.

Elle tira l'humain vers elle avec une telle force qu'il dérapa sur les graviers.

Je tressaillis à cette vue, et restai bouche bée tandis qu'elle forçait l'homme à ramper derrière elle qui s'éloignait à grands pas.

Kylan nous conduisit loin de cette scène, ce qui me soulagea quelque peu, même si j'ignorais notre destination. Il m'avait donné sa veste et m'avait traitée avec une certaine humanité par rapport aux autres. Mon cou me faisait encore mal suite à ses attentions, mais je préférais cela à une laisse et un collier.

Et aux exploits sexuels dans le champ… Je frissonnai. Kylan aurait pu faire bien pire. Alors pourquoi s'était-il abstenu ?

Le silence s'installa entre nous, à la fois réconfortant et inquiétant, alors qu'il s'engageait sur une route déserte, le clair de lune éclairant notre chemin. Il n'y avait rien d'autre ici que des terres agricoles. Aucun bâtiment ni d'autre structure, aucun signe de la ville, juste les étoiles dans un ciel noir. C'était assez paisible en fait, contrairement aux environs de mon ancienne université. Tireurs d'élite, gardes, murs en ciment surmontés de barbelés et puits de lumière constituaient le décor principal

Mmmh, j'aurais souhaité qu'il y ait des arbres. Je n'en avais jamais vu, mais le paysage herbeux était magnifique, même dans la nuit.

— Robyn se délecte de casser ses jouets, déclara Kylan d'une voix douce.

Je détournai mon regard de la sérénité qui nous entourait pour le poser sur le démon à mes côtés.

— Et vous ? lâchai-je, incapable de m'en empêcher. Qu'est-ce que vous préférez ?

« Je vais te détruire » : ses paroles tournaient encore dans mes pensées, me torturaient.

— J'adore la soumission, murmura-t-il avec une ombre de sourire. Mais j'aime les battantes.

L'environnement défila autour de nous quand il accéléra, et j'eus l'estomac retourné à la fois à cause de l'élan soudain et de sa réponse. Il voulait que je m'oppose à lui, que je dise non. C'était pourquoi il m'avait choisie : parce qu'il savait que je ne me soumettrais pas facilement.

Il veut me forcer à l'accepter physiquement. Me faire mal de la manière la plus rude, prendre mon corps de gré ou de force.

Je fus secouée jusqu'aux os d'un tremblement que je ne pus dissimuler. J'avais assisté à cela maintes et maintes fois, entendu les hurlements, en avais encore été témoin ce soir dans le champ. Mais savoir qu'il en mourait d'envie et qu'il m'emmenait chez lui avec la ferme intention de me blesser me faisait remonter la bile dans la gorge.

Il va me tuer, mais seulement après m'avoir sautée.

Et je ne peux rien faire pour l'en empêcher.

— Ah, la voici, cette peur qui a manqué toute la soirée, constata-t-il. Tu étais l'une des rares qui n'en montraient pas la moindre trace durant la sélection. C'est ce qui m'a attiré vers toi.

Il tourna sans ralentir, et mes entrailles se tordirent violemment. J'appuyai le dos de ma main sur mes lèvres, refusant d'être malade. Pas ici. Pas maintenant. Pas si facilement.

Des lumières apparurent au loin, vives et blanches, séparées par quelques points rouges. À mesure qu'on approchait, cela prit de l'ampleur, éclairant une route plus large de l'autre côté d'un grillage. Sur cette route se trouvait un appareil que je n'avais vu que dans mes livres.

Un avion.

Je restai bouche bée, stupéfaite. Il était tellement plus grand que je ne l'aurais cru. Plusieurs personnes se tenaient autour, toutes vêtues de noir, certaines gardant le portail que Kylan nous fit franchir à une vitesse bien plus lente.

— Votre Altesse, le salua un humain, qui jeta un bref regard sur moi, toujours enveloppée de la veste de Kylan. Tout est prêt.

— Merci, Jackson, répondit Kylan, à ma grande surprise.

Il connaît le nom de cet humain ?

La plupart des vampires ne connaissaient pas les mortels, même les Vigiles.

Kylan roula jusqu'à l'arrière de l'avion et s'engagea sur une rampe, avec un guidage minimal de la part des humains qui montaient la garde. Une fois monté dans la soute de l'avion, il coupa le moteur et attendit que la rampe se relève, nous enfermant dans le ventre de l'appareil.

Ses yeux sombres me détaillèrent, il m'étudia sans un mot. Je n'osai pas détourner les yeux, je voulais savoir ce qu'il prévoyait. Il déboucla sa ceinture et se pencha lentement vers moi.

Mes mains devinrent moites. *On y est. Il va me faire mal maintenant, et il s'attend à ce que je lutte contre lui.*

Le pouvais-je ?

Le voulais-je ?

Ça pourrait être moins douloureux si…

Le déclic de ma ceinture me tira brusquement de mes pensées. Affichant un sourire en coin, il sortit de la voiture et en fit le tour pour ouvrir ma portière, et tendit la main pour m'aider à sortir.

Fronçant les sourcils, je m'extirpai sans son assistance.

— C'est considéré comme assez malpoli d'ignorer une invitation formelle d'un supérieur. (Il repoussa la portière d'un geste définitif qui me fit frémir.) Je commence à m'interroger sur ton instruction et sur la raison pour laquelle tu as survécu jusqu'à présent.

Moi aussi. Car je n'avais jamais agi comme ça à l'école. Même si j'avais souvent nourri des pensées rebelles, je n'étais jamais passée à l'action. Il ne valait mieux pas. Mais avec Kylan ? Rien ne m'aurait fait plus plaisir que de lui balancer mon poing à la figure.

Et à présent que Silas était en sécurité, je le pouvais.

Kylan attrapa mon poignet avant que je ne le lève et me fit tourner dans ses bras, mon dos contre son torse. Il fit claquer sa langue à mon oreille.

— Je veux que tu me défies dans la chambre, pas au garage, chérie.

— Alors, on s'amuse bien ? lança une voix masculine derrière nous.

— Tu n'as pas idée, répliqua Kylan, son aine épaisse appuyée contre mon derrière. Raelyn, voici Mikael, mon

41

vierge de sang. Mikael, je te présente mon nouveau jouet, Raelyn.

Il me poussa en avant, me faisant trébucher. Je luttai pour retrouver mon équilibre sur mes talons hauts, puis me tournai pour leur faire face.

Mikael descendit une volée de marches pour se rapprocher de Kylan. Ses longs cheveux blonds frôlaient ses larges épaules. Il portait un costume noir assorti à celui de son maître, sans la cravate, le col de sa chemise ouvert.

— Elle est jolie, murmura-t-il d'un air approbateur, me jaugeant de son regard clair. J'aime bien cet ajout de ta veste sur elle, Votre Altesse.

Kylan afficha un sourire en coin.

— Oui, elle porte plutôt bien ma veste, n'est-ce pas ?

— Mmmh.

— Dois-je lui demander de la retirer pour toi ?

Mikael gratta sa barbe naissante, et son regard s'échauffa.

— Oui, j'aimerais bien voir tout le contenu.

— Raelyn ? m'appela Kylan, haussant un sourcil.

Il voulait que je me déshabille pour cet humain de compagnie ?

— Non.

S'il voulait que j'enlève la veste, il n'avait qu'à le faire lui-même.

Les sourcils blonds de Mikael s'arquèrent, et Kylan gloussa.

— N'est-elle pas fantastique ?

— Elle vient de refuser, non ?

— En effet. (Kylan pencha la tête de côté, un sourire s'attardant sur ses lèvres.) Allons-nous tenter de l'inciter à se déshabiller pour nous ?

— On pourrait, répliqua Mikael d'un ton perplexe. Mais on n'a jamais eu à le faire auparavant.

Kylan haussa les épaules.

— Je devrais peut-être lui expliquer comment ça va se passer.

— Est-ce qu'on pourrait faire ça dans la cabine ? Les pilotes attendent de décoller et ne le feront pas tant qu'on restera dans la soute.

L'humain parlait avec Kylan d'une façon très détendue, comme s'ils étaient amis, ce qui me rendait muette de stupeur.

— Bien sûr. (Kylan me tendit la main.) Viens, Raelyn.

À ma stupeur se mêla de l'irritation.

— Ouah, ouah.

Kylan gloussa de nouveau.

— Tu as besoin d'un collier, chérie ? Comme celui que Robyn a mis à son nouvel animal de compagnie ? Je crois bien que j'aimerais te voir ramper.

L'image de la royale avec ce pauvre homme était encore fraîche et précise dans mes yeux. Je frissonnai à ce souvenir.

— C'est bien ce que je pensais, murmura Kylan, agitant les doigts avec impatience. Viens ici, Raelyn, ou je te tire par les cheveux.

— Je l'écouterais à ta place, ajouta Mikael en se tournant vers l'escalier. Cet homme ne bluffe pas.

Serrant les dents, je m'avançai à grands pas, ignorant la main de Kylan. Il me saisit le coude et me tira en arrière si brusquement que je perdis l'équilibre et m'affalai contre lui.

— Ça fait deux fois que tu ignores un geste poli de ma part. Tu préfères que je sois plus rude avec toi ? (Il serrait mes bras à me faire mal pour me maintenir debout.) Parce que je peux l'être, Raelyn.

Je grimaçai sous sa poigne, mais refusai de lui faire le plaisir de m'excuser.

— Vous ne pouvez plus utiliser Silas contre moi. Je n'ai plus rien à perdre.

Il fit la moue.

— Silas. Un nom bizarre pour un prospect. (Il m'attira contre lui, son insouciance laissant place à un ton plus ténébreux.) Ce n'est pas parce que *Silas* n'est pas ici que je ne peux pas lui faire de mal. Il est en plein tournoi actuellement. Il me suffit d'un message aux organisateurs et ton ex-amant subira un accident dont il ne se remettra jamais.

Mon cœur manqua un battement.

— Vous lui feriez du mal pour me dresser ?

— Je peux lui faire bien plus que du mal, chérie.

Sa menace sous-jacente me perfora la poitrine, ravivant la nausée que j'avais eue dans la voiture.

Mon estomac se retourna, ma gorge se serra. *Ne vomis pas. Ne fais pas ça.* Je déglutis, mais la brûlure de l'acide me fit monter les larmes aux yeux. Ou peut-être était-ce dû au poids qui me tombait sur les épaules.

La vie de Silas est entre mes mains.

Un seul geste de travers et Kylan mettrait sa menace à exécution. Comment pouvais-je lui résister, en connaissant les conséquences ?

Mes épaules s'affaissèrent. Je n'avais pas le choix.

— Je ferai ce que vous voulez.

Kylan haussa les sourcils.

— Pour un mâle que tu ne reverras plus jamais ?

Je ne pris pas la peine de répondre. Ma loyauté envers Silas ne le regardait pas.

— Vous souhaitez toujours que j'enlève la veste ?

Parce que je le ferais. Et je ramperais, si c'était ce qu'il désirait.

Il relâcha sa prise et plissa les yeux.

— C'est un humain que tu ne reverras plus jamais,

Raelyn. Et s'il gagne, il t'oubliera complètement. Pourquoi éteindre ce feu en toi pour lui ?

Je le regardai en soupirant, plus épuisée que je ne l'avais été depuis longtemps.

— Parce qu'il a au moins une chance d'avoir un avenir. Je ne la mettrais en péril pour rien au monde, même au prix de ma propre dignité. (Je me dégageai de son emprise et laissai tomber la veste de mes épaules.) Je ferai tout ce que vous voulez, Votre Altesse, répétai-je d'un ton plus solennel.

Vaincue, je me tournai vers l'escalier, prête à affronter mon destin.

Kylan voulait une combattante dans sa chambre.

Eh bien, il venait juste d'éteindre ma flamme.

Avec un peu de chance, il se contenterait d'une soumise à la place.

KYLAN

J'observai Raelyn qui grimpait les marches vers Mikael, lequel attendait sur la plateforme supérieure. Il haussa un sourcil interrogateur et je hochai la tête, devinant ce qu'il avait l'intention de faire.

Cette fille avait besoin d'une douche, de vêtements et de nourriture. En tant qu'humain, Mikael pourrait s'occuper de tout ça mieux que moi. Il prenait toujours soin de mon harem, et en retour, la plupart des membres lui témoignaient de l'affection. Nous avions établi cette relation après que je l'avais acheté à une vente aux enchères, dix ans plus tôt. Parfois nous partagions les femelles, mais seulement celles qui le désiraient.

Raelyn supposait beaucoup de choses que j'aurais dû préciser dans la voiture, mais j'avais choisi de ne pas le faire. Parfois les actions parlaient plus que les mots. Et avec le temps, elle se rendrait compte que je n'avais pas l'intention de la forcer à faire quoi que ce soit avec moi. Je préférais que mes partenaires soient consentantes, et quand je parlais d'aimer une femme courageuse, je voulais dire une femme qui pouvait me défier dans la chambre, et non pas rester allongée à se laisser faire.

Le viol, c'était pour les faibles.

Je n'étais pas faible.

Si Raelyn préférait l'isolement, je le lui permettrais. Sa relation avec l'humain Silas était plus profonde que je ne l'avais cru au départ. Quand je l'avais utilisé contre elle, c'était simplement un outil pour la garder dans le rang afin que les autres ne la tuent pas. Et mes paroles de tout à l'heure n'étaient destinées qu'à la narguer, mais elles avaient eu un effet totalement inverse.

Je n'avais jamais eu l'intention de tuer son esprit. Je la voulais forte pour affronter les épreuves à venir. Parce qu'on m'avait piégé en me décrivant comme un immortel devenu fou avec l'âge. Ils avaient détruit mon harem, me laissant le choix entre revendiquer le massacre ou admettre que quelqu'un avait pénétré mon territoire. Aucun des deux n'était acceptable, les deux suggérant une faiblesse. Mais je préférais être pris pour un immortel fou que pour un immortel incompétent.

Je ramassai ma veste en soupirant et partis rejoindre Mikael et Raelyn.

Il était l'un des rares à connaître la vérité. Il était avec moi depuis assez longtemps pour savoir que je ne ferais jamais de mal à mon harem, même par ennui. Et nous avions pleuré sa perte ensemble.

J'avais choisi Raelyn pour sa résistance, ayant besoin d'une remplaçante capable de se défendre. Or à présent, je n'étais plus aussi certain de mon choix. Elle aimait un autre mâle, ce que je pouvais tolérer, même si cela me faisait songer à des moyens de le détruire, et elle était prête à se sacrifier pour lui.

Mikael me rejoignit dans le couloir menant à l'unique chambre du jet, un verre de champagne au sang à la main. J'échangeai ma veste contre la flûte.

— Tu me fais toujours les plus beaux cadeaux.

Avec un grand sourire, il accrocha ma veste dans le placard près de nous.

— Tu m'avais l'air d'en avoir besoin après cette petite démonstration dans la soute.

Je grognai, puis sirotai le liquide pétillant en soupirant.

— Ouais, je crois que j'ai tout gâché.

— Juste un peu, convint-il, creusant ses fossettes. Mais on va arranger ça. En attendant, elle est couchée et refuse de manger ou prendre une douche. Pour employer ses propres termes, elle veut juste « en finir ».

Je grimaçai.

— Cette pauvre chérie s'attend à une exécution rapide.

— Apparemment.

— Je lui prouverai qu'elle se trompe, mais pas cette nuit.

Elle était loin d'être prête pour moi. Je préférais la voir me supplier de la sauter plutôt que de la prendre dans un état second.

— Peux-tu faire savoir au pilote qu'on est prêt à décoller ? J'ai plus qu'envie de rentrer chez moi.

— Seulement si tu lui parles entre-temps. (Il montra la porte du doigt) Explique-lui les règles, au minimum.

Je mis le verre de côté.

— Tu es toujours un sale rabat-joie.

— Et toi un crétin, rétorqua-t-il, pas du tout effrayé d'exprimer son opinion. Montre-lui qui tu es vraiment, comme ça elle arrêtera de bouder. C'est inconvenant.

— Inconvenant, répétai-je en secouant la tête. Tu emploies de ces termes…

— Cesse de tergiverser, ou je te refuse mon sang.

Je haussai un sourcil.

— Tu essaies de commander maintenant ? Putain, qu'est-ce qui arrive au monde aujourd'hui ?

Il gloussa et voulut passer devant moi, mais je l'attrapai par la hanche et l'attirai vers moi. J'effleurai son pouls de mes lèvres, son essence chantant à mes instincts. Les vierges de sang étaient rares, délectables et addictifs, mais je m'étais toujours régulé avec Mikael. J'avais choisi un homme parce que, bien que je n'aie aucun problème à boire de lui, il ne m'attirait pas sexuellement. Ce qui signifiait que je ne perdais jamais le contrôle avec lui, même quand il m'y encourageait.

— Tu ne peux rien me refuser, chuchotai-je, ma langue titillant sa veine.

Il frémit contre moi et posa les mains sur mes flancs.

— Jamais je n'en aurai envie.

Je perçai son cou juste assez pour le goûter et le taquiner avec mes endorphines. Son membre durcit contre le mien, son corps toujours réceptif à tout ce que je voulais bien lui donner, et plus encore. Partager des femmes avec lui était donc facile. Nous en profitions tous les deux, ainsi que l'un de l'autre, mais nous ne passions jamais à l'acte seuls, rien que nous deux. Ce n'était pas ma préférence ni la sienne.

Il gémis quand je me rétractai et je souris.

— Qu'est-ce que tu as dit à propos de refuser ton sang ?

— Va te faire voir, grommela-t-il, l'excitation allumant ses yeux clairs. Va lui parler.

Je haussai les épaules.

— C'est bien parce que je le veux.

— Je n'en doute pas. (Il fit courir ses doigts dans ses longs cheveux et s'engagea dans le couloir en direction de la cabine principale.) Je vais t'emprunter Zelda un moment. Ne viens pas nous déranger.

J'esquissai un sourire.

— C'est pour ça que tu as embarqué ma cuisinière préférée dans ce voyage ?

— Non, c'est parce que je savais que la fille aurait besoin de manger, mais maintenant je vais employer Zelda à nourrir autre chose. (Il jeta un œil par-dessus son épaule, rongeant son frein.) Donc j'espère que tu n'as pas faim, parce qu'on va être occupés un moment.

J'émis un petit rire.

— On se débrouillera.

Car je supposais que Zelda ou lui avaient déjà laissé de quoi manger dans la chambre. Je n'avais guère mangé avec les festivités de cette nuit, et ils devaient le savoir.

— Comme toujours, répliqua Mikael avec un autre aperçu de ses fossettes, avant de s'éclipser vers l'avant du jet.

Je secouai la tête et frappai à la porte de la chambre. Raelyn ne répondit pas. Je pris son silence comme la permission d'entrer, et la trouvai roulée en boule au bord du lit, à fixer le mur. Ses talons hauts étaient par terre, rangés le long du mur, la laissant complètement nue.

Je desserrai ma cravate et défis mes boutons de manchette pour retrousser mes manches. Raelyn remua ses jambes musclées mais resta plongée dans un silence exaspérant. Mes railleries concernant le garçon l'avaient clairement poussée à bout. Quel dommage. J'avais espéré qu'il en aurait fallu bien plus que ça pour mater l'esprit courageux en elle.

Les humains étaient des créatures fragiles, la plupart se brisaient au moindre regard. Mais celle-ci était prometteuse. Je n'aurais qu'à amadouer son côté rebelle pour jouer avec elle.

Je posai mes chaussures à côté des siennes et me tins devant elle, la main sur ma ceinture.

— Va-t-on d'abord tester tes compétences orales ?

Rien que l'idée me faisait bander, mais je n'avais pas l'intention d'aller plus loin. Je voulais simplement une réaction.

Des lèvres pincées, c'est tout ce qu'elle m'accorda.

Je soupirai et fis le tour du lit pour m'allonger près d'elle.

— Tu m'ennuies encore, Raelyn.

Rien. Pas même un tressaillement.

— Dois-je te parler de Silas pour que tu coopères ? demandai-je, curieux. Est-ce comme ça que je provoquerai la réaction que je désire ?

— Que voulez-vous de moi ? me lança-t-elle, se retournant pour me faire face. Vous voulez que je vous suce ? Pour prouver mes bonnes notes ? (Elle porta sa main à ma ceinture.) Parce que je peux le faire si c'est ce que vous voulez. Dites-le-moi, qu'on en finisse.

Je la laissai déboucler la ceinture avant d'attraper son poignet pour bloquer ses mouvements.

— Tes compétences en préliminaires et confidences sur l'oreiller ont nettement besoin d'être développées.

Je plaquai sa main sur l'oreiller à côté d'elle et la poussai sur le dos, puis m'installai au-dessus d'elle, ma cuisse entre ses jambes.

Elle empoigna mon épaule de sa main libre et me repoussa. Je fis claquer ma langue et coinçai d'une main ses deux poignets au-dessus de sa tête, tandis que l'autre se posait sur sa gorge. L'ecchymose qui fleurissait sur sa peau confirmait que j'avais été trop brutal avec elle. J'avais voulu faire une démonstration à mes frères, pour leur montrer que je la maîtrisais bien, mais découvrir cette marque maintenant me mettait mal à l'aise.

— Ça te fait mal ?

— Parce que ça vous inquiète ? grogna-t-elle, m'arrachant un sourire.

— Tu ignores tout de moi, petit agneau, chuchotai-je. Tu ne sais que ce que la société t'a montré.

— Je crois que ces dernières heures, ou je ne sais combien de temps, en votre présence m'ont appris tout ce que j'ai besoin de savoir.

— Vraiment ? (Je penchai la tête et captai son regard.) Et qu'est-ce que tu as appris, Raelyn ?

Elle darda sur moi ses magnifiques yeux bleus, me faisant frissonner. *Te voilà, chérie. Viens jouer avec moi. Étonne-moi.*

— Je t'ai donné ma veste quand tu avais froid, murmurai-je, récapitulant la soirée. Je ne t'ai pas penchée en avant pour te sauter comme plusieurs autres l'ont fait avec leurs nouveaux jouets, et je n'ai pas laissé Robyn te punir après que tu l'as toisée effrontément dans la voiture. Je t'ai aussi laissée vivre alors que bien d'autres n'auraient jamais toléré ta désobéissance. Alors dis-moi, chérie, qu'est-ce que tout ça raconte sur moi ?

Le lit vibra sous nous alors que le jet prenait de la vitesse, ce qui détourna son regard vers le hublot le plus proche. Je lui laissai ce moment et relâchai ses mains, m'attendant à ce qu'elle se cramponne au lit ou à la tête de lit. Mais elle s'accrocha à mes épaules, affichant un mélange d'inquiétude et d'émerveillement quand nous montâmes dans les airs.

La plupart des humains n'avaient jamais volé, du moins pas consciemment. C'était bien plus facile de les droguer et de les parquer dans un gros avion-cargo comme du bétail. Sa bouche s'ouvrit, ses yeux s'écarquillèrent.

— Tu aimerais regarder par le hublot ? proposai-je, amusé.

Son regard vola vers moi.

— Je, non, je… (Elle déglutit, plissa le front.) Je n'ai jamais, je veux dire…

— Je sais. (Je repoussai une mèche de cheveux derrière son oreille et m'appuyai sur mes coudes de chaque côté de sa tête.) Si tu veux regarder par le hublot, tu peux, mais sois prudente.

Je voulus m'écarter d'elle mais elle resserra sa prise, sa peur imprégnant l'air.

Voler l'effrayait, mais pas mes lèvres près de son cou.

Je réfrénai un rire. La société l'avait rendue insensible à la menace évidente qui était étendue sur elle. Pas étonnant que la plupart des humains venaient à moi brisés.

Elle se détendit un peu quand l'avion se stabilisa, et son front se lissa dans un soupir. Ce ne fut que lorsqu'elle croisa mon regard qu'elle réalisa qu'elle s'était agrippée à moi pendant tout ce temps, mais au lieu de me lâcher, elle se figea.

— Dis-moi encore ce que tu sais de moi ? la taquinai-je, incapable de m'en empêcher. (J'appuyai mes lèvres sur sa gorge, doucement, et frottai mon nez sur sa mâchoire.) Mikael veut que je t'explique les règles. Parfois il se la joue petit chef, mais il ne l'est pas.

Il m'avait fallu un an pour libérer la personnalité qu'il gardait cachée sous l'endoctrinement du Coventus. Il n'avait plus grand-chose en commun avec le mâle que j'avais acheté à cette horrible vente aux enchères. Mikael était beaucoup plus fort maintenant et n'avait pas peur de me dire mes quatre vérités, ce qui en faisait un bon ami et un partenaire encore meilleur.

— Voici ma première règle, repris-je. C'est mon territoire, Raelyn. Tu m'appartiens à présent et tu feras ce que je dis, ce qui implique de permettre à Mikael de prendre soin de toi. (Je considérais cela comme la deuxième règle.) Donc s'il te dit de prendre une douche et de t'habiller, tu te douches et tu t'habilles.

Elle plissa les yeux.

— C'est vous qui m'avez dit d'enlever la veste.

J'esquissai une moue.

— Non, je t'ai demandé si tu voulais l'enlever. C'était à toi de choisir de le faire ou non.

— Non, ce n'est pas…

Je pressai mes lèvres sur les siennes pour la faire taire.

Elle avait déduit de mon commentaire qu'il s'agissait

d'un ordre, et je l'avais peut-être fait exprès, mais il n'en restait pas moins que je ne lui avais jamais ordonné de laisser tomber ma veste. Ses lèvres restèrent closes sous les miennes, sans céder ni répondre, ce qui nous amenait à la règle suivante.

Forcer une femme dans la chambre n'était guère excitant.

Toutefois, j'appréciais énormément de séduire une femme récalcitrante. Surtout une qui ne voulait pas être attirée par moi.

C'était ma règle tacite, que Mikael comprenait bien que je ne l'aie jamais exprimée à voix haute. Qu'y aurait-il de drôle à mettre Raelyn à l'aise ? Je la préférais de loin méfiante et haineuse. Sa soumission serait tellement plus douce au final.

Je nous fis rouler pour être allongé sous elle, ses cuisses à califourchon sur mes hanches, et croisai les mains derrière la tête. Elle se redressa en prenant appui de ses mains sur mon abdomen. Sa poitrine se soulevait sous le choc de notre mouvement rapide.

— Tu as des seins magnifiques, la complimentai-je, admirant leur fermeté et leurs pointes rosées.

La courbe galbée de sa taille donnait sur l'apex rasé entre ses cuisses. Quiconque l'avait forcée à épiler ces belles boucles rousses méritait une bonne raclée, car j'étais sûr qu'elle serait splendide avec une toison correctement entretenue.

Je ramenai lentement mon regard vers le sien et découvris que ses joues rougissaient d'une façon délectable. Mmmh, oui, j'appréciai cela presque autant que son regard noir.

—Je n'ai pas… Que voulez-vous de moi, Kylan ?

Mon nom prononcé d'une ronronnante voix de gorge me frappa directement à l'aine. Les humains s'adressaient rarement à leurs supérieurs en les appelant par leur nom, et la façon dont elle couvrit sa bouche de sa main m'indiqua qu'elle venait de réaliser son erreur. Ses yeux bleus s'écarquillèrent.

— Je… je… je n'ai pas voulu…

— Tu peux m'appeler Kylan et me tutoyer quand nous sommes seuls. En fait, je préfère.

Mikael employait toujours mon titre officiel de *Votre Altesse*. C'était peut-être un peu farfelu, mais je me faisais vieux quand on m'appelait de la sorte.

Ses épaules se détendirent et elle posa la paume sur mon ventre. Elle ne paraissait pas du tout perturbée par sa nudité ; un conditionnement que mes frères avaient enraciné en elle. J'aurais dû me sentir mal à cause de ça, mais en fait pas du tout.

— Que voulez-vous de moi ? répéta-t-elle, sa voix à peine un chuchotement.

— Qu'est-ce que je ne veux pas de toi, chérie ? (Je posai ma main autour de sa nuque et l'attirai vers moi, sa bouche à quelques centimètres de la mienne.) Que crois-tu que je veuille de toi ?

— Q-Que je vous défie.

Je mordillai sa lèvre inférieure.

— Brave fille.

Je l'embrassai de nouveau, parce que je le pouvais et que j'en avais envie, et souris quand elle grogna.

— Je ne suis pas un chien.

— Non, certainement pas, murmurai-je, léchant la commissure de ses lèvres. Ouvre la bouche, princesse.

— Je ne…

Ma langue l'interrompit, mon désir ardent de l'embrasser prenant véritablement le dessus. L'exploration sur le terrain n'était que le début. J'en voulais plus, j'avais besoin de la goûter proprement, de la *connaître*.

Elle saisit mes biceps et tendit les bras pour me repousser. Je resserrai ma prise sur sa nuque et empoignai sa hanche pour nous retourner de nouveau, elle le dos au matelas et moi entre ses cuisses écartées. Elle planta ses ongles dans ma chemise, ce qui me fit sourire.

— C'est ça, Raelyn, susurrai-je. Continue de protester. On sait tous deux que ce n'est pas sérieux.

— Je vous déteste, haleta-t-elle, cambrant ses hanches contre les miennes en contraste flagrant avec ses paroles.

— Je sais.

Je me détesterais aussi. Ce monde. Cette vie. Ce à quoi la société actuelle l'avait réduite. Il n'y avait absolument rien que je pouvais faire pour l'empêcher, mais je ne l'acceptais pas pour autant. Mikael en était la preuve. La façon dont je la traitais, même maintenant, était aussi un témoignage de mes croyances fondamentales. Je reconnaissais ma position dominante sur elle, un droit que mon espèce avait gagné en devenant l'espèce supérieure. Mais cela était-il juste ? Une question à laquelle je réfléchissais souvent.

Elle gémit dans ma bouche, sa main glissa de mon bras dans mon cou, et ses doigts fourragèrent dans mes cheveux tandis que sa langue répondait enfin à la mienne.

Parce qu'elle le voulait ? Ou parce qu'elle voulait m'inciter à arrêter ?

Cette fille maligne savait que je voulais un défi, et céder, c'était tout le contraire de cette demande. Toutefois, l'excitation qui mouillait mon pantalon suggérait que ce pouvait être un mélange de défiance et de désir. Une invitation enivrante que j'acceptai en approfondissant notre baiser, prenant le contrôle de nos bouches et lui apprenant ce que je préférais. Elle me rendit la pareille, et ses mamelons durcirent en petits points attirants contre ma poitrine.

Oh, elle appréciait, même si je savais qu'elle ne le voulait pas.

Je pressai mon érection contre sa chaleur accueillante, couvrant mon pantalon de cette preuve de notre appréciation mutuelle. Mes lèvres effleurèrent sa joue, glissèrent vers son oreille.

— Tu fais un sacré bordel pour quelqu'un censé me détester. (Elle retint son souffle à mes paroles, et je souris.) Je devrais te faire lécher mon pantalon en guise de punition pour m'avoir menti, chérie. Te donner une leçon d'humilité et de vérité.

— Mon corps peut bien approuver, dit-elle, le souffle court. Mais mon esprit, jamais.

Oui, voilà le défi que je convoitais. Je frottai mon nez dans son cou, me délectant de l'accélération de son pouls.

— Laisse-moi un peu de temps, petit agneau. Je vais conquérir ton esprit aussi facilement que ton corps.

— Jamais.

— Peut-être que je gagnerai aussi ton cœur, chuchotai-je sombrement. Le volerai à Silas. (Mentionner le nom de l'humain rafraîchit mes ardeurs. Avoir un jouet qui craquait sur un autre n'avait rien d'attirant. Rien du tout.) Comment avez-vous réussi à cacher votre relation ?

Il était illégal pour les humains d'entretenir des liaisons. Les liaisons pouvaient mener à des soulèvements, et Lilith ne voulait évidemment pas que quoi que ce soit puisse menacer sa royauté.

Raelyn se figea sous moi, le souffle quasi coupé.

Je reculai pour croiser son regard.

— Tu t'inquiètes que j'en parle à quelqu'un ? Que je ruine ses chances d'accéder à l'immortalité ?

Car ce serait le cas. La moindre mention de leur relation interdite le ferait tuer. Un humain cachant une faiblesse n'était pas digne de l'immortalité selon la plupart des normes.

Sa lèvre inférieure se mit à trembler et des larmes troublèrent son beau regard.

— Que désirez-vous que je fasse ? demanda-t-elle d'une voix brisée. Je ne… S'il vous plaît, ne faites pas…

Ah, revoilà ce sacrifice, cette volonté de faire tout ce que je voulais juste pour protéger un garçon mortel qu'elle ne reverrait plus jamais. Une réaction si humaine. Si peu pratique, et contraire à la mentalité d'un guerrier. Silas signifiait vraiment beaucoup pour elle, mais je savais d'expérience que le mâle ne lui rendrait pas cette fidélité. Les survivants faisaient tout pour rester en vie, une chose qu'elle ferait bien de se rappeler.

Je m'écartai d'elle avant de faire quelque chose de vraiment catastrophique. Genre passer un appel pendant qu'elle écoutait et ordonner que le mâle soit étranglé à mort dans une vidéo en direct. J'en savais plus qu'assez pour le faire condamner, Coupe Immortelle ou non.

— Kylan, supplia-t-elle d'une voix brisée.

Clairement pas le genre de supplication que je préférais dans une chambre.

Je lui laisserais un moment, cette nuit, pour s'en remettre. La Journée du Sang était intimidante et éprouvante au plan émotionnel, et avoir été recrutée pour mon lit n'était certainement pas tout en haut de sa liste de choix.

Mais il fallait qu'elle réalise qu'il y avait beaucoup d'endroits bien pires où elle aurait pu atterrir.

Ma réputation semblait bien pâle en comparaison de quelques autres. Elle l'apprendrait bientôt. Surtout si Robyn donnait suite à se demande de venir me voir.

— Repose-toi, Raelyn. Tu auras besoin de toutes tes forces si tu as l'intention de rester en vie dans ce monde.

J'enrobai mes mots de contrainte, sachant qu'elle m'ignorerait sinon. Nous avions un long vol devant nous, qu'elle pouvait aussi bien employer à se reposer.

Je fis halte à la porte, ma main sur la poignée.

Merde.

Je ne pus m'empêcher de jeter un œil par-dessus mon épaule. Raelyn avait succombé au sommeil comme je l'y avais obligée, mais pas avant d'avoir laissé couler ses larmes. Elles se répandaient sur ses traits délicats, détruisant son masque de guerrière.

— Une promesse bien gâchée, soupirai-je.

Je faillis la laisser comme ça, mais ne le pus. Si elle dormait dans cette position, son cou serait encore pire au matin, et j'avais déjà fait assez de dégâts.

Elle était frêle dans mes bras tandis que je l'installais dans le lit, glissant ses jambes et son buste sous les couvertures. Ses cheveux roux s'étalèrent sur les oreillers, me rappelant le sang frais. Je passai mon pouce sur son pouls régulier en me demandant si les couleurs allaient s'accorder.

— Nous réessaierons demain, Raelyn.

Elle ne pouvait m'entendre, mais ces mots m'étaient plus destinés qu'à elle.

Normalement, je l'aurais confiée à Mikael pour qu'il prenne soin d'elle. Mais comme elle était la seule membre de mon harem, je me sentais obligé de la garder en sécurité. Elle avait une cible dans le dos, pas à cause de ce qu'elle avait fait, mais parce que quelqu'un voulait qu'on pense de moi que j'étais fou. Jusqu'à ce que je résolve ce problème, sa vie, littéralement, reposait à mes pieds.

J'avais toujours protégé farouchement mon territoire, et il n'en serait pas autrement avec Raelyn. Ce qui signifiait que nous passerions plus de temps ensemble que je ne le faisais d'habitude avec mes humains. Il fallait rendre ça amusant, ce qui serait difficile si elle ne vivait que pour protéger un autre.

Il devait y avoir plus qu'un garçon dans son existence. Il fallait juste que je trouve ce qui la faisait tiquer. Heureusement que j'aimais les défis.

Je remontai les couvertures sur ses épaules et effleurai sa tempe d'un baiser.

— Fais de beaux rêves, petit agneau.

RAE

J'étais entourée de lumière. Blanche, sans éclat, étrangère.

Je clignai des yeux, et posai le regard sur la baie vitrée et la blancheur au-delà.

Des montagnes, m'indiqua mon esprit. *De vraies montagnes.*

— Impossible, exhalai-je.

Je roulai hors des couvertures de flanelle et bondis vers les portes closes d'un balcon. J'abaissai la poignée et une rafale d'air froid pénétra dans la pièce, mais je m'en fichais.

Il y avait. Des montagnes. Dehors.

Et des arbres.

De vrais arbres.

Je franchis le seuil et tressaillis quand mes pieds nus s'enfoncèrent dans une texture froide.

De la neige.

Bouche bée, je tombai à genoux, plongeai les mains dans la blancheur duveteuse et les en ressortis glacées.

— Oh !

C'était très froid, mais si beau. Je répétai mon geste, excitée par ce phénomène que je n'avais lu que dans les livres.

La lune illuminait chaque détail du terrain d'un vibrant éclat argenté. C'était la cause de cette étrange brillance : le clair ciel nocturne et la lune presque pleine rayonnant sur ce paysage hivernal.

Je restai bouche bée, malgré mes membres qui tremblaient.

— C'est tellement beau, m'émerveillai-je, époustouflée.

— Oui, répondit une profonde voix masculine.

Je fis un bond en arrière et heurtai quelque chose, ou plutôt quelqu'un, de dur. Des bras chauds m'entourèrent, dissipant aussitôt le froid du dehors. C'est alors que je réalisai qu'on m'avait passé un pantalon de pyjama et un t-shirt.

Kylan.

— Bienvenue chez moi, Raelyn.

Je cillai. C'était sa maison. Sa chambre. Car il me possédait. Car j'avais été choisie pour son harem, pour être sautée selon son bon plaisir jusqu'à la mort.

C'était ma vie à présent.

Mon excitation mourut dans un soupir. Inutile d'espérer explorer ou apprécier le paysage. Je n'avais plus qu'à me soumettre au royal derrière moi.

— Il faut que tu manges, murmura-t-il, ses lèvres dans mon cou.

Mon estomac gargouilla son accord, me rappelant que cela faisait des heures, voire même des jours, que je n'avais rien mangé. Mikael avait essayé dans l'avion, avait posé une assiette sur le chevet. Je l'avais ignorée, je ne voulais pas être malade quand Kylan m'aurait touchée par la suite.

Mais à présent je n'avais plus le choix. Ne rien manger ne ferait que m'affaiblir, et je ne pouvais me le permettre en présence de Kylan. Le fait que j'aie dormi aussi longtemps en disait déjà long sur mon état de fatigue.

— Encore du silence, soupira-t-il. C'est répétitif.

Il me fit tourner, mes pieds glissant sur le sol froid. Il posa les mains sur mes joues et me fixa de ses yeux ardents.

— Tu vas manger.

— Je n'ai jamais dit que je ne le ferais pas, rétorquai-je, irritée qu'il soit déjà en train de me malmener. Et si vous m'aviez laissée un peu plus de deux secondes pour m'acclimater, je vous aurais répondu.

Il haussa les sourcils comme s'il était impressionné.

— C'est bien mieux.

Je faillis lever les yeux au ciel. Faillis seulement.

— Vous devez mener une existence bien terne si c'est le genre de chose qui vous amuse.

Je n'arrivais pas à croire que j'étais en train de prononcer ces paroles à voix haute. Ce devait être cet endroit qui submergeait ma raison, car je savais qu'il ne fallait pas parler ainsi à un vampire, surtout un royal. Mais merde, cet homme était exaspérant.

Sa bouche se tordit en un sourire féroce.

— Tu n'as pas idée, mon cœur.

Et je n'avais pas envie de savoir.

— Je croyais que vous vouliez que je mange.

— En effet.

— Alors pourquoi vous me tenez comme ça ?

— Parce que je le veux. (Il resserra sa prise.) Et que je le peux.

— Très bien, lançai-je.

— Très bien, me relança-t-il.

Nous nous fusillâmes mutuellement du regard, ses yeux sombres contre mes yeux clairs, et mes pieds qui gelaient dans la neige. Je désirais ardemment me retourner pour admirer de nouveau les montagnes, mais ses pouces maintenaient fermement mon menton. Le froid remonta de mes orteils dans mes jambes, m'envoyant des frissons dans le dos. Bien que la neige soit très jolie, elle était aussi glacée. Je me mis à claquer des dents, et les serrai en signe de protestation.

Kylan posa ses mains sur mes hanches et me souleva avant de repousser la porte du bout du pied. Il portait un jean et un pull noir à col roulé dont je devais admettre, de mauvaise grâce, qu'ils lui allaient bien.

Il me déposa dans un dressing rempli de vêtements.

— On va t'habiller correctement, puis je t'emmènerai dehors après le repas.

— Pour une balade ? demandai-je d'un ton légèrement sarcastique.

Il avait un sourire carnassier.

— Oui, petit toutou. Pour une belle et longue balade. Tu aimerais que je prenne aussi une laisse et un collier ?

Je lui fis ma plus belle révérence.

— Si c'est ce que vous désirez, *Votre Altesse*.

Il éclata de rire et secoua la tête.

— Si c'est dormir qui te rend si fougueuse, je vais te forcer à rêver souvent.

— Me forcer… (Je contractai la mâchoire en réalisant soudain pourquoi j'avais si bien dormi.) Vous m'avez imposé le sommeil.

Il me retourna un regard sardonique.

—J'ai fait bien plus que ça.

Il me saisit les épaules et me fit pivoter devant une penderie de tenues féminines.

— Choisis quelque chose.

— Pourquoi ? Vous avez l'air de très bien vous en sortir pour m'habiller.

— Alors tu sortiras nue.

Je haussai les épaules, je m'en fichais totalement.

— Si c'est votre choix.

— Tu vas geler dehors.

Je haussai de nouveau les épaules.

— Ça vous fera plus de mal à vous qu'à moi.

— Ah ? (Il enroula ses bras autour de ma taille et posa son menton sur mon épaule.) Explique ta logique.

— Un jouet gelé est un jouet mort.

Merde, mais qu'est-ce qui ne va pas chez moi ? J'étais en train de narguer un monstre avec l'idée de me laisser geler à mort dehors.

Son gloussement en réponse vibra dans mon dos.

— Oh, Raelyn, tu es vraiment un régal.

Eh bien, tant que j'étais sur ma lancée, je pourrais continuer :

— Rae. (Je me tournai dans ses bras et plissai les yeux.) Raelyn est un nom ridicule.

— On peut dire la même chose de Rae.

— Mais c'est le nom auquel je réponds. Soit vous l'utilisez, soit vous pouvez vous attendre à ce que je vous ignore.

Il haussa les sourcils.

— D'où te vient ce sursaut d'assurance, mon agneau chéri ?

— Je ne sais pas. Peut-être que j'ai réalisé que je n'ai rien à perdre, et avant que vous en parliez, non, vous n'utiliserez plus Silas pour me narguer.

Tandis que les mots sortaient de ma bouche, mon esprit mettait en place une pièce cruciale de notre puzzle fatal. Le déclic se produisit tout simplement, comme souvent, et je ne pus réfréner le sourire qui s'ensuivit.

— Vous ne pouvez pas.

Kylan avait l'air de s'amuser comme un fou.

— Oh, je ne peux pas ? Et pourquoi donc ?

— Parce que vous ne pouvez pas, répétai-je, enchantée de ma découverte.

Plaquant une main dans mon cou, il me poussa en arrière jusqu'au mur près des vêtements.

— Ce n'est pas une explication satisfaisante, Raelyn. Essaie encore.

Je refusai de le laisser m'intimider.

— Si vous vous débarrassez de Silas, vous n'aurez plus

aucun moyen de pression sur moi, Kylan. Je serais une coquille vide, un jouet brisé, et alors quoi ?

Il n'éprouverait plus le moindre intérêt pour moi, et la façon dont il me regardait le prouvait bien.

Une ombre de respect plana dans son regard rusé.

— Comment tu as pu survivre si longtemps dans ce monde ?

— En étant la meilleure de ma classe.

Et en comprenant mes adversaires mieux qu'ils ne se comprenaient eux-mêmes.

— Car tu désirais l'immortalité.

— Ou devenir une Vigile.

Il pencha la tête de côté, l'air presque mauvais.

— Mais à la place, tu as atterri dans ma tanière.

Je m'efforçai de ne pas laisser ce dernier point me faire mal, en vain.

— Seulement parce que vous m'avez choisie.

— Si je ne l'avais pas fait, ç'aurait été quelqu'un d'autre.

— Vous n'en savez rien.

— Oh mais si, je le sais. Tu étais marquée comme une proie idéale. L'un des lycans t'aurait choisie en un clin d'œil, et ton esprit vaillant aurait été étouffé et tué sur ce terrain devant tout le monde. (Il me relâcha si soudainement que je faillis tomber.) C'est un jeu cruel, Raelyn, mais tu n'étais pas destinée à te battre pour l'immortalité. La cérémonie a été conçue juste pour que tu y croies une seconde, pour te donner ce faux espoir et te l'arracher pour notre plaisir royal. C'est ainsi que notre fonctionne société.

Il se tourna et se mit à fouiller dans la penderie tandis que je restais là, bouche bée.

Pour te donner ce faux espoir et te l'arracher pour notre plaisir royal. Insinuait-il que tout cela n'avait été qu'une mise en scène ? Que je n'avais jamais été réellement sélectionnée pour concourir ? Que je n'étais qu'une humaine de compagnie que l'on avait fait marcher et qu'on avait torturée mentalement pour le divertissement cruel des autres ?

Cela correspondait à ce que je savais des vampires et des lycans. Et ce que me disait Kylan ne faisait qu'ajouter à mes tourments.

— Voilà. (Il sortit un pull pourpre à col en V et un jean.) Ça devrait aller.

Je ne les pris pas.

— Je n'ai jamais été destinée à la Coupe Immortelle.

Son regard immoral capta le mien.

— Non, tu étais destinée à mon lit, et c'est précisément où je vais te mettre si tu ne t'habilles pas.

— Et Silas ?

Ses pupilles se dilatèrent.

— Encore ce damné humain. Combien de fois t'ai-je déjà dit de l'oublier ? Trois, quatre fois peut-être ?

— Dites-moi ce qui va lui arriver, demandai-je, ignorant le ton contrarié de Kylan. Est-ce qu'on l'a roulé dans la farine, lui aussi ?

Kylan lâcha les habits et me repoussa contre le mur, posant les mains de chaque côté de ma tête.

— Tu testes ma patience, laquelle, je préfère te prévenir, a été étendue rien que pour toi. Ne me pousse pas.

— Alors dites-moi ce qui va lui arriver. (J'empoignai sa taille, son pull était soyeux dans mes mains.) Je dois savoir s'il a une chance.

— Aucun de vous n'a la moindre chance.

— Non. (Je secouai la tête, refusant de le croire.) Il en a une. Dites-moi qu'il en a une.

La violence couvait dans ses yeux bruns. Il avait voilé

son côté prédateur, mais à présent il me regardait avec une fureur non dissimulée. J'aurais fait un pas en arrière si je n'avais pas déjà été coincée contre le mur.

Voilà le vrai Kylan.

Le plus vieux royal encore en vie.

Et je venais juste de le mettre en colère.

Je déglutis, et ma bouche essaya de formuler des excuses alors que mon cœur s'y refusait. J'avais le droit de savoir, non ? Si tout ceci n'était qu'une ruse destinée à tourmenter mon plus vieil ami, moi, nous autres, alors je voulais qu'il l'admette. J'avais *besoin* qu'il me le dise.

Ses pommettes se tendirent en une expression brutale quand il grogna :

— Je ne suis pas ton ami, ni quelqu'un que tu as le droit d'interroger ou de commander, Raelyn.

Il ne me le dirait jamais. Car il me voyait comme un animal. Une humaine sans droits.

Aucun de nous n'était digne d'estime.

J'inclinai la tête en signe de déférence.

J'avais oublié trop longtemps qui se trouvait devant moi : pas un homme, pas une personne, mais un vampire royal avec un très long passé de massacre de ses inférieurs.

Et à cet instant, on aurait dit qu'il voulait me tuer.

J'avais bel et bien perdu l'esprit. Tenir tête à un supérieur… *Qui suis-je ?* Je m'étais mesurée verbalement à lui comme je l'aurais fait avec Silas ou Willow. Je n'aurais pas dû. Ce n'était pas un humain mais un être surnaturel qui pouvait me tuer d'une chiquenaude sans que personne ne s'en soucie.

Parce que je n'ai personne.

Pas d'amis.

Pas d'alliés.

Pas de choix.

Kylan me *possédait*, et j'avais osé lui tenir tête. Non,

j'avais exigé quelque chose de lui, j'avais refusé le confort des vêtements, j'avais rejeté toutes ses politesses. Pourquoi ? Parce que je lui reprochais d'avoir volé mes chances d'accéder à l'immortalité.

Je n'avais jamais eu la moindre chance.

Comment m'avait-il appelée ? Une proie ? Tout ça n'était qu'un artifice mental destiné à divertir. *Regardez la mortelle qui se croit élue, comme elle est adorable.*

Tous mes cours, toutes mes notes, rien de tout cela n'avait d'importance. Ça me préparait juste à être son animal de compagnie, aussi longtemps qu'il voudrait jouer avec moi.

— Il est l'un des candidats favoris, reprit Kylan d'un ton exaspéré. Si ton ex-amant gagne, il deviendra un immortel et il t'oubliera, Raelyn. Mais on dirait bien que toi, tu te souviendras de lui jusqu'à ta mort.

Il s'éloigna, marchant sans bruit.

— Ce n'est pas mon amant, chuchotai-je, ne sachant trop pourquoi je me souciais de le préciser. Juste mon meilleur ami, comme Willow.

Je fermai les yeux, retenant les larmes qui menaçaient de couler. Nous savions tous que nos destinées nous sépareraient, qu'arrivés à vingt-deux ans, nous ne nous reverrions plus jamais. Mais la réalité était *douloureuse*.

Mes genoux se mirent à trembler, tout mon corps était de nouveau épuisé. J'avais vraiment besoin de manger. Mais quelle importance ? J'avais cru vouloir être forte devant Kylan, mais j'avais amplement prouvé que c'était impossible. Quelques mots querelleurs n'étaient rien comparés à sa force brute et à son pouvoir.

J'allais passer le reste de ma vie à le servir et je mourrais quand il se lasserait de moi, ou serais reléguée parmi son personnel afin qu'il prenne des amantes plus jeunes et plus fraîches.

Une passade.

Quel héritage !

Il prit ma joue en coupe, son pouce essuyant une larme qui m'avait échappé sans que je m'en rende compte. Je ne l'avais même pas entendu revenir devant moi.

— C'est une époque sauvage, chuchota-t-il, ses lèvres contre mon front. Accorde-toi un moment, Raelyn. Prends une douche, habille-toi, et rejoins-moi dans le vestibule. On mangera, puis je te ferai faire le tour du domaine.

KYLAN

Juste mon meilleur ami.

Ses paroles avaient éteint ma colère en un instant, me laissant plus qu'un peu perplexe. Pourquoi avais-je été si furieux au départ ? Parce qu'elle avait un amant humain ? Qui s'en souciait, putain ? Oui, elle m'appartenait maintenant, mais pourquoi aurais-je dû me soucier de ses sentiments passés ou présents ?

Je me passai la main sur le visage.

— Tu as besoin de te raser, me dit Mikael en guise de salut, fixant ostensiblement ma barbe de trois jours. Ou je vais vraiment te refuser mon sang.

— Pourquoi tous les humains chez moi se croient aux commandes ? (D'abord Raelyn, maintenant mon vierge de sang.) Je commence à penser qu'il faut que je vous inculque un peu de bon sens.

— Vas-y, inculque-moi, répliqua Mikael, les yeux brillants.

Je grognai. Il accepterait l'offre sans hésiter. Il préférait les femmes, mais il ne se refuserait pas à moi si je désirais du changement. Malheureusement pour lui, ça m'attirait rarement. En revanche, j'appréciais assez sa bouche.

Sauf qu'en ce moment, je désirais quelque chose d'un peu plus féminin et fougueux.

Faire taire Raelyn en plongeant ma queue dans sa gorge… Mmmh, oui, ça m'avait l'air divin.

Mikael était appuyé contre le mur près de moi, ses

yeux bleu-vert allumés par la curiosité. Aujourd'hui, il avait attaché ses cheveux en une queue de cheval basse, laissant son cou exposé tout comme je l'aimais.

— Tu l'as laissée dormir dans ta chambre.

— Oui.

— C'est nouveau.

— Oui, répétai-je. (Le harem avait sa propre aile. C'était là où je les sautais, jamais dans mes quartiers privés.) Les circonstances actuelles justifiaient ce changement.

— Tu craignais qu'on s'en prenne à elle.

— Est-ce ma faute ? (Je lui jetai un coup d'œil en coin.) Tu sais qu'elle est une cible.

Il hocha la tête.

— La tuer nuirait encore plus à ton image.

— Ils ne vont pas seulement la tuer, Mikael. Ils vont faire une mise en scène.

Après son attitude de défi durant la Journée du Sang, personne ne me blâmerait vraiment de la condamner à mort. Ce qui signifiait que, pour démontrer ma folie, le meurtre devrait être spectaculaire et public.

— Tu as pu progresser un peu dans l'identification du coupable ?

Je secouai la tête.

— Non, mais j'ai une liste de suspects que j'ai l'intention d'inviter à me rendre visite, maintenant que j'ai acquis une nouvelle consort à leur faire miroiter comme appât.

Et Jace était tout en haut de ma liste.

Sa récente nomination d'un nouveau souverain fournissait l'occasion parfaite. Je connaissais déjà Darius, mais organiser une présentation officielle du nouveau chef régional d'un royal était tout à fait conforme à la politique des vampires.

Et comme la région de Jace bordait la mienne, il semblait évident que lui ou l'un de ses sbires pourrait être coupable de la mort de mon harem. Car si je m'avérais incapable de diriger, Darius, en tant qu'héritier d'un ancien roi, pourrait très bien récupérer tout mon territoire.

Ce qui mettait Jace tout en haut de ma liste de suspects. Ce royal sournois mijotait quelque chose. Je le sentais chaque fois que je le voyais.

— Ça a l'air pompant, dit Mikael, retroussant ses lèvres à son jeu de mots.

Je me penchai sur lui, ma main sur sa hanche.

— C'est à moi de décider si je te partage ou pas.

Un désir ardent assombrit ses iris en une nuance turquoise plus crue. C'était un très bel homme, avec ses pommettes saillantes et sa mâchoire délicate. Comme si j'allais laisser quelqu'un le toucher sans ma permission.

— Je sais, murmura-t-il en posant la main sur ma joue. Tu prends toujours soin de moi.

— Et ça ne changera jamais, promis-je à mi-voix, juste au moment où la porte s'ouvrait.

Au lieu de prêter attention à Raelyn, j'attirai Mikael à moi pour effleurer ses lèvres des miennes. Il me rendit le baiser, son corps se moulant au mien d'une manière familière qui me faisait me sentir comme un roi. Je glissai ma langue dans sa bouche et me délectai de son gémissement.

Dominer un homme, surtout aussi fort que Mikael, était une sensation unique. J'aimais établir ma domination, affirmer mon droit, le plier à ma volonté.

C'est ce que je voulais de Raelyn : cette confiance totale que m'accordait Mikael pendant que je le dévorais. Il fourra ses doigts dans mes cheveux, me retint contre lui tandis que je serrais ma prise sur sa hanche en guise d'avertissement. Il aimait repousser mes limites, tenter de prendre ce qui n'était pas à lui, me défier de toutes les manières possibles.

Je le repoussai contre le mur, quittai ses lèvres pour son cou et perçai sa veine sans prévenir. Raelyn m'avait mis de mauvaise humeur à parler de cet humain. Heureusement, Mikael pouvait en supporter les conséquences à sa place. Il aimait ma marque de douleur, même quand je le poussais trop loin.

— Encore, gémit-il, le corps tremblant du plaisir que j'instillais avec ma morsure.

Le faire jouir serait cruel, surtout devant Raelyn. Ce serait trop facile, il suffisait d'augmenter le niveau d'endorphines et les envoyer direct à son aine. Le juron qui s'échappa de ses lèvres m'indiqua que ça marchait, que je l'amenais à un point de non-retour sans même le caresser. Oh, il détesterait cela encore plus, que je le force à exploser sans lui offrir la douceur de mes attouchements.

Mais la pire des tortures serait de le laisser en plan, de l'obliger à chercher une des servantes, ou encore Zelda, pour se soulager.

Sa douce essence brûlait dans ma gorge, me rappelant pourquoi je l'avais payé si cher. Les vierges de sang étaient élevés pour leur sang rare, d'où leur coût important. La plupart étaient sautés une fois puis jetés, mais j'avais choisi de garder le mien comme compagnon, et à vrai dire, parce que je l'aimais bien.

— Tu me tues, siffla-t-il.

Il ne parlait pas de moi qui buvais son sang, mais de l'extase qui coulait dans ses veines.

Je gloussai mais continuai de m'abreuver, tandis qu'il frottait son membre dur contre ma hanche.

— Putain, Kylan, grogna-t-il.

L'entendre prononcer mon nom m'indiqua jusqu'où

ma morsure l'avait emmené, ce qui me fit sourire contre son cou.

— Et tu voulais me refuser ton sang. (Je léchai la blessure pour la refermer et croisai son regard brûlant.) Tu ne tiendrais même pas une journée.

— Enfoiré, jura-t-il d'une voix basse et énervée, encore teintée de désir.

J'empoignai son érection.

— J'essayai d'éviter de t'embarrasser devant Raelyn.

— Enfoiré quand même.

En souriant, je le frottai comme je savais qu'il préférait, et comme je l'appréciais aussi.

— Je vais jusqu'au bout, ou tu préfères Zelda ?

Il saisit mon poignet, manifestement au bord de l'orgasme.

— Je déteste quand tu fais ça.

— Je sais.

— Pourtant tu le fais quand même.

— Oui.

Je mordis sa lèvre inférieure assez fort pour la faire saigner et léchai l'entaille, ce qui lui provoqua de nouveaux spasmes.

— Kylan, grogna-t-il.

— Dis-moi que tu en veux plus.

— Tu le sais bien.

Je jetai un œil à Raelyn cramoisie, bouche bée, peinant à calmer son souffle.

— Tu veux le voir jouir ? C'est vraiment splendide. (Je pressai davantage, le faisant gémir plus fort et s'agripper à mon bras pour se soutenir.) Alors, Raelyn ? Est-ce que je le fais jouir ? Pour toi ?

Ses yeux s'arrondirent et sa figure vira au pourpre.

— Elle ne m'a pas l'air prête, Mikael, murmurai-je, ne

la quittant pas des yeux tandis que je le massais lascivement à travers son jean.

Sa tête tomba sur mon épaule, un juron s'échappa de ses lèvres :

— Putain…

— Je ne crois pas qu'elle soit prête pour ça non plus. (Je penchai la tête de côté.) Raelyn ?

Elle se lécha les lèvres, ses pupilles voletant entre Mikael et moi. Elle devait voir la souffrance dans l'expression ou la posture de Mikael, car elle hocha lentement la tête.

— Dis-le, lui intimai-je.

— Oui, murmura-t-elle.

Mikael frissonna contre moi, son soulagement évident. Il savait que si elle avait refusé, j'aurais refusé aussi.

Je détachai la ceinture de son jean et descendis la fermeture éclair pour libérer sa hampe engorgée. Il sursauta quand elle atterrit dans ma paume. Sa respiration se fit lourde tandis que je la caressais de la base à la pointe à gestes rudes et rapides. Il préférait toujours que je sois plutôt dur que doux, son désir d'être maîtrisé n'étant évident que dans des moments comme celui-ci.

Au lieu de le forcer à patienter, ce que je préférais d'habitude, je lui donnai ce qu'il désirait tant et perçai de nouveau son cou.

Il jouit avec un cri guttural, son corps explosa sous l'effet de ma morsure et de ma caresse. J'enroulai mon bras autour de lui et le tins pendant ses violents spasmes. Les sensations étaient à la fois douloureuses et agréables, la force de son orgasme doublée par mes crocs dans son cou. Il murmurait mon nom à la fois comme une malédiction et une supplication, ses muscles se contractant et roulant contre moi.

Tant de force chez un humain.

Tant de beauté.

Je bus tout mon soûl, étanchant ma soif, puis refermai doucement les marques dans son cou. Raelyn se tenait sur le côté, son souffle fort emplissait le vestibule, son intérêt sexuel plus qu'évident. Disparue, la femelle brisée dans le dressing, remplacée par une femme qui réalisait le potentiel de sa situation.

Car ce pourrait être elle, là dans mes bras, ce que je lui fis comprendre d'un regard.

La tête reposant sur mon épaule, Mikael luttait pour reprendre le contrôle de lui-même, ses halètements épuisés étaient entêtants, enivrants.

Je maintins mon regard rivé à celui de Raelyn, lui faisant ressentir la passion de ce moment. À la façon dont elle serrait les cuisses, je savais qu'elle appréciait le spectacle, et qu'elle désirait peut-être même se joindre à nous.

Mais elle n'était pas encore prête pour tout cela.

Je frôlai la tempe de Mikael de mes lèvres tout en le relâchant, son membre épuisé toujours dur dans ma paume. Il avait souillé mon pull et le sien, mais son air satisfait disait qu'il n'en éprouvait aucun regret.

— Merci, chuchota-t-il.

— Je crois que tu en avais besoin.

Surtout qu'il venait de passer la nuit dernière avec Zelda.

— Tu le sais bien, répliqua-t-il, levant vers moi des yeux mi-clos. Je te rendrais bien la pareille, mais ce n'est pas ce que tu veux vraiment.

Il me connaissait trop bien parfois. Plutôt que le reconnaître, je fis passer mon pull par-dessus ma tête et le lui tendis.

— Fais laver ça.

Il l'appuya sur son aine et s'en servit pour s'essuyer.

— Bien sûr.

L'excitation croissante de Raelyn imprégnait l'air, ce qui me fit croiser son regard. Ses yeux étaient rivés sur mon abdomen nu.

— Je crois qu'elle approuve, Mikael.

— Il faudrait qu'elle soit aveugle pour ne pas approuver, rétorqua-t-il, jetant un regard par-dessus son épaule avec un sourire en coin. Sois une bonne fille et peut-être qu'il te laissera le toucher.

Je la laisserais faire bien plus que cela.

— Ne t'en va pas, Raelyn. J'ai besoin d'un autre pull.

Elle acquiesça sans rien dire. Son regard était tombé sur mon aine. Son silence à présent ne m'agaçait plus comme avant. Elle s'humecta les lèvres, faisant palpiter ma queue derrière ma fermeture éclair.

Nous allions très certainement tester ses compétences orales...bientôt.

Glissant mes doigts dans mes cheveux, je retournai dans ma suite. Plusieurs pulls noirs garnissaient mes étagères, ce qui rendait mon choix facile. Je passai un autre pull à col roulé par-dessus ma tête, et pris une écharpe pour Raelyn, pour quand nous irions dehors.

— C'est une lignée unique, expliquait Mikael. Les vierges de sang ne vont pas l'université comme tu l'as fait. Nous sommes élevés au Coventus et vendus aux enchères dans notre vingt-deuxième année.

— Vendus aux enchères ? répéta-t-elle, intriguée. C'est comme la Journée du Sang ?

— Non, pas vraiment. Le Magistrat lit ton sort. Les vampires riches achètent le mien, et heureusement, Kylan m'a trouvé assez valable pour émettre l'enchère la plus élevée.

Heureusement, relevai-je, levant presque les yeux au ciel. Il n'avait pas tort, mais il n'avait pas raison non plus.

— Donc il t'a acheté.

— Oui.

— Et depuis combien de temps tu vis avec lui ?

— Plus de dix ans.

Je choisis ce moment pour les rejoindre, car je voulais voir l'expression de Raelyn, et je ne fus pas déçu : elle avait la mâchoire pendante.

— Et n'aie pas l'air étonné, chérie, raillai-je en fermant la porte. Mikael est un exemple de ce qui arrive aux humains que j'aime bien. Je l'ai laissé vivre. Ça te plairait ?

Mikael plissa les yeux.

— Arrête de jouer au con.

— Comme tu l'as fait remarquer plusieurs fois ce soir, c'est ma spécialité.

Il se contenta de secouer la tête.

— J'arrête d'essayer de t'aider.

— On pourrait penser que tu me dois quelque chose.

— Je paie ma dette en sang, rétorqua-t-il en se détournant avec un regard éloquent. Bonne sortie ! Moi je vais faire un somme.

Je souris dans son dos.

— Il y a quelque chose qui t'a épuisé, Mikael ?

Il leva un doigt d'honneur en guise de réponse, ce qui me fit rire. Bonté divine, il était tellement plus drôle à présent que lors de notre première rencontre. Tous ces vieux films et émissions télévisées lui avaient enseigné comment être un vrai humain, avec un vocabulaire grossier et tout.

Raelyn le fixait, l'air perplexe.

— Je ne comprends pas ce que ça signifie.

Bien sûr que non. La plupart de ceux de mon espèce méprisaient les langages et comportements grossiers.

— Il me dit d'aller me faire voir.

Elle écarquilla les yeux.

— Et vous le permettez ?

— Tu as déjà juré en ma présence, sans aucune réprimande. Pourquoi ce serait différent avec lui ? (Ce qui m'inspira une bonne question :) Qui t'a appris ce langage ?

Elle fronça les sourcils.

— Quel langage ?

— Putain.

— Vous plaisantez ? Les lycans emploient ce mot à tout bout de champ.

Ah oui, en effet.

— C'est logique.

— Vous préférez que je ne l'emploie pas ?

— Au contraire, j'espère que tu le feras. (Je m'approchai d'elle et la coinçai contre le mur.) Surtout au lit. L'expression « saute-moi » est ma favorite. N'hésite pas à l'employer à discrétion.

J'enroulai l'écharpe autour de son cou rougissant et drapai lentement ses bouts pendants entre ses seins.

— Mmmh, cette couleur te va à ravir.

Elle déglutit, et ses iris bleus s'échauffèrent.

— M-merci.

J'allais l'embrasser de nouveau quand son estomac gargouilla assez fort pour me rappeler ses besoins de mortelle.

Manger.

Oui.

Puis une balade dehors pour amuser mon jouet. Mes lèvres se retroussèrent au souvenir de sa réaction plus tôt. Même si je n'avais pas apprécié ses commentaires à propos de Silas, j'avais bien aimé son badinage.

Je frottai mes jointures sur sa joue, le long de ses vertèbres cervicales et sur sa poitrine, puis croisai mes doigts dans les siens. J'amenai son poignet à mes lèvres.

— Il est temps de te sustenter, mortelle.

RAE

J'avais remarqué que des vampires prenaient des humains à plusieurs reprises au fil des années, mais rien de comparable à Kylan et Mikael. Normalement, c'était des cris de douleur, non de plaisir. Mais Mikael avait clairement aimé les attentions de Kylan.

Mes cuisses se tendaient rien qu'à cette idée.

— Tout va bien, mon chou ? me demanda Kylan, un pétillement sournois dans le regard.

Il sentait sans doute mon excitation.

— Ça va.

Je me forçai à avaler une autre bouchée de la nourriture qu'il m'avait donnée : une espèce de pâte crémeuse ayant bien trop de goût. Quand je lui avais demandé des protéines et des légumes, il avait ri et m'avait servi ça à la place, ce qu'il appelait une gâterie. Tout ce que je sentais, c'était que ça allait me rendre très malade.

Je repoussai le bol à moitié mangé. Avec un petit sourire, Kylan me prit la cuillère des mains pour en prendre aussi une bouchée.

— C'est trop riche, c'est ça ? s'enquit-il après avoir avalé. Les universités, comme tu les appelles, ne te fournissent que des aliments basiques. Mais ne t'inquiète pas, je vais rééduquer tes papilles gustatives avec le temps, et tu m'en remercieras plus tard.

— Pourquoi ? demandai-je. La nourriture est censée vous donner de l'énergie. Rien d'autre.

— Oh, chérie. (Il me jeta un regard.) La nourriture procure du plaisir. Crois-moi.

— Comment ?

— Rappelle-moi de te faire connaître le chocolat plus tard. (Il termina mon bol et le posa dans l'évier.) On mangera mieux après notre balade.

La main sur mon estomac, je secouai la tête.

— Je ne crois pas que je pourrai le supporter.

— Tu le pourras. Fais-moi confiance. (Il me prit la main et me fit descendre du tabouret devant le comptoir.) Viens, petit agneau. C'est le moment d'aller jouer dehors.

— Vous voulez vraiment que je vous frappe, marmonnai-je.

— J'adorerais que tu essaies, oui. (Il baissa les yeux sur mes pieds et fronça les sourcils.) Il te faut des chaussures.

J'ignorais ce qu'il voulait que je porte avec le pantalon, donc je n'en avais pas choisi. À l'école, la plus grande partie de ma garde-robe consistait en robes et talons hauts : la tenue qui convenait aux femmes. Je ne déviais de la norme que durant les entraînements physiques, où généralement je ne portais rien.

— Bon, grommela-t-il.

Il lâcha ma main et disparut en un clin d'œil.

Littéralement.

Comme s'il s'était déphasé devant mes yeux.

J'avais vu des vampires faire ça à l'université, mais jamais d'une façon aussi impressionnante.

Il est vraiment ancien. Plus de cinq mille ans, si les manuels d'histoire disaient vrai. Mais il n'agissait pas comme je m'y attendais. Il était presque… espiègle.

— Voilà, dit Kylan, réapparaissant devant moi, bottes et chaussettes à la main. Mets ça. Tout de suite.

Il avait l'air de croire que j'allais protester. Mais je les acceptai avec un gentil sourire et me chaussai sans un mot, juste pour lui prouver qu'il avait tort.

Je me tins devant lui, battant des cils.

— Je suis prête à aller jouer dehors, Votre Altesse.

L'amusement éclaira ses yeux presque noirs d'une séduisante lueur brune.

— Alors tu peux te comporter comme un bon petit toutou. Je m'en souviendrai.

Il enfonça un bonnet sur ma tête et mes oreilles avant que je ne puisse protester, puis me conduisis à travers l'immense salle à manger vers des portes-fenêtres.

Toute mon irritation s'évapora devant la vue splendide qui s'étalait devant nous.

Des montagnes. De la neige. Des arbres.

Mon cœur manqua un battement, et je restai bouche bée, émerveillée. Même les rafales d'air glacé ne purent dissiper ma fascination. Je franchis le seuil ouvert, les yeux rivés sur les montagnes au loin.

Magnifique.

Je voulus m'approcher, explorer. Je me mis à courir, impatiente de…

Je m'emmêlai les pieds, et valdinguai sur un banc de neige. Je me redressai, confuse, et glissai sur le flanc avec un « ouf » avant de rouler sur le dos, les yeux dans les étoiles.

À moins qu'elles ne scintillent juste sous mes paupières.

Aïe.

— Eh bien, c'était gracieux ! (Kylan apparut, l'air amusé, et me tendit la main.) Que dirais-tu de réessayer ? Mais au lieu de vouloir courir sur la neige, tu dois apprendre à marcher dedans.

Je clignai des yeux et me mis à claquer des dents, le froid s'infiltrant à travers mes vêtements sur ma peau nue. Il agita ses doigts et je les saisis, ignorant comment bouger autrement. Il me tira pour me relever, puis épousseta les flocons blancs duveteux sur mes bras.

— Fais un pas, me pressa-t-il.

J'obéis et faillis tomber de nouveau, seulement retenue par son bras autour de ma taille. J'empoignai son pull et le tirai vers moi pour m'équilibrer.

C'était loin d'être aussi drôle que je l'imaginais.

Il gloussa en posant les mains sur mes hanches.

— J'ai une soudaine envie de t'apprendre à skier, juste pour voir comment tu t'en sors.

Je fronçai les sourcils.

— Hein ?

— C'est un sport, l'un de mes préférés. Je te montrerai un jour.

Un sport ?

— Comme un jeu ?

Il secoua la tête, l'air attristé.

— Bien que je comprenne le changement d'équilibre et de pouvoir, je n'accepterai jamais la destruction de votre culture.

Je le dévisageai.

— Que voulez-vous dire ?

— Tu crois que le monde a toujours été dirigé de cette manière, mais c'est un mensonge, petit agneau. C'étaient les humains qui gouvernaient jadis, et nous autres étions cachés. (Il prit ma joue en coupe.) Tout a changé quand un lycan a pris la mauvaise femme. Ton espèce a tenté d'attaquer sa meute, et nous avons riposté.

Mon souffle s'accéléra. *Les humains gouvernaient jadis ?* Quoi ? Comment était-ce possible ?

— Vous étiez plus nombreux que nous, ajouta-t-il.

Son bras autour de ma taille, il me poussa légèrement. Je fis un pas car il m'y forçait, puis un autre après qu'il m'ait poussé de nouveau.

— Vas-y, m'encouragea-t-il, m'exhortant à marcher à ses côtés. La neige est épaisse d'au moins vingt centimètres ici. Si tu gardes un pas régulier, tout ira bien.

J'en doutais quelque peu. La neige cédait sous chacun de mes pas et menaçait aussi d'immobiliser mes jambes en se collant à mes bottes.

— Enfin, revenons à ce que je disais. Vous étiez beaucoup plus nombreux que nous, mais un troupeau de moutons blancs comparés à un loup enragé. Et exterminer grosso modo quatre-vingt-dix pour cent de votre espèce nous a permis de vous contrôler très facilement.

Mes jambes bougeaient lentement en suivant les siennes, tandis que mon esprit peinait à assimiler ses paroles. Les humains étaient fragiles, avec de courtes durées de vie. Comment auraient-ils pu diriger ces êtres supérieurs ? Pourquoi ces derniers auraient-ils pris la peine de se cacher ?

Kylan accéléra notre rythme, son bras toujours ferme au bas de mon dos.

— On est à la cent-dix-septième année de ce nouveau monde, Raelyn.

Son soupir s'évapora en volute dans l'air nocturne, dénotant la froideur du climat. Je m'en émerveillai, ainsi que de ses paroles. Toute ma vie, j'avais baigné dans des nuits humides ou, à l'occasion, la fraîcheur du soir, mais jamais dans un air aussi vif, parsemé de délices hivernaux.

C'est ma nouvelle vie.

Elle n'était pas parfaite, loin de là.

Mais elle aurait pu être pire.

— L'ancien monde me manque, reprit-il à mi-voix. Plus souvent qu'il ne le devrait.

Je levai les yeux sur lui, curieuse.

— Qu'est-ce qui vous manque au juste ?

Son regard se fit lointain, perdu dans les étoiles, pendant que nous marchions.

— J'ai toujours préféré ma paix et ma tranquillité, mais je pouvais toujours compter sur les humains pour prodiguer quelques divertissements. J'ai évolué au fil des siècles, j'ai changé de génération en génération, j'ai toujours suivi l'évolution culturelle. Jusqu'à ce qu'on détruise ceux à l'âme déterminée pour ne laisser vivre que les plus dociles, afin de les recycler et les élever pour nos distractions personnelles.

Un frisson me parcourut l'échine devant cette sévère déclaration.

— Il n'y a plus de chasse, continua-t-il. Plus d'excitation. Une heure de route jusqu'à Kylan City m'amène au cœur d'une métropole où je peux avoir tout ce que je veux, quand je le veux, sans rien de plus qu'un battement de cils. Où est le plaisir ? (Il quitta enfin le ciel des yeux pour les reporter sur moi.) Les humains ne protestent plus, ne se battent plus. Vous baissez la tête et acceptez votre sort. Le défi me manque, Raelyn.

Nous nous arrêtâmes. L'orée de la forêt s'étirait devant nous, le domaine était dans notre dos. Ses pupilles palpitèrent, le prédateur était tapi en lui, aux aguets. J'aurais dû me soumettre, baisser les yeux, les poser n'importe où sauf sur lui, mais j'étais hypnotisée par sa beauté.

Le voir sous son vrai aspect avec Mikael avait éveillé quelque chose en moi, quelque chose d'affamé. Ce qui, bien sûr, était le but. J'étais assez futée pour le comprendre. Mais je ne pouvais nier son attrait énigmatique.

— Comment as-tu survécu ? s'étonna-t-il, répétant sa question de tout à l'heure. Tu devrais n'être qu'une coquille vide de femme, tout comme les autres, mais il n'y a pas une once de peur en toi. Pourquoi tes professeurs n'ont-ils pas remarqué ton potentiel ?

— Désirez-vous que je vous craigne ?

Car une partie de moi le craignait en effet. Pourtant, quelque chose en lui m'incitait à lui répondre plutôt que lui céder.

Il couvrit ma nuque de sa paume, sous mes cheveux, et m'attira à lui.

— Je veux savoir pourquoi tu n'as pas peur comme tous les autres, comment tu as réussi à ne pas te faire repérer dans une société où même le signe de rébellion le plus infime t'envoie direct dans les fermes de sang.

Je frémis à la mention des infâmes usines où les humains étaient envoyés pour être saignés à mort. Tant de mes camarades de classe y avaient été expédiés au fil des ans, dont plusieurs rien que cette semaine, au lieu d'assister aux cérémonies de la Journée du Sang.

Seul un millier étaient sélectionnés à travers le monde.

Sur combien, je l'ignorais.

— Même maintenant, tu ne t'empresses pas de répondre alors que tu devrais, chuchota-t-il. Je pourrais te tuer sans sourciller, Raelyn, pourtant tu me fais confiance pour ne pas le faire.

— Peut-être que je n'ai pas peur de mourir, chuchotai-je en réponse.

Il resserra sa prise.

— Ne me mens pas. Tu veux vivre. Sinon, pourquoi aurais-tu désiré l'immortalité ?

Là, il m'avait eue.

— Je devrais avoir peur de vous.

— Effectivement, admit-il.

— Mais ce n'est pas le cas.

— Je vois. Maintenant, dis-moi pourquoi.

— Je ne peux pas.

Parce que je l'ignore.

Il fronça un sourcil.

— Peut-être que je devrais t'inspirer une meilleure réponse.

— C'est…

Ses lèvres se refermèrent sur les miennes tandis qu'il me faisait reculer. Mon dos heurta quelque chose de dur, un arbre, peut-être ?, expulsant l'air de mes poumons. Je m'agrippai à son pull, j'avais besoin de sa force pour garder l'équilibre. Sa main se déplaça sur ma gorge, me tenant là où il voulait tandis que sa langue s'introduisait dans ma bouche, me défiant de riposter.

Mais je ne pouvais pas.

Pas après ce que j'avais vu.

Pas avec la réponse que lui donnait mon corps.

À la place, je fondis pratiquement contre son corps, ma détermination affadie et détruite en moins de vingt-quatre heures en sa présence. Je ne voulais pas être attirée par lui, le désirer, avoir *besoin* de lui. Et pourtant c'était le cas, plus qu'avec ceux que j'avais pu désirer auparavant. Était-ce son âge ? Son expérience ? Qu'il soit à la tête d'une lignée ?

La chaleur se répandait dans mes veines en dépit de notre environnement glacial, sa langue libérant des endorphines dont j'ignorais même l'existence.

Déesse, je n'avais jamais rien ressenti de tel, comme s'il avait enflammé mon âme de l'intérieur. Pourquoi lui ? Pourquoi maintenant ? Pourquoi ici ?

Ça ne pouvait pas durer. Ça ne durerait pas. Je mourrais dans un clin d'œil de sa longue vie, disparue, oubliée.

Mais au moins ma vie aurait un but, un accomplissement.

En aurait-elle vraiment un ?

Ses hanches basculèrent contre les miennes, faisant dérailler mes pensées. Si exigeant, si *grand*. Je frissonnai contre lui, à la fois excitée et terrifiée par son potentiel. Sa paume autour de ma gorge glissa vers le bas, jusqu'à mon sein. À ce contact, une secousse me frappa en plein cœur.

Oh, j'aime ça…

Silas m'avait déjà touchée à cet endroit, mais seulement en cours. J'étais son sujet d'examen. Il était noté sur la rapidité à laquelle il pouvait m'amener à l'orgasme, ce à quoi je l'avais aidé en simulant. Il m'avait rendu la pareille une heure plus tard pour mon propre test.

Mais les caresses de Kylan étaient différentes, plus brutes, plus réelles, plus intenses. Il pinça mon téton sous le tissu, me faisant gémir.

Je ne me souvenais plus du but de sa démonstration, ni pourquoi il avait commencé, mais je ne voulais pas que ça s'arrête.

Il me souleva, et mes jambes s'enroulèrent autour de sa taille tandis qu'il m'appuyait contre la surface dure derrière moi. Puis il se mit à m'embrasser pour de bon. Je n'avais eu qu'un avant-goût de ce dont il était capable, une introduction, un test. Que j'avais dû réussir car il se déchaînait à présent, me dominait jusqu'au tréfonds.

Ma tête tournait.

Voilà le prédateur.

L'animal.

Le mâle qui voulait me dévorer.

Et je ne pouvais que l'accepter.

Mes bras entourèrent son cou, ma bouche s'ouvrit davantage à son assaut sensuel, ma langue n'osant pas défier la sienne. Il me voulait, donc il m'aurait.

Obéis ou meurs.

Il avait raison.

Je ne voulais pas mourir.

Et ça ne me déplaisait pas de vivre… pour ça.

— Merde, chuchota-t-il. Je ne me rappelle pas la dernière fois que j'ai désiré quelqu'un comme ça.

Ses mots me surprirent presque autant que ses crocs qui se plantaient dans ma lèvre inférieure. Je glapis, puis gémis.

— Oh…

J'aimais beaucoup trop ça, sa langue sur la blessure ouverte. Je tremblai violemment, le plaisir submergeant tous mes sens.

— Qu'est-ce… ? (Je ne pus continuer, je serrai mes jambes autour de lui.) Kylan… soufflai-je, ne sachant pas trop ce qui se passait.

Son aine se frotta contre l'apex sensible entre mes cuisses, augmentant la sensation. Je gémis, et ma tête retomba sur son épaule.

Qu'est-ce que tu me fais ?

Un nœud se forma en moi, qui me tordait et me tirait, électrisant tous mes nerfs.

— Laisse-toi aller, susurra-t-il, son érection frottant mon clitoris à travers le jean.

Comment ?

Pourquoi ?

On m'avait déjà touchée là, mais jamais comme ça. D'habitude, je me tortillais, mais il exigeait davantage.

— Maintenant, Raelyn.

Il saisit mon menton, ramena ma bouche contre la sienne et me mordit de nouveau. Je sentis à peine la morsure à travers l'euphorie qui s'ensuivit.

Puis je tombai.

Culbutai.

Les ténèbres envahirent ma vision, suivies de vives lumières.

D'un hurlement que j'eus du mal à reconnaître comme mien.

D'un gloussement satisfait qui était bien de Kylan.

L'explosion continua, mes membres furent secoués d'un tremblement incontrôlable, tandis que le plaisir consumait tous mes sens.

Un orgasme. Un vrai.

Je croyais en avoir connu avant, mais non. Rien de comparable à cela, à Kylan, à la manière magistrale dont il me possédait.

Pas étonnant que Mikael ait été si épuisé. Je pouvais à peine continuer d'embrasser Kylan, et encore moins m'en écarter. Si ses bras ne m'avaient pas maintenue debout, je serais tombée.

— Au temps pour moi, murmura-t-il contre mes lèvres. *Ça*, c'était splendide.

Il reprit ma bouche, plus rudement cette fois, son corps dur comme la pierre contre le mien.

Il me fallut un moment pour comprendre à quoi il faisait allusion, pour me rappeler ce qu'il avait dit à propos de l'orgasme de Mikael.

« Tu veux le voir jouir ? C'est vraiment splendide. »

Je me demandais comment fonctionnait leur relation. Elle était clairement de nature sexuelle, mais Kylan n'avait pris aucun plaisir. Attendait-il de moi que je lui rende la pareille maintenant, pour nous deux ? Subitement, derrière mes paupières closes, je me vis le prendre dans ma bouche. Je connaissais les procédés, je pouvais les exécuter correctement. Devais-je le lui proposer maintenant ? M'agenouiller dans la neige ? Défaire son pantalon et avaler son membre ?

— Toujours pas effrayée, remarqua-t-il, souriant contre ma bouche. C'est étonnant.

Ses pupilles dévoraient ses iris, une vue saisissante dans la nuit, surtout que j'étais le centre de sa convoitise non voilée.

— Pourquoi j'aurais peur de toi après ça ? demandai-je.

Je l'avais tutoyé sans m'en rendre compte, mais il n'en prit pas ombrage. Il émit un petit rire et frotta son nez contre ma joue.

— Pourquoi en effet ? (Ses mots étaient bas, séducteurs et terriblement contrôlés.) Je pourrais te détruire, Raelyn.

— Tu as déjà dit que tu le ferais..

— Oui. (Ses lèvres glissèrent dans mon cou.) En effet. Et pourtant, tu te cramponnes à moi comme si j'étais ta source de vie.

— Parce que tu l'es, répliquai-je, me cambrant contre lui. Tu me possèdes.

Il s'immobilisa, sa bouche au-dessus de mon pouls.

— Ah oui ?

— Oui.

Je me sentais épuisée, bien que je n'aie pas fait grand-chose aujourd'hui, et mon corps était repu de la plus étrange des manières.

— Et tu n'as pas peur de moi.

Pas une question, mais une constatation.

— Je devrais, mais non. (Pas vraiment, en fait. Pas comme je l'aurais dû.) Si je dois mourir, je mourrai avec ma dignité intacte.

Il m'avait fait dérailler de cette résolution une seconde avec ses menaces contre Silas, mais à présent cela ne s'appliquait plus.

Je mourrais quand Kylan jugerait le moment venu.

Je ne voulais pas supplier d'avoir un sort différent, ni simplement me coucher et l'accepter.

Mais craindre l'inévitable ne me semblait plus rationnel. Ce qui devait arriver arriverait, que je sois docile ou pas.

— Pourquoi obéir quand le résultat final restera le

même ? demandai-je, me reculant pour croiser son regard voilé.

Son expression ne reflétait aucune émotion. Aucune colère. Aucune curiosité. Juste Kylan qui m'observait de son regard impénétrable.

— Le résultat final étant ?

— Ma mort.

— Je vois. (Il pencha la tête et ses mains se posèrent sur mes hanches.) Tu supposes un peu vite que je n'ai rien prévu d'autre que la mort pour toi.

— Ce n'est pas le cas ? C'est bien ta méthode, pas vrai ? S'envoyer le harem, puis le tuer ?

Je regrettai mes paroles sitôt prononcées. Elles étaient agressives et provocatrices, et elles bouillaient dans le regard noir qu'il me lança. J'avais touché un nerf sensible, ce qui nous enveloppa dans un silence inquiétant pendant bien trop longtemps.

Revivait-il ces moments-là en esprit ? Savourait-il ce qu'il avait fait ? Envisageait-il comment il finirait par me massacrer ? Car ses traits qui s'assombrissaient suggérait qu'il le désirait à présent, de même que sa prise qui se resserrait à me faire mal.

— Tu devrais être prudente, Raelyn, me dit-il enfin d'un ton contenu. Je suis compréhensif jusqu'à un certain point, mais parler d'actes dont tu ne sais rien est passible d'un châtiment que tu ne vas pas apprécier.

Il me décrocha de lui, me força à me mettre debout, puis me lâcha si subitement que je faillis tomber.

La perte de sa chaleur corporelle, ainsi que la froideur qui marquait ses traits, m'envoyèrent un frisson dans le dos.

— Voilà qui était très intér…

Il pivota en grognant à la vue d'une femme à la peau

sombre qui accourait à travers champs à une vitesse incroyable.

Une vampire.

Non, pas n'importe quelle vampire.

Angelica.

L'humaine qui avait gagné la Coupe Immortelle quand j'avais quinze ans. Elle avait été une source d'inspiration pour moi, la preuve que les femmes pouvaient remporter la Coupe Immortelle aussi bien que les hommes.

Je restai bouche bée quand je la vis tomber à genoux dans la neige aux pieds de Kylan, ses cheveux bruns répandus autour d'elle.

— V-Votre Altesse, je suis venue aussi v-vite que j'ai pu.

— Qu'est-ce qui se passe ?

Kylan s'agenouilla près d'elle, porta une main à son pull.

Du sang, réalisai-je. Elle en était couverte.

— Que s'est-il passé ? insista-t-il, comme elle ne répondait pas aussitôt.

— T-Tremayne, bafouilla-t-elle, les épaules tremblantes.

— Quoi, Tremayne ? demanda-t-il. (Un nom qu'il connaissait manifestement, mais pas moi. Mes études se focalisaient sur les royaux, pas sur leurs administrés.) Qu'est-ce qu'il a fait ?

Angelica tremblait, sa peur était palpable tandis qu'il la forçait à lever la tête et croiser son regard.

Elle est terrifiée, pas par la situation, mais par lui, réalisai-je.

Kylan prit sa joue en coupe et lui parla d'une voix plus douce :

— Je ne vais pas te punir pour ses actions, Angelica. Maintenant, dis-moi ce qu'il a fait.

Elle déglutit, le doute irradiant de ses traits. Kylan était réputé pour ses châtiments cruels, son règne qui n'avait rien de bon. Pourtant il avait été plutôt gentil avec moi, même quand je l'avais nettement poussé à bout.

Quelle version est le vrai Kylan ?

— Il les a tous tués, Votre Altesse, chuchota Angelica.

— Tous, releva-t-il. Tous qui ?

— Tous les humains à son service à la tour Tremayne. (Ses pupilles se dilatèrent.) Ç'a été un bain de sang. Je suis venue vous le dire, vous avertir qu'il est à Kylan City à présent, et je crois qu'il va faire la même chose au K Hôtel. Il dit... (Elle frissonna, et ses traits s'affaissèrent.) Il raconte à tout le monde que c'est vous qui avez donné cet ordre.

RAE

Kylan resta étrangement immobile.

Angelica gémit et rabaissa sa tête au sol, tandis que je demeurais figée derrière eux.

Il raconte à tout le monde que c'est vous qui avez donné cet ordre.

De massacrer des humains comme il l'avait fait avec son harem ?

C'était une chose qu'il aurait pu faire, d'après sa réputation, mais la rigidité de son dos suggérait autre chose.

Il se releva lentement, les poings serrés le long de ses flancs. Quand il se tourna vers moi, je vis le royal dans toute sa splendeur : front altier, mâchoire serrée, des yeux froids.

Son expression exigeait la soumission.

Je tentai de m'incliner, de céder à sa domination, mais mes genoux refusèrent de se plier. Même ma nuque contestait l'idée.

Tu n'as pas peur de moi. Ses paroles de tout à l'heure titillaient mon esprit, tentant en vain de me ramener à la raison.

Je devrais. Je le sais. Mais tu as raison : je n'ai pas peur et j'ignore pourquoi.

Il balaya du regard mon attitude désobéissante avant de revenir à l'autre femme.

— Debout, Angelica, ordonna-t-il. Nous avons des

choses à faire. (Il me jeta un nouveau coup d'œil.) J'ai besoin de toi dans ma suite. Immédiatement.

Je ne protestai pas devant la colère à peine contenue qui couvait dans ses yeux sombres. Il avait l'air prêt à tuer, et je ne voulais pas être la cible de sa rage.

Je refermai ma veste et détalai vers la maison, dans l'escalier et tout droit dans sa chambre.

Et maintenant ? me demandai-je, mâchonnant ma lèvre. Voulait-il me retrouver nue de nouveau ? Avait-il seulement prévu de me rejoindre ? Ou bien avais-je été simplement congédiée pour le reste de la soirée ?

J'ôtai mes bottes et les posai sur le paillasson dans le dressing. Puis j'enlevai ma veste et l'accrochai à une patère à proximité pour qu'elle sèche. Et ensuite ? Mes vêtements ?

La porte de la chambre s'ouvrit avant que je ne me déshabille, et je ressentis soudain la présence menaçante de Kylan derrière moi. Je me retournai lentement, terrifiée à l'avance par son expression, mais désirant savoir quand même.

Il me fixait simplement, ses yeux sombres masquant tout détail.

Est-ce qu'il s'en fiche ?

Est-ce qu'il est juste ennuyé ?

Mais tandis que je le dévisageais, une lueur de quelque chose flasha dans les profondeurs de son regard. Cela disparut si vite que je faillis ne pas le voir, que j'aurais aussi bien pu l'imaginer. Mais non. C'était bien là.

La dévastation.

— Il faut qu'on parte à Kylan City, déclara-t-il d'un ton neutre en s'approchant. (Il pinça mon menton entre le pouce et l'index, et son regard s'intensifia.) Il faudra que tu te comportes du mieux possible, Raelyn, ce qui signifie faire la révérence et te plier à toutes les convenances.

97

(Appuyant sa poitrine contre la mienne, il me repoussa contre le mur.) Si tu désobéis, je serai forcé de te punir en public, et tu n'as vraiment pas envie de m'y contraindre.

La promesse contenue dans ses paroles m'envoya un frisson dans le dos. Non, je n'en avais vraiment pas envie.

— Je comprends, chuchotai-je en déglutissant.

— Ce n'est pas comme ça que je voulais qu'on passe notre première semaine ensemble, mais Tremayne ne me laisse pas le choix. Si je pouvais te laisser ici, je le ferais.

Il avait presque l'air de s'excuser, ce qui n'avait aucun sens. Les royaux emmenaient les favoris de leur harem partout avec eux. Être sa seule consort en ce moment ne lui laissait guère de choix.

— Je suis sérieux, Raelyn. Il faut que tu te tiennes bien.

— J'ai dit que je comprenais, répliquai-je, ajoutant aussitôt : Votre Altesse, pour adoucir le ton de mes mots.

Il secoua la tête en signe de désapprobation.

— Ce n'est pas un bon début, Raelyn.

— On n'est pas encore en ville, marmonnai-je.

Il haussa les sourcils, clairement à bout de patience.

— J'adore ton courage, mais ce n'est pas le moment, sauf si tu veux que je te donne la fessée jusqu'à ce que ton cul soit tout rouge et que je le saute devant toute l'assemblée de mes administrés. Et si tu es trop désobéissante, je serai forcé de les laisser profiter de toi également. C'est ce que tu veux ?

J'ouvris la bouche, choquée par sa description crue et la fureur avec laquelle il l'avait exprimée, comme si rien que l'idée le rendait furieux. Je m'éclaircis la gorge, rassemblant le courage de répondre.

— Je… Non. Bien sûr que ce n'est pas ce que je veux. Qui diable le voudrait ?

Il resserra sa prise sur mon menton et plissa les yeux.

— Ce qui maintient ce territoire en vie, c'est ma

réputation. Tu peux ne pas me craindre, mais les autres si, et j'ai besoin que ça reste ainsi. Tu comprends ?

Je cillai.

Venait-il de se… confier à moi ? De m'expliquer pourquoi je devais bien me tenir ? D'admettre en substance que le masque qu'il portait n'existait que pour la galerie ? Car cela collait avec ce que j'avais vu jusqu'ici : le Kylan de mes manuels d'histoire n'avait rien à voir avec le Kylan qui se tenait devant moi.

Le royal dans mes livres n'aurait eu aucun problème à me sauter en public, y compris lors de la Journée du Sang, et le referait à présent sans se soucier du tout du rapport qu'Angelica venait de lui présenter.

Mais il le préoccupait.

Assez pour que cela nécessite un voyage à Kylan City.

Ce qui signifiait qu'il n'avait jamais donné l'ordre de tuer tous ces humains.

Je l'étudiai, son regard sombre, ses lèvres pincées, la tension dans ses pommettes, sa posture tendue alors qu'il continuait à tenir fermement mon menton entre le pouce et l'index.

Il voulait que je comprenne non seulement sa demande, mais aussi l'importance qu'il y attachait. Il avait besoin que j'aie l'air soumise.

— Tu n'as pas envie de me punir.

Ces mots n'étaient pas ceux qu'il attendait de ma part, mais c'étaient les premiers que ma bouche me permettait d'exprimer.

— Non, pas de la façon dont notre société l'exige, admit-il. Mais je le ferai si tu te comportes d'une façon qui le nécessite.

— Comme me disputer avec toi en public.

Quelque chose que je n'aurais jamais pensé prononcer à voix haute, et encore moins faire, mais mes réactions envers Kylan n'avaient pas été sensées depuis qu'il s'était posté devant moi sur ce terrain.

— Oui, ni avec quiconque, répliqua-t-il. J'ai besoin que tu aies peur, Raelyn.

— Et si je n'y arrive pas ?

— Alors je serai forcé de te faire peur.

Ces derniers mots me firent trembler.

— Je n'en ai pas envie.

— Moi non plus.

— Pourquoi conserver une image de tourmenteur alors que tu n'aimes pas ça ? m'enquis-je, sincèrement curieuse.

— Parce que ça maintient la paix. Il faut bien qu'il y ait un méchant, Raelyn. C'est un fardeau que je porte depuis des siècles, et mon peuple prospère grâce à ça – ou du moins, a prospéré jusqu'à récemment.

— Jusqu'à récemment ? répétai-je.

Il secoua la tête.

— J'en ai déjà trop dit.

Il lâcha mon menton et recula, frottant le sien et me laissant deviner un bref instant l'homme épuisé qu'il était derrière son masque. Le mâle qui dirigeait dans un nuage de brutalité parce qu'il croyait que c'était la meilleure méthode de gouvernance, et peut-être avait-il raison. Cette société prospérait dans la violence, et il était le roi tristement célèbre, le plus ancien de tous, à part la Déesse elle-même.

— Promets-moi que tu vas bien te tenir, Raelyn.

Je l'ai déjà fait dans l'ensemble, voulus-je dire, mais il avait manifestement besoin d'entendre mes paroles pour y croire. Je fis donc la seule chose possible pour le calmer. Je m'agenouillai, penchai la tête vers le sol et lui offris la plus haute forme de respect qu'un humain pouvait témoigner à un être supérieur, en m'exposant complètement à sa merci.

— Oui, mon Prince, prononçai-je.

Je décidai de ne pas bouger ni lever les yeux jusqu'à ce qu'il me libère. Il ne dit rien pendant si longtemps que je crus qu'il était en train de me tester, puis il s'accroupit près de moi et releva mon menton de l'index.

— Je t'aime bien dans cette position, Raelyn, susurra-t-il. Ce qui l'améliorerait, ce serait que tu sois nue.

Compte là-dessus, avais-je envie de répondre. Mais à la place, je chuchotai :

— Tout ce que vous voudrez, Votre Altesse.

Les coins de ses lèvres se retroussèrent.

— J'y croirais presque, Raelyn. Mais tes yeux insinuent autre chose. (Il effleura ma bouche de son pouce et se redressa.) Il te faudra une nouvelle tenue. Je vais demander à Mikael de régler ça. (Il me lança un regard.) Je te mentirais si je m'excusais, donc je ne vais pas le faire, parce que c'est clair que je vais en apprécier chaque minute.

Je plissai le front.

Quel genre de tenue veut-il me faire porter ?

DE LA DENTELLE.

C'était ce que Kylan avait en tête quand il avait dit qu'il me fallait une nouvelle tenue. La robe translucide rouge sombre, si on pouvait appeler ça une robe, descendait jusqu'en haut de mes cuisses et laissait voir tout ce qu'il y avait dessous. Kylan avait drapé sa veste de costume sur mes épaules pendant le voyage, mais je savais qu'il l'enlèverait sitôt arrivés.

Il était assis à côté de moi à l'arrière de la limousine, sa main sur ma cuisse tandis qu'il observait par la vitre les lumières de la ville qui approchaient. Mikael, face à nous, vêtu d'une chemise et d'un pantalon noirs habillés, sirotait un verre de vin rouge, son visage demeurant bizarrement dans l'ombre.

La lune illuminait le paysage enneigé, qui se terminait par une rude barricade illuminée par des projecteurs. Un frisson me parcourut l'échine en voyant les structures familières qui pointillaient le périmètre : des tours de guet. Des Vigiles les gardaient, toutes n'ayant d'autre finalité que de garder les humains dans le rang. J'avais voulu rejoindre leurs rangs parce qu'ils bénéficiaient de certains privilèges que les autres n'avaient pas. Comme des chambres et de la nourriture décentes.

La plupart des gens diraient qu'atterrir dans un harem royal ou un harem de clan était un destin encore meilleur en raison du luxe offert à ceux qui servaient leurs maîtres sexuellement. Après avoir vu la façon dont certains mortels étaient traités pendant la Journée du Sang, je n'étais pas du tout d'accord.

Mais Kylan avait été bon pour moi. Jusqu'à présent.

Sa paume se resserra sur ma cuisse quand la limousine ralentit à l'approche des portes principales de la cité.

— Enlève la veste et chevauche-moi, Raelyn.

Pas une demande, mais un ordre.

Protester n'était pas une option, surtout avec un périmètre d'hommes et de femmes en tenue militaire qui attendaient un prétexte de blesser un esclave rebelle. Ils étaient formés à capturer, pas à tuer, pour une bonne raison.

Les vampires et lycans adoraient punir les humains dévoyés.

Je n'avais aucune envie de rejoindre leur liste d'insoumis.

La veste glissa de mes épaules tandis que je grimpais sur les genoux de Kylan, ma robe trop courte remontant sur mes hanches. Mikael émit un bruit appréciateur, mes fesses s'offrant nettement à sa vue.

— Elle est belle, n'est-ce pas ? murmura Kylan, glissant une paume dans ma nuque.

— Magnifique, opina Mikael.

— Elle a un goût fantastique, aussi. (Kylan parlait contre mes lèvres.) Ouvre la bouche, Raelyn.

J'écartai mes lèvres pour laisser entrer sa langue, et frissonnai quand il l'enfonça dans ma bouche, marquant son territoire de la manière la plus sexy qui soit.

Bon sang, je n'avais pas envie de l'apprécier, mais cet homme savait embrasser. Il n'était pas mon premier, mais il était certainement le meilleur. Tant de passion, d'expérience et de chaleur contenues dans une technique qui me faisait crisper les orteils.

Il m'attira contre lui afin que la longueur rigide de son érection repose sur ma chair sensible. Une caresse de bas en haut me rendit humide et prête malgré le pantalon qui nous séparait. Je détestais presque sa capacité à convaincre mon corps de le prendre même si mon esprit résistait, mais je ne pus rassembler assez de colère pour m'en soucier quand il se pressa de nouveau contre moi.

Être désirée par un homme aussi puissant, être manipulée avec une telle assurance provoquait une sensation enivrante et addictive.

Je n'aurais pas dû adorer ça.

Pas l'apprécier à ce point.

Mais merde, je ne pouvais m'empêcher de gémir mon approbation.

Ses incisives percèrent ma lèvre inférieure d'un coup sec, par réprimande ou par excitation, je l'ignorais. La piqûre me fit perler les larmes aux yeux quand il s'écarta pour examiner la blessure qu'il m'avait infligée.

La vitre s'abaissa près de nous, mais son regard ne quitta pas ma bouche.

— Oui ? lança-t-il d'un ton tranchant que je n'aimerais pas entendre à mon adresse.

— Pardonnez-moi, Votre Altesse. Nous n'attendions pas votre arrivée et…

— Me faut-il une invitation pour entrer dans ma propre ville ? rétorqua-t-il.

— N-non, mon…

La vitre se referma sur les bafouillements de l'homme. Kylan suivit de la langue le filet de sang qui coulait sur mon menton, remontant jusqu'à ma bouche. Son murmure approbateur m'alla droit au cœur, le faisant battre à un rythme chaotique contre mes côtes. Il m'avait déjà mordue auparavant, mais là c'était différent, plus intime, plus intentionnel.

Un marquage.

Il m'embrassa avec détermination, ses lèvres dominant les miennes, ne laissant aucune place aux questions ni aux protestations. Je lui appartenais pour qu'il m'embrasse, me saute, fasse ce qu'il voulait avec moi, et il voulait que tout le monde le sache, y compris moi.

Ma tête tournait sous l'assaut de sensations et d'émotions qui me frappaient en même temps. Je ne comprenais pas ce qu'il venait de faire, ni comment il l'avait fait, mais cela m'obligeait à me plier à sa volonté.

Son regard brilla quand il lâcha ma bouche, ses pupilles dilatées par une faim sans limites.

— Tu pourrais bien survivre à ça, petit agneau.

KYLAN

Je détestais la cité, surtout à minuit. Les vampires grouillaient dans les rues et sur les trottoirs, à faire leurs courses ou manger un morceau pendant leur pause. Plusieurs portaient des robes de cadres indiquant leur rôle dans la supervision des divers employés humains de la ville. Personne ne voulait faire les corvées nécessaires à la vie de notre société, d'où la raison d'être des mortels.

C'était un monde cruel, mais pratique.

L'argent circulait comme toujours, sauf que les devises étaient différentes à présent et servaient à acheter des produits plus utiles – comme du sang.

Et je me trouvais au sommet de la chaîne alimentaire dans ce territoire, ce qui nécessitait certains protocoles. Comme de garder secrète la présence de Mikael.

Je laissai Raelyn sur mes genoux au cas où nous serions de nouveau arrêtés, et parce que j'appréciais qu'elle y soit. Elle se tenait à mes épaules, et ses cheveux roux tombaient en cascade autour de nous tandis que je l'embrassais encore, doucement cette fois.

Qu'elle s'en rende compte ou pas, elle était déjà en train d'apprendre mes goûts et préférences. Ses lèvres s'écartaient devant ma langue, acceptant ce que je désirais et m'accordant un accès sans entraves.

J'enroulai mes doigts dans ses mèches soyeuses, la maintenant où je voulais qu'elle soit. Mon chauffeur signala notre arrivée en débloquant les portières. Raelyn ne le remarqua pas, perdue dans notre baiser. Sa douce excitation chantait à ma queue, qui me suppliait de faire plus que l'embrasser.

Ce que je ferais, en son temps.

Mais pas maintenant.

Je l'écartai en tirant doucement sur ses cheveux. Elle cilla devant moi, l'air égaré, ce qui me fit sourire.

— Je me suis à peine nourri de toi et tu es déjà ivre de passion.

Cette petite morsure de mes crocs sur sa lèvre inférieure avait suffi à la marquer comme ma possession, mais à peine pour la goûter proprement. Pourtant, elle avait clairement aimé cet avant-goût.

Je frappai à la vitre du dos de la main, indiquant qu'on pouvait me déranger à présent.

Sans perdre de temps, Judith m'accueillit par une révérence formelle sitôt la portière ouverte.

— Mon Prince…

Gavin et Karl se mirent également à genoux, attendant que je les autorise à se relever.

Ces trois-là étaient les membres de mon équipe de sécurité en qui j'avais le plus confiance, Judith étant leur supérieure.

Je soulevai Raelyn de mes genoux pour la poser sur la banquette, puis me glissai hors de la voiture.

— Viens, petit agneau.

Je lui tendis la main pour qu'elle me rejoigne et frôlai sa tempe de mes lèvres quand elle obéit sans discuter.

Elle frissonna, le garage pourtant chauffé ne protégeait guère sa peau exposée au froid du dehors. J'arrangeai sa robe, la rabaissant en haut de ses cuisses, et soupirai en voyant mes trois agents de sécurité toujours agenouillés.

— Debout, ordonnai-je. La situation, Judith ?

Ma lieutenante préférée redressa le dos et croisa mon regard.

— Nous sommes en sécurité ici, Votre Altesse. J'ai déjà fait tourner les caméras de surveillance en boucle sur tout le trajet jusqu'à la suite.

— Parfait, souris-je. Mikael, veux-tu te joindre à nous ?

— Bien sûr, Votre Altesse, murmura-t-il.

Il sortit de l'arrière de la voiture avec un grand sourire pour mon souci de la sécurité.

— Judith…

Une légère rougeur colora ses joues quand elle répliqua :

— Mikael…

Mon vierge de sang charmait tous ceux qu'il croisait, me prouvant qu'il valait largement le temps et l'argent que j'avais investis en lui. D'où ma raison de le cacher. La cible sur son dos était presque aussi large que la mienne, tout le monde savait ce qu'il représentait pour moi. Je n'annonçais jamais ses déplacements. Ce voyage n'était pas différent.

Je récupérai ma veste de costume dans la limousine et la drapai sur les épaules tremblantes de Raelyn.

— Conduis-nous, Judith.

Elle inclina sa tête blonde et se retourna, Mikael à ses côtés. Je les suivis, ma main dans le dos de Raelyn pour la garder près de moi, Gavin et Karl fermant la marche. La montée en ascenseur s'effectua en un clin d'œil, et il nous déposa dans l'un de mes logements préférés, un somptueux penthouse comprenant sept chambres avec salles de bain attenantes, deux cuisines, plusieurs salons et des baies vitrées donnant sur la ville.

Perfection, opulence…chez moi.

Zelda apparut dans le vestibule, ses yeux bleus baissés et un sourire au coin des lèvres. Quelques membres de mon personnel humain étaient arrivés avant nous pour préparer les lieux. Cela me paraissait du gaspillage d'employer du personnel différent pour toutes mes maisons, j'exigeais donc de leur part qu'ils voyagent avec moi.

— La collation de minuit est prête, annonça-t-elle en exécutant une révérence.

Mikael suivit dare-dare ma cheffe blonde, tandis que Raelyn demeurait docilement près de moi. Ici, elle pouvait être elle-même sans craindre d'être punie, mais je me retins de le lui dire. C'était notre tour de chauffe. Si elle le réussissait, je l'emmènerais voir Tremayne. Si elle échouait, je la laisserais ici avec Mikael, sous la protection de Judith.

Il y avait très peu de personnes en qui j'avais assez confiance pour leur confier mes possessions de valeur, et Judith en faisait partie.

J'ôtai ma veste des épaules de Raelyn et la tendis à Gavin.

— Tu as faim, petit agneau ? lui demandai-je.

Elle n'avait rien mangé depuis les pâtes à la maison, il y avait des heures de cela.

— Oui, Votre Altesse, répondit-elle d'une voix basse et sensuelle.

Tout allait bien jusqu'ici.

— Alors suivons Mikael, mmmh ?

Je la poussai légèrement de la paume dans le bas du dos, l'envoyant dans la direction d'où Zelda était venue.

Les pas de Raelyn étaient assurés, mais son cœur battait la chamade dans mes oreilles. On aurait dit que cela faisait bien plus de vingt-quatre heures que je l'avais choisie pour mon harem, ce qui était étrange. En général, la vie passait vite, pas lentement, or j'avais l'impression de savourer mon temps avec elle comme si une année s'écoulait à chaque minute.

Mikael leva les yeux quand j'entrai dans la cuisine, pas

l'air contrit le moins du monde d'être surpris entre les cuisses de Zelda. Elle était hissée sur le comptoir, les joues rouges, les lèvres entrouvertes.

— Je vois que tu avais un autre genre de repas en tête, remarquai-je, tandis que Raelyn se figeait à mes côtés.

Mon vierge de sang haussa les épaules.

— Après le spectacle dans la limousine, tu ne peux pas me le reprocher.

Je haussai un sourcil.

— Est-ce que tu insinues que je ne t'ai pas assez bien traité avant ?

Ses fossettes me firent de l'œil.

— C'était avant ma sieste.

— Insatiable, marmonnai-je. (Je lui rendis son sourire avant de me tourner vers la femme tendue à mes côtés.) Raelyn, mange quelque chose et mets ce que Mikael te donnera. On part dans une heure. (Je me retournai, puis lançai à mon vierge de sang un regard sans équivoque.) Mikael, ne fous pas le bordel dans ma cuisine.

Son grognement en réponse me suivit pendant que je filais droit à mon bureau pour passer les appels nécessaires.

Ma présence en ville devait être connue à présent, la rumeur se répandait vite. Personne n'appréciait mes visites surprises, c'était précisément pourquoi je les faisais.

Judith me rejoignit, téléphone en main.

— Où allez-vous, Votre Altesse ?

Je souris à ma lieutenante toujours prête. Elle allait aider à démanteler les caméras de sécurité.

— Tu devrais t'asseoir, Judith. J'ai une liste de dispositions pour ce séjour.

Nous allions rester plusieurs semaines pour nettoyer ce merdier, et je comptais profiter de mon séjour ici pour inviter quelques royaux.

Quelle meilleure façon de réduire la liste des suspects

qu'en organisant une fête ? L'alcool déliait les langues et offrait un terrain propice aux comportements suspects. Cela me donnerait aussi l'occasion de réaffirmer ma place d'ancien de la lignée royale.

Oui, la politique vampire était une danse sournoise que je maîtrisais depuis des siècles.

Raelyn serait mon appât.

Et le coupable serait tenté d'y mordre.

Bienvenue à Kylan City. Je te défie de sortir jouer.

— MMMH, tu m'as l'air tout à fait comestible, petit agneau.

Raelyn se tenait dans le vestibule, vêtue d'une robe noire, ses cheveux auburn tirés en arrière pour exposer son cou. La dentelle se mêlait à la soie, la couvrant de façon séduisante à tous les bons endroits. Je suivis le décolleté plongeant du bout du doigt. Ses mamelons réagirent en perlant, leur couleur rosée cachée mais leur forme parfaitement soulignée.

Les fentes le long ses deux jambes rendaient inutile d'ôter la robe, mais j'allais très probablement me livrer à ce plaisir plus tard.

J'embrassai son pouls palpitant, puis frottai mon nez sur sa gorge, vers son oreille.

— Mikael m'a dit que tu as été l'image même de l'obéissance. (J'étais passé par sa chambre avant de retrouver Raelyn dans le vestibule.) Malheureusement, au lieu de te récompenser, j'ai besoin que tu m'accompagnes pour ce qui sera probablement une visite désagréable.

Je soulevai son menton, la forçai à croiser mon regard.

— Je sais que ta formation universitaire t'a permis d'acquérir les protocoles appropriés, mais ta maigre préparation paraît bien pâle en comparaison de cette rencontre. De ce fait, je suis enclin à te fournir un mot de sécurité. Si à tout moment, tu sens que tu es sur le point d'enfreindre la bienséance, appelle-moi « Votre Altesse » et je ferai ce que je peux pour améliorer la situation. Sinon, adresse-toi à moi en m'appelant « mon Prince » pour me faire savoir que tu vas bien. Tu comprends ?

C'était la seule indulgence que je pouvais lui accorder, et même là, cela ne garantissait pas que je puisse l'aider. La société vampire conservait certaines exigences envers les humains, et bien que je ne les admire pas toutes, je les comprenais.

Les humains étaient des êtres inférieurs, leur place au bas de la chaîne alimentaire était bien établie. Mais à la différence de beaucoup de mon espèce, j'avais choisi de me rappeler d'où nous venions : de mortels.

Raelyn déglutit et ses pupilles se dilatèrent.

— Je comprends, mon Prince.

— Kylan, rectifiai-je. En privé, tu m'appelles Kylan.

— Kylan, répéta-t-elle. J'essaie d'obéir, ajouta-t-elle d'un ton légèrement tranchant qui me fit retrousser les lèvres.

— Revoilà ma fougueuse femelle, murmurai-je, passant mon pouce sur la marque que j'avais faite sur sa lèvre. Ne la perds pas cette nuit, Raelyn. J'espère bien jouer avec elle plus tard.

— Tu veux que je sois obéissante à un moment, puis rebelle l'instant suivant. (Elle plissa les yeux.) Je serais punie si je te traite de lunatique, Kylan ?

J'éclatai de rire.

On m'avait assurément traité de bien pire que ça.

— Oh, petit agneau, on ne fait que commencer. (Elle n'avait pas encore vu mon masque cruel, mais ça n'allait pas tarder.) Allons-y.

RAE

La paume de Kylan me brûlait le bas du dos, tandis qu'il donnait ses clés de voiture à un humain. Il avait insisté pour conduire lui-même l'élégant coupé noir qu'il avait choisi dans son garage, et qui ressemblait à celui qui nous avait amené chez lui après la sélection de la Journée du Sang.

Était-ce seulement la nuit dernière ?

J'avais l'impression que dix ans s'étaient écoulés.

Une femme vêtue d'un tailleur sur mesure nous ouvrit la porte avec une profonde révérence, toute frissonnante.

Kylan franchit le seuil d'un pas assuré, ignorant la femme.

Plusieurs vampires traînaient à l'intérieur, certains vautrés sur des canapés en cuir, d'autres dans un salon près d'un bar équipé de télévisions géantes, et une poignée faisant la queue devant un long comptoir d'accueil en bois.

Kylan m'amena jusqu'à une rangée d'ascenseurs à l'arrière, et appela une cabine à l'aide de l'empreinte de son pouce. Un humain apparut.

— Puis-je vous aider, Sire ?

La main de Kylan se crispa dans mon dos tandis qu'il s'adressait à l'homme :

— As-tu la moindre idée d'à qui tu parles ?

Un frisson me parcourut l'échine au ton mortel de sa voix. S'adresser à un royal autrement que par *mon Prince* ou

Votre Altesse était une grave offense, surtout pour un humain.

— J-je… non… V-votre…

Sur notre gauche, un fort claquement de talons s'approcha sur le sol de marbre, réduisant au silence le pauvre humain qui était tombé à genoux.

— Votre Altesse, je vous présente mes excuses. Je ne m'attendais pas à votre présence, sinon j'en aurais informé mes employés. Je vous prie de me pardonner.

La femme s'agenouilla près du garçon, tête baissée.

L'ascenseur choisit ce moment pour arriver.

Un silence tomba autour de nous, chacun attendant une réponse. Kylan avait enfin été remarqué et reconnu.

Au lieu de leur offrir un spectacle, il me fit entrer dans la cabine, appuya sur un bouton et laissa les portes se refermer. Je n'osai pas parler ni demander une explication. Le garçon avait insulté sa position : ça allait chauffer. On enseignait aux humains à reconnaître les royaux dès leur plus jeune âge. Comment cet humain n'avait pas reconnu celui qui régnait sur sa propre région, cela me dépassait.

Kylan posa son pouce dans mon dos et le massa en petits cercles.

Est-ce qu'il cherche à me rassurer ? Me calmer ?

Un *ding* annonça notre arrivée, et le mouvement dans mon dos cessa.

Les portes s'ouvrirent en ronronnant sur deux hommes en costume et armés, qui nous visaient tous les deux. Je me forçai à baisser les yeux, ne souhaitant pas provoquer des représailles, mais ce n'était pas nécessaire. Dès qu'ils reconnurent Kylan, ils tombèrent à genoux en murmurant des excuses.

Il les ignora et m'escorta dans une suite très décorée dont les fenêtres donnaient sur la ville – un peu comme chez lui. Il me fallut faire un effort pour m'empêcher de contempler mon environnement, et les meubles élégants qui brillaient sous les lumières.

De l'or, réalisai-je.

Il y en avait également par terre, qui se faufilait entre les dalles de marbre, exhalant la richesse dilapidée.

Cela n'avait pas l'air de perturber ou d'impressionner Kylan. Sa main toujours dans mon dos, il nous mena en bas de quelques marches dans une salle de séjour garnie de canapés luxueux autour d'une table en métal, en *or,* surdimensionnée.

Deux femelles humaines étaient allongées dessus, nues, et se faisaient mutuellement plaisir.

Kylan me lâcha pour en faire le tour, me laissant seule et froide.

— Votre Altesse, l'accueillit un homme qui entrait dans la pièce en boutonnant sa chemise.

Le fait qu'il soit pieds nus suggérait qu'il s'était habillé en hâte. Il inclina sa tête blonde mais ne s'agenouilla pas comme les autres, ce qui signalait son rang supérieur dans la société. Je détournai le regard, me gardant bien de provoquer un contact visuel.

— À quoi dois-je cet honneur ?

— J'ai entendu dire que tu avais eu une soirée plutôt mouvementée, Tremayne. (Kylan promena son doigt le long de la colonne vertébrale de la femelle allongée sur l'autre.) Je me suis arrêté pour en savoir plus et j'ai amené mon nouveau jouetpour une leçon potentielle, ajouta-t-il d'un ton intrigué.

Voilà pourquoi il m'a donné un mot de sécurité.

Mon estomac se serra à cette idée, et mes paumes devinrent soudain moites.

S'il me demandait de rejoindre ces femmes sur la table… Oh Déesse, je ne pouvais même pas envisager cette idée. Ce genre d'entraînement était un cours facultatif à l'école, que j'avais délaissé au profit d'un cours d'escrime. Mes qualifications en matière de sexe oral étaient réservées aux hommes.

— Elle est belle, remarqua Tremayne. (Je sentais son regard ramper sur ma peau.) Une rousse peu commune. Groupe sanguin ?

— B+. (Kylan revint derrière moi et posa les mains sur mes épaules.) Tu aimerais voir de plus près ?

— Bien sûr.

Kylan glissa ses pouces sous les bretelles de ma robe et la fit glisser de mes épaules sur mes biceps et plus bas, exposant mes seins. Mes mamelons durcirent dans l'air frais, et la chair de poule hérissa mes bras jusqu'où était posée sa main, juste sous mon coude.

— Réactive, félicita Tremayne, sa voix baissant d'une octave, ce qui me noua l'estomac. (Il s'approcha assez de moi pour que je sente son haleine chargée d'alcool.) Belle prestance, aussi. Un choix remarquable, comme toujours, mon Prince.

Kylan m'embrassa sur la nuque et remonta mes manches, recouvrant mes seins.

— Je suis bien d'accord, murmura-t-il, ses mains tombant sur mes hanches. Maintenant, raconte-moi ce qui s'est passé tout à l'heure.

Il me tira en arrière et s'assit sur le canapé, puis m'installa sur les coussins à ses côtés. Tremayne s'assit en face, laissant les femmes sur la table entre nous.

— Je suppose que vous faites référence à ma purge du personnel inutile ?

— En effet. (Kylan titilla la fente de ma robe tout en parlant, puis posa la main dessous, sur ma cuisse nue.) Est-ce qu'ils t'ont fait du tort d'une quelconque manière ?

— Ils m'ennuyaient.

Son ton laissait entendre que cela suffisait à justifier leur extermination. Kylan dut lui adresser un regard exigeant plus de détails car Tremayne poussa un soupir théâtral.

— Je désirais un changement de ton, de la chair fraîche pour jouer avec. Ces deux-là auditionnent pour un remplacement au sein de ma maisonnée, ainsi que les trois que j'ai laissées dans ma chambre.

— La gagnante décroche l'emploi, traduisit Kylan. (Sa main marquait ma peau.) Et la perdante ?

— Ne mérite pas de vivre. (Tremayne claqua la fesse de la femme au-dessus.) Celle-ci est en train de gagner actuellement, elle a mené la pétasse en dessous à l'orgasme deux fois jusqu'à présent. Mais franchement, je ne suis guère impressionné par l'une ou l'autre, c'est pourquoi je les ai laissées ici s'entraîner entre elles. Les universités ont clairement besoin de meilleurs professeurs, Votre Altesse.

Kylan ne répondit pas tout de suite, et sa main remonta le long de ma jambe pour atteindre l'apex entre mes cuisses.

— C'est vrai, Raelyn ? Tu ne t'estimes pas assez bien préparée à me servir oralement ?

Ses doigts effleurèrent ma chair intime, envoyant une secousse dans tout mon corps.

Je n'avais pas envie d'aimer ça.

Pas ici.

Pas maintenant.

Mais mon corps semblait déterminé à ne pas entendre raison, le souvenir de ses attouchements précédents ravivant une flamme qui n'était destinée qu'à lui.

Je déglutis, tempérant mes sensations pour me concentrer sur sa question.

— Mes études… (je commençai doucement, pesant

chaque mot avant de le prononcer) m'ont formée à satisfaire sexuellement les hommes, mon Prince. En conséquence, j'ai assez confiance en mes capacités orales.

Ce qu'il savait déjà, après m'avoir questionnée sur mes meilleures notes.

Il caressa légèrement la fente de mon sexe.

— Ne possédant Raelyn que depuis une journée, je n'ai pas encore connu le plaisir de sa bouche, mais ses notes sont plutôt bonnes. Allons-nous tester ta théorie, Tremayne ? Voir si Raelyn est à la hauteur de mes standards ? Parce que je t'assure qu'ils sont assez élevés.

Ici ?

Devant Tremayne ?

Mes paumes devinrent moites, malgré le froid dans mon dos. *Et si j'échouais ?*

— Et si j'avais raison ? demanda Tremayne.

— Alors je me pencherai personnellement sur la question, avec Raelyn comme élève favorite pour les besoins de la démonstration.

Il glissa un doigt en moi, ponctuant son propos et faisant battre mon cœur à un rythme chaotique. J'ignorais à quoi m'attendre de cette visite, je n'avais pas la moindre idée d'où il voulait en venir avec moi, et c'était là tout le problème.

Il me possédait.

Pour faire de moi ce qu'il voulait, y compris me sauter de ses doigts devant un vampire de rang inférieur.

Je n'avais pas le choix.

Aucune discussion.

Aucune volonté.

Aucun droit.

Je suis la propriété de Kylan.

La prise de conscience me frappa si vite que j'en eus le

souffle coupé. Je m'étais menti à moi-même pendant les dernières vingt-quatre heures, faisant comme si j'avais la moindre chance face à un royal alors qu'il n'y en avait aucune. J'avais littéralement perdu la tête, oublié ma place dans ce monde, et Kylan me remettait sans effort à ma place.

Son baiser au cours de la cérémonie de sélection avait ébranlé mon esprit.

Non, c'était de l'avoir mordu sans le vouloir qui m'avait mis sur cette voie. Ce serrement accidentel de ma mâchoire avait déclenché un gène de défi caché au fond de moi – une envie manifeste de me battre. J'avais voulu mourir avec ma dignité intacte.

Ma plus grande erreur avait été de croire que Kylan m'aurait tuée aussitôt en représailles.

Mais bien sûr, il n'avait pas voulu. Ç'aurait été trop facile.

Non, il voulait éteindre la lumière en moi avant de m'accorder la mort.

Il ne me resterait plus aucune dignité quand il en aurait fini avec moi.

Un autre jeu de l'esprit, tout comme la sélection pour la Coupe immortelle.

Une autre façon de briser l'esprit humain.

Ce qui expliquait son comportement lunatique. Il voulait que je m'oppose à lui car cela prolongeait son amusement, mais il avait aussi besoin que j'obéisse à ses ordres et de démontrer son pouvoir sur moi. Bien que personne ne remette en question sa supériorité, pas même moi.

— Mais si elle me prouve que tu as tort, reprit Kylan en baissant le ton, alors nous aurons une discussion très sérieuse sur le potentiel humain et sur la façon de se débarrasser correctement des employés indésirables.

— Se débarrasser correctement ? répéta Tremayne en grommelant. Je les ai brûlés, tout comme vous l'avez fait avec votre harem.

Mes jambes se tendirent à ce rappel, ce qui incita Kylan à glisser un deuxième doigt en moi, profondément. Une punition pour avoir réagi ? Je me contractai autour de lui, mes muscles n'étant pas habitués à l'intrusion. Ma formation incluait une pénétration superficielle afin de garder intacte ma virginité, ce qu'il était dangereusement près de découvrir.

Certaines humaines choisissaient de suivre une formation érotique plus approfondie, surtout parce qu'elles désiraient rejoindre un harem.

Quant à moi, je n'avais jamais voulu être dans un harem ni servir à des plaisirs sexuels. Devenir une Vigile ou concourir pour la Coupe immortelle, telle était la voie que j'avais choisie.

— J'ai fait ça ? lança Kylan d'un ton tranchant. Je ne me rappelle pas…

Un gémissement provenant de la table l'interrompit : la femelle en dessous se mettait à convulser. Les deux hommes admirèrent le spectacle, qui me fit remonter la bile dans ma gorge.

Tremayne claqua de nouveau la fesse de l'humaine au-dessus, faisant rougir sa peau.

— Ça fait trois, chérie. Continue.

La femme en dessous se tortilla et ses gémissements se changèrent en cris de protestation : son corps n'était manifestement pas prêt à en supporter davantage.

— Vous voyez mon problème ? demanda Tremayne en se levant. Changez de position. Tout de suite.

Une paire d'yeux verts paniqués croisèrent les miens tandis que les humaines s'empressaient d'obéir. Ne pas réagir me coûtait des efforts considérables. Mais je ne voulais pas les rejoindre, ce qui était une bonne motivation pour rester immobile.

Kylan continuait de me caresser comme s'il ne s'était rien passé, comme si la femme à présent étendue au-dessus n'avait pas de marques rouges sur la peau à force d'être couchée sur une surface dure.

Tremayne poussa ses fesses sur l'autre femme, la faisant geindre en signe de protestation. Sa main s'abattit si fort sur son derrière que je tressaillis.

— Fais ton boulot, pétasse, grogna-t-il, ponctuant son propos d'une autre claque.

Kylan gloussa.

Se mit à rire, putain.

Évidemment. C'était son terrain de jeux, à une échelle réduite. Il chérissait la douleur. Le châtiment. Le mal.

— Raelyn jouit magnifiquement, une chose que j'ai découverte plus tôt dans la soiréer. (Ses doigts changèrent de position entre mes cuisses, son pouce remonta pour caresser mon clitoris.) Peut-être qu'elle devrait nous montrer comment exprimer correctement son plaisir. Puis elle pourrait rendre la pareille en démontrant ses capacités orales. En supposant, bien sûr, que cette offre t'intéresse afin de tester ta théorie.

— J'aimerais me joindre à vous pour enquêter dans les universités.

— Une requête hardie.

— C'est ma découverte, insista Tremayne.

Les doigts de Kylan s'immobilisèrent, son pouce demeurant sur mon bouton sensible.

— Très bien. Si Raelyn ne s'avère pas satisfaisante, nous visiterons les universités ensemble. Mais j'ai une exigence de mon côté, Tremayne.

— Allez-y.

— Si elle prouve sa valeur, alors non seulement nous discuterons de l'élimination des employés, mais tu m'expliqueras aussi pourquoi tout le monde dans cette cité a l'impression que c'est moi qui ai ordonné cette extermination.

RAE

L'atmosphère dans la pièce se refroidit considérablement.

Kylan exsudait la désapprobation, sa main demeurant immobile entre mes cuisses.

— Vous… vous n'avez pas publié de décret ? s'étonna Tremayne sur un ton dénotant un léger malaise.

— Non, pas du tout. (Il enleva sa main et la porta à ma bouche.) Ouvre, Raelyn.

J'écartai les lèvres, laissai ses doigts plonger en moi et couvrir ma langue de ma propre excitation. Une saveur nouvelle que je n'avais jamais connue, et qui envoya une autre bouffée de chaleur entre mes cuisses, malgré la tension qui croissait autour de nous.

— Ne fais pas l'imbécile, Tremayne, avertit Kylan d'un ton ennuyé. Je ne publie pas de décrets de manière indirecte, ce dont tu es parfaitement conscient, donc tu sais ce que je crois ? (Il ôta ses doigts trempés de ma bouche pour les faire glisser sur ma bouche et dans mon cou.) Je pense que tu as répandu la rumeur sur la base de suppositions. Prouve-moi que j'ai tort.

Il croisa les jambes et posa son bras sur mes épaules.

Tremayne se leva.

— Si vous m'accordez un instant, je vais chercher mon téléphone.

Kylan lui adressa un geste dédaigneux de la main.

— J'attends.

— Votre Altesse.

Il s'inclina avant de filer hors de la pièce, nous laissant seuls avec les femelles qui s'activaient toujours. Elles devaient être épuisées, et vu l'absence de gémissements, il était évident qu'elles n'en tiraient aucun plaisir.

— À genoux, Raelyn, murmura Kylan. Entre mes jambes.

Mon cœur manqua un battement.

Il ne voulait pas dire…

Il ne pouvait pas vraiment vouloir que je…

Pas après…

Il plaqua sa main sur ma nuque et serra.

— Maintenant, Raelyn.

— Oui, mon Prince, articulai-je, la gorge sèche.

Je m'agenouillai sur le sol, réprouvant aussitôt le marbre froid. Tête penchée, je posai mes mains sur ses cuisses et attendis l'ordre suivant.

— Prouve-moi ta valeur, petit agneau. Montre-moi comment tu as eu ces notes aux examens.

Le défi imprégnait ses paroles.

Est-ce qu'il ne croyait pas à mes résultats scolaires ?

Ou était-ce à cause des commentaires de Tremayne sur les universités ?

Un mélange des deux ?

Je fis remonter mes ongles sur ses cuisses musclées jusqu'à sa ceinture, que je défis sans la moindre hésitation. S'il voulait que je démontre mes talents, que je valide mon éducation, alors qu'il en soit ainsi.

Les examens étaient une chose dans laquelle j'excellais.

Celui-ci ne serait pas différent.

Déboutonner.

Fait.

Maintenant, la fermeture éclair.

Je déglutis quand mes bons soins révélèrent sa queue fort impressionnante. Silas était mon unique élément de comparaison, et je ne me rappelais pas que la sienne était si… prononcée.

Kylan se détendit, étalant ses bras sur le dossier du canapé.

— Je m'ennuie déjà, Raelyn. Peut-être que Tremayne a raison, mmmh ? Est-ce que je dois te laisser ici pour apprendre avec ses autres jouets, vu que je n'ai pas de harem personnel pour te faire correctement la leçon ?

Mes yeux s'étrécirent. Non, je ne voulais absolument pas qu'il me laisse ici. Ce ne serait pas nécessaire.

Sauf si je rate mon coup.

Ce que je ne vais pas faire.

J'espère.

Vas-y, Rae. Fais comme si c'était Silas.

Sauf que ce n'était absolument *pas* Silas. Pas sa taille, ni sa stature, ni sa puissance.

Non, Kylan était plus gros, plus long, et bien plus intimidant.

J'enroulai ma main autour de sa hampe. *Ça ne rentrera pas en moi.*

Si, ça ira. Il le faudra bien.

Je serrai les cuisses à l'idée qu'il pénètre ma virginité, un désir étranger qui me brûlait le bas-ventre et me donnait un peu le tournis.

Il serait dur. Exigeant. Peut-être même cruel.

Comme s'il avait capté mes pensées, il fourra ses doigts dans mes cheveux et me tira brutalement la tête en arrière pour que je croise son regard de braise.

— Est-ce que je n'ai pas été clair ? lança-t-il en resserrant sa prise. Suce-moi, Raelyn.

— Oui, mon Prince.

Ma voix rauque trahissait ma nervosité, et son sourcil haussé confirma qu'il l'avait aussi entendue. Ou plus probablement, c'était sa façon d'exprimer son irritation.

Qu'est-ce qui t'arrive ? Tu sais très bien faire ça.

Mais c'est Kylan…

Fais-le, putain !

Je caressai son membre, découvrant son toucher soyeux. Si long, si doux, si *dur*. Je me penchai et suivis ma main avec ma langue, d'un bout à l'autre. Ses doigts se nouèrent plus serrés dans mes cheveux, son impatience était manifeste. J'enveloppai son gland de mes lèvres, puis descendis aussi bas que ma gorge le permettait, tout en le suçant au passage.

— Mon téléphone, Votre Altesse, dit Tremayne, apparaissant près de moi.

Je commençai à remonter, mais Kylan me repoussa vers le bas, enfonçant sa queue plus profond en moi. Mon entraînement me permit d'éviter les haut-le-cœur et d'accepter cette rude poussée, mais je manquais de souffle.

Il tendit son autre main.

— Qu'est-ce que je dois chercher ? demanda-t-il, l'air imperturbable.

Je déglutis, tentai d'inhaler, et échouai. Sa main me maintenait en place, m'empêchait de bouger.

Est-ce qu'il réalise que je ne peux pas respirer ?

Je ne pouvais pas employer le mot de sécurité pour le lui dire, et de toute façon, je ne m'attendais pas à ce qu'il m'écoute.

— Le second fichier, répondit Tremayne. Il montre que c'est vous l'expéditeur.

Je levai les yeux vers le visage de Kylan, mais il était trop occupé à étudier l'appareil pour le remarquer. Des larmes brouillèrent ma vision, mes poumons brûlaient du besoin d'air. J'avalai, ou essayai, ce qui provoqua une constriction de ma gorge autour de lui. Sa prise se relâcha juste assez pour m'accorder une inspiration qui refroidit aussitôt mes entrailles.

— Mmmh, je vois, murmura-t-il, relâchant sa prise encore plus. Continue, Raelyn, dit-il doucement, toujours concentré sur l'appareil dans son autre main.

Je le suçai encore en profondeur, au point d'en avoir presque mal, et je creusai mes joues autour de lui. Son absence de réaction m'irritait presque. Il avait l'air trop absorbé par ce qu'il faisait avec le téléphone de Tremayne pour remarquer mes efforts en bas. Je réessayai, saisissant sa base dans ma paume et l'avalant jusqu'à ma main.

La légère pression sur ma tête et la contraction de ses doigts me confirmèrent que ça marchait, malgré son expression neutre.

Encore, décidai-je, perfectionnant le mouvement et ajoutant une torsade de ma langue sur son gland. Il en fuita une goutte de son essence salée, m'incitant à aller de l'avant.

Sa prise dans mes cheveux se resserra de nouveau, et ses cuisses se tendirent.

— Je vais garder ça.

Il fourra le téléphone de Tremayne dans sa poche et plaqua sa main libre sur ma nuque.

— Mon technicien doit retracer ce message qui n'a pas été envoyé par moi.

— Je ne savais pas, Votre Altesse. J'ai pensé…

— Non, Tremayne, grogna Kylan. (Sa paume pressant ma nuque, il prenait le contrôle de mon rythme.) Tu sais pourquoi je ne veux pas te nommer souverain ? C'est parce que tu ne penses pas. Tu ne penses jamais. (Sa tête retomba en arrière sur le canapé.) Bon Dieu, elle est en train de me prouver que tu as tort en ce moment même.

Je faillis sourire, mais il s'enfonça de nouveau dans ma gorge.

— Ce message venait de vous, trancha Tremayne. Bordel, comment j'aurais pu savoir qu'il n'était pas réel ?

— Parce qu'un bon subordonné connaît son royal, répliqua Kylan. (Il poussa un fort soupir et ses jambes se tendirent autour de moi.) *Putain*, Raelyn…

Une chaleur s'épanouit en moi en l'entendant perdre son contrôle à cause de *moi*. Ce mâle puissant se perdait dans ma bouche, les balayages subtils de ma langue sur son gland sensible, la façon dont je le suçais en profondeur quand il atteignait le bon endroit dans ma gorge.

— Ton évaluation sur les universités… (Sa voix mourut en un sourd grognement, un son de prédateur qui dessécha tout mon être.) Elle est inexacte.

Mon cuir chevelu me faisait mal là où il l'agrippait, tandis que mon cœur cognait fort dans mes oreilles.

J'avais toujours vu cela comme un acte destiné uniquement aux hommes, mais il était tout autant pour moi. Voir sa mâchoire se crisper, sentir ses mains me serrer plus fort, et sentir l'orgasme spiraler en lui – c'était une intoxication grisante à laquelle je pouvais facilement devenir accro.

Il pouvait bien posséder mon corps, mais à cet instant, c'était moi qui le possédais.

— Votre Altesse…

— Ça suffit. (Le membre de Kylan palpita dans ma bouche, ses doigts empoignèrent mes cheveux.) Avale, Raelyn. Avale tout.

Il m'abaissa la tête, et me força à recevoir sa semence directement au fond de ma gorge quand son plaisir explosa avec un gémissement.

J'engloutis son essence salée sans broncher. Fixant son visage, je mémorisai chaque bribe de son extase.

Un si beau mâle.

Je l'avais déjà remarqué, mais c'était encore plus évident maintenant. Ses lèvres pleines étaient entrouvertes, ses traits aristocratiques moins sévères, et ses yeux sombres avaient viré au brun chaud, le désir et l'approbation nageant dans leurs eaux. Il me regardait fixement, esquissant un petit sourire narquois du coin des lèvres.

Il me fallut un moment pour en comprendre la raison.

Je l'avais dévisagé sans permission.

Et j'avais complètement oublié de respirer.

Il relâcha sa prise et je me rétractai, le suçant jusqu'à la dernière goutte, et je baissai les yeux sur son membre toujours en érection.

Même cette partie de lui était belle.

Bien sûr. Parce que tous les vampires étaient magnifiques.

— Oh, chérie, tu as sans le moindre doute mérité tes bonnes notes. (Kylan caressa mon pouls de son pouce, sa main toujours dans ma nuque, l'autre reposant sur son abdomen.) Ta théorie ne pourrait pas être plus incorrecte, Tremayne. Ce qui signifie que nous allons discuter maintenant de ton élimination inopportune d'un bien humain.

Tremayne ricana.

— Pourquoi j'ai cru à ce décret selon vous, Kylan ? (L'emploi familier de son nom le fit se figer contre moi.) Vous avez massacré votre harem. Pourquoi ne ferait-on pas de même ? Ce ne sont que des humains.

Sur la table, un cri aigu se transforma en un hurlement et quelque chose de chaud et de fluide atterrit dans mon dos. L'air se remplit de gargouillis, du bruit de quelqu'un peinant à respirer, suivi de violents bruits de succion.

Kylan ne bougea pas ni ne réagit, adoptant une posture détendue. Il ôta sa main de mon cou pour la poser sur ma tête et caresser doucement mes cheveux.

Un autre glapissement retentit, me faisant tressaillir.

Il est en train de les déchirer.

Je ne le voyais pas, mais je le *sentais*.

C'est du sang qui coule dans mon dos.

Du sang venant des femmes.

Et Kylan ne fait rien pour arrêter ça.

— Tu as fini de piquer ta crise, Tremayne ? demanda-t-il d'un ton ennuyé au bout d'un moment.

— Ce n'est pas comme ça que vous avez tué vos humaines ? rétorqua ce dernier. Si vous m'en faisiez la démonstration avec la nouvelle ? Montrez-moi comment vous préférez que je procède, vu que vous estimez manifestement que je m'y prends mal.

Mes épaules se tendirent, mon cœur cafouilla.

Il ne va pas le faire.

Il pourrait le faire.

Kylan continua de me caresser, faisant glisser ses doigts parmi mes mèches. Puis il soupira.

— Relève-toi, Raelyn.

Une grosse boule se bloqua dans ma gorge, m'empêchant de déglutir. *Que va-t-il faire ? Me massacrer ? Me livrer à Tremayne ?*

Je fermai les yeux, ne voulant pas qu'il voie les larmes brouiller ma vue, et me remis lentement sur mes pieds. Même la douleur de mes genoux ne me détournait pas du martèlement dans mes oreilles.

Kylan se leva également. Sa chaleur corporelle ne parvint guère à dissiper le frisson qui s'emparait de tout mon être.

L'entendre refermer son pantalon et reboucler sa ceinture me fit mâchonner ma lèvre inférieure, mes paupières refusant de s'ouvrir. Puis il prit ma joue en coupe et déposa un baiser sur mon front.

— Pourquoi voudrais-je tuer une femelle ayant des compétences orales aussi fantastiques, Tremayne ? demanda-t-il, la bouche sur ma peau. Je suis encore loin de l'avoir appréciée pleinement.

Je faillis m'affaisser de soulagement dans ses bras, mais il me repoussait déjà sur le côté.

— C'est ce que tu n'arrives pas à saisir, reprit-il.

Il s'éloigna de moi pour s'approcher de l'autre homme. Je jetai un coup d'œil par terre.

L'or était éclaboussé de sang.

De sang humain.

Provenant des deux femmes.

Leurs deux cadavres gisaient sur la table, leurs gorges largement déchirées, leurs traits figés pour toujours dans la terreur.

Mon estomac se rebella, menaçant d'expulser mon dernier repas. Je serrai les dents, me réfrénant, tremblant de tout mon corps sous l'effort.

— Tu ne comprends pas, poursuivit Kylan, fourrant ses mains dans ses poches. Un humain peut ne plus t'être utile, mais ça ne le rend pas inutile pour d'autres. Tu peux vendre et acheter des biens, Tremayne. Je te l'ai déjà expliqué plusieurs fois.

— Qui voudrait acheter des biens usagés ? rétorqua-t-il, son attitude frisant l'agressivité. N'est-ce pas la raison pour laquelle vous avez tué votre harem ? Parce que vous n'en tireriez aucun bénéfice ?

Kylan ôta sa veste et la posa sur le canapé.

— Une autre chose que tu ne comprends pas, Tremayne, est que tout bien dans cette région m'appartient. Ça comprend tous les biens, matériels ou autres, des vampires sous ma protection. Ce qui veut dire que ces humaines que tu viens juste de massacrer, celles que tu auditionnais et qui n'étaient même pas encore ta propriété, étaient à moi. Ainsi que tous les autres que tu as assassinés aujourd'hui.

Tremayne ricana.

— Vous allez vraiment me réprimander pour quelques

vies de mortels après l'exemple que vous avez donné ? C'est gonflé.

— Et pour finir… (Kylan marqua une pause et retroussa lentement les manches de sa chemise) tu sembles n'éprouver aucun remords pour tes actes.

— Vous voulez que je m'excuse pour avoir commis les mêmes actes que vous ? (Tremayne se mit à rire franchement, l'air vraiment amusé.) Donc seul le royal Kylan est autorisé à tuer des esclaves quand il en est lassé ? Nous autres, on doit demander la permission ?

— Les humains ont beau être des biens, leurs vies sont ce qui nous fait prospérer. Les tuer sans motif valable est inacceptable et ne sera plus toléré sur mon territoire.

— Alors votre harem a été tué pour un motif valable ?

— En effet. (Avant-bras nus, Kylan laissa retomber ses mains sur ses flancs.) Mais tu te trompes sur un élément clé dans tout ça, Tremayne.

— Ah ouais ? Et c'est quoi, *Votre Altesse* ? répliqua-t-il d'un ton moqueur.

— Je n'ai pas tué mon harem.

Son bras bougeant à une vitesse impeccable, Kylan cogna Tremayne en pleine figure, suivi d'un autre direct à l'abdomen et d'un troisième à la poitrine, le tout en un clin d'œil. Pendant ce temps, ses paroles s'entrechoquaient dans ma tête.

Je n'ai pas tué mon harem.

Tremayne plongea sur Kylan en poussant un rugissement furieux, mais le royal était trop rapide pour lui. Des agents de sécurité se précipitèrent dans la pièce, mais un regard de Kylan les maintint à distance.

Ma main vola à ma bouche quand Tremayne profita de cet instant de distraction pour balancer son poing dans la mâchoire de Kylan.

Le royal gloussa en secouant la tête.

— Tu as beau être le plus ancien dans ma région, Tremayne, j'ai toujours presque deux mille ans de plus que toi.

L'éclat d'une lame suivit ses paroles, brillant dans la lumière tandis qu'elle se plantait dans le crâne de Tremayne. Il tomba à terre avec un bruit sourd, pour être aussitôt relevé par Kylan et emmené devant les fenêtres.

— Par la présente, tu es excommunié jusqu'au moment où je t'autoriserai à revenir dans mon territoire. Profite de la chute.

Crash.

Ma mâchoire tomba.

Il venait de jeter Tremayne par la fenêtre.

Depuis le dernier étage de la tour de l'hôtel.

KYLAN

Le hoquet de Raelyn fut effacé par le vent qui s'engouffrait par la vitre brisée. Je brossai les éclats de verre sur ma chemise, en déroulai les manches et récupérai ma veste sur le canapé.

Elle restait bouche bée devant les dégâts, les épaules bloquées et éclaboussées de sang suite à la ridicule démonstration d'agressivité de Tremayne. Cela faisait bien longtemps que ça aurait dû finir comme ça. Il avait trop souvent testé mes limites, toujours à chercher un moyen de me damer le pion.

Celui qui se faisait passer pour moi lui avait envoyé cet ordre dans un but précis, sachant qu'il sauterait sur l'occasion. Ce qui signifiait que c'était quelqu'un qui connaissait mon territoire. Je pensais toujours à Jace, vu notre proximité, à moins que le coupable n'ait un complice à l'intérieur.

Je donnerais ce téléphone à Judith pour que son équipe le décortique un peu, et détermine aussi si quelqu'un d'autre avait reçu un message similaire.

D'après les dires d'Angelica, il semblait bien que c'était Tremayne qui avait lancé la rumeur de ma soi-disant déclaration. Eh bien, j'allais réparer ça. Tout de suite.

— Viens ici, Raelyn, l'appelai-je par-dessus le souffle du vent en lui tendant la main.

Elle contourna prudemment le sang sur le sol, les bras couverts de chair de poule.

Nous nous tournâmes face à une dizaine de gardes armés, tous agenouillés et tête baissée, attendant mes ordres.

Très bien.

L'ancien personnel de Tremayne.

— Nettoyez ce bordel, ordonnai-je. Vous aurez bientôt un nouveau superviseur. Assurez-vous que les filles dans la chambre sont en vie, et donnez-leur à manger et des vêtements. Si vous les blessez d'une quelconque façon, je vous tuerai de mes propres mains.

Il y avait eu assez de morts dénuées de sens dans ce bâtiment ce soir. Je n'ajouterais pas ces femelles à la liste, même si elles préféraient mourir après ce que Tremayne leur avait fait.

Espèce de malade.

— Oui, mon Prince, opina leur chef, la tête toujours baissée.

N'ayant rien d'autre à dire, j'entraînai Raelyn jusqu'aux ascenseurs et la poussai dans la première cabine arrivée. Son dos se cogna à la paroi. Elle garda la tête basse, lèvres tremblantes.

Ne sois pas brisée, je t'en prie.

Je posai mon empreinte sur le bouton Arrêt, afin que la cabine demeure en place après la fermeture des portes.

Raelyn ne bougea pas quand je m'approchai d'elle, ne tressaillit pas quand j'alignai mon corps contre le sien, hanche contre hanche, bassin contre bassin, et saisis son menton entre le pouce et l'index. Je lui relevai la tête pour bien croiser son regard.

Ses iris bleu vif se concentrèrent aussitôt sur moi, les pupilles dilatées.

Je souris. Elle tremblait simplement de froid.

Bien.

— Il y a une caméra au-dessus de mon épaule, mais

elle n'enregistre pas le son. Tu peux parler librement, Raelyn.

— Pour dire quoi ? demanda-t-elle.

Sa voix était enrouée du fait que j'avais sauté brutalement sa gorge. Mmmh, il fallait que j'arrange ça.

— Ce que tu veux, soufflai-je, effleurant ses lèvres des miennes. Mais d'abord…

Je coupai ma langue à l'aide de mes incisives et la glissai dans sa bouche. Elle sursauta et ses mains se crispèrent sur mes biceps quand j'approfondis le baiser, faisant couler le sang dans sa jolie gorge talentueuse.

Après la façon timide dont elle avait caressé mon sexe, mes attentes quant à ses compétences orales avaient diminué de façon drastique. Mais cette femelle m'avait surpris. Non, elle m'avait sidéré. Cela faisait longtemps que quelqu'un n'avait pas appris et appliqué mes préférences aussi vite, et sous la pression en plus.

Une sacrée perfection.

Je la remerciai avec ma bouche, lui rendis grâce avec ma langue, et jurai de lui rendre la pareille plus tard, à fond.

Elle gémit, se perdant dans les endorphines de mon essence.

L'échange de sang avec les mortels était une activité rare, généralement réservée aux personnes prometteuses qu'un vampire souhaitait protéger. Il permettait d'améliorer la guérison, la force et d'exacerber les sens. Des pouvoirs temporaires, pour ainsi dire, qui pouvaient facilement créer une dépendance. Mais si c'était ainsi que Raelyn réagissait, en frottant son corps contre le mien, alors elle pouvait boire de moi quand elle le voulait.

Je léchai sa lèvre inférieure, la marque que j'y avais laissée plus tôt guérissant à présent grâce à mon sang.

Mmmh, peu importait. Tout vampire qui la flairerait sentirait mon essence sur elle.

Mienne.

Et je ne partageais pas.

J'admirai son regard fondu de désir, frottant mon nez contre le sien.

— Tu te sens mieux ?

— Qu'est-ce que tu m'as fait ? demanda-t-elle, impressionnée.

— J'ai ravivé ton esprit avec une petite goutte d'immortalité.

Je l'embrassai de nouveau, j'aimais son goût mêlé à mon essence : sang et sexe à la fois. Un relent de peur flottait dans l'air, signe que mes frères commençaient à réagir au message que j'avais laissé sur le trottoir en bas.

Ils voudraient savoir pourquoi.

Et je l'expliquerais à ma manière.

— On n'en a pas encore terminé, avertis-je en ôtant ma bouche de la sienne. J'ai encore du travail à faire ici.

Elle battit des paupières.

— D'accord.

J'étudiai son expression en quête de signes de terreur. Ses prémices avaient fait grimper son pouls à plusieurs reprises, notamment lorsque Tremayne avait grossièrement suggéré que je la tue. Mais là, elle se contentait de me regarder, son cœur battant régulièrement et fort, ses joues teintées de rose.

— Tu n'as toujours pas peur de moi, m'émerveillai-je.

— Il faudra en faire plus que jeter un connard par la fenêtre pour m'effrayer, chuchota-t-elle. (

Puis ses yeux s'écarquillèrent quand elle réalisa ce qu'elle venait d'exprimer à voix haute.)

Je veux dire…

Je posai un doigt sur ses lèvres en gloussant.

— Tu es toujours libre de parler ouvertement avec moi en privé, Raelyn, surtout si ça inclut de traiter Tremayne de connard, ce qu'il est.

— Est ? releva-t-elle en fronçant les sourcils. Ça veut dire qu'il n'est pas…

— Mort ? complétai-je à sa place. Non, il vivra. Il faut bien plus qu'une chute pour tuer un vampire, mais il va mettre un moment à guérir. Surtout que je vais interdire à quiconque de l'aider. Il a mérité sa souffrance et son excommunication. Qu'il ramasse ses propres abattis avant de faire du mal à qui que ce soit.

Cruel, peut-être, mais nécessaire pour mettre les points sur les i. Je ne tolèrerais pas le meurtre gratuit sur ce territoire, même s'ils croyaient que mon comportement pouvait servir d'exemple.

Je pressai mon front contre le sien.

— Ce qui nous amène à la prochaine tâche de la soirée. Prête ?

— Tu as vraiment besoin de ma permission ?

— Non.

— Alors pourquoi demander ?

— J'ai le droit de m'en soucier au moins un petit peu, Raelyn.

Je me tournai pour appuyer sur le bouton du rez-de-chaussée. La cabine se mit à descendre, tandis que je la gardais plaquée contre la paroi.

— Je ne les ai pas tuées.

Elle déglutit, soutenant mon regard.

— Alors qui l'a fait ?

— C'est ce que j'essaie de découvrir, et jusqu'à ce que j'y arrive, tu vas m'accompagner partout. Car je soupçonne que celui qui a fait ça va vouloir faire de toi un exemple de violence.

Son pouls hésita finalement.

— Qu-quoi ?

L'ascenseur tinta, annonçant notre prompte arrivée. Raelyn demeura figée, toute pâle.

Bon, au moins sa réaction était appropriée à présent.

Même si c'était un brin cruel de lui énoncer la vérité sans prendre de gants.

Je lui pris le menton quand les portes s'ouvrirent.

— Ne me quitte pas d'un pas, et n'oublie pas les convenances. (J'effleurai ses lèvres des miennes et la relâchai.) Viens.

À chaque pas, ma colère soulevait dans l'air un nuage sinistre. Les vampires sous ma protection étaient capables de sentir ma fureur, même si je les observais tous avec une expression soigneusement neutre. Plusieurs cessèrent de parler et tombèrent à genoux. D'autres, les plus âgés, baissèrent la tête en signe de respect, tandis que les humains gémissaient et se jetaient à terre en signe de supplication, implorant passivement pour leur vie.

Je m'avançai lentement, les mains dans les poches, les ayant tous à l'œil. Raelyn suivait à mes côtés, les yeux baissés, toujours pâle.

Bien. C'était ainsi que devait se comporter un membre de harem après avoir vu ce qui s'était passé à l'étage.

Myers s'engouffra par les portes du foyer.

— Il est carrément...

Le vampire aux cheveux longs s'interrompit en me voyant au milieu de la pièce, et ses genoux se plièrent par réflexe pour l'amener au sol.

— Termine ta déclaration, Myers, lui lançai-je, curieux. Il est carrément quoi ?

La peau bronzée de l'homme pâlit, sa terreur était palpable.

— En vrac, Votre Altesse.

— Qui ?

Sa gorge remua, et il réussit à répondre :

— Seigneur Tremayne.

— Seigneur ? répétai-je en ricanant. Non, sûrement pas. Par contre, il est exilé jusqu'à ce que j'en décide autrement. Tout vampire surpris à l'assister d'une quelconque manière aura affaire à moi. Vous comprenez ?

Un chœur de « oui, mon Prince » et « oui, Votre Altesse » s'éleva à travers la pièce, personne n'osant protester ni me regarder dans les yeux.

— Pour ceux qui se posent la question, le crime qui lui vaut cette sentence est d'avoir répandu de fausses informations. Je n'ai pas et ne vais pas tolérer le meurtre aveugle de mortels sur ce territoire. Si vous avez envie d'un bain de sang, commandez un humain aux services de restauration ou à l'industrie des loisirs.

Je fis un signe de la main vers la salle à manger de l'hôtel prévue à cet effet. Plusieurs humains enchaînés gisaient sur les tables, certains morts, d'autres respirant à peine. C'était leur destinée : apaiser la faim d'un vampire. Que je sois d'accord ou non avec cela était un point discutable. Nous étions des vampires. Les humains étaient notre nourriture.

Nul n'osa faire un commentaire ou poser une question, aussi continuai-je :

— J'ai dû rappeler à Tremayne que tout m'appartient dans cette région, y compris vos humains. Ne blessez pas indûment mes biens juste parce qu'ils vous ennuient. C'est inacceptable et interdit.

Encore plus de silence, mais un soupçon de mécontentement soulignait leur tendance à accepter.

— Tremayne a fait valoir que tuer mon harem était une indication que vous pouviez tous faire de même. Je n'aborderai que deux points. D'abord, les membres d'un harem sont des servantes sexuelles qui fournissent un divertissement. Il est acceptable d'en profiter au maximum, tout comme vous avez le droit de vous faire plaisir en achats de loisirs. Ensuite, étant donné qu'elles sont ma propriété, j'ai la prérogative de faire ce qui me plaît. Si quelqu'un n'est pas d'accord avec ces points, qu'il parle maintenant.

Bien sûr, personne ne le fit. Et ce soupçon de mécontentement disparut également.

Non, je ne perds pas l'esprit dans la vieillesse immortelle.

Oui, je suis toujours votre royal.

Et c'est mon putain de territoire. Si vous n'aimez pas ma manière de le diriger, partez.

— Bien. Comme je n'entends aucune question, j'ai une annonce à faire. Debout.

Les vampires présents dans la pièce obéirent vite à mon ordre tandis que les humains restaient à terre, Raelyn étant la seule mortelle debout. Je me demandais si elle réalisait le symbolisme de cette situation, qu'il y avait des avantages à être dans le harem d'un royal. C'était là l'un d'entre eux.

— Le poste de PDG de l'entreprise K Hôtel est officiellement vacant. J'accepterai les candidatures tout au long de la semaine et je prendrai ma décision dans un mois.

La personne que je choisirais hériterait non seulement de cet hôtel, mais aussi de plusieurs autres semblables sur le territoire, dont un au cœur de Lilith City. La concurrence pour ce poste serait divertissante, car plusieurs vampires de cette région étaient assez âgés pour reprendre l'ancien empire de Tremayne.

— Faites passer le mot, intimai-je, faisant référence à mes avertissements en plus de l'offre d'emploi.

Les conversations se répandirent alors que mes administrés faisaient comme demandé, envoyant des messages à leurs contacts et murmurant des attentes entre eux. Parmi les noms mentionnés, j'allais en contacter certains directement.

— Votre Altesse…

Cherise accompagna son salut d'une révérence, la tête basse. Son interruption était insupportable. N'avait-elle pas compris la leçon quand je lui avais fermé l'ascenseur au nez ?

— À propos de tout à l'heure, je voulais…

Je la coupai du tranchant de ma main dans l'air.

— Qu'as-tu fait de l'humain qui ne m'a pas reconnu ?

Les voix autour de nous se turent, dans l'attente.

Elle déglutit.

— Je-je l'ai donné au personnel des cuisines pour l'ajouter au menu.

Bon, c'était toujours mieux que de l'avoir tué elle-même, supposai-je.

— Cette punition a impliqué que tu considères que c'était sa faute, non ?

— Il aurait dû connaître son prince, Votre Altesse.

Elle releva le menton, l'air nettement résolu sur cette question.

— Je suis bien d'accord. Et qui, selon toi, a la charge de lui enseigner cela, Cherise ?

Ses narines se dilatèrent.

— Les universités, mon Prince.

— Au départ, oui. Mais qui est responsable d'entretenir cette connaissance et de préparer les humains à un face-à-face avec leurs royaux ?

Une vrille de peur s'éleva dans l'air, et ses joues perdirent leur couleur.

Trop peu, trop tard, Cherise. Tu en as déjà parlé.

— Leurs s-supérieurs, Votre Altesse.

— Donc *toi* en tant que directrice de la réception, dans ce cas, traduisis-je.

J'aurais dû laisser tomber, d'autres affaires plus importantes requérant mon attention. Hélas, Cherise avait dit quelque chose me rappelant l'altercation précédente. Et devant toute la salle, en plus.

— Tu as envoyé l'humain aux cuisines pour être abattu. C'est le département de Maeve. (Je cherchai la vampire blonde et la trouvai appuyée contre un mur, l'air impassible.) Rejoins-nous.

Elle n'hésita pas, ses bottes en cuir claquant contre les dalles à chaque pas. Le jean et le pull étaient très siècle dernier, ce qui dénotait son jeune âge comme vampire. La plupart des gens de cette génération préféraient le confort au style.

— Mon Prince, salua-t-elle, s'inclinant au lieu de faire une révérence.

— L'humain est-il toujours en vie ?

Elle pointa un ongle rouge en direction de l'homme brun sur la table de la salle à manger, nu, tremblant, en position fœtale.

Donc oui, il respirait encore et n'avait pas été touché, d'après ce que je voyais.

Excellent.

— Que penses-tu de la gestion de la réception, Maeve ?

Ses yeux noisette scintillèrent.

— Ce serait un changement bienvenu par rapport à la supervision de la cuisine, mon Prince.

— Il s'avère que le poste vient de se libérer, s'il t'intéresse. Mais j'ai une exigence.

Cherise toussota.

— Votre Alt…

— C'est à toi que je parlais ? lui lançai-je, avec mon regard le plus noir. À genoux, Cherise, et ne t'avise pas de parler ou te relever jusqu'à ce que je te le dise.

À mon ton, le pouls de Raelyn manqua un battement,

me rappelant sa présence à mes côtés. Je posai la main sur le bas de son dos et un baiser dans son cou, plus par habitude que par nécessité, ce qui me valut quelques haussements de sourcils dans la salle. Apparemment, montrer de l'affection pour mon harem était inattendu. Bien.

— Comme je disais, j'ai une exigence et elle concerne le mâle. Je veux que tu l'enlèves de cette table et que tu le reformes. Considère ça comme une audition pour le poste. Je reviendrai plus tard dans la semaine pour évaluer ses progrès. S'il passe, tu pourras garder le job. Sinon, tu retourneras en cuisine avec le garçon.

Ses lèvres se retroussèrent.

— Merci pour cette opportunité, mon Prince. Je ne vous décevrai pas.

Non, je m'en doutais bien.

— Parfait. Donc s'il te plaît, récupère cet humain. Tu commences ce soir.

— Votre Altesse.

Elle s'inclina et s'éloigna avec détermination vers la salle à manger.

À présent, il me fallait gérer la vampire à mes pieds. Je traçai de petits cercles avec mon pouce dans le dos de Raelyn en soupirant.

— Cherise, je suis déçu non seulement par ton manque de leadership, mais aussi par ton manque de franchise et de respect. Peut-être qu'un nouveau rôle dans la gestion de la cuisine t'aidera à rafraîchir ton regard sur la vie, mmh ? Prends tes dispositions pour permuter avec Maeve, et quand je viendrai la contrôler dans une semaine, il vaudrait mieux que je n'entende pas parler de problèmes.

Elle garda le silence, la tête toujours baissée.

Très bien. Elle avait pris au sérieux mon interdiction de se lever et de parler. Il y avait encore de l'espoir pour elle.

— Va-t'en maintenant. (Je la congédiai d'un geste.) Ta présence me fatigue.

J'entourai Raelyn de mes bras et l'embrassai doucement. Ce geste indiquait clairement à l'assemblée que je considérais ma consort comme plus importante que Cherise, car je l'avais rejetée en faveur d'une humaine. Cela montrait également à tout le monde que je pouvais être tendre avec ma propriété quand je le voulais.

Raelyn ouvrit la bouche contre la mienne, me permettant de la prendre comme je le désirais. J'ignorai les gestes et paroles de Cherise quand elle partit, ignorai tous ceux qui nous observaient, et me délectai de son goût addictif.

Ma queue durcit contre son bas-ventre, elle en voulait plus.

Je pourrais la forcer pour donner un spectacle à tout le monde, pour leur montrer à quel point elle était compétente avec sa langue, mais cela ressemblait plus à une punition qu'à une récompense. Et mon cher petit agneau obéissant avait gagné mon estime, pas ma colère.

— Le voiturier ferait bien de tenir mes clés prêtes, murmurai-je contre ses lèvres. (Je lui donnai un autre baiser sonore avant de m'adresser à l'assistance.) Profitez des heures de l'aube et attendez-vous à recevoir une invitation sous peu pour une réunion à la tour Kylan dans le courant du mois.

Quelques sourires éclatèrent, la perspective d'une fête étant toujours excitante. Il y avait assez de vampires ici pour relancer le moulin à rumeurs, mais Judith m'aiderait en envoyant une note officielle à mes administrés en début de soirée. Il y en avait près de cinq mille dans ma région, une des plus vastes du monde. Seule une cinquantaine était ici cette nuit, ce qui ne me choquait pas. C'était un hôtel, non une résidence, et de plus, personne n'attendait mon arrivée.

Je conduisis Raelyn auprès du voiturier qui attendait et cueillis mes clés dans sa main sans lui adresser un regard. La portière côté passager s'ouvrit et tandis que j'aidais Raelyn à s'installer, je remarquai les éclaboussures de Tremayne partout sur l'allée pavée et le mobilier de l'hôtel.

— Myers ! appelai-je.

Aussitôt l'homme efflanqué me rejoignit dehors, ses yeux noisette baissés.

— Mon Prince ?

— Fais nettoyer ce merdier et expédie les restes de Tremayne à l'est, du côté de la frontière avec le clan Calgary. Ne lui viens en aide en aucune façon.

Myers inclina la tête, souriant de se voir confier une tâche.

— Oui, Votre Altesse. Merci.

Je le quittai sur un signe de tête et rejoignis Raelyn dans l'habitacle douillet de mon coupé. Ce n'était pas le meilleur véhicule pour les routes enneigées, mais les pneus spéciaux adhéraient bien au béton glissant. Et les humains avaient fait un travail correct de déneigement et de pelletage.

Je me penchai pour boucler la ceinture de Raelyn avant de m'éloigner de l'hôtel.

— Tu peux être de nouveau toi-même, agneau chéri.

Elle resta silencieuse un instant.

— Je ne suis pas sûre de savoir ce que ça veut dire.

Je gloussai.

— Nous sommes seuls, ce qui veut dire qu'une punition est bien moins probable.

— Mais ça reste une possibilité.

— Toujours, oui.

J'avais des normes. Si elle les brisait, elle le saurait. Je passai la vitesse supérieure pour accélérer, afin qu'il soit difficile pour quiconque de nous suivre. Posséder la moitié de la ville rendait difficile de deviner mes allées et venues. Je préférais qu'il en soit ainsi. Les tunnels aideraient. Mes ingénieurs les avaient conçus en forme de labyrinthes pendant qu'ils transformaient la ville en ruines, autrefois connue sous le nom de Vancouver, en Kylan City.

J'empruntai une rampe nous menant dans les cavernes de pierre, et posai ma main sur la cuisse de Raelyn.

— Tu as été remarquable ce soir, petit agneau. Une preuve qu'en toi, il y a une humaine correctement formée.

— Je connais les règles, je les ai suivies toute ma vie. Jusqu'à ce que tu m'embrasses.

Ça avait l'air de la frustrer. Je retroussai les lèvres.

— Tu penses que c'était le stress du moment ?

— Peut-être. Je ne voulais pas que tu me choisisses, alors, eh bien, je t'ai mordu.

— La plupart des humains veulent être sélectionnés pour un harem, croyant que ça leur donne accès à une vie des plus luxueuses.

Ce à quoi ils oubliaient de réfléchir, c'était le coût. Un certain nombre de royaux et d'alphas préféraient la douleur au plaisir. Quant à moi, c'était un mélange des deux.

— Je voulais participer au tournoi.

— Oui, je sais, mon agneau avide d'immortalité.

Je pressai sa cuisse, puis j'éteignis les phares de la voiture afin de dissimuler notre trajectoire.

Elle se tendit, ses yeux de mortelle ne lui offrant pas la même vue que ma vision nocturne. J'accélérai par plaisir, pour le plaisir d'accélérer son rythme cardiaque.

— Lilith vous fait miroiter l'immortalité à tous comme mesure de contrôle. Au lieu d'œuvrer ensemble, vous vous chamaillez les uns les autres pour l'infime possibilité d'un avenir meilleur. Bien qu'il semble que tu te sois quelque peu liée à Silas. (Ce que je soupçonnais de contribuer à ses réponses fougueuses à ce sujet.) Tu as déjà badiné avec lui ?

Elle renifla.

— Au début, nous étions rivaux à l'école et nous nous battions tout le temps, mais Willow nous a rapprochés. Elle nous a fait remarquer que nous étions fondamentalement la même personne, seulement en version féminine et masculine..

Une pointe de nostalgie ponctua sa voix, son affection pour son ancienne vie était évidente.

— Où Willow a-t-elle été envoyée ?

Je ne connaissais personne de sa classe par son nom, à part Raelyn et Silas. Mon espèce préférait les chiffres. Plus faciles à gérer et à se rappeler.

— Aux fermes d'élevage, soupira-t-elle.

Ah oui, c'était un bien triste sort. La procréation humaine forcée. C'était nécessaire pour en avoir un nombre élevé, et nous ne voulions que ceux ayant des lignées de qualité.

— Elle a dû avoir des notes appréciables aux examens.

— Les mêmes que les miennes.

— Sans doute, oui, acquiesçai-je.

Car Raelyn ferait aussi une bonne reproductrice, mais la chance au tirage au sort l'avait envoyée aux sélections finales à la place. Le Magistrat prétendait avoir tout réglé scientifiquement. En réalité, il entrait un tas de notes dans son ordinateur et randomisait les résultats pour ceux d'une certaine race et classe.

Silas était destiné à la Coupe Immortelle, sélectionné des années plus tôt pour son potentiel par Jace et Walter, tout comme j'en avais sélectionné une poignée une décennie auparavant. Les premiers de la classe étaient suivis et contrôlés fréquemment, leurs compétences et attributs les distinguant des autres.

Je bifurquai dans un autre tunnel, filant sous la cité, me servant de la technologie intégrée à ma voiture pour perturber les flux vidéo.

Judith était une vraie magicienne.

— Qu'est-ce qui va lui arriver ? demanda doucement Raelyn.

— Tu as vraiment envie que je réponde à ça ?

Elle resta silencieuse un long moment. Son pouls ralentit, sa respiration se fit plus profonde.

— Combien d'enfants va-t-elle porter ?

— Ça dépend de sa biologie. Elle peut ne tomber enceinte en toute sécurité qu'une fois par an, parfois moins. Nos scientifiques ont appris à avancer le processus, mais Mère Nature refuse de coopérer pleinement. Et une vie humaine est réellement sacrée pour notre espèce, vu que vos existences sont nécessaires à notre survie, nous faisons donc tout notre possible pour garder le cheptel en bonne santé jusqu'à ce qu'il n'ait plus d'usage.

— Et ensuite ?

— Ils vont dans les fermes de sang ou dans l'industrie des services.

Zelda était un bon exemple de quelqu'un ayant servi d'abord à la reproduction, et qui travaillait maintenant comme domestique. On l'avait envoyé dans la propriété de Vilheim en ville pour aider à la cuisine, et j'avais bien vite pris connaissance de ses compétences grâce à son supérieur et à Vilheim.

— Certains d'entre eux finissent dans des logements acceptables, ajoutai-je.

— Mais pas tous.

Pas la plupart. Je pressai sa jambe une fois de plus avant de reposer ma main sur le levier de vitesse. Une envie d'excuses titillait ma langue, ce qui m'arrivait rarement. *Un loup ne s'excuse pas devant un agneau ; il le mange simplement.*

Je m'éclaircis la gorge et passai à un sujet plus sûr :

— On va rester en ville plusieurs semaines, peut-être des mois. Et puis d'autres royaux assisteront à la fête dont j'ai parlé , ce qui signifie que je dois intensifier ta formation sexuelle. Ils s'attendront à ce que tu sois à un niveau similaire à leurs propres consorts, et si je dois te partager avec l'un d'eux, il faut que tu sois bien préparée.

Son pouls cafouilla à la mention du partage. Pas étonnant. Elle supposait sans doute que j'allais la donner à Robyn. Il était hors de question que je permette ça sans supervision. Je n'étais même pas certain d'avoir envie de partager Raelyn avec quiconque, au vu de la menace qui pesait sur sa vie, mais quoi qu'il en soit, je devais lui enseigner les règles.

— On commence immédiatement.

Pourquoi perdre du temps alors que le soleil n'allait pas se lever avant deux heures ?

Bon sang, j'adorais l'hiver.

Longues nuits, journées courtes, des heures sans fin à s'amuser au lit.

Ce que nous allions faire.

Dès cette nuit.

RAE

— Déshabille-toi.

Kylan ne perdit pas de temps après m'avoir fait franchir le seuil de sa suite. Sa brève demande sonnait comme une chaude caresse dans mon oreille.

Une formation sexuelle.

Dans le but de me partager avec d'autres, royaux.

Des royaux comme Robyn.

Mon estomac se serra en signe de protestation. Je ne voulais pas de collier ni de laisse, ni être traînée sur le béton.

Y en avait-il d'autres comme elle ? Ou des pires ?

Quelle importance ? Je dois d'abord survivre à Kylan.

Je frémis, me rappelant comment il avait traité Tremayne puis les autres en bas. C'était le Kylan que tout le monde redoutait, celui qui exsudait le pouvoir et l'autorité et ne prenait pas la désobéissance à la légère.

Pourtant, il m'avait traitée…

— Raelyn.

La légère nuance de réprimande dans son ton m'indiqua qu'il n'appréciait pas mon hésitation.

D'accord, il fallait que je me concentre.

Et me déshabille.

J'écartai les fincs brides de mes épaules et laissai tomber la robe à mes pieds. J'étais nue à l'exception de mes talons hauts. Je me penchai pour les enlever, mais il me releva d'une main sur ma nuque.

— Tu peux les garder. (Il mordilla mon oreille, pressant son torse encore habillé contre mon dos nu.) Va sur le lit et écarte les jambes. Je veux te contempler, Raelyn, et explorer chaque centimètre de ta petite chatte sexy.

À ses paroles vulgaires, la chaleur s'accumula entre mes cuisses.

Déesse, qu'est-ce qu'il va me faire ?

Était-ce vraiment plus tôt dans la soirée qu'il m'avait poussée contre cet arbre ? Et seulement la nuit dernière qu'il m'avait choisie ?

Pas étonnant que mes membres soient tout tremblants quand je grimpai sur le lit king size. Ç'avaient été les vingt-quatre heures les plus longues de ma vie, même avec le repos dans l'avion.

Ou peut-être que c'était son sang qui coulait dans mon corps. Je me sentais plus vivante, plus alerte depuis qu'il m'avait embrassée dans l'ascenseur. Comme si tout mon être s'était enflammé de l'intérieur. Mes sens étaient plus aiguisés, mon corps plus attentif. Je pouvais presque *sentir* le désir de Kylan rien que dans son regard de prédateur, tandis que je m'allongeais sur le lit.

Une faim pure et simple.

Je déglutis.

C'était le regard d'un homme qui avait envie de sexe ou de violence, ou peut-être un mélange des deux.

J'écartai mes jambes tremblantes, offrant ma chair intime à son examen. Son regard glissa lentement vers le bas, laissant une traînée brûlante en chemin, avant de se concentrer entre mes cuisses.

Son regard passionné remua quelque chose en moi. Quelque chose de chaud, d'intense, d'étranger.

Je frémis, le désir de refermer les jambes outrepassant presque mon esprit. *Il veut qu'elles soient ouvertes. Mais oh, je veux… je veux…*

Kylan retira sa veste et la posa sur une chaise près du lit. Sa cravate suivit. Il fit un pas en avant, ses doigts agiles défaisant un à un les boutons de sa chemise pour dévoiler lentement les muscles en dessous.

Je l'avais déjà vu torse nu, je savais à quoi m'attendre, mais le voir se déshabiller dans l'intention de me caresser rendait l'expérience plus intense.

Les vampires étaient tous parfaits. Cela semblait être une condition de leur immortalité.

Mais Kylan ? Il redéfinissait le sens du mot perfection.

Tout en lignes nettes et dures sous une peau lisse.

Je salivai rien qu'à le regarder.

Avec un sourire, il laissa tomber sa chemise sur sa veste.

— Ton excitation est enivrante, Raelyn, murmura-t-il, s'avançant vers moi.

Mes membres se tendirent quand il rampa sur le lit entre mes jambes, avec des intentions évidentes.

Il me laissa moins d'une seconde pour réagir, même pas, avant son premier coup de langue sur mon sexe. Je haletai, crispant les doigts sur les couvertures de chaque côté de mes hanches.

Putain…

Silas m'avait fait ça plus d'une fois, mais je n'avais jamais rien ressenti de *tel*.

Kylan répéta son geste, avec plus de pression cette fois, faisant convulser mon corps de manière incontrôlable. Il sourit contre mon clitoris, ses dents titillant le bouton sensible et envoyant de nouveaux spasmes le long de mon dos.

— Tu m'as avalé d'une façon magnifique tout à l'heure, petit agneau. Laisse-moi te rendre la pareille.

Que…

Oh, Déesse…

Je me cambrai sur le lit en gémissant, et il me repoussa

de sa main posée sur mon abdomen. L'autre se porta sur ma hanche pour me maintenir en place pendant qu'il me dévorait avec sa langue.

De violentes vagues d'énergie déferlèrent sur moi, en moi, me consumant totalement. Je ne pouvais pas respirer, ni penser, ni bouger ; je ne pouvais que ressentir.

J'ignorais que ce genre de plaisir était même possible. Il faisait presque mal par son intensité, brûlant dans mes veines et jusqu'aux bouts de mes nerfs.

— Kylan, gémis-je, ne sachant trop si je voulais le repousser ou empoigner ses cheveux. Ça... ça...

Ses incisives effleurèrent ma chair sensible.

Il n'allait pas...

Je hurlai, le plaisir était trop fort. Tout mon corps était secoué, mes lèvres tremblaient, incohérentes, tandis que Kylan oblitérait mes sens.

Il m'avait mordue.

Juste là.

Ou peut-être m'avait-il seulement mordillée. Peu importait. Il avait mis le feu à mon essence.

Mais, Déesse, ça ne devrait pas être permis. L'extase se mêla à la douleur tandis qu'il nettoyait la blessure avec sa langue. Suçait, mordillait, m'enfonçait dans un nuage de folie dont la raison était absente, et se concentrait surtout sur les sensations.

Mes membres me picotèrent.

Mon cœur battit la chamade.

Mes poumons cherchèrent de l'air.

— Tu le refuses, murmura-t-il d'un ton approbateur. Mais tu ne gagneras pas, ma chérie. (Un autre coup de langue grésilla dans mes veines.) Laisse-toi aller, Raelyn. Soumets-toi à la sensation. Soumets-toi à moi, mon amour.

Il m'égratigna de nouveau et je m'agrippai à ses épaules, les ongles plantés dans sa peau.

— Kylan !

C'était à la fois une supplique et un juron, le désir d'en avoir plus et le besoin qu'il arrête. Je n'arrêtais plus de trembler, le feu qui brûlait en moi menaçait de me déchirer en deux.

Cela n'avait rien à voir avec ce qu'il m'avait fait contre cet arbre. On pouvait à peine qualifier ça d'avant-goût.

— Raelyn. (Son grondement fit vibrer ma matrice, envoya des étincelles dans mon échine.) Je veux te sentir jouir sur ma langue.

Je tremblai, perdue tout entière dans sa volonté et dans les mouvements de sa bouche.

— Maintenant.

Ses ordres bourdonnèrent en moi, atteignant les profondeurs de mon âme et me forçant à les suivre. Le monde s'effondra autour de moi, peignant ma vision en nuances de noir et de blanc. Le nom de Kylan roula sur ma langue, accompagné de mots décousus.

Je me sentis détruite.

Égarée.

Liquide.

Ma poitrine me brûlait, l'euphorie faisait vibrer mes membres.

— Ton plaisir est addictif, Raelyn, murmura Kylan contre ma chair humide. J'en veux plus.

Sa langue s'enfonça profondément en moi et m'envoya par-dessus une autre falaise dans l'inconscience.

Comment était-ce possible ?

Était-ce parce que j'avais absorbé son sang ?

Oh, ça n'avait aucune importance. Surtout avec sa capacité à faire *ça*.

Je me trémoussai contre sa bouche, ses coups de dents et de langue m'envoyant dans un brouillard de félicité désemparée. Mon esprit se fractura, penser n'était plus possible.

Juste les sensations.

Chaleur.

Sexe.

Putain.

Je remarquai à peine que Kylan ôtait son pantalon, consumée par l'abysse étoilé qui dansait devant mes yeux. Mes chaussures avaient disparu également.

Comment ?

Quand ?

Que venait-il de me faire ?

Sa hampe s'appuya contre moi, juste là. Mon clitoris palpita et protesta quand son gland épais se frotta contre lui, sa chaleur oblitérant mes sens.

— Kylan, exhalai-je.

Je n'ai jamais…

Ses lèvres capturèrent les miennes, faisant taire ce que je voulais dire, tandis que sa hampe glissait délibérément dans ma moiteur. Je frémis sous lui, terrifiée et excitée à la fois. Mais au lieu de s'introduire en moi, il glissa simplement parmi mes replis trempés, couvrant son érection de ma chaleur humide.

— Ouvre, murmura-t-il, sa langue sur mes lèvres.

Je m'exécutai, lui donnant accès à tout de moi. Il continua à se tremper de mon essence tout en enduisant ma mouche des séquelles de mon orgasme.

— Est-ce que tu te sens ? demanda-t-il à voix basse. Ton doux minou a coulé sur toute ma langue, mon cœur.

Il appuya ses dires en m'embrassant de nouveau, plus profondément cette fois, sa possession plus qu'évidente.

— Certains de mon espèce n'apprécient plus de donner du plaisir, mais quand c'est bien fait, je trouve ça très satisfaisant.

Son sexe glissa plus bas, se plaça devant mon entrée.

Je me tendis, j'attendis.

Ça allait faire mal.

Énormément.

Mais il fallait que je le prenne.

C'était son droit, en tant que mon propriétaire.

— Mmmh, une vierge. (Il sourit.) Ça m'inspire plusieurs possibilités fascinantes, petit agneau.

Je frissonnai quand il s'assit sur ses talons entre mes genoux, sa main empoignant sa hampe.

— Putain, ton excitation contre mon sexe est divine, Raelyn.

Il fit courir sa main de haut en bas, en une prise dure, hypnotique. Ses mouvements tendaient ses abdominaux, qui saillaient à mesure que son rythme s'accélérait.

Fascinée, me léchant les lèvres, je me redressai sur mes coudes pour mieux voir.

N'était-ce pas mon boulot ?

Et que voulait-il dire par « possibilités fascinantes » ?

Encore mieux, comment savait-il que j'étais vierge ?

— Reste simplement comme ça, m'intima-t-il d'une voix basse et grave.

Il se glissa en avant, ses genoux chevauchant mes hanches, offrant une vue encore meilleure de ses bons soins. Je ressentis de nouveau des bouffées de cette sensation addictive qui palpitait dans mon bas-ventre et le tendait.

J'étais loin d'être prête pour une nouvelle vague de plaisir, mais le regarder se caresser était indéniablement stimulant. Son avant-bras se tendit.

— Ouvre la bouche, Raelyn.

Son ordre était sous-tendu d'un grondement qui parla directement au désir ardent entre mes cuisses.

J'écartai mes lèvres, soutenant son regard.

— Putain !

Il saisit une poignée de mes cheveux de sa main libre et me tira en avant. Son orgasme jaillit sur ma langue en giclées épaisses et chaudes qui glissèrent au fond de ma gorge, me forçant à avaler.

Ses traits se tordirent en une extase si belle que je ne pus m'empêcher d'en mémoriser chaque détail : sa mâchoire contractée, l'éventail de ses longs cils contre sa pommette, la façon dont mon nom sortit de ses belles lèvres.

— Suce-moi, commanda-t-il, sa main dans mes cheveux me tirant brusquement en avant.

Je le pris aussi profondément que ma gorge le permettait, les reliquats de son extase se mêlant aux miens sur ma langue. Sa prise se resserra pour me maintenir en place, tandis que je creusais mes joues autour de sa hampe.

— Jusqu'à la dernière goutte, Raelyn. Je veux que tu sois remplie de ma semence, de mon essence, afin que tout le monde sache que tu es mienne.

Je frissonnai à son ton possessif. Les vampires et lycans avaient un instinct de propriété très développé.

Pourtant il prévoit de me partager avec d'autres royaux.

J'ignorai cette pensée, me focalisai sur ma tâche. Finalement Kylan relâcha sa prise et promena ses doigts dans mes cheveux, tandis qu'il me regardait d'un air qui frisait l'émerveillement.

— Tu es magnifique comme ça, murmura-t-il, portant son autre main à ma mâchoire. Avec ta bouche autour de ma queue. (Il s'enfonça plus loin, avec un pétillement sournois dans le regard.) Ton absence de haut-le-cœur confirme que ta gorge est entraînée, un cours supérieur, et pourtant, tu n'as jamais été sautée. C'est fascinant.

J'avalai autour de lui, et me mis à larmoyer sous cette

rude intrusion. Il se retira, et son gland glissa hors de ma bouche avec un *pop* satisfaisant.

Il baissa les yeux, un sourire au coin des lèvres.

— Impeccable. C'est superbe, Raelyn.

Sa bouche s'empara de la mienne avant que je ne puisse répondre, et il m'aplatit sur le lit avec son corps. Il plaça ses coudes de chaque côté de ma tête et cala son aine contre le doux apex entre mes cuisses.

— Je pourrais t'embrasser pendant des heures, soupira-t-il. Et te sauter encore plus longtemps. Dîner entre tes cuisses pendant un siècle. (Il frotta son nez contre le mien.) Mais je sens que tu es épuisée. La soirée a été très longue, et tu auras besoin de repos avant tes prochaines épreuves.

— Épreuves ? relevai-je.

— De formation sexuelle. (Il embrassa ma mâchoire et fit glisser ses lèvres jusqu'à mon oreille.) Il va nous falloir être inventifs, à présent que je sais que tu es vierge. C'est un atout que j'ai l'intention d'utiliser à bon escient.

Je déglutis, ne sachant trop ce qu'il voulait dire par là.

Avait-il l'intention d'offrir ma virginité à quelqu'un d'autre ? En échange de quelque chose ayant pour lui une plus grande valeur ?

Bien que possessifs, les vampires avaient aussi l'esprit pratique et étaient connus pour échanger leurs biens. Cela leur permettait de ne pas trop s'attacher. En échangeant fréquemment des objets, leurs instincts de propriété restaient superficiels.

Très peu gardaient un humain sur le long terme.

Mais il s'accrochait à Mikael depuis dix ans…

— On en reparlera plus tard. (Il m'embrassa doucement, me cajolant de sa langue.) Je suis vraiment content de toi, agneau chéri. Tu feras une excellente consort.

Une douleur naquit dans ma poitrine à ce rappel de ce que j'étais pour lui.

Pendant un moment, je l'avais presque oublié, trop perdue dans les sensations qu'il avait suscitées.

Mais tout cela était temporaire.

Un plaisir qu'il apprécierait et oublierait en un clin d'œil.

Quant à moi, ce serait là toute mon existence. Née pour servir dans la chambre d'un vampire royal. Et bientôt il en viendrait d'autres tandis qu'il agrandirait son harem, et il m'oublierait, passerait aux autres…

Ça ne devrait pas me faire de mal.

Ça ne *pouvait* pas.

Les émotions, c'était pour les faibles, et je n'étais pas faible.

Je m'appelle Rae et je survivrai à tout ça.

Il n'y avait pas d'autre choix, pas d'autre option, pas d'autre issue.

Vivre ou mourir.

Je choisirai toujours la vie.

KYLAN

Je lissai de mes doigts les mèches rousses de Raelyn. Leur couleur formait un contraste magnifique avec sa peau crémeuse.

Une humaine splendide.

Talentueuse, aussi.

Et une vierge, sans le moindre doute.

Sa tension avait révélé son innocence, et son dossier la confirmait.

Elle n'avait jamais pris de cours de rapports sexuels. Fascinant. La plupart des humains le faisaient, mais elle avait plutôt opté pour les sports physiques. Sans doute à cause de son envie d'être Vigile. Mmmh, cette voie lui aurait bien convenu. Mais celle menant à mon lit également.

Tout en caressant son cou, je parcourus ses notes universitaires de ma main libre, et je lus ses choix de programmes d'études.

Les premières années étaient les mêmes pour tous les humains : des cours d'endoctrinement fournissant une introduction stricte aux exigences de la société. Ceux qui réussissaient passaient au niveau suivant, qui comprenait des enseignements de base. Les meilleures notes de ce cycle, parmi lesquelles celles de Raelyn étaient impressionnantes, offraient certaines libertés pour faire avancer les études.

C'était là où les choix entraient en jeu.

Les humains étaient autorisés à choisir leur voie, mais c'était un test habile, une façon d'observer leurs penchants naturels. Le dossier de Raelyn indiquait des intérêts variés, son parcours scolaire n'était pas nettement spécialisé.

L'escrime.

Le français.

Un cours de science politique traitant du leadership des clans au cours du siècle dernier.

Les religions.

Ce dernier me fit grogner. Lilith appréciait certainement de forcer les humains à la vénérer. Si seulement ils savaient qu'elle n'était qu'une vampire comme nous autres, et pas tellement plus vieille que moi…

Cam était notre aïeul à tous.

Je soupirai en levant les yeux au plafond, me demandant pour la millième fois ce qui lui était vraiment arrivé. Lilith prétendait qu'il était mort, mais je la connaissais bien : elle tenait le vieux vampire enfermé quelque part. Là où je finirais si quiconque parvenait à prouver que ma vieillesse immortelle m'avait rendu fou.

Ce qui n'était pas près d'arriver.

J'avais laissé le téléphone de Tremayne à Judith et m'attendais à avoir de ses nouvelles d'une minute à l'autre. Mais je ne pouvais me résoudre à quitter Raelyn tout de suite. Elle m'intriguait avec son innocence, ses défis, sa soumission.

Elle est vierge.

J'esquissai un sourire triomphant. Cela me fournissait l'opportunité et l'angle parfait pour manipuler les royaux. Ils la désireraient encore plus, et avec un peu d'entraînement, elle deviendrait l'appât parfait pour celui qui avait osé faire de moi un ennemi immortel.

Normalement, j'aurais attendu de mes autres consorts qu'elles expliquent les procédures officielles à Raelyn, lui donnent des avertissements et l'initient correctement au monde du harem royal. Mais elles n'existaient plus.

Ce qui laissait Mikael comme seul professeur disponible.

Son expérience était similaire, et il était avec moi depuis assez longtemps pour comprendre mes protocoles habituels en matière de partage.

Oui. Il ferait ça bien.

Une tâche que je lui assignerais tandis que je m'occuperais d'organiser les festivités. Des invitations personnelles seraient nécessaires, et je devrais assurer certains hébergements.

Je soupirai. Divertir les autres était une des activités qui me plaisaient le moins, mais c'était le meilleur coup à jouer. Les réunir tous sous le même toit, faire de Raelyn un appât, et voir qui allait mordre.

Mon téléphone vibra. Judith me convoquait au lit.

Je suis dans le salon, écrivit-elle.

J'arrive dans cinq minutes.

Je n'étais pas encore vraiment prêt à quitter Raelyn. Elle s'était blottie contre moi et se servait de ma poitrine comme oreiller, mon bras glissé autour de ses épaules et mes doigts dans ses cheveux. Elle s'ajustait parfaitement, ses jambes entremêlées avec les miennes.

C'était étonnant ce que le sommeil révélait : son corps faisait déjà confiance au mien. Une déclaration dangereuse vu ce que je pouvais lui faire, mais cette femme n'avait pas peur. Ce devait être le résultat de ses amitiés illégales avec Willow et Silas, un fait que ses dossiers ne prouvaient ni ne contestaient.

Il y avait cependant plusieurs vidéos de ses examens oraux avec l'homme, où elle avait clairement simulé son orgasme. Rien que cela confirmait son absence de désir sexuel pour le mâle, ce qui me plaisait bien plus que de raison.

Je l'aimais bien. Et son dossier ne la rendait que plus attachante à mes yeux. Mon fougueux petit agneau ferait une excellente consort et pourrait très bien s'avérer être ma favorite.

Elle bougea contre moi quand je posai mon téléphone sur le chevet.

Je la disposai doucement sur les oreillers en l'embrassant sur le front.

— Dors, chérie. Mikael t'apportera ton petit-déjeuner du soir au lit.

Il apprécierait de la trouver nue. C'était mon cadeau pour lui.

Vêtu uniquement d'un pantalon de survêtement, je le rejoignis avec Judith au salon. Mikael me tendit une tasse de café noir enrichi de son sang.

— Tu m'aimes vraiment, murmurai-je avant d'en boire une gorgée. Je t'ai également laissé quelque chose dans la chambre. Elle a besoin d'une formation sur la séduction royale et les attentes générales. Je suppose que tu sauras t'en charger ?

Il haussa ses sourcils blonds.

— Est-ce une façon de dire qu'elle n'a pas été à la hauteur de tes attentes la nuit dernière ? Parce que ses cris suggéraient autre chose.

Je fis la moue.

— Au contraire, elle est plutôt douée. Mais elle doit être correctement informée de certaines exigences de la société, ce qui peut nécessiter quelques travaux pratiques.

Ses yeux clairs scintillèrent.

— Tu me donnes la permission de m'amuser.

— Je te donne la permission d'enseigner, répliquai-je, souriant sur le bord de ma tasse. Profites-en.

— D'abord, elle a besoin de manger. (Il s'éloigna vers la cuisine.) Ensuite on se mettra au travail, Votre Altesse.

— J'attends des résultats ! lui lançai-je.

Puis je m'installai sur le canapé à côté d'une Judith impassible. Son chignon blond sévère et son costume blanc contrastaient nettement avec ma tenue décontractée. Je posai ma cheville sur mon genou et me détendis dans les coussins en cuir.

— Dis-moi que tu as trouvé quelque chose, Judith.

— En effet. (Ses yeux gris croisèrent les miens.) Vous n'allez pas aimer.

Je pris une autre gorgée de café et le mis de côté.

— J'écoute.

Elle me tendit une tablette dont l'écran affichait une série de lignes et de chiffres.

— Le message est passé par une série de coordonnées, mais au bout d'une heure, j'ai finalement localisé son origine et le moment de son envoi. (Son index parcourut l'écran.) Il a été émis depuis votre avion, Votre Altesse. Pendant la cérémonie de la Journée du Sang.

Dans l'écran, la preuve me sautait aux yeux.

— Comment c'est possible ?

— J'ai quelques théories, la plus solide étant que quelqu'un a piraté votre système pendant que votre avion était à l'aéroport. Il y avait d'autres jets assez proches pour ce faire et, une fois votre système piraté, c'était facile d'envoyer un e-mail depuis l'un des appareils que vous aviez à bord.

— Tu viens de suggérer que ton équipe n'a pas correctement assuré ma sécurité, remarquai-je d'un ton sec.

— C'est pourquoi j'ai déjà lancé une enquête sur cette faille apparente.

Cette femme me prouvait constamment sa valeur et sa loyauté.

— Bien.

— J'ai aussi dressé la liste des royaux et alphas qui ont emprunté le même aéroport et dont les avions stationnaient aux environs du vôtre. (Elle poussa quelque chose sur l'écran, qui se remplit de noms.) Ils sont classés du plus proche au plus éloigné, même si ce détail n'est pas important. Tous ont pu accéder au système de l'avion, vu leur proximité.

Naomi.

Walter du clan Clemente

Niklas du clan Stella.

Robyn.

Claude.

— Jace n'est pas sur la liste, relevai-je.

— Non, il n'avait pas d'avion. Il est resté à Hazel City quelques jours avec Darius et sa nouvelle *Erosita* avant de venir en voiture à la cérémonie. Les relevés de surveillance confirment qu'il est retourné à Hazel City après les sélections de la Journée du Sang et qu'il s'y trouve toujours.

— Ce qui veut dire qu'il n'est pas rentré chez lui.

— Pas encore.

— Mais quelqu'un pourrait travailler pour lui.

Bien sûr, cela impliquait que plus d'un royal cherchait à détruire mon nom. Ou peut-être un chef de clan.

— Où étaient Brandt et Luka ?

J'avais des frontières communes avec le clan Calgary et le clan Majestueux. Ils seraient des partenaires idéaux dans ce jeu, partageant le même désir de posséder mes terres.

Elle reprit sa tablette et se mit à parcourir ses notes avec une moue de côté. Mikael choisit ce moment pour apparaître avec deux assiettes, et m'en tendit une.

— Mange, ordonna-t-il.

Je haussai un sourcil.

— Vous autres humains semblez avoir un penchant pour me commander.

— Même pas en rêve, Votre Altesse.

Il me fit une révérence feinte avant de se diriger vers la suite principale d'un pas sautillant.

Raelyn serait soit ravie, soit mortifiée.

— Tous deux ont atterri de l'autre côté du site de la cérémonie, répondit Judith en tapotant l'écran. À moins qu'ils n'aient envoyé quelques lycans en mode furtif, il est hautement improbable qu'ils aient infiltré votre système.

Je piochai un morceau de bacon dans l'assiette et appréciai sa saveur goûteuse, tout en considérant cette nouvelle information.

— Ça dépeint Jace sous un jour innocent.

— Ce qui pourrait être précisément ce qu'il veut, murmura-t-elle, jouant toujours avec sa tablette. Mais si c'est le cas, il a fait un sacré bon boulot. Il n'y a absolument rien permettant de croire qu'il est coupable.

— C'est vrai, admis-je. (Il était à Naomi City quand on avait massacré mon harem.) Bien sûr, il pouvait embaucher d'autres gens pour exécuter ses missions. (Je mangeai une autre tranche de bacon tout en réfléchissant.) Y a-t-il eu d'autres brèches suspectes sur ma propriété ?

Judith avait mis en place plusieurs mesures de sécurité supplémentaires après l'incident. Je m'étais senti à l'aise dans mon rôle de chef, supposant que personne ne serait assez fou pour m'attaquer sur mon propre terrain.

C'était une erreur que je ne referais pas de sitôt.

Elle secoua la tête.

— Non, et bien que ce soit impossible, tous les signes indiquent qu'il n'y a pas eu d'effraction au départ.

— Oui, car celui qui a tué mes consorts voulait que ça ait l'air de venir de moi.

— Et il a fait un excellent travail, marmonna-t-elle.

Je ne pouvais qu'être d'accord.

— Eh bien, qu'y aurait-il de drôle à ce jeu si le coupable était évident ?

— Ce jeu, répéta-t-elle en reniflant.

— Comment veux-tu que je l'appelle ?

— Une mission suicide ? suggéra-t-elle.

— Bon, c'est ça aussi, admis-je. (Car quiconque me défiait à ce duel mourrait. De cela j'étais certain.) Invite-les tous à la fête, y compris Jace, Brandt et Luka.

Leurs emplois du temps et leur comportement pouvaient bien indiquer leur innocence, mon instinct me disait que Jace cachait quelque chose. Je connaissais ce royal depuis très longtemps. Il évoluait dans l'arène politique presque aussi bien que moi. Ce qui signifiait, si ce n'était pas lui, qu'il pourrait être capable de m'aider dans mes recherches.

— En fait, je vais appeler Jace personnellement.

Judith haussa un sourcil.

— Vous feriez ça ?

— Je ferai ça.

J'allais l'inviter plus tôt avec son nouveau souverain et leur offrirais à tous deux l'occasion d'interagir avec Raelyn. Soit leurs réactions prouveraient leur innocence, soit elles aggraveraient mes soupçons. Je pris une autre bouchée dans mon assiette et la posai sur la table.

— Autre chose, Judith ?

— Oui. (Elle pressa quelques boutons sur son écran, puis me montra deux messages identiques.) Zion et Vilheim ont également reçu votre soi-disant décret.

J'arquai mes sourcils.

— Et tu n'as pas eu l'idée de commencer par ça ?

— Tous deux sont sous surveillance. Aucun n'a agi suite à ce message.

— Pour l'instant, fis-je platement.

Bon, il semblait que rendre visite à deux des plus anciens vampires de ma région venait de passer au premier rang de mes tâches de la journée. Je devrais appeler Jace depuis ma voiture. Les priorités et tout ça.

— Est-ce que tu as autre chose à me dire ?

— Juste une clarification logistique finale, mon Prince. Je suppose que nous organiserons la fête au K Hôtel ?

— Ça me paraît approprié, acquiesçai-je. J'aimerais aussi que les anciens quartiers de Tremayne soient complètement rénovés.

— Ce projet a déjà été assigné à Bethany.

— Brillant.

Cette femme avait un sens aigu du détail et avait décoré plusieurs de mes propriétés. Je me levai, puis me rappelai un dernier point :

— Il faudrait que tu promeuves Angelica.

La jeune vampire avait risqué sa vie et sa position en s'introduisant dans mon enceinte sans y être invitée, et elle avait réussi à contourner ma sécurité pour m'atteindre. Impressionnant, mais un peu suicidaire. Cependant, elle avait fait preuve d'une grande loyauté en m'informant non seulement des affaires de Tremayne, mais aussi en sachant que je n'aurais jamais envoyé un tel message.

Très peu auraient remis un décret en question. Ce qu'avait fait Angelica la rendait précieuse.

Judith leva ses yeux gris vers les miens.

— La nouvelle ?

— Cette nouvelle, comme tu l'appelles, est celle qui m'a averti du comportement de Tremayne. Elle est peut-être la plus jeune vampire de ma région, mais elle a du potentiel, Judith. Je veux qu'il soit cultivé et récompensé.

Elle soutint mon regard un moment, puis hocha la tête.

— Je l'ajouterai à votre détachement.

— Bien. (Je n'avais pas encore une totale confiance en elle, mais cela me donnerait l'occasion de juger correctement sa valeur.) Merci pour ta diligence, comme toujours, Judith.

— Mon Prince.

Elle inclina la tête quand je me levai.

Avec Zion et Vilheim, ce serait une soirée fatigante. Tous deux voulaient être promus à des postes de direction en raison de leur âge et de leur pouvoir. Zion était le seul que j'aurais envisagé, mais il n'avait pas pris la peine de m'appeler après avoir reçu mon prétendu décret. Rien que cela le disqualifiait.

Je regagnai ma chambre en soupirant pour me changer.

Les sons agréables émis par Raelyn ravirent mes oreilles et me retroussèrent les lèvres.

L'amusement avait commencé.

Dommage que je ne puisse pas rester pour jouer.

RAE

— Raelyn… (La voix masculine dériva vers moi, quelque peu familière.) Je t'ai apporté le petit-déjeuner du soir.

Je roulai dans un nuage de couvertures, la figure couverte de mes cheveux roux. Une main chaude écarta les mèches de mes yeux, me permettant de voir Mikael qui me souriait. En m'asseyant, je faillis renverser l'assiette qu'il tenait dans sa main.

Son regard tomba sur mes seins, ce qui me fit froncer les sourcils.

Je suis nue.

Bon.

Je remontai la couverture sur moi en reculant jusqu'à ce que je heurte la tête du lit. Je remontai mes genoux contre ma poitrine, formant bouclier.

Il tordit ses lèvres.

— Tu défies Kylan mais tu me fuis. C'est fascinant, Raelyn.

— C'est Rae, et je te connais à peine.

— Tu ne connais pas vraiment Kylan non plus, remarqua-t-il. Je t'ai apporté des œufs sans sel, des brocolis cuits à la vapeur, et un donut.

J'observai les aliments en plissant le front.

— Un donut ?

— Mmmh, c'est ce que je préfère au petit-déjeuner. J'ai pensé que tu aimerais en partager un. (Il s'assit sur le lit, l'assiette sur ses genoux.) Il est nature, puisque tes papilles ne sont pas prêtes pour des goûts plus riches, mais ça fera quand même une bonne introduction. (Il prit une espèce de petit pain rond et me le tendit pour que je l'inspecte.) Goûte ça.

— Je ne préfère pas.

— Comme tu veux. (Il en mordit une bouchée et posa l'assiette près de moi, avec une fourchette.) Vas-y, mange.

Les brocolis m'étaient familiers, mais les œufs ne ressemblaient à rien de ce que je connaissais.

— Ils sont mollets, au lieu de cette merde d'œufs brouillés. Crois-moi, tu vas apprécier la différence. (Il poussa l'assiette plus près.) Maintenant, mange, *Rae.*

Il avait vraiment employé *mon* nom. La surprise avait dû traverser mes traits, car il se mit à glousser.

— J'ai beau avoir été formé au Coventus, je suis aussi humain que toi, Rae. J'offre du sang et tu offres du sexe, deux choses censées satisfaire Son Altesse Royale et personne d'autre. (Il haussa les épaules et savoura un autre morceau de son donut.) Mon sort a juste été un peu plus défini que le tien, c'est tout.

Il avait raison.

Rien qu'un autre humain mâle. Comme Silas.

Je soulevai l'assiette et la posai sur mes genoux. Des œufs et des brocolis. Des aliments ordinaires, que je pouvais manger. De plus, j'avais besoin d'énergie après la nuit dernière. Le sang de Kylan s'était estompé et m'avait laissé une sensation bizarre. Pas épuisée, plutôt abattue. Ou peut-être que c'était le fait de me réveiller et de trouver dans la chambre un autre homme que lui.

Les brocolis me fournirent les nutriments que mon corps réclamait, tandis que les œufs étaient un peu trop riches. Je les mangeai lentement sous le regard de Mikael, qui avait englouti son donut depuis longtemps.

— Zelda aussi vient des universités, murmura-t-il. Elle

sait ce que les humains ont l'habitude de manger et comment te présenter en douceur de nouvelles saveurs. Tu verras. Elle est fantastique en cuisine.

J'avais brièvement croisé la blonde la nuit dernière, les joues cramoisies d'avoir été surprise avec Mikael. Elle m'avait l'air plutôt agréable.

— Comment s'est passée la nuit dernière ? s'enquit Mikael. À l'hôtel ?

J'avalai la bouchée d'œufs que j'avais dans la bouche.

— À quel propos ?

— En général, je veux dire. Est-ce qu'il y a eu des problèmes ? Quelque chose que tu n'as pas su gérer ? (Il pencha la tête sur le côté.) Kylan m'a dit que tu avais besoin d'une formation, et je voudrais savoir par où commencer.

Je reposai ma fourchette.

— T-tu vas me former ?

Je détestais ma voix mal assurée, mais Kylan n'avait pas mentionné que Mikael me formerait. Je croyais qu'il voulait poursuivre mon éducation sexuelle d'une façon exclusive. Pas inviter son jouet humain à être aussi de la partie.

— C'est la directive de Kylan, oui. (Son regard clair soutint le mien.) Ça peut être avec ou sans contact, Rae. Je suis là pour te coacher, pas pour te forcer.

Je fronçai les sourcils.

— Comment tu peux m'instruire correctement sans me toucher ?

— L'éducation ne nécessite pas toujours un contact physique, Raelyn.

Kylan entra dans la chambre, ne portant rien d'autre qu'un pantalon de survêtement qui lui tombait sur les hanches. Ses muscles se contractaient lorsqu'il se déplaçait, attirant mon regard vers le bas, vers la bosse impressionnante qui saillait en dessous. Le souvenir de son orgasme me mit l'eau à la bouche. Je n'aurais pas dû avoir envie de lui. Pas comme ça. Mais je ne pouvais pas m'en empêcher. Rien que sa proximité me fit serrer les jambes, désirant *davantage*.

Qu'est-ce qu'il m'avait fait ?

Ça devait être son sang. Je croyais qu'il avait été éliminé de mon corps, mais ce n'était clairement pas le cas.

Ses lèvres se retroussèrent.

— Elle est tout aussi insatiable que toi, Mikael. Peut-être que vous deux pourriez conclure un arrangement.

Il effleura ma tempe d'un baiser qui diffusa de la glace dans mes veines.

Une déclaration si désinvolte sur le partage. Est-ce que vraiment ça ne lui faisait rien qu'un autre mâle me touche ?

Bien sûr qu'il s'en fichait. Kylan aurait tout un harem d'ici quelques mois, voire avant, et je ne serais plus qu'une parmi d'autres. Un jouet à prêter à ses amis royaux, comme Robyn.

Telle est ma vie.

Pourquoi m'avait-il fallu si longtemps pour m'en rendre compte ?

Le choc ?

L'espoir de quelque chose en plus ?

Un souhait d'échanger ma place avec Silas ?

J'aurais pu être Willow. Cette pensée me fit frissonner. *Ç'aurait pu être pire.*

Kylan pinça mon menton et leva mes yeux vers les siens. Ce qu'il y vit lui fit froncer les sourcils.

— Commence par les formalités, Mikael. Décris aussi tes expériences, afin qu'elle sache à quoi s'attendre.

— Oui, Votre Altesse.

— Deux choses requièrent mon attention immédiate.

(Il fourra ses doigts dans mes cheveux et me tira pour me faire mettre à genoux, ce qui fit tomber l'assiette ainsi que les couvertures.) Quand je reviendrai, j'assurerai la partie pratique de ta formation.

Il frôla mes lèvres des siennes, ravivant les flammes en moi avec une facilité presque effrayante. Presque.

Sa poitrine nue embrasa la mienne, faisant saillir mes tétons jusqu'à un point douloureux.

Je savais que mon corps me trahirait, adorerait vénérer le sien, mais je ne m'étais pas attendue à *apprécier* cela.

Kylan m'avait prévenue qu'il avait l'intention de me détruire. J'avais accepté ce sort, supposant qu'il voulait dire physiquement.

Non.

Cette créature allait me *briser* avant d'en avoir fini avec moi.

Il allait démolir mon âme.

— Je veux que tu sois mouillée et prête pour moi au moment où je passerai cette porte, Raelyn. (Kylan frotta son nez contre ma joue, son souffle était grisant, enivrant.) Ne me déçois pas. (Il déposa un baiser sur mon pouls emballé.) La plupart des soirs, j'aimerais que tu me rejoignes à genoux sous la douche. Hélas, des affaires urgentes prennent le pas sur les plaisirs de la vie. Tu te rattraperas plus tard.

La bosse dans son pantalon était nettement plus prononcée quand il s'écarta, me laissant glacée, nue et à genoux.

— Elle est exquise, n'est-ce pas ? remarqua-t-il.

— En effet, répliqua Mikael d'une voix sourde.

Il me mate ; il mate mes seins.

Je déglutis.

J'ai déjà été nue devant des hommes.

Ce n'est pas différent.

Ouais, non, c'est totalement différent, parce que je désire *vraiment l'un d'eux.*

La bouche de Kylan s'incurva.

— Oui, petit agneau. Mouillée, dans l'attente, exactement comme tu l'es maintenant. Je serai bientôt de retour pour te goûter.

Il m'adressa un clin d'œil et se rendit dans la salle de bains, et je le regardai s'éloigner avec une pointe d'inconfort entre mes cuisses. Je m'assis lentement sur mes talons, mon souffle quelque peu erratique.

— Il est addictif, n'est-ce pas ? me lança Mikael d'une voix douce, presque triste. Essaie de ne pas tomber amoureuse de lui, Rae. Te rappeler qui et ce qu'il est peut t'aider. Au moins un peu.

Je croisai son clair regard et y entrevis le mâle tapi derrière son masque d'assurance.

La douleur.

Il l'évacua d'un battement de paupières et esquissa un nouveau sourire.

— Bon, est-ce qu'on commence par la liste des invités ? Je peux en demander une copie à Judith, et on peut passer en revue chacun de leurs défauts.

— Tu as déjà été avec eux tous ?

Il haussa une épaule.

— Plusieurs, mais pas tous.

— Parce que Kylan t'a partagé.

Une ombre de tristesse passa de nouveau sur ses traits.

— Je fais tout ce qui lui plaît, tout comme tu vas le faire aussi.

Je le contemplai, et le *vis* finalement.

Il est comme moi.

Il l'avait bien dit tout à l'heure, à propos de son corps utilisé pour le sang et le mien pour le sexe, mais à présent je le *voyais.*

Un allié.

— Est-ce que ça fait mal ? chuchotai-je.

— Tout dépend de la tâche, répondit-il doucement. (Puis ses yeux s'allumèrent et se plissèrent.) Je sais ! Si tu enfilais un peignoir et qu'on se balade dans le penthouse ? Il est grand, avec beaucoup de pièces pleines de surprises auxquelles tu ne croirais pas si je ne te les montrais pas.

— Comme quoi, par exemple ?

Mikael secoua la tête, se glissa hors du lit et ramassa mon assiette.

— Suis-moi, tu verras. (Ses paroles furent accompagnées d'une paire d'adorables fossettes.) Mais habille-toi d'abord. Je t'attends dans le couloir. Je vais me débarrasser de cette vaisselle et dire aux femmes de chambre de changer la literie après le départ de Kylan. (Il me fit signe par-dessus son épaule.) Il y a des peignoirs dans la salle de bains et des vêtements dans le placard.

Les deux nécessitaient que je m'approche de Kylan sous la douche.

Génial.

Mikael s'éclipsa sans rien ajouter, me laissant seule avec ma décision. Sois j'attendais que Kylan sorte, soit je bravais sa présence dans la salle de bains.

Ni l'une ni l'autre ne me tentait.

Les deux aboutissaient au même résultat : revoir Kylan.

Au moins l'une des options me fournissait des vêtements.

Ma décision prise, je roulai hors du lit. Si je me dépêchais, peut-être que Kylan serait encore…

Je tombai sur sa poitrine dure et mouillée sitôt que je tournai à l'angle de la pièce.

Il m'attrapa les hanches et me retint, m'empêchant de bondir en arrière.

— Tu ne pouvais pas attendre mon retour, mmmh ? se moqua-t-il, ses yeux sombres capturant les miens.

— Je, euh, non. Je, eh bien, j'ai besoin de vêtements.

Pourquoi avais-je l'air d'une idiote incohérente tout à coup ?

Ses lèvres se retroussèrent.

— Je ne suis pas d'accord, Raelyn. Je te préfère de loin sans vêtements. (Il glissa sa paume sur mon échine, me serrant contre lui. Seule une serviette nous séparait, son impressionnante érection était chaude à travers le tissu.) Je t'attends nue et dans mon lit tous les soirs jusqu'à ce que j'en décide autrement. (Sa bouche survola la mienne.) Compris ?

— Oui, soupirai-je.

— Bien. (Il m'embrassa doucement.) La douche est à toi si tu veux.

Mikael m'avait simplement dit de trouver quelque chose à me mettre, mais me laver m'attirait davantage. Je ferais vite. Puis il pourrait me montrer tout ce qui l'excitait assez pour faire apparaître ses fossettes.

RAE

Une télévision.

Pas n'importe quelle télévision, une qui montrait des *humains.*

Jusqu'ici, les télévisions ne m'avaient servi qu'à regarder des clips de la Coupe Immortelle ou une émission émanant de la Déesse.

Jamais rien qui ressemblait à ça.

Chaque jour, cette semaine, Mikael m'emmena au cinéma voir un nouveau film. Aujourd'hui, c'était un film assez fou où un humain traversait des portails pour aller dans d'autres royaumes.

Mikael me tendit un seau de popcorn, un nouvel aliment que je digérais que modérément. Je pris les trois morceaux d'usage et le lui rendis. Nous avions passé le début de soirée à revoir les royaux et les alphas. Il en choisissait deux chaque jour pour les passer en revue, me parlant de ses expériences personnelles avec chacun, de leurs préférences au lit et de leurs demandes potentielles.

Aujourd'hui, ç'avait été Robyn et Luka. Ce dernier était heureusement accouplé et ne représentait donc pas une menace. Cependant, Robyn appréciait autant les femelles que les mâles et pourrait très probablement demander une nuit avec moi. Mikael m'expliqua ses inclinations en détail, me confirmant son intimité avec la femelle sadique.

Je frissonnai.

Kylan m'avait demandée chaque soir. Sa passion au lit paraissait s'accroître chaque fois qu'il me touchait, mais il ne m'avait rien fait de ce que Mikael m'avait décrit.

Robyn préférait la douleur, ce à quoi je m'attendais au début de la part de Kylan, étant donné sa réputation de cruauté. Pourtant il avait l'air plus enclin à me faire plaisir que du mal.

Je ne m'étais jamais sentie aussi repue et épuisée de toute ma vie, et pourtant il y avait des cours à l'école censés littéralement tuer mon espèce. Mais ce n'était rien en comparaison de la façon dont le royal contrôlait mon corps.

J'avais eu cinq orgasmes la nuit dernière.

Cinq.

Ça n'aurait pas dû être possible, or Kylan me les avait imposés, refusant d'arrêter de lécher mon clitoris jusqu'à ce que des larmes coulent sur mes joues.

Puis il m'avait de nouveau soignée avec son sang, ce qui était formellement interdit entre humains et vampires. Pourtant Kylan ne cessait de me forcer à en boire de petites quantités.

De toute évidence, c'était un briseur de règles.

Et un amant sauvage.

Un fracas à l'écran ramena mon attention au film. Mikael gloussait et prononçait les paroles des humains à l'écran en même temps qu'eux.

Des acteurs, avait-il expliqué.

D'un monde précédent.

Un monde où les humains gouvernaient.

Apparemment, ces films étaient illégaux, mais Kylan en avait conservé quelques-uns. *Ouais, clairement pas du genre à adhérer aux règles ni à les suivre.*

J'avalai une gorgée d'eau et piochai un autre grain de popcorn dans le seau. Mikael avait ajouté plus de beurre à ceux-ci, dans le but de m'initier graduellement à des aliments plus savoureux. J'avais finalement craqué et accepté un donut aujourd'hui. Son goût sucré m'avait limitée à deux bouchées, mais j'avais approuvé, non sans réticence. Demain, on était censés essayer le chocolat.

La porte s'ouvrit et Kylan apparut, en costume, parcourant la salle du regard.

Je restai bouche bée. *Il arrive tôt.*

Nous étions tombés dans une routine : Kylan disparaissait avant le petit-déjeuner du soir pour vaquer à ses affaires, laissant Mikael m'enseigner les royaux et les alphas. Après le déjeuner de minuit, nous regardions un film, et Kylan revenait toujours pendant le dîner, ou plutôt *pour* le dîner.

Mikael lui jeta un coup d'œil.

—Je l'initie à la culture populaire.

— Je vois ça. (Il ferma la porte derrière lui et ôta sa veste noire, portant son regard à l'écran.) C'est un de mes favoris.

—Je sais.

Kylan plia sa veste sur le dossier du canapé et s'installa à côté de moi.

— Viens ici. (Il me tira sur ses genoux, me soutint de son bras dans mon dos.) Je suis déçu de te voir habillée.

—Je ne t'attendais pas déjà, avouai-je.

Il fit claquer sa langue.

— Tu devrais m'attendre, chuchota-t-il contre mon oreille. (Sa main remonta sur ma cuisse, poussa entre mes jambes pour les écarter.) Et tu aurais pu au moins porter une jupe.

— Elle préfère les jeans. (Mikael tendit les popcorns.) Tu en veux ?

— Pourquoi crois-tu que je suis là ?

Il frotta son nez dans mon cou.

— Je parlais des popcorns.

— Je parlais de Raelyn.

— Et c'est toi qui me traites d'insatiable ! (Mikael présenta un morceau devant mes lèvres, et je l'acceptai du bout des dents.) Elle aime ça.

— Elle aime beaucoup de choses, répliqua Kylan, ses lèvres contre mon pouls. (Son pouce remonta de mon centre pour défaire le bouton de mon pantalon.) Je veux que tu enlèves ça, Raelyn.

Ce disant, il abaissa ma fermeture éclair, dévoilant ma chair intime.

Il n'y avait pas de sous-vêtements dans la garde-robe qu'il m'avait attribuée ; non pas que j'aie l'habitude d'en porter. Les vampires et lycans préféraient les mortels nus.

— Ôte ça, répéta-t-il, tirant rudement.

Mikael grogna en secouant la tête.

— Tellement impatient !

Kylan l'empoigna par le col de sa chemise et le tira à lui.

— Non, Mikael. *Ça* c'est impatient.

Il frappa si vite que je glapis, planta ses crocs profond dans le cou de Mikael, et les popcorns s'éparpillèrent au sol.

Mikael gémit, ses yeux roulèrent dans leurs orbites. Kylan avait toujours une main sur mon jean, qu'il tira de nouveau brusquement. Je me tortillai pour le retirer, et sa main chaude sur ma peau exposée ne rendait pas les choses faciles.

À l'aide de mes pieds, j'ôtai le vêtement de mes jambes.

Les doigts de Kylan traînèrent sur mon pubis et plus bas, et deux d'entre eux me transpercèrent.

Merde. Je pris une profonde inspiration par le nez et l'expirai par la bouche. Normalement, il me pénétrait en douceur, mais ce soir, quelque chose d'agité rôdait sous sa peau. Je le sentais dans les lignes tendues de son corps et la façon dont son avant-bras s'alignait avec mon bas-ventre pour me maintenir en place.

Était-il fâché de nous avoir trouvés au cinéma au lieu d'étudier ?

Il nous restait deux semaines avant la fête, et j'avais révisé presque tous les portfolios, ainsi qu'enduré la formation sexuelle nocturne.

Que voulait-il de plus ?

— Kylan, souffla Mikael, ses ongles plantés dans le coussin. Putain !

— Tu as besoin d'un rappel qui n'a que trop tardé, Mikael, grogna Kylan contre son cou. Tu es à mon service.

— Oui, mon Prince. (Ses traits se tordaient de souffrance, ses paupières tombaient.) Toujours.

— Et en retour, je prends soin de toi, reprit Kylan. (Il fit courir sa langue le long de la gorge de Mikael.) Pas vrai ?

— Si, acquiesça-t-il à voix basse. C'est ce que tu fais.

— C'est ce que je fais. (Kylan me lâcha.) Debout, Raelyn. Tout de suite.

J'obéis, jambes tremblantes. Le film passait toujours derrière moi, projetant des ombres étranges dans la salle. Cela conférait à Kylan un regard plus sombre et sinistre qui révélait sa vraie nature.

Prédateur.

Vampire.

Ancien.

Je déglutis. Il était indéchiffrable et hautement imprévisible. Que voulait-il de moi maintenant ? Était-ce une autre leçon ? Une punition ? Une récréation ?

Kylan posa une cheville sur son genou et passa un bras sur le dossier du canapé, derrière un Mikael ivre de désir.

— Retire ton pull pour nous, Raelyn.

Un frisson parcourut mon dos. Je me léchai les lèvres,

son regard inquiétant suivant le moindre de mes mouvements tandis qu'il attendait.

Il haussa un sourcil.

— Il y a un problème, Raelyn ?

Que tous les deux me voient nue ? Non, pas vraiment, sauf que je n'avais pas encore fait quelque chose de ce genre devant Mikael. Au cours de la semaine, il était devenu plus ou moins un ami. Mais nous n'étions pas censés avoir une relation seulement platonique, vu qu'on faisait tous deux partie des jeux sexuels de Kylan.

Ce n'est qu'un pull, me dis-je. *La nudité, c'est le plus facile.*

Je le fis passer par-dessus ma tête, et mes mamelons durcirent au contact de l'air froid.

Mikael parut se détendre, ses yeux clairs parcourant lentement mes formes tandis que Kylan jouait avec une mèche de ses cheveux blonds.

— C'est mieux, non ? lança-t-il d'un ton badin, en arrêtant le film à l'aide d'une télécommande.

— Que le jean ? (Mikael eut un sourire en coin.) Oui.

— Je devrais les faire enlever de sa garde-robe, juste lui donner des robes courtes à partir de maintenant, afin qu'elle montre ses jambes. (Son regard glissa sur l'apex entre mes cuisses.) Et peut-être un peu de lingerie, aussi.

— Rouge, ajouta Mikael.

— Tout à fait. Je vais en parler à Taylor. De toute façon, Raelyn a besoin d'autres tenues pour de futurs dîners. (Il continuait de caresser les cheveux de Mikael, et son expression était impénétrable.) Ou peut-être qu'elle devrait y assister nue.

J'avais vu pire, comme des mortels vêtus uniquement de chaînes et de piercings. *Des colliers, des pointes couvertes de sang.* Je frémis. *Non merci.*

— Nerveuse, petit agneau ? (Ses yeux sombres miroitaient.) Parce que c'est exactement ce que je ferai de toi avec mes pairs royaux. Les laisser te voir, te caresser, peut-être même te sauter.

Mon estomac se serra à ces derniers mots : *te sauter.* Toute la semaine, il n'avait rien fait de plus que de prendre ma bouche. Voulait-il vraiment laisser quelqu'un d'autre me prendre ma virginité ?

Un atout, appelait-il ça.

Je ne savais toujours pas ce que ça voulait dire.

— Est-ce que ce n'est pas plus divertissant qu'un vieux film ? demanda Kylan.

Mikael lui lança un regard en biais.

— C'est pour cette raison que tu fais ça ? Tu n'es pas satisfait de mes méthodes éducatives et tu ressens le besoin de faire une scène ?

Son ton lui valut d'avoir les cheveux tirés méchamment, ce qui ne le fit même pas tressaillir.

— Au contraire, j'en suis plutôt content. Je sens simplement que c'est le moment d'amener Raelyn au niveau suivant. Elle me donne un plaisir merveilleux, mais je me demande comment elle fait avec les autres ? (Il se pencha pour lécher la blessure dans le cou de Mikael, lentement, à dessein.) Est-ce que t'aimerais qu'elle caresse ta queue, Mikael ? demanda-t-il doucement, sa langue traçant une ligne humide sur sa peau. Qu'elle se mette à genoux et te suce avec sa jolie bouche ?

Je restai bouche bée, la gorge sèche.

Kylan voulait que je donne du plaisir à Mikael.

Pendant qu'il matait.

Était-ce cela qu'il ferait avec ses amis royaux ? Me faire mettre à genoux et leur donner un plaisir oral pendant qu'il regarderait ?

Mikael m'avait expliqué que les membres du harem suivaient une formation pendant deux mois, et étaient donc pleinement formés aux arts sexuels avant de rejoindre le harem de Kylan.

C'était le travail de Kylan de me fournir la même formation.

Et de Mikael également.

Ses yeux clairs se levèrent vers les miens, leurs pupilles brillant sinistrement dans la lumière tamisée derrière moi. La connaissance et la compréhension coloraient son expression. Il savait que ce ne serait pas facile pour moi, mais il comprenait aussi que je n'avais pas le choix.

C'était la vie avec Kylan. La vie avec un royal. La vie avec un vampire.

Nous étions tous deux là pour servir, c'était ce qu'exigeait notre supérieur.

Il m'adressa un léger hochement de tête, un instant de compassion partagée, avant de déclarer :

— Je veux sa bouche.

— Un excellent choix, sourit Kylan. Raelyn, je crois que tu connais bien ce genre de demande ?

Il haussa un sourcil.

— Oui, mon Prince.

Pas *Votre Altesse*, au cas où notre mot de sécurité avait toujours cours. Parce que je pouvais le faire. Ce n'était que Mikael.

Quelque chose qui ressemblait à de l'approbation traversa ses traits. Parce que je ne protestais pas ? Pouvais-je même tenter de discuter avec lui dans cette humeur ?

— Bien, petit agneau. À genoux, alors.

Il continuait de passer ses doigts dans les cheveux de Mikael, son regard sombre posé sur moi qui m'agenouillais entre les jambes écartées de son vierge de sang.

— Tu sais quoi faire.

Je posai délicatement mes paumes sur les cuisses de Mikael et les fis glisser vers le haut, vers la bosse qui grossissait sous sa fermeture éclair. Mes doigts étaient à deux doigts de trembler à l'idée immorale de toucher un mâle qui n'était pas Kylan.

Ça va. Il veut que je le fasse.

Mais moi je ne veux pas.

Ce que tu veux ne compte pas. Fais-le pour lui, *pas pour toi.*

Comme s'il sentait mon hésitation, Mikael effleura ma joue de ses jointures, me rappelant à lui. À son désir. À sa demande.

Faire une telle pause avec un autre royal m'aurait condamnée à mort.

Ils s'attendraient à de l'assurance et de la séduction, pas à ce cafouillage tremblant après avoir à peine touché les cuisses d'un autre homme.

Je ne suis pas une femme à faire ça.

Si, tu l'es. Tu es une survivante.

— Je crois qu'il lui faut une bonne motivation, murmura Kylan, ses lèvres de nouveau dans le cou de Mikael, se dirigeant vers sa bouche.

Mon cœur manqua un battement au baiser qui en résulta.

Une chaleur primale s'épanouit dans l'air.

Si virile.

Si érotique.

Si enivrante.

Mes propres lèvres s'écartèrent et ma langue pointa pour les mouiller, comme si c'était moi qu'on embrassait.

Je les avais déjà vus s'embrasser, mais pas du tout comme ça – toute cette faim, cette énergie brute, ce *besoin*. Kylan attrapa ma main et la posa sur l'érection de Mikael, me forçant à le caresser à travers son pantalon noir. J'arrivais à peine à me concentrer, toute mon attention focalisée à les voir se dévorer l'un l'autre, à voir leurs langues se battre en duel.

Je veux ça…

La dévotion.

L'intensité.

La confiance.

Mikael se donnait totalement à Kylan, son corps comme une marionnette entre les mains de son maître.

À quoi ressemblait-on ensemble, Kylan et moi ? Aussi assortis ? Aussi sexuels ? Aussi sauvages ?

La pression contre ma main s'intensifia : l'ordre était clair. Je débouclai la ceinture, permettant à l'érection de Mikael de jaillir, libérée. Kylan guida mes doigts, les enveloppa autour de la base, amena la caresse vers le haut et retour. Ses instructions étaient précises et sans équivoque.

Je suivis son mouvement, le laissai mener le rythme. Mikael gémit, et son membre palpita quand Kylan mordilla sa lèvre assez fort pour faire perler le sang.

— Enfoiré, grogna-t-il.

Kylan resserra sa prise sur ma main, me faisant presser la hampe de Mikael.

— Fais gaffe. Ça a beau être elle qui te touche, c'est quand même moi qui garde le contrôle.

— Tu gardes toujours le contrôle.

— En effet.

Kylan lui prit de nouveau la bouche avec une intensité qui me coupa le souffle. Il ne cessa pas pour autant de guider ma main ; ses mouvements étaient sûrs, expérimentés, et ses lèvres encore plus.

Je serrai mes cuisses, le désir qui montait entre elles devenant presque insupportable.

Je voulais que Kylan m'embrasse comme ça, pendant que Mikael s'agenouillerait entre mes cuisses.

Pour être entre eux.

Pour les partager.

Pour qu'ils me partagent.

Ces pensées étrangères avivèrent une flamme dans ma matrice, dont la chaleur se répandit dans mes veines, toucha mes nerfs, l'amena à la vie.

Je bougeai ma main pour de bon maintenant, n'ayant plus besoin du toucher expert de Kylan. Sa main effleura ma joue, glissa dans mes cheveux et poussa ma tête en bas, vers le sexe de Mikael.

Il n'était pas aussi long que celui de Kylan, son gland légèrement plus rond, mais tout aussi beau et bien proportionné. Je suivis de la langue sa veine palpitante, souriant quand il sursauta, et je glissai sa couronne entre mes lèvres.

— Putain, grogna Mikael, qui se tendit quand je l'avalai jusqu'à mon poignet et le suçai en remontant.

— Je t'ai dit qu'elle est douée, murmura Kylan. (Les doigts noués dans mes cheveux, il me poussa en avant pour que je prenne Mikael plus profond.) J'espère que tu es prête à avaler, Raelyn. J'attends de toi que tu prennes tout ce qu'il te donne, et plus encore.

Mes yeux commencèrent à s'embuer à cause de sa prise dans mes cheveux et de la verge qui cognait au fond de ma gorge. Mikael n'était peut-être pas aussi bien monté, mais elle était certainement bien assez longue.

Je croisai son regard aux paupières lourdes. Tout signe d'excuse et de compréhension avait disparu, remplacé par un mâle dans les affres de la passion. Kylan revint à son cou, sa morsure provoqua un doux juron de la part de son vierge de sang. Les violentes aspirations de la bouche de Kylan envoyaient des ondes de choc énergétique à travers Mikael, son corps se contractant et se convulsant sous mes attouchements, son sexe surgissant dans ma bouche.

Il avait incroyablement grossi.

Ma gorge se resserra, mes poumons protestèrent.

De l'air…

Kylan ne cédait pas, sa prise dans mes cheveux ne me permettait pas de bouger.

— Putain ! gémit Mikael.

Son orgasme se propagea en lui et jaillit dans ma gorge avec une force qui m'aurait envoyée en arrière si Kylan ne m'avait pas maintenue en place. J'avalai car il n'y avait pas d'autre choix, sa semence chaude et abondante glissa le long de ma langue.

Ça ne s'arrêtait pas.

Une seconde giclée d'extase lui arracha un cri quand il jouit de nouveau. Je plantai mes ongles dans ses cuisses, ma vision commençait à se brouiller, envahie de points noirs. Je ne pouvais pas… J'avais besoin… Mais putain, je le consommai malgré tout, bus son essence, la forçant à descendre, les poumons douloureux.

Kylan me tira un peu en arrière, dégageant mes voies respiratoires, et je respirai goulûment. J'en voulais plus, une pause, mais sitôt mes poumons remplis, il me poussa de nouveau vers le bas, juste à temps pour une autre explosion.

— Kylan… exhala Mikael, me faisant encore lever mes yeux troubles.

Il était tout pâle, et ses lèvres avaient pris une teinte bleutée malsaine.

Ou bien c'était mes yeux ?

La force de son ravissement n'avait plus la chaleur et la puissance de tout à l'heure, son corps était nettement moins tendu, presque mou.

— S'il te plaît, chuchota-t-il, sa main sur la jambe de Kylan. Je… (Sa voix mourut dans un gémissement, ses yeux s'ouvrirent soudain.) Kylan…

Non.

Il n'allait pas… ?

Sa main restait dans mes cheveux, mais le ravissement s'était envolé, remplacé par une peau froide qui m'a serré le cœur.

Je me figeai sur mes genoux, incapable de parler, de bouger, de réagir.

Mikael se refroidit encore, sa peau pâlit et prit une teinte mortelle que je ne connaissais que trop bien.

Ses yeux papillotèrent en croisant les miens, empreints d'une réelle douleur.

Puis ses paupières se fermèrent.

Une larme s'échappa du coin de mon œil.

Je le connaissais à peine, mais il avait été très gentil avec moi. Comment pouvais-je rester ici à regarder une telle chose arriver ? Pourquoi Kylan lui avait-il fait ça à lui ? À moi ? À nous ?

Je me rétractai, l'érection de Mikael évanouie, mais Kylan me tenait par les cheveux, me forçai à demeurer entre les jambes de l'homme agonisant tandis qu'il continuait à se nourrir.

« Essaie de ne pas tomber amoureuse de lui, Rae. Te rappeler qui et ce qu'il est va t'aider. Au moins un peu. »

Les mots de Mikael s'entrechoquaient dans ma tête, tel un menaçant rappel.

Je n'avais pas assez tenu compte de son avertissement.

Parce que pendant une minute, j'avais commencé à faire confiance à Kylan. Peut-être même à l'apprécier un peu.

C'était *là* le royal que j'avais craint.

Celui sur lequel j'avais lu des choses.

Le maître cruel qui tuait sans raison.

Celui qui prétendait ne pas avoir massacré son harem.

Un menteur.

Un vampire.

Un monstre.

KYLAN

Les battements du cœur de Mikael faiblissaient, ces derniers signes de sa mortalité m'envoyant un avertissement.

Je le relâchai, refermai la plaie avec ma langue, mais ne reculai pas tout de suite.

La peur croissante de Raelyn appelait le prédateur en moi, qui me suppliait de bondir sur elle. Si je la regardais à présent, j'allais la prendre, brutalement. Et elle n'était pas encore prête à ça.

— Tu es mauvais, siffla-t-elle, des vagues de haine émanant d'elle.

Je haussai les sourcils.

— Pardon ?

— Tu m'as entendue.

Sa voix rauque m'intrigua. J'adorerais l'entendre hurler mon nom avec cette voix, surtout au moment où je la ferais jouir.

— Il te faisait confiance.

— Je sais.

C'était l'un des plus gros défauts de Mikael, et un trait que j'adorais. Il aimait repousser mes limites en conséquence, ne craignait jamais ce que je pouvais lui faire. Heureusement pour lui, il ne m'avait jamais poussé à bout. Je croisai enfin les yeux bleus de Raelyn, puis baissai mon regard pour admirer ses lèvres gonflées.

— Tu as fait du beau boulot, petit agneau. Tu mérites une récompense.

Je voulus la tirer sur le canapé mais elle protesta et s'arracha à ma prise au prix de quelques cheveux. Elle se leva et recula jusqu'à ce que son dos heurte le mur du cinéma.

— Je ne veux rien de toi, *Votre Altesse*.

Mon cœur manqua un battement en l'entendant prononcer le mot de sécurité. Je gardai mes paumes levées, détendu sur le canapé mais confus en diable.

— Raconte-moi, Raelyn. Dis-moi ce qui t'a mis hors de toi.

— Tu te fous de ma gueule ?

Elle avait l'air furieuse, je n'avais jamais entendu un tel ton de sa part jusqu'ici, si incroyablement irrespectueux.

— Tu as oublié qui je suis ? lançai-je, choqué.

Elle ricana.

— Oh, apparemment, oui, mais merci pour ce rappel sanglant. Je n'oublierai plus jamais. C'est plus que certain.

Je clignai des yeux. Mais bon sang, de quoi parlait-elle ?

— C'est comme ça que tu as tué ton harem ? demanda-t-elle, désignant Mikael. Ou bien tu leur as simplement arraché la gorge comme le monstre que tu es ?

— Je n'ai pas tué mon harem, Raelyn. (Ce qu'elle savait déjà.) Pourquoi tu réagis comme ça ? Qu'est-ce que j'ai fait ?

Elle me regarda bouche bée.

— Qu'est-ce que tu as fait ? (Son ton véhément me perça les oreilles.) Ça ! (Elle montra de nouveau Mikael.) Tu l'as tué pendant que tu me faisais faire… Déesse, il te faisait confiance et tu l'as tué. Saigné à mort, comme s'il ne signifiait rien pour toi…ce qui est le cas, bien sûr. Aucun de nous. Vous n'êtes tous qu'une bande de putains de monstres qui s'attaquent aux plus faibles et nous forcent, nous forcent…

Elle s'interrompit, ses jambes l'abandonnèrent et elle s'affala par terre en sanglotant.

Quelque chose se brisa en moi, une sensation que je n'avais pas éprouvée depuis très longtemps.

Du regret.

Sans le vouloir, j'avais heurté sa belle âme guerrière.

— Raelyn, murmurai-je, la rejoignant par terre. (Elle serra ses genoux contre elle, tenta de s'écarter, mais je la hissai sans mal sur mes genoux.) Raelyn…

— Je te déteste !

Son poing frappa ma mâchoire avec plus de force que je m'y attendais, envoyant une onde de choc dans ma colonne vertébrale. Elle se dégagea et me balança un autre coup de poing que j'interceptai avant qu'il n'atteigne mon nez.

— Raelyn ! répétai-je plus fort, écartant sa main. *Stop !*

— Non !

En larmes, elle se mit à se débattre pour de bon, tenta de me frapper à nouveau. Un de ses poings heurta ma paume, l'autre m'atteignit sur le flanc. Ça me fit un mal de chien.

— Ça suffit ! lançai-je, agacé par cette folie.

Je l'aplatis par terre, coinçai ses poignets d'une main au-dessus de sa tête tandis qu'elle ruait vainement sous moi. J'aurais apprécié ça bien davantage si elle ne m'avait pas rageusement craché à la figure.

— Tue-moi ! cria-t-elle, essayant encore de se battre malgré ma prise imparable. Je préfère mourir que d'être avec toi plus longtemps. Je vais te mordre, te hurler dessus, te…

— Putain, Raelyn, il n'est pas mort, grognai-je.

(Comme si j'avais voulu tuer Mikael. J'adorais ce mâle.) Il est juste vidé.

Assez littéralement, c'était vrai. Mais le sang que j'avais glissé dans sa bouche le remettrait sur pied.

Elle s'immobilisa enfin, pantelante.

— Q-quoi ?

— Il se réveillera dans quelques jours avec la gueule de bois et aura quelques mots choisis à mon encontre, mais sinon, il ira bien. (J'essuyai le crachat sur mon menton de ma main libre. Pas très attrayant.) Je devais l'invalider pour le protéger.

Ses yeux humides fixèrent les miens.

— Je ne… je ne comprends pas.

— Jace arrive demain avec Darius et sa nouvelle *Erosita*. Le fait que Mikael soit indisposé réaffirme ma réputation et marque son sang comme interdit.

Bien que j'aie gardé secrète la présence de Mikael à l'origine, tout le monde s'attendait à ce qu'il soit avec moi à présent. Ce qui voulait dire que les visiteurs royaux pouvaient demander une morsure, ce que je refusai tout net.

Un comportement possessif était vu comme une faiblesse au sein de mon espèce. Et je ne pouvais me permettre de passer pour faible. Pas avec la rumeur d'immortelle insanité qui pendait au-dessus de ma tête.

— Tu ne veux pas le partager, dit-elle doucement.

Inutile de lui mentir.

— Non, pas du tout.

— Mais tu vas me partager moi.

Je haussai les épaules.

— Eh bien, c'est la coutume de partager ses consorts.

Pourtant je ne voulais réellement pas la partager. J'avais presque apprécié d'invalider Mikael, ce que je n'avais jamais fait jusqu'à présent. D'habitude, je l'avertissais et le vidais lentement, mais le voir profiter des attentions de Raelyn m'avait échauffé le sang. Ce qui était étrange, vu que j'avais toujours partagé mon harem avec lui et les autres.

Quant à Raelyn, eh bien, je n'avais pas aimé la voir lui rendre un tel service. Pas du tout.

Nos circonstances étaient différentes, résultat de la folie de ces derniers mois. Elle dormait avec moi toutes les nuits, un plaisir que je n'avais jamais préféré. Je retrouvais généralement mes consorts dans leur propre chambre et je variai mes visites entre elles, sans jamais vraiment avoir de favorite. Parfois, je passais même un mois sans en voir aucune.

Et je n'avais jamais profité d'une consort plusieurs nuits d'affilée.

Jusqu'à Raelyn.

Elle m'avait diverti toute la semaine, et j'en voulais toujours plus. Sa virginité n'était qu'une partie de l'attirance. J'avais hâte de la voir, de retrouver dans son regard cette flamme qui semblait s'allumer en ma présence.

Ma petite diablesse sans peur.

Elle m'avait frappé non pas une fois, mais deux. Une prouesse impossible pour une humaine, même choquée. Le régime de sang que je lui donnais chaque jour pouvait l'avoir aidée aussi, mais j'étais quand même impressionné par sa vivacité.

— Tu réalises que frapper un vampire, sans parler d'un royal, est passible de mort, hein ? lui demandai-je, amusé.

Ses yeux se plissèrent, la douleur irradiant encore de leurs profondeurs bleutées.

— Je ne suis pas désolée.

— Non, je le vois bien. (Je penchai la tête de côté.) Et tu es toujours fâchée contre moi.

Elle se mordit la lèvre et garda le silence.

— Encore le coup du silence ? (Je haussai un sourcil.) Allons, tu peux être plus inventive que ça.

— Je te frapperais encore, mais tu me bloques les mains.

— Dis-moi pourquoi tu es en colère.

— Parce que je te déteste.

— Dis-m'en plus, Raelyn. Je veux une explication.

— Pourquoi ? rétorqua-t-elle. Tu t'en fiches de toute façon.

Je ris.

— Si je m'en fichais, je ne te demanderais pas.

J'avais appris depuis longtemps à ne pas me donner la peine d'exprimer une opinion ou de gaspiller des mots sur un radotage futile.

Elle ne dit toujours rien.

— Je t'ai dit que Mikael ira bien.

Sur ces mots, une légère douleur naquit dans mes entrailles. Est-ce qu'elle l'adorait déjà à ce point ? D'après ce que j'avais vu, ils n'avaient pas de relation amoureuse, ils étaient juste amis. Mais c'était clair que l'idée de sa mort la dérangeait énormément. Ou était-ce le fait que je me sois débarrassé de lui si négligemment ?

— Parle-moi, Raelyn.

— Très bien. Qu'est-ce que tu veux que je fasse avec Jace ?

De tout ce à quoi je m'attendais de sa part, *ceci* ne m'était même pas venu à l'esprit.

— Tu vas respecter les convenances, comme d'habitude.

— Je veux dire, en tant que ta *consort*.

Elle cracha ces mots avec un tel dédain que cela me fit presque reculer. Aucune de mes consorts n'avait jamais agi de la sorte, même celles que j'avais choisies et formées moi-même. Elles étaient toujours désireuses de me faire plaisir, à moi ou aux autres.

— Sois directe, Raelyn. Qu'est-ce que tu veux savoir ?

— Directe, répéta-t-elle, un éclair de fureur allumant son regard d'une magnifique couleur azur. Est-ce que tu vas me forcer à coucher avec Jace ?

Sa question me frappa en pleine figure.

Est-ce que j'allais la laisser coucher avec Jace ? Non, la *forcer*, d'après ses mots.

Je réfrénai un rire.

Comme si j'avais l'intention d'accorder une telle chance à Jace ou à quiconque.

— Tu es à moi, Raelyn.

Elle eut l'audace de lever les yeux au ciel.

— Oui, je suis au courant. Je suis à toi pour le partage et tout ça. Le moins que tu puisses faire est de me donner une idée de ce à quoi m'attendre lorsque Jace arrivera, ou n'importe qui d'autre, d'ailleurs. Mais non, tu ne peux même pas te permettre d'offrir à l'humble humaine que je suis la courtoisie de savoir comment tu comptes... Quelle est l'expression que tu as employée ? Ah oui, « utiliser ma virginité comme un atout ». (Elle tenta de s'écarter de moi à nouveau et souffla quand je la retins.) *Très bien.*

Je n'avais pas entendu une femelle humaine grommeler ces derniers mots sur un *tel* ton depuis des lustres. C'était clair qu'avoir permis à Mikael de l'initier au cinéma avait déteint sur elle, et en seulement une semaine, pas moins.

— Tu veux savoir comment je compte prendre ta virginité ? demandai-je, perplexe. Et tu es fâchée que je ne te l'aie pas dit ?

En réponse, elle me fusilla simplement du regard.

— Est-ce qu'il t'est venu à l'esprit que je ne l'ai pas encore décidé ?

Encore du silence.

— Tu aimerais que je la prenne maintenant ? (Je m'appuyai plus fermement entre ses cuisses, lui permettant de ressentir mon érection grandissante.) Parce que je te sauterais avec joie, Raelyn, si c'est ce que tu désires de moi.

Ses narines s'évasèrent.

— Va te faire foutre.

— C'est bien de ça qu'on parle, en effet. (Je frottai mon nez sur sa joue rougissante. *Délectable.* J'étais bien nourri, mais son sang me tentait un tantinet.

— Est-ce que tu me détesterais moins si je te sautais, Raelyn ? Parce que je crois que tu me détesterais encore plus. Surtout que ça te marquerait comme une consort avec toutes les options disponibles.

Je mordillai son pouls emballé, me délectai de son parfum capiteux. La peur se mêlait au désir et à la colère, créant un arôme que j'avais du mal à refuser. Mes incisives me suppliaient de la goûter vraiment. Elle ne satisferait pas ma faim de la même manière que le sang de Mikael, mais oh, comme j'avais envie de la dévorer toute crue.

— Toutes les options disponibles ? répéta-t-elle, baissant le ton jusqu'à chuchoter.

— Mmmh, oui. (J'effleurai sa peau sensible de mes incisives. Si facile. Si tentant.) Une fois que je t'aurai sautée, n'importe qui d'autre pourra te réclamer. C'est ce que tu veux, Raelyn ?

Parce que moi pas. Je voulais la savourer et la garder pour moi seul aussi longtemps que je le pourrais. Aucun royal ni alpha ne se contenterait seulement de sa bouche. Ils voudraient tout le package, ce qui était interdit tant que je ne l'aurais pas goûtée moi-même.

— Ils ne peuvent pas… tant que… ?

Elle déglutit et se tut.

Je me reculai pour croiser son regard troublé.

— Tu croyais que j'avais l'intention de te partager

avant de t'avoir prise ? (Je fis claquer ma langue.) Agneau chéri, ça ne risque pas d'arriver.

Elle me dévisagea.

— Mais tu as parlé d'un atout…

— Parce que c'en est un. (Je relâchai ses poignets et m'appuyai sur mes coudes, de chaque côté de sa tête.) Un atout que je peux jouer contre mes adversaires. Pas en leur offrant ta virginité, mais en la protégeant. À moins que tu préfères la perdre maintenant ?

L'offre était toujours sur la table, et je serais heureux de lui rendre ce service.

Mais ça la mettrait en danger.

Ou pas.

Seul un imbécile tuerait un bien emprunté à un royal.

Non, mon adversaire était plus malin que ça. Il ou elle frapperait au moment où je m'y attendrais le moins.

Cependant, je ne voulais pas risquer que Raelyn soit blessée par accident.

Tu ne veux pas la partager, chuchota mon côté sombre. *Elle est à nous.*

C'était ce même côté qui avait pris le dessus à la fin, ajoutant un soupçon de douleur à ma morsure quand j'avais poussé Mikael dans l'inconscience. Une punition subtile pour avoir profité de *ma* femelle.

Passer toute la semaine avec elle me faisait perdre la tête.

J'avais besoin d'une nouvelle perspective, d'un break.

Ou peut-être que j'avais simplement besoin de la sauter pour me la sortir de l'esprit.

Ma queue durcit à cette idée, poussant contre sa chair tendre. Ce serait si facile avec elle sous moi, déjà nue et mouillée.

— N-non, balbutia-t-elle en secouant la tête. Je… je ne veux pas être partagée.

Ses mots glissèrent sur moi comme une vague glacée, refroidissant mon ardeur.

— Tu ne veux pas être partagée ?

Elle secoua de nouveau la tête.

—Je… Non. Je ne veux vraiment pas.

Je venais de lui dire que je ne la partagerais pas pour le moment. Avait-elle déjà besoin d'un rappel ? Ou n'avais-je pas été assez clair ?

— Je ne te partagerai pas tant que je ne t'aurai pas prise moi-même, Raelyn.

Elle se mordit la lèvre.

— M-mais je ne…

Elle parut repenser à ce qu'elle voulait dire, ce qui me fit froncer les sourcils.

— Est-ce que tu es en train de dire que tu ne voudrais jamais être partagée, Raelyn ?

Elle garda le silence un long moment, une lutte se déroulant dans son regard, comme si elle n'arrivait pas à trouver une réponse correcte.

— Ou-oui.

Je réfrénai un rire.

— Mais tu es ma consort et c'est ta destinée, coucher avec qui je te dis de coucher. (N'avait-elle pas compris le dessein d'un harem ?) L'université t'a sûrement expliqué ça.

Elle trembla, et le feu s'estompa dans ses yeux. Si fragile, si brisée, si blessée.

C'était le look des familiers de Robyn, pas des miens.

Qu'est-ce qui s'est passé, bordel ?

— Oui, mon Prince, soupira Raelyn, baissant les yeux.

Sa soumission me déchira le cœur et déclencha un maelström d'émotions en moi. Au premier rang desquelles il y avait une extrême déception.

— C'est si facile que ça de te briser ? demandai-je. C'est très fâcheux.

J'espérais au moins un éclat de désapprobation, un grognement de frustration, pas cette acceptation sans réserve. Je m'écartai d'elle et me levai.

— Habille-toi, Raelyn.

Elle ne bougea pas.

Je secouai la tête, incapable de supporter cette bêtise plus longtemps. Si elle voulait se briser sous la vérité de sa condition, qu'il en soit ainsi.

— Si tu veux me sauter, fais-le. (La rage à l'état pur que véhiculait sa voix me fit hésiter, la main sur la poignée de la porte.) Si tu veux me donner à l'un de tes amis royaux, fais-le. Mais ne me demande pas ce que je veux pour me rabaisser après que je t'ai dit la vérité.

Je me retournai, curieux, et trouvai Raelyn debout, les mains sur les hanches, les joues rougies par l'effort.

— Tu peux faire ce que tu veux de mon corps, mais mon esprit m'appartient, Kylan. Alors va te faire foutre.

Je haussai les sourcils. Tenait-elle cette expression d'un film, ou d'un lycan grossier ? Peut-être que Mikael l'avait employée devant elle.

Quoi qu'il en soit, elle ne devrait pas prononcer ces mots devant un royal, et encore moins devant moi.

Et pire encore, ça n'aurait absolument pas dû me faire autant plaisir de l'entendre les dire.

J'avançai sur elle d'un pas raide, la plaquai dos au mur et entourai sa gorge de ma main, tandis qu'elle me fusillait du regard.

— Et si je désire ton esprit, petit agneau ? demandai-je à mi-voix, mon pouce caressant son pouls qui battait de plus en plus vite. Et si je l'exige ?

— Tu ne l'auras jamais.

Je serrai ma main sur son cou, juste assez pour la menacer.

— Oh, mais je possède tout de toi, chérie. Aurais-tu oublié ce détail ?

— Non. (Sa voix tremblait d'un mélange de peur et de colère.) Mon esprit, mon cœur et mon âme sont à moi. Tout ce que tu as, c'est mon corps, et je refuse de te donner quoi que ce soit d'autre. J'ai le droit de choisir.

— Tu n'as aucun droit.

— Plus maintenant. (Ses yeux s'étrécirent.) Mais j'en ai eu.

Je souris presque tristement.

— Non, mon amour. Tu n'en as jamais eu.

— Les humains en ont eu.

— Dans le passé, admis-je, plaquant mes hanches contre les siennes. Mais on vit dans le présent, où tes libertés sont confisquées et m'appartiennent. Tu es à moi, Raelyn.

— Pour me baiser, me tripoter, me commander. (Ses pupilles se contractèrent, permettant à cette jolie flamme bleue de briller plus intensément.) Tu peux essayer de manipuler mon esprit autant que tu veux, Kylan, mais je ne te céderai jamais. Je refuse.

— Qui essaies-tu de convaincre, mon cœur ? Moi ou toi ? (Car on aurait dit que c'était elle qui avait besoin d'encouragements, pas moi.) Parce que je n'ai même pas essayé de manipuler ton esprit.

Elle ricana. Son courage était vif et palpable, bien qu'elle soit bloquée nue contre le mur.

— Je te dis que je ne veux pas être partagée, et tu t'empresses de me rappeler que c'est ma destinée. Tu veux que je sois douce à un moment et forte le moment suivant. Tu m'as dit que je n'étais pas destinée à la Coupe

Immortelle, que ce n'était qu'un jeu cruel, mais le seul qui joue ici, c'est toi, Kylan. Moi je cesse de participer.

Je desserrai mon étreinte, surpris par son évaluation bien trop précise. J'avais joué avec elle comme on joue avec un animal de compagnie fascinant. Ça n'avait jamais été mon intention, mais à l'entendre le résumer de manière aussi directe, je ne pouvais nier la validité de ses paroles.

Je désirais une guerrière et j'exigeai une soumise. Deux objectifs très différents, mais tous deux corrects.

Pour la première fois depuis des siècles, je n'avais pas de réplique. Cette femme était plus maligne que moi, ne me laissant qu'une seule réponse :

— Tu as raison.

Je la relâchai et fis un pas en arrière. Des excuses titillaient ma langue, me choquant encore plus.

Je ne m'excusais jamais.

Jamais.

— Je... quoi ?

— Tu as raison, répétai-je. Ne me le fais pas dire une troisième fois.

Je n'arrivais même pas à croire que je l'avais admis à deux reprises. Mais c'était le moins que je puisse faire, supposai-je.

— Tu t'es joué de moi.

— C'est ce que tu as dit, n'est-ce pas ?

— Et tu l'as admis.

Je croisai les bras.

— Là, ça redevient ennuyeux.

Elle éclata d'un rire presque hystérique.

— Comment ma vie peut-elle être comme ça ? Pourquoi est-elle comme ça ? (Elle passa ses doigts dans ses cheveux et rit de nouveau, d'un rire sans joie.) Est-ce que tout ce que tu as dit à propos de ma virginité est aussi un mensonge ? Une façon de me donner confiance, juste pour la briser quand tu me livreras à quelqu'un d'autre ?

Un grognement enfla dans ma poitrine.

— Absolument pas. (Je serrai les poings.) Personne ne te touche à part moi.

Elle m'adressa un regard incrédule.

— D'accord, Kylan.

Le ton dédaigneux qu'elle employa me chauffa le sang.

— Je ne t'ai jamais menti, Raelyn, et je ne prendrai pas cette accusation à la légère.

Elle recala ses mains sur ses hanches.

— Non, tu m'as juste embrouillé la tête.

— Je préfère appeler ça « fournir des priorités contradictoires », ce qui n'est pas de la malhonnêteté. (Je fis de nouveau un pas vers elle et elle tint bon.) J'ai été plus honnête avec toi qu'avec n'importe quelle autre consort.

— Facile à dire, vu que tu les as toutes tuées.

Je ne pris pas la peine de la corriger. Elle connaissait la vérité.

— Essaies-tu de me provoquer pour que je te fasse du mal, Raelyn ? Parce que je ne te conseille pas de continuer sur cette voie.

— Qu'est-ce que tu peux faire d'autre ? rétorqua-t-elle avec un autre de ses rires sans joie. (Elle écarta les bras.) Donne le pire de toi-même, Kylan. Je te défie.

— Tu me défies ? (Je haussai un sourcil.) C'est une proposition dangereuse pour quelqu'un qui me croit capable d'un massacre de masse.

— Tu es un vampire, Kylan. (Elle pointa du doigt Mikael étendu sur le canapé.) Et tu es clairement capable de faire du mal aux gens.

— Je prends soin de lui depuis dix ans. Essaie encore.

— Tu l'as vidé de son sang tout en me forçant à le

sucer, sans prendre la peine de nous annoncer tes intentions. C'est blessant.

On en revenait là, alors.

— Mikael connaissait mes intentions à la seconde où il a goûté mon sang. Il n'a pas protesté, donc on a continué.

Elle haussa un sourcil.

— Alors pourquoi il a supplié à la fin ?

Je passai mes doigts dans mes cheveux en soupirant. Pourquoi me prêtais-je à ces idioties ? J'avais des tâches bien plus importantes à assurer aujourd'hui.

Encore deux minutes, concédai-je. *C'est tout ce qu'elle aura.*

C'était quoi sa question, déjà ?

Ah oui, elle voulait savoir pourquoi Mikael avait paru trahi avant de perdre conscience.

— J'ai supprimé le plaisir à la fin, le laissant ressentir une pointe de douleur.

— Et pourquoi tu as fait ça, si tu ne voulais pas lui faire du mal ? insista-t-elle.

— Parce que je n'aimais pas te voir entre ses jambes, Raelyn. Et je détestais qu'il apprécie autant.

Mes mots sortirent avant que je ne puisse les arrêter, nous surprenant tous les deux.

Pourquoi cette femme me forçait constamment à dire la vérité ?

Ses lèvres s'entrouvrirent, ses joues rougirent.

— Mais… mais tu m'as fait…

Bon, les deux minutes étaient écoulées.

— Ce qui veut dire que je n'ai qu'à m'en prendre à moi-même, c'est ça ?

J'avais pensé que ce serait une bonne introduction aux attentes, mais ça s'était retourné contre moi. Mon désir possessif de la prendre pour moi était bien trop fort pour être partagé, quelque chose que je devais surmonter, et vite.

Une fois que je l'aurais sautée, tout irait bien.

Mais je ne le pouvais pas encore. Pas avant la fête.

Sauf si je voulais risquer qu'un autre royal ou alpha la prenne.

— J'ai du travail, dis-je en me détournant d'elle. Je vais trouver quelqu'un pour ramener Mikael dans sa chambre. Va te coucher tôt, Raelyn. Tu devras être bien reposée pour l'arrivée de Jace demain.

Je n'attendis pas sa réponse, claquai simplement la porte derrière moi et me dirigeai vers mon bureau. Cette maudite femme m'accusait de manipuler son esprit ? Eh bien, il semblait qu'elle me faisait la même chose.

Mais je gagnerais.

Je gagnais toujours.

RAF

Je m'éveillai seule, la place de Kylan dans le lit aussi nette que lorsque j'étais venue me coucher.

Il ne m'avait pas rejointe cette nuit.

Ç'aurait dû me réjouir, mais mes lèvres s'incurvèrent au lieu de se retrousser.

Parce que je n'aimais pas te voir entre ses jambes.

Ses paroles m'avaient hantée toute la nuit, me poursuivant jusque dans mes rêves. Que signifiaient-elles ? Il ne cessait de me rabâcher que mon destin était de servir, mais il disait qu'il n'aimait pas que je le fasse. Un autre jeu d'esprit ? Kylan semblait les apprécier, mais il avait eu l'air si sérieux en prononçant ces mots.

Il prétendait être honnête avec moi.

Vrai ou faux ?

Difficile à dire, et je le détestais pour ça. Il vivait par énigmes, demandant constamment une chose tout en exigeant le contraire. Hier soir, j'avais perdu la tête et lui avais dit le fond de ma pensée.

Et il n'avait pas riposté.

Mon comportement m'aurait valu une sévère punition à l'université. J'avais assisté à des condamnations à mort prononcées contre des humains qui s'étaient conduits bien mieux que moi la nuit dernière. Pourtant, Kylan était simplement parti.

Avait-il prévu quelque chose de pire aujourd'hui ? Faire de moi un exemple ?

Je m'assis, la tête embrumée par trop de sommeil. M'inquiéter de Kylan et de ses intentions allait me rendre folle. Cet homme n'avait rien de prévisible. Rien du tout.

J'entendis des coups frappés doucement à la porte et remontai les couvertures sur ma poitrine nue. J'avais dormi nue, m'attendant à ce que Kylan me rejoigne. Ce qu'il n'avait pas fait, bien sûr.

Je fronçai davantage les sourcils quand apparut la tête d'Angelica. Ses yeux sombres croisèrent les miens, et la surprise de la revoir ici me cloua au lit.

— K-Kylan n'est pas là, bredouillai-je, ne sachant trop ce qu'elle voulait.

Je ne l'avais pas revue depuis l'incident chez lui.

Elle fit la moue.

— Je sais. Il est en rendez-vous d'affaires mais il m'a demandé de m'occuper de toi.

Ah, ce qui veut dire… ?

— Oh, euh, okay, marmonnai-je.

Elle entra en portant une assiette et ferma la porte derrière elle.

— Des œufs aux épinards, annonça-t-elle en s'approchant. J'en ai mangé beaucoup étant petite, j'imagine que toi aussi… (Elle posa l'assiette sur le chevet et fit la moue.) Kylan a demandé que je t'aide pour ta garde-robe. Jace et Darius sont censés arriver d'ici une heure.

J'en restai bouche bée.

— Oh…

Je ne savais pas quoi dire d'autre. C'était Mikael qui m'avait guidée toute la semaine, mais évidemment, il ne pouvait pas aujourd'hui, après ce que Kylan lui avait fait.

— Ouais, donc, euh, tu manges ça (elle désigna l'assiette) pendant que je te trouve une tenue convenable. (Elle s'éloigna en marmonnant :) Vu qu'apparemment, c'est mon boulot maintenant de nourrir et d'habiller les humains.

— Je peux m'en occuper moi-même, proposai-je. Si, je veux dire, si tu ne…

Je m'interrompis et me mordis la lèvre quand elle me fit face, l'air surpris. D'accord. Convenances totalement brisées. C'était déjà assez mal de ma part de défier constamment Kylan. Parler aux autres sans y être invitée, et même les regarder dans les yeux, brisait une quantité de protocoles.

J'ai clairement des pulsions suicidaires.

Et le pire, c'était que j'agissais de cette façon devant Angelica, une nouvelle vampire qui *connaissait* les règles autant que moi, sinon mieux.

— P-pardonnez-moi, murmurai-je en baissant les yeux.

Elle rit, ce qui me retourna l'estomac.

Angelica ne pouvait pas me tuer, pas sans le consentement de Kylan, mais elle pouvait me réprimander. Peut-être.

Je fronçai les sourcils. *Personne ne te touche à part moi.* Est-ce qu'il parlait de ça aussi ? Est-ce que ça s'appliquait à la discipline ?

Un frisson me secoua l'échine à l'idée de la version de Kylan d'une punition. Il ne m'avait jamais châtiée de quelque manière que ce soit, à part quelques menaces verbales. Or je l'avais plus que mérité en le défiant constamment.

Sauf que c'était ce qu'il voulait : un défi dans la chambre, un chien obéissant en public.

Techniquement, j'étais toujours dans sa chambre.

— Est-ce que tu sais depuis combien de temps je n'ai pas côtoyé d'humain qui ne soit pas brisé ? demanda Angelica en s'effondrant sur le lit à côté de moi. Putain, ça fait des siècles. (Elle s'affala en arrière avec un soupir.) Tout le monde s'incline et refuse de me regarder, comme si j'étais un monstre affreux. Mais j'étais humaine il y a même pas dix ans.

J'attendis qu'elle continue, mais le silence s'installa entre nous, curieusement paisible.

— C'est comment ? demandai-je à mi-voix. La transition de, hum, l'état d'humain à celui de vampire ?

Elle roula sur le côté et planta ses yeux bruns dans les miens.

— Pas aussi glorieux qu'on pourrait le croire. Ils te font démarrer au bas de l'échelle, avec un revenu minimal et le strict nécessaire, et t'obligent à travailler pour progresser. Je ne suis ici que parce que Kylan l'a demandé, ce que Judith a clairement indiqué en me promouvant dans son équipe de sécurité. Sa décision va me coûter cher, je pense. Tout le monde veut être plus proche de lui, de son pouvoir, et je suis la plus jeune et la moins utile de tous.

— Si Kylan t'a promue, c'est qu'il voit un potentiel en toi.

Je prononçai ces mots sans réfléchir. Ils me semblaient juste appropriés.

Angelica resta silencieuse un bon moment, les lèvres pincées sur un côté.

— J'espère que tu as raison.

— Elle a raison, murmura Kylan dans l'ombre.

Son corps parut se matérialiser sous nos yeux quand il s'avança dans la lumière diffusée par les fenêtres.

— Pourquoi tu ne manges pas, Raelyn ?

Je restais bouche bée et sans voix devant son apparition inattendue.

Angelica sauta du lit en poussant un cri étranglé et tomba à genoux.

— Pardonnez-moi, mon Prince, c'est ma faute si…

— Je doute fort que ce soit ta faute, la coupa-t-il. Raelyn ?

Au lieu de répondre, je pris l'assiette et enfournai une bouchée géante dans ma bouche. Il haussa un sourcil, esquissa une moue et secoua la tête.

— Angelica, trouve une robe convenable pour Raelyn, s'il te plaît. L'avion de Jace vient d'atterrir, il est en avance.

— Bien sûr, mon Prince.

Elle se releva et fila vers la salle de bains, tête baissée tout du long.

Le cœur battant la chamade, je mâchonnai ma bouchée tandis qu'il s'approchait.

— Devrais-je la punir ? demanda-t-il calmement. Pour avoir bavardé avec toi au lieu de suivre mes ordres de te nourrir et de t'habiller ?

Plissant les yeux, j'avalai la bouchée à moitié mâchée.

— Je suis tout à fait capable de me nourrir et m'habiller moi-même sans l'aide d'un superviseur.

Il inclina la tête.

— C'est ce que tu lui as dit ?

— Non, je lui ai demandé ce que c'était que d'être une vampire.

C'était contre le protocole, mais c'était la vérité.

— Parce que tu voudrais le devenir ?

— Quel intérêt de désirer une chose impossible ? rétorquai-je.

Je reposai l'assiette, n'en ayant mangé que la moitié. Je n'avais aucun appétit.

— Tout le monde a des rêves, Raelyn. (Il glissa une mèche de cheveux derrière mon oreille et se pencha pour frotter ses lèvres aux miennes.) Même les plus beaux jouets.

— Les rêves, c'est pour les faibles.

— Avant, c'était pour les courageux.

— Eh bien, comme tu l'as signalé la nuit dernière, nous vivons à une époque très différente, pas vrai ?

— En effet. (Il m'embrassa de nouveau, plus longuement.) Mais tu me rappelles une époque que je préférais, Raelyn.

Il se redressa et se tourna au retour d'Angelica.

— Celle-ci ira-t-elle, mon Prince ?

Elle montra une robe en soie rouge foncé qui couvrirait à peine mes seins, mais descendrait au moins jusqu'à mes pieds.

— Ça ira, opina-t-il, tendant la main pour saisir la robe. Je prends la relève. S'il te plaît, va informer Judith que j'ai changé d'avis et que je vais divertir Jace ici au lieu du K Hôtel.

Angelica pâlit visiblement.

— B-bien sûr, Votre Altesse.

Elle s'inclina et s'éclipsa, me laissant seule avec Kylan.

Il étendit la robe sur le lit et se mit à déboutonner sa chemise.

— On a le temps d'une douche rapide. Va ouvrir l'eau et attends-moi là-bas.

Une partie de moi voulut refuser rien que pour l'irriter, mais l'éclat dangereux dans ses yeux m'incita à sauter du lit et à filer dans la salle de bains.

La douche commençait juste à chauffer quand Kylan apparut nu derrière moi.

Traçage, réalisai-je. Seuls les vampires les plus anciens possédaient cette faculté. Ils ne pouvaient pas se téléporter sur de longues distances, seulement quelques kilomètres, mais c'était comme s'il disparaissait et réapparaissait devant mes yeux.

Il embrassa mon épaule, posa ses mains sur mes hanches et me guida sous le jet. C'était la première fois qu'il concrétisait son commentaire à propos de me vouloir sous la douche avec lui chaque soir.

J'attendis qu'il me demande de m'agenouiller pour satisfaire l'érection proéminente qui reposait contre mes fesses, mais il n'en fit rien. Il peigna mes cheveux mouillés afin de répartir l'humidité partout.

Il posa ses lèvres sur ma tempe quand son bras me contourna pour attraper le shampoing. Il poursuivit ses bons soins, faisant mousser le shampoing sur ma tête avant de rincer, et répéta l'opération avec l'après-shampoing.

— Tourne-toi, dit-il à mi-voix en prenant le savon.

Je déglutis et lui obéis, faisant face à sa beauté immortelle.

On était bien loin d'une punition.

À moins qu'il ne prévoie de m'allumer à mort.

Chaque caresse de sa paume chaude sur ma peau excitait mes hormones, provoquait dans mon bas-ventre un brasier qui se répandait dans mes veines. Sa main glissa sur mon abdomen, descendit en haut de mes cuisses et remonta sur mon flanc, évitant tous les endroits où je la désirais le plus.

Un gémissement remonta dans ma gorge, mais je le retins entre mes dents, les serrant si fort que quelque chose craqua.

Kylan gloussa, et sa main se déplaça sur mon épaule puis le long de mon bras.

— Ta détermination est admirable, Raelyn. Mais je gagnerai.

— Tu gagneras quoi ? réussis-je à articuler entre mes dents serrées.

— Toi, répliqua-t-il simplement.

Le savon revint sur mon sternum pour se glisser entre mes seins.

Mon souffle hoqueta quand il redescendit sur mon nombril et plus bas, frôlant le haut de mon pubis.

— T-tu me possèdes déjà.

— En effet, admit-il. Mais d'après toi, c'est ton corps que je possède et rien d'autre. (Il plongea sa main entre mes cuisses, et mon cœur cessa de battre.) Mais j'en veux plus, Raelyn.

Il me fallait de sérieux efforts pour me concentrer sur ses paroles au lieu de son toucher hypnotique. Parce que, Déesse, c'était incroyable. Une seule nuit sans lui avait déclenché un besoin irrépressible, que seul Kylan pouvait satisfaire.

— Je veux tout posséder de toi, ajouta-t-il, sa voix comme une caresse soyeuse sur mon oreille.

Un tremblement lécha ma peau, déclenchant une chair de poule sur son passage malgré l'eau chaude.

— Ça n'arrivera jamais, lâchai-je dans un souffle.

— Je ne suis pas d'accord, chuchota-t-il, ses lèvres voletant sur mes joues et planant devant ma bouche tandis qu'il m'attirait à lui. Je vais commencer par ton esprit, non pas en jouant à un jeu mais en te disant la vérité.

Un autre frisson me secoua, qui fit se dresser mes tétons en pointes dures contre sa poitrine trop chaude.

— La vérité, répétai-je.

J'essayais de toutes mes forces de me concentrer sur la conversation et non sur sa main entre mes cuisses. Le savon était passé dans son autre main et glissait sur mon flanc.

Une telle sensation.

Une telle *chaleur*.

— Oui. (Il tira sur ma lèvre, l'aspira dans sa bouche.) Tourne-toi, Raelyn.

Mes pieds bougèrent avant même que mon esprit ne traite sa demande.

— Pose tes mains sur le mur.

Je m'exécutai.

Il promena le savon le long de ma colonne.

— Écarte les jambes.

C'était le contraire de ce que je voulais. Ma vulve désirait ardemment une friction, ce qu'il avait cessé quand il m'avait forcée à me retourner. Mais je suivis son ordre, ouvris les cuisses et écartai les pieds.

— Magnifique.

Il passa mes cheveux par-dessus mon épaule, exposant tout mon dos, et se mit à me masser en cercles lents, le parfum floral titillant mes narines.

Personne ne m'avait jamais fait ça. Je me sentais presque chérie, adorée, ce qui ne pouvait pas être son intention.

— Maintenant, la vérité. (Il embrassa ma nuque et en mordilla la peau tendre, envoyant des étincelles dans toutes mes terminaisons nerveuses.) Jace arrive plus tôt parce que je le lui ai demandé. Malgré toutes les preuves du contraire, je pense qu'il est derrière l'attaque de mon image.

Je cillai. *Quoi ?*

— Jace ?

Pourquoi ?

— Son territoire est frontalier avec le mien, et son nouveau souverain serait le prochain à hériter de ma région, ce qui leur fournit à la fois un motif et une opportunité.

La paume de Kylan descendit plus bas, se glissa entre mes fesses et me fit tressaillir.

Il n'allait quand même pas…

Ses incisives percèrent mon cou, injectèrent de l'euphorie dans mon flux sanguin. Je frissonnai contre lui, mes jambes menaçant de se dérober.

— Kylan, soufflai-je, me cambrant contre lui.

Le savon disparut, l'un de ses bras encercla ma taille pour me maintenir en place, tandis que son autre main restait contre mes fesses, examinant, poussant, testant mes limites.

On ne m'avait jamais touchée *ici*.

Jusqu'à maintenant.

Des flammes s'allumèrent dans ma chair devant la nature interdite de son exploration. L'université proposait des cours sur ce sujet. Je les avais évités, ne sachant pas pourquoi on apprécierait un tel acte. Mais oh, peut-être, juste peut-être, que j'avais tort.

L'extase s'accumula entre mes cuisses, la morsure de Kylan excitant tous mes sens. Et son doigt…non, ses doigts…faisaient des choses perverses à mes entrailles.

Mes ongles griffèrent les carreaux, mes bras tremblaient à force de garder la position.

Trop de sensations.

L'eau chaude qui ruisselait sur nous ne faisait qu'ajouter à mon supplice, envahissant tout mon être d'une exaltation étrangère qui me secoua au plus profond de moi-même.

Juste mon corps, jurai-je. *Rien que ça.*

Mais *merde !*

Ma tête tomba en avant sur un souffle râpeux. Il avait intensifié le plaisir, me déchirant en deux, son intrusion par en dessous me submergeait. Seule sa prise autour de ma taille me maintenait debout, mes jambes m'avaient lâchée.

—Je, oh…

Je m'interrompis sur un sifflement, et son gloussement en retour glissa sur mes sens.

— C'est trop ? demanda-t-il à mi-voix.

Mon cou palpitait de désir.

Alors voilà ce qu'on ressent quand on est mordu.

Pas étonnant que Mikael ait apprécié.

Mes membres vibraient, mes paumes s'appuyaient à peine contre le mur. Il était en train de me détruire. Lentement. Complètement. Tout entière.

Mais pas mon esprit.

Il déplaça sa prise, sa paume glissant en coupe sur mon sexe tandis qu'il continuait de me pénétrer par-derrière avec son autre main.

— K-Kylan…

Je ne savais pas si je voulais le supplier d'arrêter ou de m'en donner plus.

Il embrassa mon pouls, lécha la blessure qu'il avait laissée ouverte sur ma peau. Chaque coup de langue envoyait un autre frisson à travers mon corps, lesquels se concentraient sur ma matrice. Son doigt tourna sur mon clitoris, approfondissant l'instant, allumant des étoiles derrière mes paupières.

Si près.

Mais pas suffisant.

J'avais *besoin*… Oh, je ne le savais même pas.

Son nom s'échappa encore de mes lèvres, et ses dents mordillèrent le lobe de mon oreille.

— Je suis impatient de te sauter, Raelyn. De toutes les manières. Ta chatte, ton cul. (Ses doigts plongeaient en moi, accompagnant ses paroles, attisant mes flammes intérieures.) Je vais posséder tout de toi. Y compris ton esprit.

Je secouai la tête en déglutissant.

— Non.

— Si.

Une autre poussée, cette fois de l'avant et de l'arrière. Je gémis en réponse, mon cœur cognant dans mes oreilles. Mes muscles s'étaient contractés, mon abdomen se recroquevillait sur ce désir familier que seul Kylan pouvait soulager.

— Ton cœur aussi, princesse. Ton âme. Je veux tout.

— Non, répétai-je. Jamais.

Mes ongles menaçaient de se casser contre le mur à force de griffer la dure surface.

Il frotta son nez sur le point sensible sous mon oreille.

— Tu es en feu, petit agneau ? Tu te sens sur le point d'exploser ?

Je gémis de nouveau quand il accéléra le rythme, stimulant mon orgasme sans me donner la poussée supplémentaire que mon corps exigeait.

— Ou-oui, exhalai-je. Je ne… Je ne peux pas…

C'était juste là. Si proche. Si violent. Et refusant mon étreinte. Un cri de frustration monta dans ma gorge, mon corps me suppliant d'atteindre cette crête qui m'échappait.

— Voici ton esprit, Raelyn, chuchota Kylan. Attendant mon ordre, refusant de te laisser jouir sans ma permission.

Il lécha de nouveau ma gorge, propageant un incendie dans tout mon être, transperçant mon âme.

— Kylan, gémis-je, incapable de penser à autre chose qu'au charme passionné qui tissait un lien sous ma peau, me désignant à jamais comme *sienne*.

— Ton esprit meurt d'envie de mon approbation. Supplie-moi, mon cœur, et je te laisserai éclater.

Ses paroles formaient une sombre promesse dans mon oreille.

Je tremblai, incapable de nier son pouvoir.

— S'il te plaît.

Mon corps se contracta autour de lui, le pressant d'en finir, de m'accorder le soulagement dont j'avais si désespérément envie.

— Je t'en prie, Kylan.

Son amusement ruissela sur moi, ses doigts me sautaient pour de bon.

— Encore.

— Qu'est-ce que tu veux ? demandai-je. (Les larmes me piquaient les yeux sous le coup de la folie qui palpitait en moi.) Je ne peux pas tout te donner de moi. Autre chose, mais pas ça.

— Tu ne vois pas ? murmura-t-il à mon oreille. Je te *possède* déjà, Raelyn.

— Non. (Je secouai la tête, mes larmes coulèrent.) Non.

— Oh si, murmura-t-il, poussant plus loin. Jouis pour moi, princesse.

Il ponctua sa demande en plantant ses incisives dans ma peau.

Je hurlai et mon monde s'effondra.

Tout fut secoué.

Le sol.

L'air.

Tout mon être.

Dévasté.

Irrémédiablement brisé.

Il me possède.

Les mots résonnèrent dans mes pensées tandis que son nom s'échappait de ma bouche, comme une prière et une malédiction.

C'était douloureux. Ça me submergeait. Ça me détruisait.

Tout ce que je voulais, c'était qu'il recommence, qu'il m'emmène en ce lieu d'oubli qui n'existait qu'avec Kylan. N'existait que dans ses bras, sous son contact, avec sa *permission*.

Putain, je le détestais.

Je l'adorais.

Je voulais le tuer.

Le sauter.

Le frapper.

Mes genoux lâchèrent sous l'assaut d'émotions et de

sensations, mon corps incapable de supporter une expérience aussi divine. Kylan m'attrapa et me souleva dans ses bras avec l'aisance de sa grande force. Ses lèvres murmurèrent contre ma joue, sa langue lécha mes larmes.

Il m'avait anéantie.

Je ne pouvais même pas ouvrir les yeux.

— Je deviens accro à la façon dont tu prononces mon nom dans les affres de la passion, Raelyn.

Il me tint sous l'eau pour rincer le savon. La chaleur picota ma peau trop sensible, déclenchant des frissons dans mon bas-ventre.

Il traça un chemin de baisers jusqu'à ma bouche, dans laquelle sa langue se glissa sans peine pour y déposer son sang. J'étouffai, pas préparée, mais il n'arrêta pas, me força à avaler au risque d'inhaler son essence.

Mes entrailles fourmillèrent, accueillant la poussée d'énergie et les vertus curatives de son être en moi. Le fluide grisant m'enveloppa dans un cocon d'euphorie que je désirais bien plus que je n'aurais dû.

Kylan était en train de créer une addiction que lui seul pouvait satisfaire. J'avais très envie de la combattre mais j'en étais incapable, surtout qu'elle me faisait me sentir béatement complète.

À moi, chuchota une voix étrangère dans mes pensées. *Mon monde. Ma place. Ma raison d'être.*

Je bloquai ce chant séducteur dans mon esprit, refusant qu'il me guide. Je ne voulais pas, je ne *pouvais pas*, tomber dans la toile de Kylan.

Trop tard…

Non.

Kylan coupa l'eau et sortit de la douche en me portant toujours dans ses bras. Quand avait-il cessé de m'embrasser ? S'était-il lavé seulement ?

Il drapa une serviette autour de moi, mes pieds

fermement plantés au sol malgré le brouillard dans ma tête.

Que m'avait-il fait ?

Qui suis-je ?

— Jace sera bientôt là, m'avertit Kylan, frottant mes bras avec la serviette.

Son érection se tendait fièrement entre nous, solide rappel de mon manque de réciprocité.

Allait-il me faire mettre à genoux maintenant ?

Je commençai à plier les jambes, anticipant sa demande, mais il saisit mon biceps pour me garder debout.

— Plus tard, Raelyn. Jace est notre priorité à présent. J'ai besoin que tu m'écoutes.

Je clignai des yeux devant les gouttes d'eau qui dansaient sur les méplats de sa poitrine. *La perfection masculine.* Je me penchai pour les suivre avec ma langue, j'adorai son goût. Il planta une main dans mes cheveux, y noua ses doigts.

Maintenant il allait me forcer…

— Raelyn. (Il me tira en arrière pour capter mon regard.) J'ai besoin que tu te concentres.

Je me contentai de sourire.

— Alors tu n'aurais pas dû prendre une douche avec moi.

Il gloussa et secoua la tête.

— Tu es ivre de sang.

Je haussai les épaules. Ou du moins j'essayai. Mes épaules parurent seulement s'affaisser.

— D'accord.

Avec un petit sourire narquois, il enroula une serviette autour de sa taille et me reprit pour m'emmener dans la chambre.

— Tu dois manger plus.

Il me lâcha sur le lit sans cérémonie et me tendit l'assiette d'œufs à moitié mangés.

— Je veux que tout ça ait disparu quand j'aurai fini de parler.

Je plissai le nez, mais me forçait à porter une fourchette d'œufs froids dans ma bouche et à mâcher.

— Bien, petit agneau.

Il me tapota la tête. Je plissai les yeux, ce qui le fit sourire.

— Enfoiré, râlai-je, me rappelant ce terme d'un film que j'avais vu dans la semaine.

Il me semblait approprié comme surnom pour Kylan.

Son rire me surprit. Il était plein de vie et d'humour, rien à voir avec ses gloussements bas habituels. Ses traits se plissaient d'une manière que je n'avais jamais vue, et sa joie était presque tangible.

Il m'attrapa et m'embrassa si fort que j'en oubliai de respirer. Il me relâcha tout aussi soudainement, son sourire toujours bien en place.

— Fais gaffe, chérie, ou je vais te garder pour toujours.

— Peu probable, grognai-je.

Il haussa les sourcils.

— Pardon ?

Oh, est-ce que j'avais pensé tout haut ? Mmmh. Je pris une autre bouchée d'œufs en me contentant de le fixer. On savait tous deux qu'il ne pourrait pas me garder pour toujours, alors pourquoi en discuter ?

Il s'assit près de moi sur le lit et posa une main sur ma joue.

— En vérité, murmura-t-il, je ne fais pas confiance à Jace, et j'ai peur qu'il essaie de te faire du mal. Pas directement, mais d'une façon détournée, en provoquant une scène. En supposant que c'est lui qui m'a fait passer pour fou, je veux dire. Donc j'ai besoin que tu restes à mes côtés toute la nuit, et que tu te tiennes bien pour moi.

J'avalai la dernière bouchée de mon assiette et la reposai sur le chevet près de moi.

— Tu crois vraiment que c'est lui qui a tué ton harem ?

Car cela ne correspondait pas au Jace que j'avais étudié à l'école, le cerveau en politique, presque aussi brillant que Kylan.

— Je pense que c'est lui qui a le meilleur mobile.

— Ce qui le rend trop évident.

Il inclina la tête sur le côté.

— Ce qui veut dire ?

— Qu'il est trop évident, répétai-je. Est-ce que tu ferais quelque chose d'aussi flagrant ?

— Non, grogna-t-il. Pour plusieurs raisons, la première étant que je suis meilleur stratège que ça.

— Et Jace n'est pas un stratège ?

— Si, ce qui explique le manque de preuves et les alibis parfaits. Je l'aurai joué exactement comme ça.

— Sauf la partie évidente, remarquai-je.

Il ouvrit la bouche, puis la referma, ses yeux sombres scintillants d'appréciation.

— Fascinant, murmura-t-il. Tu es la première personne assez courageuse pour contrer mon opinion.

Je plissai le front.

— Il n'y a rien de courageux dans la logique.

Ça me paraissait trop facile que ce soit Jace le coupable.

— Ça l'est quand c'est contraire à la pensée d'un royal sur un sujet donné. Tu serais surprise du nombre de mes administrés qui ont peur de débattre avec moi.

— Je ne débats pas.

Ou du moins, ce n'était pas mon intention.

— Non, tu me forces à voir au-delà d'une rivalité

millénaire et à reconnaître la raison. (Il passa son pouce sur ma lèvre inférieure.) Cette rencontre avec Jace pourrait s'avérer plus instructive que prévu. Merci.

— Je n'ai pas vraiment fait quoi que ce soit.

— Au contraire, petit agneau. (Il m'embrassa doucement, sa langue jouant sur mes lèvres.) Tu as fait bien plus que tu l'imagines. (Il me poussa sur le dos et cala ses hanches entre mes jambes, les serviettes étant le seul tissu qui nous séparait.) Jace sera là dans vingt minutes. Je vais en passer dix à t'embrasser. Puis tu vas te préparer pour m'aider à l'accueillir.

— O-okay, chuchotai-je en déglutissant.

— Je ne vais pas te partager, Raelyn, me promit-il contre ma bouche. En tant que royal et son aîné, c'est mon droit de naissance. De plus, comme tu as pu l'apprendre, je ne suis pas particulièrement respectueux des règles.

— Oui, acquiesçai-je.

— Bien. Maintenant, ouvre la bouche.

KYLAN

Mes lèvres me picotaient. Me picotaient *vraiment*.

Je résistai à l'envie folle de les toucher.

Raelyn me faisait me sentir… jeune. Vivant. Bizarrement en paix.

Je n'avais pas eu l'intention d'aller la voir, mais après avoir entendu les commentaires sur la promotion d'Angelica, je n'avais pas pu m'empêcher d'apparaître. C'était ma conséquence pour avoir écouté aux portes.

Raelyn l'avait interrogée sur la transition vers l'état de vampire, une violation nette des règles, et Angelica avait répondu. Elles auraient toutes deux dû être punies, mais comment pouvais-je les châtier alors qu'elles m'avaient fait sourire ? Envoyer Angelica à Judith pour lui annoncer que j'avais changé de lieu de rendez-vous était une sanction suffisante.

Mon téléphone bourdonna, m'annonçant un message de ma plus fidèle lieutenante : *Jace est arrivé*.

Envoie-le à l'étage, répondis-je, sachant très bien qu'elle détestait ce plan. Bien sûr, elle ne dit rien. Personne ne remettait mes décisions en cause.

Sauf Raelyn.

La robe en soie rouge lui allait à la perfection, ses seins à peine contenus par le profond décolleté. Ses somptueux cheveux roux étaient relevés sur le dessus de sa tête en un ensemble désordonné que j'avais assemblé moi-même. Le seul problème était que mon sang avait guéri sa marque.

Une chose que je devrais arranger.

Je l'attrapai par la taille et l'attirai vers moi. Elle chancela sur ses talons hauts, posa les mains sur mes biceps pour s'équilibrer.

— J'adore cette robe. (Sur chaque côté, les fentes montaient jusqu'en haut de ses cuisses, et son dos était complètement exposé.) Ce sera une immense joie de l'enlever tout à l'heure.

Elle frissonna et leva ses yeux bleus vers les miens.

— Ton costume te va très bien.

Je haussai les sourcils.

— Est-ce que tu viens de me faire un compliment ?

Ses lèvres se retroussèrent.

— Peut-être bien.

Elle me surprenait. Encore.

— Qui es-tu ? m'émerveillai-je à mi-voix.

Cette femme ne cessait de me choquer, depuis sa toute première morsure sur ma langue. J'entourai son cou de ma paume en me demandant où la marquer. Son pouls était trop facile. Je voulais quelque chose de plus intime, de plus scandaleux.

— Rae, répondit-elle, avec une lueur de défi dans le regard qui me frappa direct à la poitrine.

Ça ne m'avait pas échappé que Mikael l'avait appelée ainsi toute la semaine.

— Raelyn, corrigeai-je.

Je ne lui laissai pas le temps de répondre, mon besoin de la mordre était trop fort.

Mes incisives se plantèrent dans la chair de son sein, juste à côté de sa robe soyeuse, une morsure rapide et profonde, et un glapissement lui échappa. Ses ongles griffèrent ma veste et son souffle s'arrêta pendant que je suçais fort, m'assurant que ma revendication restait égale à mon sang qui se déversait en elle. Cela la guérirait en partie, assez pour stopper le saignement, mais la blessure serait fraîche pour les présentations. Surtout que l'ascenseur annonçait l'arrivée imminente de Jace.

Ignorant le bruit de pas sur le marbre, je continuai de me nourrir, les gémissements de Raelyn étant une musique à mes oreilles. Elle s'était perdue en moi, inconsciente de notre public, et j'adorais trop ça pour m'arrêter. Pas tout de suite.

Je continuai un long moment, puis la fis sortir de l'oubli avant de la redresser et de lui sourire.

— Dis-moi ton nom, chuchotai-je.

— Rae, répliqua-t-elle, les yeux somnolents.

Je secouai la tête et souris.

— Rebelle jusqu'au bout, hein ? (Je me tournai vers Jace et son nouveau souverain.) Qu'est-ce que tu fais quand un familier se conduit mal, Jace ?

Raelyn se figea près de moi, se rendant compte enfin que notre compagnie était arrivée.

— Tout dépend de l'infraction, répondit-il calmement.

— Elle oublie le nom qu'elle a reçu. (Je haussai un sourcil.) Qu'est-ce que tu ferais ?

— Je la ferais répéter le nom pendant que je sauterais sa bouche. Et je n'arrêterais pas tant que je ne serais pas convaincu qu'elle s'en souvienne.

Je souris et entourai de mon bras l'échine de Raelyn.

— Une idée judicieuse. Raelyn ?

Elle se mordit la lèvre, les yeux baissés.

— Comme vous le désirez, mon Prince.

Son ton était doux mais assuré. Je la redressai quand elle commença à plier les jambes et l'attirai contre moi.

— Une punition pour plus tard, chuchotai-je à son oreille. (Que j'exécuterais…ou pas. Ça dépendrait du reste de la soirée.) Eh bien, bienvenue, Jace. Darius.

Je leur serrai fermement la main à tous deux tout en

maintenant Raelyn à mes côtés. Tous deux remarquèrent la marque fraîche sur son sein, mais aucun n'émit de commentaire.

— Nous apprécions l'invitation, murmura Jace, poursuivant les formalités. Darius, présente-nous Juliet.

— Avec plaisir. (Il fit avancer la brune saisissante en posant la main au bas de son dos.) Voici Juliet, ma vierge de sang et mon *Erosita*.

Elle fit une profonde révérence. Sa robe translucide révélait tous ses atouts, ainsi que deux marques fraîches de morsures. Jace et Darius se l'étaient-ils partagée en chemin ?

Ce qu'il y avait entre eux aurait dû me fasciner bien plus que je ne l'étais. Avoir Raelyn à mes côtés, ses cris d'extase encore frais dans mes oreilles, me rendait insensible au charme de Juliet.

— Elle est magnifique, murmurai-je. Je vois pourquoi tu l'as gardée, Darius. (Elle conservait sa révérence, attendant d'en être libérée, sa formation était évidente.) Je l'invite à se relever.

Darius reposa la main dans son dos quand elle obéit, les yeux fixant le sol tout comme Raelyn.

— Tu as laissé tes consorts à la maison ? demandai-je à Jace, remarquant son absence d'entourage.

— Elles n'étaient pas nécessaires. (Une réponse lisse.) Pas quand j'ai accès aux attributs plus beaux de Juliet. Tu devrais l'entendre hurler. C'est un son des plus charmants.

J'y réfléchis en souriant. C'était une excuse astucieuse pour me cacher son harem, ce qui suggérait qu'il craignait ce que je pourrais lui faire. Parce qu'il me croyait fou, ou parce qu'il s'attendait à des représailles ? L'avenir nous le dirait.

— Eh bien, voici ma Raelyn. (Je frottai mon nez contre

sa gorge.) Elle aussi hurle magnifiquement. Envie d'une démonstration ?

Son pouls accéléra à cette suggestion, son rythme attirant sous-tendu par une pointe d'excitation.

— Je pourrais l'apprécier tout à l'heure, murmura Jace. Juliet serait heureuse de nous rendre la pareille, n'est-ce pas Darius ?

— Bien sûr.

Il semblait presque froid, sa posture était raide, distante. La rumeur disait qu'il n'avait pris une *Erosita* que pour étaler sa richesse et son pouvoir et l'avait gardée parce que Jace en appréciait les avantages. Son air ennuyé et son léger attouchement du dos de la femelle confirmaient les spéculations. Aucun signe extérieur de possession à part la marque sur son cou, et elle ne semblait assurément pas très attirée par lui.

Mais c'est trop parfait, me chuchotaient mes instincts. J'aurais agi exactement pareil si j'avais pris une compagne. Ce qui n'arriverait jamais. Pas même avec…

Raelyn.

Je lui lançai un regard, et la prise de conscience me frappa au ventre.

C'était une vierge intacte.

Jamais mordue.

Sauf par moi.

Sans le savoir, j'avais initié la cérémonie entre nous en échangeant notre sang.

Fascinant. Pas étonnant que je me sente si lié à elle.

Bon, il faudrait certainement que je résolve ce problème, et vite.

Mais d'abord, nos invités. Je reportai mon regard sur Jace et souris.

— Vous prendrez bien un verre avant le dîner ?

Zelda avait sans doute besoin d'une heure

supplémentaire pour le préparer, étant donné que j'avais changé le lieu du rendez-vous à la dernière minute.

— Du vin ? suggéra mon pair royal, relevant les coins de ses lèvres.

Je resserrai ma prise sur Raelyn.

— Avec une giclée de sang pour le relever ?

— On dirait que tu lis dans mon esprit, Kylan. (Il jeta à Juliet un regard dont le sens était évident.) À propos de choses décadentes, où est ton familier préféré ?

— Ah, Mikael se sent un peu vidé en ce moment. (Je les conduisis au salon en ajoutant :) Il s'est un peu trop amusé avec Raelyn hier.

Jace gloussa et s'installa dans un fauteuil démesuré.

— J'imagine.

Il tendit une main que Juliet accepta et l'installa sur ses genoux. Darius s'assit près d'eux sur le canapé.

Une dynamique intrigante, qui semblait naturelle mais dont je vis qu'elle était intentionnelle.

Voire protectrice.

Parce qu'ils craignaient que je puisse demander à la mordre ? Ou autre chose ?

— Raelyn, peux-tu demander à Zelda de nous apporter du vin ? Dis-lui qu'un rouge français sera parfait ; elle comprendra.

J'avais une cave de mes vins préférés qu'elle gardait bien garnie.

— Bien sûr, mon Prince.

Elle exécuta une magnifique révérence et s'éloigna avec une assurance admirable. Sa robe révélait ses courbes sans les rendre visibles comme celle de Juliet.

— Je suis content que tu ne l'aies pas tuée, remarqua Jace, ses yeux bleu argenté posés sur les fesses de Raelyn. Ce serait dommage de gâcher un si beau talent.

J'appréciai le sarcasme et la référence à mon ancien harem.

— Oui, elle est plutôt désobéissante. Très différente de mes consorts précédentes.

Il fit un petit sourire, sans rien laisser paraître.

— Alors j'espère que tu vas la garder un moment.

Je retroussai les lèvres.

— Tu veux dire, à l'inverse de ce qu'on a fait à mon défunt harem ?

— Oui, certains pourraient considérer cela comme un mauvais usage des ressources. (Jace rabattit les cheveux de Juliet sur une épaule et lui embrassa le cou. Son pouls restait admirablement stable, sa familiarité avec Jace était évidente.) Je préfère réaffecter mes familiers quand je m'en lasse, ajouta-t-il, concentré sur Juliet. Mais chacun son truc.

Très bien joué, comme toujours.

Il ne me reprochait pas mon comportement mais avait tout de même réussi à donner son opinion… désapprobatrice. Était-ce un stratagème parce qu'il avait orchestré la tuerie lui-même ? Ou était-ce vraiment ce qu'il ressentait ?

Évident, avait dit Raelyn. *Très bien, petit agneau. Voyons si tu as raison.*

Je m'assis sur le canapé du côté opposé à Darius et posai ma cheville sur mon genou.

— Félicitations pour ta nouvelle situation.

— Merci, répondit-il. (L'assurance de son grand âge émanait de lui.) C'est un changement fascinant.

— J'imagine.

Je l'étudiai avec attention. Darius était assez vieux pour être un royal, il avait aussi la lignée en lui. Et son créateur, Cam, avait été l'un des meilleurs joueurs d'échecs que j'aie jamais connus. Ce qui faisait de Darius un concurrent féroce, même sans Jace à ses côtés.

— Alors qu'est-ce qui a éveillé ton intérêt à rejoindre la scène politique après tout ce temps ? M'enquis-je, sincèrement curieux.

Raelyn et Zelda revinrent avec le vin, mais Darius ne me quitta pas des yeux.

— Principalement, je ne vois pas quelqu'un de mieux qualifié que moi pour diriger la région de Jace. Ensuite, je suis fatigué d'être gouverné par des vampires qui ont la moitié de mon âge.

Une déclaration honnête, que je pouvais respecter.

J'acceptai le verre que Raelyn me tendait et la tirai sur mes genoux, laissant Zelda servir le vin aux autres. Quand elle eut terminé, elle sortit sans un mot, concentrée sur le dîner.

— Mais pourquoi maintenant ? Demandai-je à Darius. À cause du décès prématuré d'Adrian Loughton ?

Mis en pièce par une meute de lycans errants, si mes sources étaient correctes. Mais je soupçonnais les lycans d'avoir été engagés. C'est comme ça que je l'aurais joué, en tout cas.

— Son trépas m'a offert une nouvelle opportunité.

Il claqua des doigts et Juliet leva son poignet. Pas de tremblement. Aucune crainte. Simplement un doux parfum d'excitation.

Eh bien, *voilà* qui était fascinant.

Elle l'aimait bien.

Le sourire esquissé du coin des lèvres le prouvait.

Une *Erosita* pouvait communiquer télépathiquement avec son maître. Étaient-ils en train de se parler en ce moment ? Darius embrassa son poignet avant de planter ses crocs dans sa chair délicate. Elle ne tressaillit pas, même quand il pressa la plaie pour faire tomber des gouttes de son essence addictive dans son verre. Jace secoua la tête en un refus poli, quoiqu'étrange.

Quel genre de vampire refusait l'offrande d'une vierge de sang ? Surtout après l'avoir suggérée dans le vestibule ?

Un vampire qui avait une carte secrète dans sa manche.

Je ne suivis pas le mouvement avec Raelyn, ayant profité de ma dose juste avant.

Darius referma la blessure de Juliet qui retroussa de nouveau les lèvres, son excitation piquante.

Oh, ils communiquaient, c'était clair.

Je croisai le regard pénétrant de Jace, remarquai l'instinct protecteur qui rôdait dans ses profondeurs argentées. Pour Darius, Juliet, ou les deux ?

— Je me demandais… dis-je lentement, pesant mes mots. Jusqu'où vont t'emmener tes nouvelles aspirations politiques, Darius ?

Il se détendit sur le canapé, laissant Juliet sur les genoux de Jace, où elle se relaxa bien plus qu'une humaine le devrait. Même les épaules de Raelyn étaient tendues, et son pouls battait d'une manière séduisante à mes oreilles.

— Je suis plutôt satisfait de mon nouveau titre, répliqua-t-il d'un ton égal.

— Bien sûr. (Je fis glisser ma main le long du bras de Raelyn pour tenter de lisser la chair de poule qui hérissait sa peau crémeuse.) Mais dans l'avenir ? Tu es d'une lignée royale – celle de Cam – et tu pourrais te qualifier pour une région bien à toi s'il s'en libérait une. Tu l'as sûrement envisagé ?

Il gloussa, échangeant un regard avec Jace.

— Non. Je n'ai jamais eu, et n'aurai jamais, le désir de posséder mon propre territoire.

Vrai ou faux.

Je sirotai mon vin tout en continuant à caresser Raelyn

de l'autre main, son corps se fondant lentement contre le mien. Elle devait s'attendre à ce que je la saigne dans mon verre. Pauvre petit agneau, toujours à imaginer des choses. J'embrassai doucement son épaule.

— Veux-tu une gorgée, petit agneau ? demandai-je, levant le verre devant elle.

— Non merci, mon Prince.

Son manquement aux convenances me fit sourire.

— De quelle couleur sont les yeux de Juliet ? demandai-je à voix haute, revenant à Jace et Darius. Je veux dire, ça ne vous ennuie pas qu'ils soient constamment baissés ?

— Tu préférerais qu'elle soit plus directe ? s'enquit Darius en levant un sourcil.

Je haussai les épaules.

— Je préférerais admirer son beau visage, ne pas le voir caché par un rideau de cheveux bruns. (Ma main se déplaça vers le cou de Raelyn et dans ses mèches rousses en désordre, relevant doucement sa tête.) Ma consort a de magnifiques yeux bleus qu'elle cache tout le temps. Ça ne vous plairait pas de les voir ?

Je dévisageai nos invités, attendant la réponse.

— Nous proposes-tu de l'examiner de plus près ? demanda Jace, son regard brûlant se promenant sur Raelyn de façon suggestive.

Une envie irrationnelle de gronder titilla ma gorge. *Jamais.*

— Pas ce soir, répondis-je d'un ton plus grave que je ne l'aurais voulu.

Mes instincts se rebellaient même contre l'éventualité de la partager.

C'est nouveau.

C'est le lien…

J'étudiai Darius, Juliet et Jace, une idée prenant forme

dans ma tête, la réponse à une question que je n'avais même pas envisagé de poser.

Mais je devais être sûr.

Je pris une longue gorgée, réfléchissant à mon prochain coup. Oui. Les règles. Je relâchai Raelyn pour promener mon pouce sur sa joue, appréciant la délicieuse rougeur qui naissait sur elle.

— Je me demandais juste pourquoi on force des femmes aussi belles à cacher leurs meilleurs atouts, murmurai-je, feignant ma curiosité par cette déclaration triviale.

— Les convenances, répliqua simplement Darius.

— Oui, acquiesçai-je. Du moins la version de Lilith.

J'attendis, et captai la surprise que j'attendais sur les traits de Jace. Darius réussit mieux à se contrôler, mais l'éclat dans ses pupilles confirma mes soupçons.

— Quoi ? Ne me dites pas que vous aussi préférez toutes ses règles ridicules ? (*Parce que je vois que ce n'est pas le cas.* Je soupirai et agitai la main comme pour effacer un commentaire désinvolte.) Bon, si vous préférez qu'elles se cachent, elles peuvent se cacher. Mais je suis curieux d'une chose.

Jace afficha une expression ennuyée. Son rôle dans ce jeu était presque parfait. Presque.

— À quel propos ?

Je finis mon verre et le mis de côté, prenant mon temps et profitant du moment. Les réponses de Darius étaient trop parfaites, et le langage corporel de Jace trop étudié.

La façade idéale.

Et si quelqu'un pouvait percer une telle mascarade, c'était bien moi.

J'avais soupçonné pendant des mois que Jace préparait quelque chose et j'avais supposé qu'il s'agissait de complots pour obtenir mon territoire. Mais le commentaire de

Raelyn tout à l'heure me forçait à voir au-delà de la rivalité que j'avais tranquillement appréciée avec Jace pendant des millénaires.

Oh, il détenait bien un secret, mais il n'avait rien à voir avec moi et tout avec la femelle sur ses genoux.

Elle était trop calme.

Car le toucher de Jace demeurait plutôt neutre. Elle portait une robe pratiquement inexistante, et sa main restait posée sur le haut de sa cuisse.

Il ne l'embrassait pas.

Il avait refusé son sang.

Et Darius semblait tout à fait à l'aise de voir son *Erosita*, sa compagne, sur les genoux d'un autre homme.

J'étais à peine engagé dans la cérémonie avec Raelyn et je ressentais déjà les émois de la possession, d'où ma cruauté avec Mikael la nuit dernière. La seule pensée de la partager maintenant avec l'un de ces hommes me faisait bouillir le sang.

Non.

Darius n'approuverait en aucune façon que Juliet soit manipulée par un autre mâle, même son royal et supérieur, à moins qu'ils n'aient un arrangement.

J'entourai Raelyn de mes bras, la serrant contre moi, mais la retenant aussi au cas où j'aurais besoin de l'évacuer rapidement.

— Vous devez vous demander pourquoi je vous ai invités tous deux ici ce soir, dis-je.

— Tu n'es pas du genre à déblatérer des platitudes politiques, convint Jace, plissant ses yeux rusés. Donc oui, je me le demande. Va-t-on enfin en venir au fait ?

Ah, c'était là le royal qui me faisait bien trop penser à moi, mon rival pour de bonnes raisons.

— J'ai pensé que tu aurais pu être responsable du

massacre de mon harem, mais je vois à présent que ce n'est pas le cas du tout.

Son regard s'écarquilla un peu, le seul signe montrant qu'il était choqué. Cependant, Darius était devenu étrangement immobile, ses yeux verts concentrés avec les sens prédateurs d'un mâle détectant une menace, non pas pour lui-même, mais pour sa femelle.

Je souris.

— Oui, c'est ce que je pensais, repris-je. Mais ce n'est absolument pas le cas, n'est-ce pas ?

— Si je voulais ton territoire, Kylan, je ne te piègerais pas pour qu'on te croie aliéné, dit Jace sans ambages. Je suppose que c'est ce que tu soupçonnais de ma part.

Oui, mon rival, en effet. Et aussi un allié potentiel.

— Tout juste, jusqu'à il y a une heure environ, quand Raelyn a mentionné que c'était trop évident.

J'embrassai sa tempe, fier de son intuition.

Les sourcils sombres de Jace se levèrent d'un coup.

— Tu prends conseil auprès de ta consort ?

— Ça te surprend ? (J'inclinai la tête, réfrénant un sourire.) C'est étonnant, considérant que tu joues le même genre de jeu avec Darius. Je veux dire, en fait, tu fais seulement semblant de profiter de son *Erosita*, pas vrai ?

KYLAN

Silence.

La tension s'épaissit dans la pièce et le souffle de Juliet finit par vaciller.

Oui. J'avais bien déchiffré la situation avec précision.

— Tu veux que personne ne sache parce qu'avoir une compagne est perçu comme un signe de faiblesse, et tu refuses de partager.

Darius ne confirma ni n'infirma, il attendit simplement.

— Prouve-moi que j'ai tort, l'encourageai-je. Offre-nous un spectacle avec Juliet, Jace. (J'indiquai la table.) Ce n'est pas comme si je ne t'avais jamais vu sauter une femme.

Nous avions partagé quantité de femelles jadis.

Jace serra les dents.

— Qu'est-ce que tu veux au juste, Kylan ?

— Oh, j'ai déjà atteint mon objectif de ce soir avec la confirmation que ce n'est pas toi qui m'as fait accuser de démence immortelle. C'est juste pour le fun.

— Alors tu n'as pas tué ton harem. (Il fit descendre Juliet de ses genoux et la rendit à Darius, qui la reçut dans ses bras avec joie.) Mais quelqu'un a réussi à percer tes défenses et à monter un coup contre toi.

— En effet.

— Ce qui explique pourquoi tu organises une fête dans quinze jours. Tu as l'intention d'amener le coupable à se dévoiler en te servant de ta nouvelle consort comme appât. Ça va être un grand spectacle, après tout. (Il posa de côté son vin à peine touché.) Malin.

— Oui, bon, tu es, ou tu étais, tout en haut de ma liste de suspects.

— Je me sens à la fois flatté et insulté.

Oui, j'aurais ressenti la même chose si les rôles avaient été inversés.

— Est-ce que ça pourrait être Brandt ou Luka ?

Jace grogna.

— Non. Luka n'a aucune envie d'être près de l'eau, et Brandt est agressif mais pas stratégique. S'il voulait tes terres, tu le saurais.

C'était également mon évaluation.

— D'autres suggestions ?

— Comme ça, de but en blanc ? (Jace se frotta la nuque et leva les yeux au plafond.) La haine de Naomi à ton égard n'est pas un secret, et elle possède les ressources pour réussir un tel coup.

— Oui, je suppose qu'elle serait plutôt contente de ma destitution. (Mais elle n'en tirerait aucun autre bénéfice. Mes terres étaient situées très loin de sa région, anciennement connue sous le nom d'Afrique du Sud.) Si je considère tous ceux qui entretiennent des vendettas personnelles, presque tout le monde pourrait être suspect.

Jace esquissa un sourire en coin.

— Tu as une vraie tendance à énerver les lycans.

— Les vampires aussi, fis-je remarquer. Mais ça va au-delà de la simple vengeance pour une quelconque mesquinerie. Qui que ce soit, il a envoyé quelqu'un dans ma maison pour massacrer mon bien. Ça demande un niveau de compétence et de planification que peu de gens possèdent.

— À moins que ce soit quelqu'un qui s'ennuyait et avait envie d'une distraction, avança Darius.

Il promenait ses doigts dans les cheveux de Juliet, détendue contre lui, la tête sur ses épaules et ses yeux noirs fixant Raelyn. Il semblait bien que les convenances avaient été balayées, finalement.

Je fis glisser Raelyn à mon côté pour qu'elle soit plus à l'aise et entourai ses épaules de mon bras.

— Ce qui soulève la question : qui serait à la fois assez fou et courageux pour me défier ?

— Un autre royal, suggéra Darius. Quelqu'un qui veut te faire tomber du haut de l'échelle.

— Ça placerait Jace au sommet. (J'arquai un sourcil.) Et on vient de déterminer que ce n'est pas toi.

— Ce qui implique que je pourrais être la prochaine cible, déduisit-il. Hazel pourrait être la suivante sur la liste, mais ce n'est pas elle.

— Non, sûrement pas, opinai-je.

Ce n'était pas son style. Quand Hazel voulait quelque chose, elle était franche et directe. Pas du tout du genre à jouer à ce genre de jeu.

— Ce qui nous ramène à la diversion potentielle, murmura Darius.

Je n'avais pas envisagé les choses sous cet angle.

— Une idée ?

— Robyn, gloussa Jace. Cette pétasse veut toujours jouer.

Je ris.

— Elle se garderait bien d'essayer de me baiser.

Jace haussa les épaules.

— C'est vrai. Mais je ne veux exclure personne.

— Sauf toi, répliquai-je sèchement.

— Si je voulais ton territoire, Kylan, je n'essaierais pas de te discréditer ; je te tuerais. (Une franche déclaration, pas une menace.) J'éviterais de te laisser en vie après m'être livré à ce genre de jeu.

Car il savait que j'irais le trouver et lui rendrais la pareille au centuple.

— *Touché.*[1] (Je ressentais la même chose à son égard.) Bon, comment voulez-vous qu'on avance ? J'ai exprimé une faiblesse en admettant que je n'ai pas tué mon harem, et tu caches clairement une faiblesse de ton côté.

Je regardai Juliet avec insistance.

Jace réfléchit, ses yeux argentés brillant d'intelligence.

— On a passé un millier d'années, ou peu s'en faut, à œuvrer l'un contre l'autre alors qu'on avait l'habitude de travailler plutôt bien ensemble.

C'était la vérité. Notre rivalité avait commencé par un conflit d'intérêts concernant nos biens. Nous avions toujours joui d'un luxe similaire, et c'était devenu presque un jeu d'échecs à qui pourrait gagner le plus et le plus vite. Rien de tout cela n'avait vraiment d'importance maintenant, pas dans ce nouveau monde.

— Ça te manque ? LEs choses telles qu'elles étaient avant ? (Je passai mon pouce de haut en bas sur l'épaule de Raelyn, réfléchissant à mes propres questions.) Parce que moi, ça me manque. Le défi et l'absence de responsabilité pour quelqu'un d'autre que moi me manquent.

Régner sur un territoire de vampires était plus une nécessité qu'un choix. Cela exigeait justice et ordre. C'était le seul moyen de contrôler la population, de maintenir un approvisionnement correct en sang, et d'assurer la survie de la race humaine.

— Cam a toujours pensé qu'on pouvait coexister différemment avec les humains, avança Darius.

— Oui, Lilith n'était clairement pas d'accord. (Vu qu'elle avait intenté à l'aîné de notre espèce un procès public qui s'était conclu par sa condamnation à mort, sauf que je ne l'avais jamais vue l'exécuter.) Pensez-vous que Cam soit vivant quelque part ?

C'était considéré comme une trahison de spéculer ou de discuter du passé, mais Lilith et son armée de fanatiques ne me faisaient pas peur.

Les pupilles de Jace se dilatèrent.

— Qu'est-ce qui te fait soupçonner ça ?

— C'est une question que je me suis posée, et je me suis dit que vous pourriez le savoir. Si quelqu'un avait été convié à son exécution, ç'aurait été ses seuls parents vivants, non ?

Darius comme son seul descendant et Jace comme son cousin.

— Tu penses qu'il pourrait être en vie ? s'étonna Darius.

— Tu l'as vu mourir ? rétorquai-je.

Il garda le silence plusieurs secondes avant de répondre :

— Non.

— Tu vois. (Je tendis la main, mettant mon argument en avant.) Alors où est-il et qui le détient ?

— Je croyais qu'on était là pour discuter de la question de ton coup monté, dit lentement Jace. Comment a-t-on dérivé sur Cam ?

— C'est Darius qui l'a mis sur le tapis quand j'ai posé des questions sur l'ancien temps. (Je plissai les yeux.) Mais c'est intéressant de voir que tu veux éviter le sujet.

Le silence retomba et la tension remonta.

Ah, voilà donc un autre de ses secrets, qui a à voir avec Cam.

— Tu sais où il est ? demandai-je, fasciné.

Ses narines s'évasèrent, mais il resta silencieux.

— Donc tu ne sais pas, mais tu voudrais savoir. (Je passai de lui à Darius et je remarquai que Juliet évitait son regard. Même elle était dans la confidence.) Oh, je suis fasciné à présent. Tu m'avais caché ça, Jace.

— Nous ne sommes pas amis, Kylan. Nous ne sommes même pas alliés.

— Mais nous l'avons été, lui rappelai-je.

— Il y a bien longtemps.

D'un grand geste du bras, je nous désignai, ainsi que Juliet, Raelyn et les grandes baies vitrées qui donnaient sur Kylan City.

— C'est un nouveau monde, Jace, plein de nouveaux départs.

— Tu m'as invité cette nuit parce que tu pensais que j'essayais de te voler ton territoire, grogna-t-il.

— Et tu m'as démontré que ce n'est pas le cas et tu m'as plutôt fourni une mine d'informations intrigantes. (Je dévisageai de nouveau la vierge de sang avant de planter mon regard dans celui de Jace.) Si je peux déceler votre mascarade, combien d'autres le pourront ?

— Combien croiront que tu es devenu fou ? répliqua-t-il.

— Plusieurs, ricanai-je. Et je me réjouis de cette accusation. Je suis parfaitement capable de me défendre.

— Tout comme moi.

— Mais ensemble, nous serions redoutables, et personne ne s'attendrait à une alliance entre nous.

Jace marqua un temps d'arrêt, la mâchoire serrée. Il savait que j'avais raison. Notre rivalité notoire nous plaçait sur des bords opposés du terrain de jeu. Travailler ensemble serait la dernière chose à laquelle on s'attendrait, quelque chose qui pourrait m'aider à résoudre mon problème actuel et qu'il pourrait utiliser à son avantage dans n'importe quel plan qu'il avait en cours.

— Quelles sont tes conditions ? demanda-t-il lentement.

— Pour commencer, j'apprécierais ton assistance lors de mes obligations sociales dans deux semaines. Quelqu'un pourrait te dire ou tu pourrais entendre quelque chose, en supposant que tu ne me transmettrais jamais l'information. En retour, je peux t'aider à dissimuler, comment dirais-je, l'affection de Darius ?

Celui-ci haussa un sourcil.

— Et comment tu comptes faire ça ?

— De la même façon que Jace t'aide en ce moment. Vous allez demeurer dans ma ville les semaines précédant la fête. On laissera se répandre des suppositions sur la *manière* dont vous passez votre temps ici.

— Est-ce que ça n'impliquerait pas une sorte de partenariat ?

Je souris.

— Non, si on tourne les ragots de la bonne manière. (Judith excellait dans ce genre de choses.) Peut-être que j'aurais pris goût à ton *Erosita* et proposé un échange temporaire. Étant ton aîné, tu pourrais difficilement refuser.

— Et qu'est-ce qui se passera en réalité ? insista-t-il, resserrant sa prise autour de Juliet.

— Juliet et toi vous restez ici, et j'emmènerai Raelyn dans ma propriété au nord.

Ce qui me laisserait pas mal de temps pour arranger ce lien accidentel que j'avais créé, tout en offrant à Darius et Juliet un moment de solitude déguisé en quelque chose de bien plus sombre. Une pierre deux coups.

— Tout le monde croira que nous avons convenu un arrangement, que tu pourrais dénigrer à loisir pendant les festivités.

— Le rôle de l'invité mécontent, traduisit Jace. Partager, c'est bien, mais la moindre des choses que Kylan aurait pu faire, c'est respecter le bien de Darius. Certaines marques seraient un peu trop profondes, presque comme s'il avait perdu la tête dans ces moments-là.

— Signe d'une démence immortelle, ajouta Darius. Et vu comment il a massacré son harem, j'avouerai que je suis inquiet.

— Tout à fait. (Jace reprit son verre de vin et son regard croisa le mien.) C'est clair qu'il perd les pédales.

Je gloussai en secouant la tête.

— Tu es presque aussi vieux que moi.

— Oui, mais je porte mon âge bien mieux que toi.

Je ricanai.

— La clé est d'être réaliste, pas de partir sur des dérives fantaisistes.

— On va gérer ça très bien, murmura-t-il en faisant tourner le contenu de son verre. Est-ce que je dois rester ici aussi ? Parce que ce serait moins crédible.

— Tu avais des affaires à régler et tu m'as laissé là pour garder un œil sur Kylan, inquiet que son récent comportement puisse avoir un impact sur les frontières de ton territoire. J'ai accepté et utilisé Juliet comme monnaie d'échange pour obtenir une invitation. (Darius embrassa son cou, lui faisant esquisser un sourire.) La fête est la première fois que nous avons eu l'occasion de nous rencontrer, d'où notre conversation sur les singeries de Kylan.

— Brillant, répliqua Jace. Je savais bien que je t'avais promu pour une bonne raison.

— Plus d'une, sourit Darius.

Leur franche camaraderie révélait une véritable amitié, dont je connaissais l'existence mais que je n'avais pas vue depuis plus d'un siècle. Toutes les formalités sociales sur lesquelles Lilith insistait avaient supprimé tout semblant d'humanité, même entre nous. Tout était question de loi et d'ordre, de diriger une région sans heurts, de suivre les protocoles et de respecter les anciens de l'espèce.

Être au sommet m'avait offert des opportunités réservées à un cercle restreint. C'était ce qu'Angelica avait raconté à Raelyn : être un vampire n'était pas aussi glamour que ce que l'on faisait croire aux humains. Les plus jeunes immortels commençaient avec rien, sauf si leur royal ou leur alpha en décidait autrement.

— Nous ferons ça pour toi, déclara Jace, me ramenant à la conversation en cours. Si tout se déroule selon le plan, nous pourrions discuter de l'idée d'une alliance plus en profondeur.

Un test.

Il voulait voir comment tout cela finirait avant de décider de me faire confiance.

— C'est honnête.

Car moi aussi je voulais voir comment Darius et lui allaient se comporter. Ils n'étaient pas coupables, je n'en doutais pas, mais ce soir nous avions partagé des secrets superficiels dont nous pourrions facilement nous servir l'un contre l'autre.

— Donc nous avons un accord.

Il se leva. Je fis de même et tendis la main.

— En effet.

Zelda entra tête basse tandis que nous scellions d'une poignée de main ce partenariat provisoire.

— Le dîner est prêt, mon Prince, m'informa-t-elle

Elle fit une nouvelle révérence et sortit aussi vite qu'elle était apparue.

— Le dîner, répétai-je. On y va, alors ?

— Une dernière réflexion d'abord, murmura Jace en lâchant ma main. J'imagine que tu y as déjà pensé, mais comme l'attaque a eu lieu dans ton domaine, tu devrais peut-être chercher des complices au sein de ton personnel.

LE VAMPIRE ROYAL

— Tu as raison. J'ai déjà enquêté sur eux tous. (Je faisais implicitement confiance à mon équipe et la rendais heureuse afin de m'assurer de sa loyauté.) Cela dit, j'ai toujours un œil et une oreille qui traînent.

— Je n'en attendais pas moins de ta part, vu que je ferais de même. (Il hocha la tête.) Bon, je suis affamé et je crois que Juliet aussi, n'est-ce pas chérie ? (Il lui sourit, des étincelles dans les yeux.) Tu peux parler librement.

—J'ai faim, oui, admit-elle à mi-voix.

Darius gloussa et frotta affectueusement son nez dans son cou.

— Elle découvre les joies de la vraie nourriture.

Je jetai un œil à une Raelyn stupéfaite, et lui pris la main.

— Raelyn désire encore des épinards et des brocolis avec ses œufs pour le petit-déjeuner du soir. Viens, petit agneau. Peut-être que Juliet peut te montrer comment apprécier correctement un repas.

Raelyn me rejoignit en fronçant le nez. Je soulevai son menton du bout de l'index.

— Tu peux arrêter de te cacher maintenant. Jace et Darius ne mordent pas. (Pas Raelyn, en tout cas.) Viens jouer avec nous. Tu me manques.

Ses yeux bleu glacier glissèrent sur moi.

—J'étais assise à côté de toi pendant la dernière demi-heure.

Mes lèvres se retroussèrent.

— En tant que mon esclave obéissante, en effet, et je suis plutôt fier de toi pour ça. Mais je veux ma princesse rebelle.

— Un autre jeu de l'esprit ?

— Juste la vérité. (Je lui tapotai doucement la tête.) Tu sais ce que je veux.

— Ça n'arrivera jamais.

247

— Ça a déjà commencé. (J'embrassai son nez.) Et nous avons maintenant une semaine à la maison pour approfondir mon emprise.

Les préparatifs de la fête allaient bon train et ne nécessitaient pas mon intervention. Tous les vampires intéressés par l'ancien poste de Tremayne avaient soumis leur candidature, et ma rencontre avec Jace était terminée.

— Je suis impatient de passer du temps avec toi, Raelyn.

Et arranger ce lien entre nous. C'était plus important que de garder sa virginité intacte. Je ne pouvais me permettre d'avoir un lien émotionnel. Pas maintenant, ni jamais.

Elle me jeta un regard noir.

— Une semaine ne va rien y changer.

— Au contraire, chérie, une semaine seuls ensemble va tout changer.

---

1. En français dans le texte. *(NdT)*

RAE

Le dîner ne se déroula pas comme je m'y attendais. Il tourna autour de souvenirs échangés entre les vampires, remplis de rires et de références que je ne comprenais pas. Juliet avait l'air aussi perdue que moi, ses yeux noirs croisant les miens plusieurs fois, sourcils arqués, par-dessus les plats.

J'aurais souhaité pouvoir lui parler, lui poser des questions sur sa relation unique avec Darius, mais Kylan s'était montré impatient de partir sitôt le dîner terminé.

Il emprunta les tunnels pour éviter les sécurités de la ville installées sur son périmètre. Judith suivait avec Mikael et une partie du personnel, bien que de toute évidence, changer d'endroit ne lui plaisait pas, vu le regard qu'elle avait lancé à Kylan avant que l'on parte. Si cela le déconcerta, il ne le montra pas.

Le paysage enneigé enveloppait le monde en dehors de la ville, et mon cœur s'emballa devant les vues pittoresques qui avaient été masquées par les bâtiments, les rues fraîchement déblayées ne laissant guère de traces de ce magnifique mélange hivernal.

Kylan serra ma cuisse, son contact était chaud à travers la fine soie de ma robe.

— Tu aimerais explorer encore, pas vrai ?

— C'est juste magnifique, murmurai-je, émerveillée par le clair de lune illuminant les arbres poudrés de neige.

— Tu préfères ça à la ville.

Pas une question, une constatation. Pourtant je me sentis obligée de répondre :

— Oui.

— Moi aussi.

Il conduisit en silence pendant quelques minutes, le ronronnement du moteur étant le seul son dans la nuit silencieuse.

— Il nous reste plein de temps avant l'aube. Que dirais-tu d'une petite randonnée quand nous serons rentrés ?

Je cillai.

— Avec toi ?

La question m'échappa avant que je puisse la retenir, ma surprise manifeste à la façon dont je couinai le dernier mot.

— Oui, avec moi, Raelyn, gloussa-t-il.

Une randonnée. Avec Kylan. Je n'en avais jamais fait jusqu'ici, et encore moins dans la neige. Je jetai un œil à ma robe et fis la moue.

— Je pourrai me changer d'abord ?

Son gloussement tourna au rire et il secoua la tête.

— Tu es adorable.

— Ce n'est pas une réponse.

— Tu as raison, ce n'en est pas une. Bien que j'aimerais beaucoup te voir essayer, tu ne peux pas randonner en talons hauts, petit agneau. D'après ce que j'ai vu, tu arrivais à peine à marcher dans la neige en bottes.

Je fronçai les sourcils.

— J'y suis parvenue.

— Oui, en effet. (Sa main disparut de ma jambe quand il tourna pour quitter la route principale.) Nous nous aventurerons dans les bois, où la neige est moins épaisse. Les arbres protègent plus ou moins le sol.

Son domaine fut en vue, encadré par les montagnes derrière, me coupant le souffle. Je préférais carrément ça à la ville.

La grille extérieure s'ouvrit quand nous approchâmes, nous permettant d'entrer. Kylan manœuvra le long de l'allée avec une aisance chevronnée, et s'arrêta devant le manoir où deux de ses serviteurs vinrent ouvrir nos portières. Il les remercia par leurs noms, et tendit les clés au plus grand.

La plupart des membres du personnel de Kylan étaient des humains d'âges variés, ce que j'avais remarqué de plus en plus au long de la semaine. Judith était l'une des rares de son équipe à avoir une origine vampire.

Elle se gara derrière lui et sortit de voiture sans assistance. Sur le siège passager, Angelica était blême. Le trajet n'avait pas dû être de tout repos.

— Raelyn et moi allons randonner, l'informa Kylan en me prenant la main. Installe-toi et profite de ta soirée, Judith.

— Pensez-vous que c'est raisonnable, Votre Altesse ? demanda-t-elle, scrutant ostensiblement les alentours.

Ses lèvres se contractèrent.

— Je suis parfaitement capable de me débrouiller et de protéger Raelyn, à moins que tu n'aies voulu suggérer le contraire ?

Elle se figea, dents serrées.

— Bien sûr que non, mon Prince.

Alors qu'est-ce que tu as voulu insinuer, Judith ?

Il caressa mon pouls de son pouce, l'air attentif.

— Qu'il peut y avoir du danger, avoua-t-elle. Mais je sais que vous pouvez vous débrouiller.

— Oui, en effet. (Il se retourna et m'entraîna avec lui.) Bonne nuit, Judith.

Sa réponse, si elle répondit, se perdit dans le vent de

l'hiver tandis que Kylan me conduisait dans le vestibule, devant d'autres serviteurs, en direction du grand escalier.

— Très bien, petit agneau. C'est le moment de t'emmitoufler pour affronter l'hiver.

JE NE SENTAIS RIEN.

Pas le sol sous mes pieds.

Pas le vent jouant dans mes mèches rousses.

Pas la neige dans ma main gantée.

Et je détestais ça.

Je jetai un regard noir à Kylan vêtu seulement d'un jean et d'un pull, ses cheveux bruns magnifiques dans le vent.

— C'est ridicule, marmonnai-je derrière l'écharpe qu'il avait enroulée autour de mon cou.

Ses yeux sombres scintillaient de gaité quand il les baissa sur moi.

— Je te trouve adorable.

Je tapotai la doudoune avec mes gants trop grands en grognant. Ou j'essayai, en tout cas. On m'entendait à peine à travers l'épaisse couche de laine qui emmaillotait ma tête.

Il me prit la main et m'entraîna en avant en gloussant.

— C'était ça ou risquer les engelures.

— Je vais plutôt mourir fondue là-dedans, grommelai-je.

Au moins mes jambes restaient mobiles, vêtues d'un jean et de bottes.

— Je te déshabillerai avant que ça n'arrive, promit-il sur un ton légèrement assombri. Viens, petit agneau. C'est le moment d'explorer.

— Oui, maître, rétorquai-je pince-sans-rire, provoquant son hilarité.

J'avais appris cette petite pique de Mikael, après avoir vu un film montrant une femelle sarcastique. Elle était mon genre d'humaine.

— Putain, je t'adore. (Il me tira à lui et embrassa mon nez couvert de l'écharpe.) Maintenant, essaie de me suivre.

Il nous mena vers un chemin forestier proche, entouré d'arbres. La neige était plus éparse et superficielle sous le couvert. Je suivis, ma parka s'accrochant aux branches et notre sentier s'assombrissant à chaque pas.

La distance entre nous augmentait à mesure que nous avancions, ses longues enjambées bien plus efficaces que les miennes, courtes et prudentes. Un autre arbre m'attrapa le bras et me retint brusquement. Je m'écartai, essayai de me décrocher, mais me retrouvai encore plus emmêlée.

— Habille-toi chaudement, grommelai-je, me répétant les paroles de Kylan tout à l'heure. Ça te protègera des éléments.

La nature n'avait pas l'air d'accord.

J'arrachai mon bras aux aiguilles accrocheuses avec tant de force que mes pieds glissèrent, et je culbutai par terre.

— Ça protège en effet, râlai-je, ma tête et mon dos douloureux à cause du choc.

Kylan apparut au-dessus de moi, ses traits obscurs dans la nuit.

— Pas très gracieux, Raelyn.

Je le fusillai du regard, incapable de répondre. Car qu'aurais-je pu dire ? Il avait raison. L'arbre avait gagné.

Il me tendit la main. Il me fallut un moment pour me focaliser assez pour la saisir, l'esprit embrumé par la chute. Je réussis finalement à accepter son aide, attrapant ses biceps de mes mains gantées pour m'équilibrer.

— S'il te plaît, je peux enlever ça ? demandai-je, irritée de ma maladresse forcée.

Il donna une pichenette à ma fermeture éclair avec un sourire en coin.

— Pas l'habitude de porter autant de vêtements, mmh ?

— Je n'arrête pas de m'accrocher aux branches.

— C'est ça ton excuse ? (Il abaissa lentement le fermoir métallique, exposant mon pull en dessous.) Parce que je crois que tu as juste envie que je te déshabille. (Il atteignit le bas de mon abdomen et la doudoune s'ouvrit.) Je crois que tu préfères être nue en ma présence.

Un frisson courut dans mon dos, non pas à cause du froid mais à cause de ses paroles.

— C'est juste le manteau, chuchotai-je.

— Hon-hon.

Il repoussa le tissu bouffant de mes épaules et fit tomber la parka à terre derrière moi. L'air froid s'insinua à travers mon pull en laine et nargua ma peau chaude dessous.

Je soupirai de soulagement, posant mon front sur son épaule.

— C'est bien mieux.

J'avais suffoqué là-dedans, mon buste protestant à cause des couches et du poids supplémentaires. Mes bras étaient plus libres, plus légers.

— Je suis prête.

— Oh, je vois, mais pas encore. (Il tira sur mon écharpe en s'éloignant, ce qui me força à le suivre.) Plus d'excuses, petit agneau.

Il tira de nouveau sur la bande de laine, et j'ouvris des yeux ronds.

Il avait fait de mon écharpe une laisse.

Une foutue laisse.

Comme un chien.

Et maintenant il me baladait en forêt comme si j'étais son animal de compagnie.

Je tentai de dénouer l'écharpe, mais un autre coup sec me propulsa en avant.

— Kylan, grognai-je.

— Oui, mon toutou ?

— Ce n'est pas drôle.

— Au contraire, ça m'amuse beaucoup. (Une autre secousse.) Accélère le rythme, agneau chéri.

Il sauta par-dessus un tronc couché sur lequel je faillis trébucher, mais par miracle, je réussis à l'imiter.

Il marcha plus lentement, mais pas tant que ça, ses longues jambes étant bien plus habituées à cette activité que les miennes. J'essayais en vain de desserrer l'écharpe étouffante de mon cou, mais chaque mouvement semblait resserrer le nœud.

Pourquoi je l'avais laissé m'habiller ?

J'ignorai le paysage, que je ne distinguais pas dans le noir de toute façon, et me concentrai pour ne pas tomber et tâcher de le suivre.

Mon regard capta une lueur à quelques mètres devant nous, un éblouissement éphémère qui m'aveugla et me fit heurter son dos. Il gloussa.

— Impatiente, hein ?

— De te tuer ? Oui.

Même si je ne pourrais jamais.

— Oh, mon amour, ce serait un jeu amusant en effet. Peut-être qu'on pourrait essayer l'escrime un de ces jours. Tes notes à ce sport étaient assez élevées.

Il se remit en marche, ne me laissant que deux options : le suivre ou m'étrangler.

Foutu vampire.

Il voyait dans le noir, ce qui lui permettait de bouger

LEXI C. FOSS

librement tandis que je devais scruter chacun de mes pas, ce qui était excessivement difficile au bout d'une laisse. Mais il ne paraissait pas s'en soucier.

Je lui jetai un de mes gants car je n'avais rien d'autre sous la main. Ça le fit rire, ce qui lui valut un deuxième gant jeté à la tête.

— Tu vas le regretter plus tard, petit agneau.

Ouais, ouais. J'avais des poches. Ça irait.

La lumière grandit devant nous, remplaçant une partie de ma colère par de la curiosité. Elle paraissait plus brillante que dans la cour de son manoir, comme si la lune se reflétait sur une source plus vive.

Kylan franchit les derniers arbres et se retourna, me bouchant la vue de ce qu'il y avait au-delà. Je crus qu'il voulait me taquiner quand il posa un doigt sur mes lèvres, tout son corps tendu, en alerte.

Quoi ? me demandai-je. *Qu'est-ce que c'est ?*

Ne bouge pas, répondit-il dans ma tête, ce qui faillit me faire reculer.

Sa main saisit ma hanche et me retint, tandis que j'arquais haut mes sourcils. *Comment fais-tu pour être dans ma tête ?* Les vampires n'étaient pas télépathes. À moins que mes livres et professeurs aient omis ce détail.

C'est temporaire, émit-il. *Surtout ne bouge pas.*

Pourquoi ?

Chut. Il me relâcha lentement et se retourna, ses larges épaules masquant la scène devant lui.

— Tu me connais, lança-t-il d'une voix basse et grondante.

Je fronçai les sourcils. S'attendait-il à ce que je lui réponde ?

— Viens, ajouta-t-il, tendant le bras. Tu sais qui je suis.

Je plissai le front dans son dos, perplexe. *Qu'est-ce que…*

Chut.

Je faillis lui grogner dessus mais me figeai quand quelque chose *grogna* effectivement.

— Oh, ça va se passer comme ça ce soir ? (Kylan fit claquer sa langue.) Je pars quelques semaines et tu oublies ton alpha ?

La créature répondit par un grondement féroce qui hérissa mes bras de chair de poule. J'empoignai le pull de Kylan. Il ne tenait plus mon écharpe et m'avait libérée, mais à cet instant je voulais m'attacher à lui encore plus.

— Elle est inoffensive et avec moi, trancha-t-il. Arrête de grogner.

Il reçut un grommellement pour toute réponse.

Le silence s'abattit sur la forêt, à part un bruit d'eau courante qui submergeait mes oreilles. Que se passait-il ? Un lycan solitaire s'était-il frayé un chemin sur les terres de Kylan ? C'était ça la menace ? Le monstre à l'affût ?

Quelque chose poussa légèrement Kylan, dont la jambe heurta la mienne. Je baissai les yeux et vis une queue blanche enroulée autour de sa cuisse. Je plantai mes ongles dans la laine de son pull, mon cœur battant la chamade.

Le loup grommela de nouveau, ce qui fit glousser Kylan.

— Ouais, sa peur est enivrante, je suis bien d'accord.

Il s'accroupit, me laissant maladroitement cramponnée à son pull ; je faillis tomber sur lui. De brillants yeux jaunes croisèrent les miens, et je trébuchai en arrière contre un arbre. Le loup frotta son museau blanc géant contre la figure de Kylan et lui lécha la joue.

— Un lycan, haletai-je.

Kylan ricana.

— Non, c'est un vrai loup. L'alpha de sa meute.

Il indiqua du menton la scène devant nous : un lac gelé qui s'étendait dans le lointain, cerné par les montagnes. Au bord de l'eau se trouvaient plusieurs loups, tous debout, alertes, les yeux braqués sur nous.

— On devrait p-partir.

— Ne dis pas de bêtises. (Il se releva, tapotant la tête de l'alpha.) Ce sont de vieux amis. Ils sont juste un peu fâchés que j'aie disparu pendant quelques semaines.

Il gratta l'oreille du loup, ce qui lui valut une autre léchouille sur la main avant que l'animal ne retourne en trottinant auprès de sa meute, nettement plus détendue. Il sourit en me voyant collée à l'arbre derrière moi.

— Ta peur a l'odeur d'un dîner pour eux et pour moi. Je te suggère de la baisser d'un cran.

— Ce sont des loups.

— Oui.

— Des vrais loups.

— Oui. (Il inclina la tête de côté.) Tu as peur d'eux et pas de moi ? Parce que je t'assure, c'est moi le plus grand prédateur ici. (Il s'avança et empoigna de nouveau mon écharpe.) Et j'ai bien l'intention de te manger, petit agneau.

— Tu as des loups domestiques, murmurai-je en déglutissant.

— Je ne les qualifierais pas de domestiques, répliqua-t-il en effleurant ma joue de ses jointures. Ce terme implique un certain degré d'obéissance et de soumission qu'ils n'ont pas du tout. Considère-les plutôt comme des amis qui comprennent mon côté animal.

Il s'avança plus près, ses hanches se collant aux miennes.

— C'est un de mes endroits favoris, Raelyn, murmura-t-il, sa bouche à deux centimètres à peine de la mienne. Je viens ici quand j'ai besoin d'être seul et de réfléchir.

Je plissai le front. Pourquoi m'amener ici s'il voulait être seul ?

— Mais tu n'es pas seul.

— En effet. (Il m'embrassa doucement mais resserra sa prise sur mon écharpe.) Je voulais le partager avec toi pour te remercier d'avoir été franche avec moi et m'avoir montré la nature évidente de mon accusation.

Je sursautai.

— Tu me remercies ?

Ses lèvres se retroussèrent.

— Oui, en partageant un endroit spécial avec toi. C'est magique par ici. Laisse-moi te montrer.

— Je…

Les mots me manquaient. Il me récompensait pour avoir montré l'évidence ? Non, d'avoir eu le courage de mettre le doigt dans un trou de son raisonnement. D'être rebelle. D'avoir une cervelle et de m'en servir. D'être *moi*.

Je clignai des yeux.

Il m'aime bien.

Tout à fait, émit-il en retour, les yeux luisants. *Viens jouer avec moi, petit agneau. Je vais te faire passer un bon moment.*

— Comment tu fais ça ?

L'amusement taquina ses traits.

— Ce n'était pas intentionnel, je te jure, et je vais réparer ça, mais profitons de ce moment tant qu'il dure. Tu veux bien ?

D'accord, à présent j'avais tout vu.

— Tu es en train de me supplier ?

— Je préfère le terme *insister*. Et d'ailleurs, c'est bien plus agréable que te forcer.

— Tu me possèdes.

— En effet, opinai-je.

— Donc tu n'as pas besoin de ma permission pour faire ce que tu veux avec moi.

Il pencha la tête.

— C'est vrai, mais peut-être que je le désire.

— Pourquoi ?

— Parce que t'avoir à ma merci de ton plein gré est bien plus sexy qu'exiger ton obéissance. (Il mordilla ma lèvre inférieure.) Pendant que tu es là, je vais te montrer la beauté de l'endroit, et peut-être que les loups te laisseront y revenir.

Je jetai un œil au tas de fourrures blanches près du rivage, tous paressant sans le moindre souci. Bien mieux que les grondements de tout à l'heure.

Kylan m'embrassa de nouveau, sa langue se glissant dans ma bouche pour me goûter, mais ce fut bien trop bref.

— Laisse-moi te récompenser, Raelyn, murmura-t-il. Je te promets que tu vas apprécier.

Mon sang s'échauffa aux perspectives sous-jacentes de ses paroles. Il avait l'intention de faire autre chose qu'une promenade touristique.

J'ai bien l'intention de te manger, petit agneau, avait-il dit.

Oh…

— Oui, articula-t-il, lisant toujours dans mes pensées. Je vais te dévorer jusqu'à ce que tu m'implores d'arrêter.

Et je continuerai quand même, ajouta-t-il, ses mots étant comme une caresse dans mes pensées.

Je frémis et serrai les cuisses.

L'avoir *à l'intérieur* de moi, l'entendre chuchoter en moi augmentait l'intimité, rehaussait les sensations.

Il désirait mon esprit.

Il avait gagné.

J'attendis que la tristesse s'abatte, qu'elle m'emporte sous le voile noir de la dépression, mais ce fut la curiosité qui me consuma. Si Kylan entrait dans mes pensées, alors peut-être que je possédais la capacité d'atteindre les siennes aussi. Je pourrais retourner la situation et le battre à son propre jeu.

— D'accord, acquiesçai-je.

Je désirais explorer tout ça davantage. Entrer dans les réflexions de Kylan, connaître ses véritables pensées et ses objectifs ? C'était une chance inestimable.

Je pourrais le comprendre, l'homme derrière le masque royal, au-delà de son penchant pour les jeux.

Je connaîtrais enfin le vrai Kylan.

RAE

— Bienvenue dans ma version du paradis.

Kylan m'amena au bord du lac scintillant, entouré d'arbres couverts de neige, avec les montagnes au loin.

J'avais le souffle coupé, ce paysage hivernal féérique était quelque chose que je n'aurais jamais cru découvrir.

— C'est magnifique, chuchotai-je, tournant sur moi-même pour embrasser tout le paysage.

Les reflets du clair de lune prêtaient à l'air une lueur hypnotique, tandis que les étoiles peignaient un ciel pittoresque. Je n'avais jamais rien vu de tel, pas même dans mes manuels scolaires.

Quelque chose donna une petite poussée sur ma cuisse. Je me figeai aussitôt, et baissai le regard sur une paire d'yeux jaunes qui m'observaient.

— Kylan, articulai-je. *Kylan !*

Son gloussement s'infiltra dans mes pensées.

— Eh bien, je ne te conseille pas de courir, ou tu vas exciter son instinct prédateur.

Kylan s'était installé sur un tronc couché au bord de l'eau. Ses yeux sombres étincelaient dans la nuit.

Un autre petit coup.

Qu'est-ce qu'il veut ?

— Donne-lui ta main, suggéra Kylan. Il sentira mon odeur sur toi et il déguerpira.

Je déglutis. *Ma main. Très bien.* Je l'abaissai lentement vers le museau plein de dents très aiguisées et attendis. Le loup la flaira et donna d'énergiques coups de truffe jusqu'à ce que ma main atterrisse sur sa tête.

Kylan émit un petit rire.

— Bon, maintenant il veut que tu lui fasses une bonne grattouille.

— Il-il veut que je le caresse ?

Je caressai lentement sa fourrure, surprise par sa douce texture. C'était… bon.

— Oh.

Du bout des ongles, je lui grattai la tête, puis la nuque, puis la tête de nouveau, et ainsi de suite. C'était impressionnant.

— Il est splendide.

— Ouais, mais fais gaffe que sa compagne ne t'entende pas dire ça. (Kylan m'indiqua une louve svelte qui posait sur moi un regard pénétrant.) Elle est possessive.

Le loup à mes côtés s'assit et s'appuya contre mes jambes, manquant me renverser dans la neige. Je fis un pas de côté pour m'équilibrer tout en le soutenant, ma main toujours sur sa tête.

— Ah, il t'aime bien, murmura Kylan d'un ton approbateur. Il te valide auprès des autres et te montre sa confiance.

— Il me connaît à peine.

— Comme la plupart des prédateurs, les loups se fient à leurs instincts. (Son regard devint plus intense.) Et parfois tu le sais, tout simplement.

— C'est comme ça que tu juges les gens ? Selon ton impression initiale ?

— Toujours. Mais j'évalue aussi en permanence.

Il me dévisagea lentement, minutieusement, ses iris se fondant en une ombre au fur et à mesure.

Je frissonnai ; j'avais l'impression d'être nue, malgré mes nombreux vêtements.

— Et qu'est-ce que tu vois quand tu m'évalues ? Demandai-je, ma voix mourant en un chuchotement rauque à la fin de ma phrase.

Mes doigts s'enroulaient dans la fourrure du loup.

— Mmmh. (Kylan se détendit, ses mains posées sur la bûche sous lui, ses jambes étendues et croisées aux chevilles.) Une âme guerrière que j'aspire à apprivoiser pour mon propre usage, un corps que je désire dans mon lit plus que je ne le devrais sans doute, et un esprit rempli d'une intelligence que je craignais d'être perdue chez la race humaine depuis des siècles.

— Tu vois tout ça ? m'étonnai-je, la gorge soudain serrée.

— Oui. (Il se pencha en avant.) Et bien que tu prétendes que tu n'as pas peur de moi, je sais qu'au fond de toi, tu crains ce que je pourrais te faire. Plus que ça, tu es terrifiée à l'idée que tu pourrais aimer ça. (Ses yeux se rivèrent aux miens.) Je te garantis que tu ne vas pas seulement aimer ça, Raelyn. Tu vas adorer.

Je déglutis, ma main immobile sur le loup.

— Tu es faite pour mon type de propriété, petit agneau. (Ces mots sombres glissèrent sur mes sens, chauffant mon sang.) Je vais te posséder, esprit, corps et âme.

Sa promesse fatale transperça mon être, me marquant comme sienne en dépit de mes protestations.

Je te posséderai aussi. Cette pensée surgit spontanément, issue d'un endroit secret au fond de moi. S'il me faisait sienne, il serait mien également.

Il sourit. *Tu peux toujours essayer, princesse.*

Je suivis sa raillerie jusqu'à la source, perçant sa psyché, une réaction toute naturelle, une défense contre ses taquineries. Et je découvris la vérité qui se cachait derrière le brouillard, la prise de conscience qu'il n'avait jamais initié un lien de cette nature avec quiconque avant moi.

À moi, soupira le prédateur devant moi. *Finissons-en.*

Que se passa-t-il alors ?

Je fis un pas vers lui, en désirant davantage.

La connexion.

Le lien.

Un clair aperçu de son esprit.

Il n'était pas bon pour moi, il voulait me détruire, mais il semblait que je pouvais lui rendre la pareille. Je sentis une note de panique en lui, un malaise que son expression et ses paroles ne montraient pas. Il ne voulait pas me laisser entrer, m'en faire voir davantage, mais une partie de lui l'exigeait.

Je le chevauchai sur le tronc, mon corps bougeait comme s'il était mû par une énergie que je ne pouvais maîtriser.

Plus.

Il pencha la tête, ses yeux sombres dégageant un mélange enivrant de désir et de confiance. Mais je sentis l'inquiétude au fond de lui à l'idée que nous puissions nous connecter complètement, me donnant ainsi une vue plus approfondie de son âme.

Et en retour, il aurait la mienne.

Un lien mutuel.

Une promesse.

Mes lèvres effleurèrent les siennes, mon désir d'en savoir plus l'emportant sur toute logique et toute pensée. Je voulais être en lui, le *connaître* au niveau le plus basique. C'était le moyen d'atteindre ce but.

J'enroulai mes bras autour de son cou, le tenant contre moi tandis que je l'embrassai pour de bon, ma langue écartant ses lèvres pour explorer la caverne de sa bouche. Il dirigeait toujours, imprimait notre rythme, mais là il me laissait faire, m'offrait ce moment d'apprentissage que je désirais tant.

Il demeurait totalement immobile, les muscles tendus.

Mes secondes étaient comptées avant qu'il ne reprenne le contrôle. Je ne voulais pas les gaspiller à réfléchir et me laissai aller à le ressentir, mémorisant chaque détail, me délectant de sa puissance et de sa masculinité, de la sensation de sa langue contre la mienne.

Kylan, soupirai-je dans son esprit. *Donne m'en plus.*

Je ne voulais pas jouer. Je le voulais *lui*. Lui tout entier.

Il émit un grognement bas et profond, ses doigts se nouèrent dans mes cheveux tandis qu'il saisissait mon écharpe de l'autre main et la tirait d'un coup sec. Mes ongles s'enfoncèrent dans ses biceps, en réaction au soudain serrement sur mon coup.

— Attention, petit agneau. (Le tissu se resserra encore plus, bloquant mes voies respiratoires. Il passa sa langue sur ma lèvre inférieure, ses yeux sombres fixant les miens.) C'est moi qui donne les ordres ici, pas l'inverse.

— Oui, mon Prince, articulai-je d'une voix étranglée, incapable de respirer.

Ses pupilles se dilatèrent.

— Mmmh, j'aime ça, Raelyn. Toi à ma merci, et obéissante. (Il m'embrassa doucement.) C'est excitant. (Un autre baiser.) Addictif. (Plus fort, cette fois.) Revigorant.

Il lâcha l'écharpe mais resserra sa prise dans mes cheveux, me forçant à rester contre lui pendant qu'il dévorait ma bouche. Je fondis sur lui, mon corps s'offrant à lui.

Je te veux, exhalai-je.

Je sais. Il tira de nouveau sur mon écharpe, me coupant la respiration.

— Est-ce que tu mouilles pour moi, Raelyn ?

Un gémissement resta coincé dans ma gorge, incapable

de sortir. Je hochai la tête, resserrai mes cuisses autour des siennes.

— Même dans les bois, entourée de loups, chuchota-t-il contre mes lèvres. Merde, tu es parfaite. (Il lâcha mon écharpe et posa la main sur ma hanche.) Et foutrement mienne.

Kylan s'empara de ma bouche, me volant mon souffle et me forçant à survivre à travers lui. J'agrippai ses bras, tins bon pendant qu'il me dévorait. Me liait. Me possédait. Me vénérait.

Il dénoua la laine de mon cou, son autre main glissa sous le pull le long de mon abdomen pour toucher ma poitrine nue. Je me cambrai contre lui, gémissant sur sa langue.

Encore, suppliai-je.

Il pinça mon téton rigide, un geste rude et typique de lui, et c'était exactement ce que je voulais.

Si demandeuse cette nuit.

Sa voix mentale caressa mes pensées, provoquant un tremblement au fond de moi. Je l'appréciais bien trop à cet instant. Une chose à revoir plus tard. Là maintenant, je n'avais conscience que de sa main, sa bouche, sa dure érection appuyant contre l'apex entre mes cuisses.

— Kylan…

Je tirai mon pull par-dessus ma tête. Je me sentais vive, effrontée, bien trop chaude malgré l'air froid.

— Putain, Raelyn, siffla-t-il.

Sa bouche alla sur mon cou, descendit plus bas. Il plaqua ses mains sur mes fesses et me força à m'agenouiller afin d'accéder plus facilement à mes seins.

J'adorais sentir sa bouche sur moi, sa langue parcourant ma peau, son souffle réchauffant tout mon être. Chaque caresse était un marquage, chaque éraflure de ses dents un rappel de sa possession, son droit, sa revendication.

Sa main glissa à l'avant de mon jean, son pouce habile déboucla la ceinture avec dextérité. Je plantai mes doigts dans ses cheveux, me cramponnai, j'en désirais plus, j'avais très envie qu'il me morde.

Il effleura ma pointe de ses incisives, titillant, musant, faisant cascader la chair de poule sur ma peau avant de se retirer.

— Lève-toi.

Je déglutis et obéis, jambes tremblantes.

Mes bottes disparurent.

Mon pantalon aussi.

Je me retrouvai nue dans la neige, mais n'avais pas froid le moins du monde. Au contraire, je brûlais encore plus pour lui, son regard traçait des sillons de feu sur mon corps. Il ôta son pull, l'étendit par terre à côté du mien et se leva.

— Enlève mon jean.

Je me léchai les lèvres et ouvris son bouton et sa fermeture éclair de mes doigts tremblants. Il saisit mes poignets et posa mes paumes sur ses hanches.

— À genoux, Raelyn.

Son ordre envoya un frisson le long de ma colonne, qui se lova entre mes cuisses.

— Oui, mon Prince.

Je m'exécutai, son pull protégeant mes jambes et genoux nus de la neige.

Il me relâcha.

— Finis le travail.

Je tirai sur son jean, libérant son membre engorgé, révélant ses cuisses musclées. Son regard brillait intensément, son excitation gouttait du gland épais, tentante. Je me penchai en avant, le désir alimentant mes mouvements, et le pris dans ma bouche, aspirant la liqueur séminale de son extrémité.

Ses doigts se faufilèrent dans mes cheveux pour me retenir, son grognement résonna autour de nous. Je baissai son pantalon jusqu'aux chevilles, et il l'enleva avec ses chaussures.

— Regarde-moi, exigea-t-il d'un ton bas et menaçant.

Je croisai son regard tandis qu'il me forçait à prendre plus de lui, son gland heurtant le fond de ma gorge.

— Est-ce que je t'ai demandé de me sucer ?

Je tentai de secouer la tête mais en vain. *Non.*

C'est de la triche, Raelyn. Parle à voix haute.

— Non, marmonnai-je, sa hampe m'empêchant d'être plus claire.

— Essaie encore.

Ce que je fis, mais ça sortit tout aussi déformé.

Il fit claquer sa langue.

— Je dois te punir à présent.

Je plissai les yeux et en réponse, avalai encore plus de lui. *Tu ne peux pas me punir de faire quelque chose que tu aimes, Kylan.*

Il fit la moue.

— Rebelle même à genoux.

Je le suçai encore plus fort, mes ongles plantés dans ses cuisses.

— Putain, marmotta-t-il, ses doigts agrippés à mes cheveux.

Je répétai mes mouvements.

En sifflant, il me repoussa loin de lui et sur le lit de fortune, fait de neige et de vêtements.

J'écartai les cuisses et il s'installa entre elles, sa bouche frôlant mon clitoris.

— Tu as besoin qu'on te rappelle fermement qui commande ici, chérie. (Sa langue titilla mon bouton déjà douloureux, me faisant cambrer les hanches contre lui.) Mmmh, je vais bien trop aimer ça.

— Ky…

Je poussai un cri quand sa morsure me choqua d'une façon insensée.

Je ne pouvais pas bouger. Pas penser. Seulement resentir et supporter.

Et, oh ma Déesse, c'était quelque chose à supporter.

Une sensation que je n'avais jamais éprouvée secoua ma matrice, me coupa en deux, réduisit mon souffle à néant. La douleur était tellement bonne. Ma vision noircit, blanchit, les étoiles au-dessus de ma tête tournoyèrent dans un nuage d'extase que je pouvais goûter sur ma langue. Il enflamma mes veines, mon sang affluant vers sa bouche tandis qu'il remplaçait mon essence par de l'euphorie pure.

Ma gorge brûlait du désir de chanter, crier, son nom.

Le temps se figea.

Repartit.

S'arrêta de nouveau.

Mienne. Sa voix résonna dans mon esprit, transperça mon âme.

Tienne, opinai-je, incapable de gérer, de me rappeler pourquoi je ne voulais pas être d'accord. Mais n'importe quoi pour mettre fin à cette douce et bienheureuse agonie qui détruisait mon corps. *C'est trop.*

Tu tiendras le coup, Raelyn. Son grondement vibra dans tout mon corps, sa domination s'empara de moi de toutes les façons. Je ne pouvais pas lutter contre, ne le voulais même pas.

Oui, soupirai-je. *N'importe quoi.*

Tout, répliqua-t-il.

Son sombre esprit fleurit dans le mien. Tant de secrets enveloppés dans des réseaux complexes de raisonnement établis depuis des milliers d'années.

Ancien, puissant, sophistiqué.

J'y pénétrai plus avant, mais fut stoppée par un mur.

— Kylan, soufflai-je, suppliai-je, désirai-je. (Je me trémoussai sous lui dans un orgasme sans fin, capitulant.) S'il te plaît.

Ses doigts étaient *là*, sa gorge ingurgitait encore, mon corps dérivait vers un état bizarre, plus froid.

Est-ce qu'il me saignait à mort ?

M'engourdissait ?

La neige se mit à tomber autour de nous, ou bien était-ce les étoiles ? Je n'arrivais pas à distinguer.

Une autre vague s'abattit sur moi, secouant mes membres et faisant arquer mon dos. La paume de Kylan contre mon ventre me retint, son contact me ramenant littéralement à terre quand mon âme menaçait de s'envoler.

Je n'en peux plus…

Si, tu peux, répondit-il. *Tu tiendras.*

Un sanglot m'échappa, dû au désir autant qu'à la dévasation.

Tu me détruis.

Je te possède, clarifia-t-il.

Je veux te posséder aussi. Ce que je fis. De toutes les manières. Il ne pouvait pas tout prendre de moi sans me donner un peu de lui-même en retour. *Je t'en prie, Kylan. Je t'en supplie.*

Il grogna et relâcha sa morsure.

— Ce lien va me tuer.

Lien ?

- Oui.

Il lapa mon clitoris une fois de plus, m'envoyant une onde de choc de plaisir. Est-ce qu'il me guérissait ? Oh merde, je m'en fichais. Je le voulais. Je voulais le connaître comme il me connaissait. Je voulais être avec lui.

— J'ai besoin de toi, chuchotai-je.

Mes veines se refroidissaient sans sa morsure, ou peut-être à cause d'elle.

— Je sais, répondit-il, rampant sur moi. Je suis là, Raelyn.

Sa bouche s'empara de la mienne, mon excitation mêlée à son sang gratifiant mes sens. Je frémis sous lui, bouleversée, épuisée et émoustillée à nouveau.

Kylan menaçait de me détruire.

Je comprenais ses intentions maintenant.

Car j'étais totalement envoûtée, prête à faire tout ce qu'il voulait pour y goûter de nouveau.

Son membre tapotait ma chaleur moite. *Oui…* Non pas qu'il ait besoin de mon consentement. Il était déjà donné, acquis, possédé.

— Dis-moi que tu es mienne, chuchota-t-il sur mes lèvres. Dis-moi que tu le veux.

— Je *te* veux, rétorquai-je, entourant sa taille de mes jambes. (Elles tremblaient de froid, mais je m'en fichais.) Je suis à toi, Kylan.

Et tu es à moi.

Il soupira, puis sa langue s'enfonça dans ma bouche, me procurant davantage de son essence. Chaque gorgée me brûlait de la façon la plus délicieuse.

Il empoigna mes hanches et me maintint en place.

— Tu es tellement trempée. (Son ton était presque désemparé, sa voix brisée.) Putain, Raelyn. Je ne peux pas. Je le devrais, mais je ne peux pas m'arrêter.

— Que…

Une douleur inattendue me coupa la parole. J'agrippai ses bras, et mon corps se figea sous le sien.

Il est en moi, réalisai-je. Et putain, ça faisait *mal*.

— Je ne me rappelle pas la dernière fois que j'ai désiré quelqu'un comme ça, chuchota-t-il, sa bouche frôlant la mienne. Ça doit cesser.

Je fronçai les sourcils ; ses mots n'avaient aucun sens.

— Je ne…

— Chut… siffla-t-il de nouveau, sa langue tendre et cajoleuse, son corps immobile sur le mien. Concentre-toi sur les sensations, Raelyn. Concentre-toi sur moi. Ma queue au fond de toi, qui t'étire, te remplit, te possède.

Ses mots m'échauffaient d'une manière étrange, allumaient une flamme dans mon bas-ventre. Il bougea, ce qui me fit tressaillir, anticipant la douleur. Mais rien ne suivit, sinon un minuscule frisson qui me picota les jambes. Il répéta son mouvement, plus fort cette fois, et mon corps tressauta en réponse.

Je gémis tandis que le brasier s'étendait, me chauffant à l'intérieur comme à l'extérieur.

Une autre poussée, plus rude, plus forte, me fit griffer son dos, ma mâchoire menaçant de lui mordre la langue.

— Mmmh, c'est ça, approuva-t-il. Accroche-toi à moi, princesse. Éclate-toi, ressens, hurle. Je veux que tout le monde t'entende, sache qui te saute, sache à qui tu appartiens.

J'ouvris la bouche pour protester, pour exiger la même chose de lui, mais mes mots se perdirent dans une violente expiration, quand il se mit vraiment à bouger. Il avait été gentil jusqu'à présent, me confortant dans ses mouvements.

À présent le prédateur était sorti réclamer son dû. Me dominer. Me détruire pour tous les autres hommes.

— Kylan, gémis-je, traversée par un brasier qui me consumait de la tête aux pieds.

Il m'avait déjà emmenée à des niveaux de félicité indescriptibles. Il ne pouvait pas y en avoir plus. Je ne survivrais pas à une autre dose, encore moins à une dose plus forte.

Mais merde, il n'arrêtait pas.

Son membre me frappa en profondeur, appuyant sur une partie euphorique en moi qui me paralysa toute entière.

J'étais l'esclave de ses attentions, perdue dans sa volonté.

— C'est trop bon, grogna-t-il, sa bouche dans mon cou. Tu serres ma queue, tu me possèdes avec ta petite chatte.

Ses dents pénétrèrent ma peau, injectant du ravissement dans mon flux sanguin,m'envoyant spiraler au bord de l'inconscience.

Encore.

Sans avertissement.

Sans montée en puissance.

Juste un éclatement.

Et mon corps lui succomba sans préambule.

Ça faisait presque mal.

— Putain, Raelyn.

Ce juron guttural contre ma gorge était presque douloureux.

L'énergie bourdonnait entre nous, ses épaules et ses bras se tendirent. Mon nom s'échappa de ses lèvres une fois de plus, l'invocation dans son ton était si terriblement belle que j'en eus les larmes aux yeux.

Son orgasme se déversa en moi, m'envoya dans les étoiles avec lui, et mon esprit quitta mon corps pour rejoindre les cieux. Je n'avais jamais rien ressenti de tel, cette électricité qui filait entre nous, nous liait, me forçant à atteindre un niveau d'existence que je ne croyais pas possible, avec Kylan à mes côtés.

Une telle beauté.

Une telle intensité.

Un tel tourment.

…pas la manière…

…brise-le…

Je ne peux pas être lié à elle !

Pas comme ça.

C'est trop.

Je dois y mettre fin.

Il n'y a qu'une seule manière…

Mon cœur fut percuté par une vision de Kylan qui me donnait, pour être prise par quelqu'un d'autre. Sautée. Pompée. *Utilisée.*

Pas le choix, dériva sa voix dans mes pensées.

Je creusai plus profond pour tenter de comprendre. D'autres mots, des chants cérémoniels, *Erosita*, le lien entre une vierge humaine et un vampire, la connexion de nos esprits, corps et âmes.

Kylan m'avait lié à lui à l'aide d'une ancienne cérémonie destinée à l'accouplement.

Et il voulait briser ce lien.

D'autres visions, ses plans, ses obligations frappèrent ma poitrine, fouettèrent mon cœur et mon âme.

Une erreur. Ces deux mots brûlaient. *Je n'ai jamais voulu faire ça.*

D'autres pensées, les siennes, m'emplirent la tête. Certaines anciennes. D'autres nouvelles. Toutes véhiculant la même vérité.

Je dois éliminer cette obsession.

Une fois fait, ça ira mieux.

Retour à la normale.

Bien.

Oui.

Je dois juste partager…

J'arrachai ma bouche de la sienne, pas même consciente qu'il m'embrassait, les yeux brûlants de larmes.

— Tu vas me donner à un autre royal ? demandai-je d'une voix rauque à cause de tous les cris, la douleur, le plaisir, l'extase que l'on venait de partager et qui ne signifiaient rien d'autre pour lui qu'un moyen de parvenir à ses fins.

Il baissa les yeux sur moi, un mélange de souffrance et de désarroi dans le regard.

— Raelyn…

— C'était tout… tout…

Je n'arrivais pas à trouver le bon mot, le cœur brisé.

Je n'étais pas censée tomber amoureuse de lui.

Je n'étais même pas censée l'apprécier.

Mon esprit. Mon cœur. Mon âme.

Quand s'y était-il introduit ? Comment ?

Je serrai les poings, mes ongles s'enfoncèrent dans mes paumes.

Putain, comme j'étais ridicule ! D'avoir laissé l'espoir s'emparer de moi. Pendant un moment, j'ai cru qu'il pourrait y avoir quelque chose de spécial entre nous. Un lien unique. Une vraie relation. Une connexion. Quelque chose.

Il appelait ça une erreur.

Une obsession qu'il devait éliminer.

Mon cœur.

C'était ce qu'il voulait détruire.

Oh, comme je m'étais trompée. Ça n'avait jamais été mon corps qu'il voulait briser, mais la partie la plus fondamentale en moi : mon âme.

Nous lier d'une manière si passionnée, me donner un aperçu de son esprit, prendre le contrôle total du mien, tout ça pour le rompre avec un ordre : coucher avec un autre.

« Mais tu es ma consort et c'est ta raison d'être, sauter qui je te dis de sauter. »

Un sanglot se coinça dans ma gorge, mon âme s'étiolait en moi.

— Tout ça n'était qu'un jeu, murmurai-je. Une ruse mentale pour abaisser ma garde.

Il ne s'était jamais soucié de moi.

Ce n'était qu'un vampire qui s'amusait avec son nouveau jouet.

Et il ne lui avait fallu qu'un peu plus d'une semaine pour me briser.

— Raelyn.

Il prit ma joue en coupe, mais je détournai le regard.

— Arrête, Kylan, suppliai-je. Arrête maintenant. (Il n'y avait rien à dire. Plus maintenant.) Tu as gagné.

Mes mots étaient à peine un murmure, ma lutte écrasée.

Il avait dit qu'il me possèderait.

J'avais naïvement cru, espéré, que je pourrais le posséder également.

Quelle idiote.

Il n'y avait pas de fins heureuses dans mon monde.

Seulement la peine et la souffrance.

Et Kylan venait de me donner la punition la pire de toutes.

Une vie sans âme, à son service pour toujours.

Je fermai les yeux.

— Laisse-moi juste mourir ici.

KYLAN

J'étais sans voix.

Raelyn m'avait rendu figé, immobile, incapable de comprendre comment un moment aussi beau avait pu se briser de façon aussi catastrophique.

Je ne m'étais pas attendu à ce qu'elle pénètre mon esprit si facilement et y voie mes intentions réelles. Mais elles étaient au centre de mes préoccupations, de ma frustration concernant notre situation.

Je devais la partager pour briser le lien.

Mais je n'en avais pas envie.

J'éprouvais un nouveau respect pour Darius et son indulgence envers Jace, car même l'idée de laisser quelqu'un toucher Raelyn me donnait envie de commettre un meurtre. C'était une faiblesse que je ne pouvais pas me permettre, et qui serait éliminée en laissant quelqu'un d'autre la sauter.

Un grognement restait coincé dans ma gorge, l'angoisse que me procurait ce plan me brûlait de l'intérieur.

Je ne peux pas laisser ça me consumer.

J'étais plus fort que ça.

Raelyn était totalement immobile, les yeux sans vie, ce qui faillit briser ma détermination. Elle s'en sortirait. Elle le devait. Ma combattante reviendrait. Elle avait juste besoin de temps pour voir que c'était la meilleure solution. Ses émotions étaient indissociables des miennes, à cause du lien. Nous devions régler ça.

Je m'écartai d'elle et remarquai la décoloration de ses membres. Faire l'amour dans la neige n'était pas la meilleure idée pour une mortelle, mais à présent que mon immortalité courait dans ses veines, elle s'en remettrait rapidement.

L'immortalité que je prévois de lui retirer.

Car c'est la seule solution.

Je passai mes doigts dans mes cheveux, irrité par ma propre incertitude. Les décisions étaient simples. J'en prenais quotidiennement, rapidement, efficacement. Cette femme, Raelyn, avait tout changé.

Non, le lien avait tout changé.

Putain de cérémonie.

Pourquoi n'avais-je pas réalisé ce qui se passait ? Je n'avais jamais donné mon sang à mes consorts. Seulement à Mikael, et seulement parce qu'il avait besoin d'une guérison substantielle.

Je me frottai le menton, tandis que Raelyn gisait immobile par terre, une larme roulant sur sa joue.

Je soupirai, détestant l'avoir blessée.

— Ce n'était pas mon intention. C'est arrivé, c'est tout.

Sans doute l'excuse la plus foireuse de tous les temps. D'ailleurs, pourquoi étais-je en train de me justifier auprès d'elle ? Elle n'était pas mon égale. Rien qu'une humaine, une *consort*, à laquelle je m'étais un peu trop livré.

Une séparation de quelques jours arrangerait ça.

J'allais la laisser se remettre, puis trouverai un bon candidat (je serrai les dents), pour briser ce lien. Je n'avais pas le choix.

— On doit rentrer, lui annonçai-je, remarquant l'horizon.

Nous étions dehors depuis bien plus longtemps que je ne l'avais prévu.

Cette femme était toxique pour ma routine et mon bon sens.

— Raelyn.

Pas de réponse. Pas même un tressaillement.

Ça allait donc se passer comme ça.

Je plaquai ma main sur ma nuque.

— Tu veux que je te contraigne à me suivre à la maison ?

Fais ce que tu veux, répliqua-t-elle d'une voix mentale grave. *Je suis à toi.*

Ces derniers mots me firent mal au cœur. J'avais aimé les entendre tout à l'heure, mais à présent ils paraissaient ternes et brisés, comme si elle acceptait l'inévitable, sans se vouer à moi pour l'éternité.

Elle avait l'air fracassée, maltraitée, étendue là jambes écartées, nue sur l'étalage de vêtements, les yeux dans le vague.

Je détestais la voir comme ça, détestais l'avoir *rendue* comme ça.

— C'est le lien, lui dis-je à mi-voix. Une fois qu'il sera brisé, tu comprendras.

Nous serions libérés de ce réseau complexe, de nouveau capables d'avoir des sentiments normaux.

Elle garda le silence, les traits sans expression, hormis cette unique larme qui gelait sur sa joue. Telle une poupée macabre distordue. Cassée pour toujours.

Non. Elle remonterait la pente. Elle le devait.

Je l'emmitouflai dans les vêtements et la pris dans mes bras. Le moins que je puisse faire était de la porter jusqu'à la maison. Je laissai nos chaussures,que je récupèrerais plus tard, et me déphasai de la forêt jusqu'à la porte arrière.

Bien plus rapide que la marche. Si cela dérangea Raelyn, elle ne le montra pas, ses yeux clos comme si elle dormait.

Elle demeura dans le même état quand j'entrai dans notre chambre, respirant doucement tandis que je l'allongeais sur le lit.

— Tu as besoin de quelque chose ? demandai-je doucement. De l'eau ? À manger ?

Raelyn se roula en boule. Pas de réponse.

Ce silence obstiné m'incitait à pénétrer dans son esprit, mais je m'en abstins. Elle méritait la paix après l'enfer que par malheur, je lui avais fait vivre.

Argh, je ne pouvais pas la laisser comme ça.

Comment tout ça était-il devenu si compliqué ? Elle était censée être une distraction, un divertissement passager dans ma très longue existence. Pourtant, elle était devenue bien plus que ça.

J'écartai une mèche de cheveux humide de sa figure, dont le regard vide fixait les fenêtres.

Nous allions rester ici quelques jours de plus pour nous détendre avant que je ne m'attaque à la tâche de trouver quelqu'un pour réparer ça. Ça ne pouvait pas être Mikael. Je n'avais pas assez confiance en moi pour éviter de le tuer. Non, il me fallait un vampire plus fort, un qui pourrait se défendre.

Je serrai les poings. *Ou bien je pourrais la garder.*

Non.

Ce n'était pas une option. Elle constituait un risque, une faiblesse, que je ne pouvais pas me permettre. Et il y en avait trop qui seraient heureux de se servir d'elle contre moi. La société qualifiait la cérémonie de tabou, mais c'était en fait le résultat de la jalousie. Les *Erositas* étaient rares, aucun royal n'en avait. Enfin, sauf Cam, mais il avait tué la sienne avant que la Déesse ne l'emprisonne.

Je roulai mon cou, l'épuisement me tomba dessus comme une masse.

Ça n'aurait pas dû être si difficile.

Raelyn cilla, les yeux vagues et sans âme. Elle avait besoin de repos. Nous discuterions mieux dans la soirée. Je lui enlevai les vêtements épars avec lesquels je l'avais emmitouflée et la glissai sous les couvertures. Elle ne se débattit pas mais ne m'aida pas non plus, les membres lourds et inertes.

— Raelyn, chuchotai-je, tourmenté. Je suis désolé.

Je ne savais pas trop de quoi je m'excusais au juste. Le lien inattendu, l'avoir laissée par erreur pénétrer mon esprit, lui avoir pris sa virginité si rudement par terre ? Tout cela sans doute.

Je secouai la tête.

— Dors, lui dis-je, bien qu'elle ne paraisse pas m'entendre.

Je me glissai dans les draps à ses côtés. Je mourais d'envie de la prendre dans mes bras mais savais qu'elle avait besoin d'espace.

Peut-être qu'elle redeviendrait elle-même dans la soirée.

RAELYN N'ÉTAIT PAS REDEVENUE elle-même dans la soirée.

Ni le lendemain.

Elle bougea à peine du lit. Zelda dut lui apporter son repas, et encore, uniquement sur mon insistance. Et même alors, Raelyn ne mangea que quelques bouchées avant de se recoucher. Quand je tentai de lui parler, elle m'ignora.

Au début, j'en fus inquiet.

À présent, j'étais irrité.

Ma combattante me manquait, ce qui ne faisait que m'énerver davantage. La sauter aurait dû éliminer cette obsession, mais je la désirais encore plus. Tout ça à cause de ce foutu lien.

À chaque vampire que j'envisageais pour m'aider à briser la connexion, je mettais aussitôt mon veto. Soit je l'aimais trop pour risquer sa vie, soit je le détestais trop pour le laisser s'approcher d'un être aussi précieux.

— Merde, grognai-je, passant mes doigts dans mes cheveux.

Je n'arrivais même pas me concentrer sur le travail à faire. Des messages d'administrés me demandant une chose ou une autre. Certains voulaient de l'argent. Certains désiraient plus de terres. D'autres formulaient le besoin d'une promotion.

Et puis j'avais la pile de lettres d'intention à étudier pour le poste de Tremayne.

C'était pourquoi les royaux avaient des souverains. D'habitude, toutes ces tâches ne me dérangeaient pas, j'aimais bien comme elles faisaient passer le temps, mais je ne pouvais m'empêcher de penser à une certaine rousse dans ma chambre.

Un coup à ma porte fit jaillir l'espoir dans ma poitrine, aussitôt écrasé quand Angelica apparut.

— Mon Prince, dit-elle en s'inclinant légèrement.

Très bien. C'était moi qui l'avais convoquée.

— J'ai une tâche pour toi.

Elle entra, les mains pendantes et l'air curieux.

— Oui, mon Prince ?

— J'aimerais que tu accompagnes Raelyn dehors. Essaie de la faire bouger un peu.

Toutes deux avaient paru bien s'entendre à Kylan City. Peut-être que Raelyn se confierait à elle, ou apprécierait la compagnie d'une femme.

— B-bien sûr, répondit Angelica, affichant un air de doute.

— Elle ne se sent pas bien, mais elle adore la neige. (J'esquissai un sourire au souvenir de son émerveillement devant les fenêtres le premier jour, et de sa sortie sur le balcon.) Assure-toi qu'elle s'habille chaudement, s'il te plaît.

Angelica acquiesça, le front légèrement plissé.

— Je n'y manquerai pas.

— Et essaie de lui faire manger autre chose que des brocolis et du poulet nature. (J'avais vraiment envie de lui faire connaître le chocolat, mais l'occasion ne s'était pas présentée.) Oh, et peut-être un film ensuite. Quelque chose de drôle.

Je lui indiquai quelques titres que je savais faire partie de la collection de vieux films.

— Euh, oui, je vais m'en occuper, dit-elle lentement.

C'était vrai qu'étant toute nouvelle dans l'immortalité, elle ne connaissait pas bien les anciens systèmes de divertissement. Les seuls programmes télévisés étaient ceux autorisés par Lilith et les quelques films réalisés par des lycans.

— Mikael peut t'apprendre.

Il était réveillé mais à peine remis, et apparemment il ne me parlait pas non plus. Quand je l'avais vu plus tôt dans la soirée, il m'avait regardé de travers et était retourné dans sa chambre. Il semblait que tous les humains de la maison me détestaient en ce moment. Même Zelda m'avait fait la gueule dans la cuisine.

— D'accord. (L'air perplexe d'Angelica aurait été comique s'il n'était pas si net.) Autre chose, Votre Altesse ?

— Oui. Veille sur elle, ordonnai-je avec plus de force que nécessaire.

Elle déglutit.

— Je comprends.

— Bien. C'est tout.

— Merci, mon Prince.

Elle s'inclina et s'éclipsa.

Je lâchai un soupir, pas sûr que ça marcherait mais je l'espérais. Si ça échouait, je devrais pénétrer la conscience de Raelyn en quête d'une solution. Quand je lui avais dit que je voulais son esprit, je ne l'entendais pas de cette façon. Je voulais sa confiance, que j'avais nettement sabotée. Et si je franchissais les fines barrières entre nous pour lire en elle, je provoquerais encore plus de dégâts.

Je serrai les lèvres. Pourquoi m'en préoccupais-je ? Je ne m'étais jamais soucié de ce que pensaient les autres. Si elle ne me faisait pas confiance, je la forcerais. C'était comme ça que je fonctionnais. Et si elle refusait, je passerais outre.

Pourtant, je n'arrivais pas à combler le fossé qui nous séparait.

C'était comme si mon âme refusait, terrifiée à l'idée de la blesser davantage.

— Ce foutu lien va me tuer, grondai-je.

Je ne l'avais finalisé que pour être le premier à la goûter, sachant très bien que je devrais la partager.

Et maintenant, je ne pouvais pas me faire à l'idée de laisser un autre la toucher.

Je me levai.

Très bien.

Il était temps de suivre mon propre conseil et de me tirer d'ici. Frapper quelque chose. Me bagarrer avec les loups. N'importe quoi pour cesser de penser à ma situation difficile avec Raelyn.

Ça me rendait dingue.

Ou peut-être que j'avais atteint ce stade de mon immortalité depuis bien longtemps.

J'ôtai ma veste et ma chemise.

Courir.

Oui.

C'était ce qu'il me fallait.

Et une bonne baise.

Avec Raelyn.

Je ricanai. Comme si ça allait se reproduire de sitôt. J'étais bon pour séduire une femme, mais cette tâche me semblait impossible maintenant.

Reprends-toi, m'enjoignis-je.

Être âgé de cinq mille ans, et avoir les pieds et poings liés par une humaine de vingt-deux ans. C'était ridicule.

Peut-être que je deviens vraiment fou.

RAE

Cette nuit, la neige était plus épaisse sur le balcon. Je l'avais vue s'accumuler les deux derniers soirs, les montagnes au loin étant mon seul réconfort.

J'étais étrangère au monde.

Je me sentais anesthésiée.

Idiote d'être tombée dans un piège vampirique.

J'attendais l'inévitable, l'arrivée d'un mâle que Kylan aurait choisi pour *régler* notre problème : ce lien qu'il n'avait jamais voulu créer.

Son esprit demeurait fermé, non pas que j'avais envie de m'aventurer de nouveau dans cette cruauté. J'en avais vu assez pour toute ma vie.

Il ne m'avait sautée que pour être le premier, son but étant de se débarrasser de moi le plus vite possible et de me refiler à quelqu'un d'autre.

Je le détestais.

Me détestais moi-même.

Détestais cette vie.

Mais pire que tout, je détestais ne pas arriver à me motiver pour remédier à ça. Je me sentais seule, perdue, désespérée. Comme si un tourbillon noir m'avait emportée et refusait de me lâcher.

Silas serait déçu. Willow aussi.

Comment allez-vous ? me demandai-je, le cœur en charpie. *Où êtes-vous ?*

Silas était-il toujours en vie ?

Willow était-elle en plus mauvaise posture que moi ?

Je frissonnai, connaissant la vérité. Bien sûr qu'elle était en plus mauvaise posture. Kylan voulait me partager, mais j'étais sa propriété exclusive. Willow…

Un sanglot resta coincé dans ma gorge. Un côté sombre de moi-même préférait sa destinée à la mienne. Le sexe, je pouvais gérer. Mais Kylan ne jouait pas seulement avec mon corps.

Mes yeux se plissèrent, ma fureur remonta un instant à la surface, suivie par une vague de silence.

Que pouvais-je faire ? Lui crier dessus ? Ça ne ferait que l'impressionner. Il voulait me détruire. Il avait réussi. Fin de l'histoire.

Je pressai mes mains sur ma figure, et un gémissement s'échappa de mes lèvres. Les mêmes pensées et impressions tournoyaient sans cesse dans ma tête, me poussant vers un endroit que je détestais.

Un sombre abysse aux griffes noires d'encre qui déchiraient mon âme en lambeaux.

Mon avenir.

Ma destinée.

Mon nouveau monde.

Mais je ne voulais pas exister ici. Je voulais vivre, respirer, voir le ciel, voler. *Pour aller où ?* Je faillis rire. Ce ton sarcastique me rappelait trop Kylan.

Je te hais, grognai-je.

Un hurlement se forma dans ma poitrine, ne demandant qu'à s'échapper, mais celui sur qui je voulais crier n'était pas là. Et ça l'aurait seulement fait rire.

Oh, mais le choquer rien que deux secondes par ma fureur pourrait bien valoir le coup de supporter ses moqueries.

Je m'assis.

Où es-tu ? demandai-je.

Rien.

Le mur entre nos esprits était bien fermé de l'autre côté.

Évidemment, il voulait me laisser à l'écart. Il était probablement en train de dresser une liste de gens avec qui coucher.

Je m'affalai en arrière, les yeux au plafond. *Enfoiré.*

Il m'utilisait. Ce qui était le but, n'est-ce pas ? Mais pendant un moment, j'avais espéré…

Je roulai sur le flanc, je ne voulais pas poursuivre ce fil de pensées. C'était dangereux. Ça faisait mal. Ça ne menait qu'à la torture.

— Raelyn ? appela une voix féminine, suivie d'un coup à la porte.

Je fermai aussitôt les yeux, mon désir de rester seule pour toujours l'emportant sur le besoin d'accueillir la vampire. Pourquoi s'embêter avec la bienséance ? Je préférais la mort à ce piège.

Je tressaillis à cette sombre idée. Ce n'était pas tout à fait vrai. Il y avait des raisons de rester en vie. Je devais juste les trouver.

— Raelyn ? (Angelica s'était avancée près du lit.) Je sais que tu es réveillée. Je suis censée t'emmener dehors.

J'eus un rire étranglé, dérangé. L'envie d'aboyer me frappa soudain, rendant encore plus étrange ce son qui s'échappait de mes lèvres.

Dehors.

Comme un chien.

Putain, comme je te hais, Kylan, lui envoyai-je.

Toujours pas de réponse.

Bien sûr que non. Ce connard ne pouvait même pas reconnaître ce lien qu'il m'avait imposé. Il voulait juste l'arracher maintenant qu'il m'avait sautée. Plus de plaisir pour lui. Juste un jouet cassé qu'il finirait par tuer. Après m'avoir donnée à tous ses amis.

C'était ma raison d'être, après tout, non ?

Je grognai sans enthousiasme, une larme me piqua l'œil.

Déesse, j'étais fatiguée de pleurer. De me complaire dans ma douleur. D'être couchée dans ce lit qui empestait Kylan.

Peut-être qu'il fallait que je sorte. Trouver un glaçon assez pointu pour l'enfoncer dans le crâne de Kylan en lui rendant visite.

Oh, j'aimais cette idée.

Il faudrait que je le trouve, mais peut-être qu'Angelica savait où il se cachait.

Ou bien je pourrais rapporter le pieu de glace ici et l'attendre. Il resterait gelé sur le balcon.

Oui.

Un bon plan.

Un meurtre par la glace.

Comme ce serait touchant, après notre dernier intermède dans la neige.

Je ricanai à cette idée hystérique, sachant qu'elle ne marcherait jamais. Kylan m'avait rendue folle. Cela semblait approprié, vu qu'il possédait mon esprit maintenant.

Angelica s'éclaircit la gorge.

— Je ne sais pas ce qui s'est passé entre Kylan et toi, mais il a été très spécifique sur le fait que je t'accompagne dehors.

— J'imagine, oui, grommelai-je.

— Je suggère qu'on lui obéisse toutes les deux, ajouta-t-elle, comme un avertissement. Je n'ai pas envie de subir sa déception.

Une partie de moi voulait lui dire de s'en aller. Elle

pourrait envoyer Kylan ici pour me punir, pour ce que ça m'importait. Mon côté le plus sain et le plus réaliste savait qu'il ne punirait pas seulement moi pour un tel comportement, mais aussi Angelica. Et elle ne méritait pas ça. Elle avait été presque gentille avec moi auparavant ; même à présent, elle restait patiemment à côté de moi, attendant que je me soumette. La plupart des vampires auraient déjà réagi violemment.

Je déglutis.

— Donne-moi vingt minutes, s'il te plaît.

J'avais besoin de prendre une douche. Trouver quelque chose à me mettre. Essayer de brosser mes cheveux. Ce genre de choses.

— Seulement si tu me promets de t'habiller chaudement, répondit-elle. Parce qu'il a aussi exigé ça.

— Ouais, comme s'il se souciait de moi, grognai-je.

Je me glissai hors des draps, nue. Autant m'habituer à me promener sans vêtements au milieu des vampires. Kylan avait sûrement prévu qu'un défilé d'entre eux viendrait me voir bientôt.

Moins de vingt minutes plus tard, j'avais relevé mes cheveux mouillés en un chignon sur ma tête, enfilé un pull et un jean, chaussé des bottes. Angelica me tendit un bonnet et une écharpe, que j'ajoutai à contrecœur, et je la suivis en bas.

Nous croisâmes Zelda en chemin, très surprise de nous voir ensemble. Elle baissa aussitôt les yeux et passa sans un mot.

Angelica fit la moue et secoua la tête.

— L'autre jour, tu m'as demandé comment c'était. Eh bien, toute cette histoire de soumission, c'est très difficile de s'y habituer. J'étais humaine il y a moins de dix ans. Ça me met hors de l'humanité, tout en me marquant comme inférieure à tous les autres. Je suis dans cette zone intermédiaire où personne ne me parle, sauf en cas de besoin.

— Comme m'emmener dehors, dis-je en franchissant la porte qu'elle maintenait ouverte.

— Exactement. (Elle me suivit dans le patio arrière, où la neige était épaisse et immaculée.) Ils te font croire que la vie va être vraiment magnifique, et peut-être qu'elle finira par l'être, mais je n'en ai pas encore vu la couleur. (Elle donna un coup de pied dans la neige.) La seule raison qui fait que je ne suis pas à la rue, c'est que Kylan m'a offert un emploi décent. La plupart des royaux délèguent l'octroi de postes pour les nouveaux vampires aux souverains ou aux régents.

Je la suivis dans la cour, songeant à ses paroles.

— Alors… c'est lui qui t'a faite ?

Personne ne parlait jamais de la tâche de transformer un mortel en immortel, cette discussion étant strictement interdite entre humains. Mais j'avais déjà abandonné toute velléité de bienséance avec Angelica. Ce serait ridicule de s'y conformer maintenant.

Ses yeux sombres lancèrent un éclair en croisant les miens, mais elle retroussa les lèvres.

— Tu es bien plus courageuse que moi, murmura-t-elle. Je comprends pourquoi il t'aime bien.

Je fronçai les sourcils.

— Qui ça ?

— Tu sais bien qui.

— Kylan ? (Je ris franchement.) Ouais, non, il a été assez clair sur ses sentiments pour moi. Et *aimer* n'est pas le mot que j'emploierais pour les décrire.

Le désir, peut-être. L'obsession aussi. Mais l'amour ? Non.

— Eh bien, il n'est pas pareil avec toi qu'avec tous ceux que j'ai rencontrés, dit-elle à mi-voix. Mais je n'ai pas passé beaucoup de temps dans son entourage. Et non, ce n'est pas lui qui m'a transformée. Kylan n'a jamais transformé personne.

Je restai bouche bée.

— Jamais ?

— Jamais, répéta-t-elle. Transformer un humain crée un lien entre le créateur et sa progéniture, ce que Kylan ne permettrait jamais. C'est un solitaire, il ne compte que sur lui-même et sur personne d'autre. C'est ce qui fait de lui un leader formidable. Sa loyauté ne va pas plus loin. Tu le trahis, tu en paies le prix. C'est ce que tout le monde dit de lui, en tout cas.

Apprendre qu'il ne s'était jamais lié à quiconque me fit presque trébucher.

Mais il est lié à moi.

Au moins temporairement.

C'était pour ça qu'il tenait tant à couper le lien entre nous ? Parce qu'il ne pouvait pas se permettre de me laisser être si proche de lui ?

Cela m'offrait une perspective nouvelle.

Qu'avait-il dit l'autre nuit ? Que rien de tout ça n'était intentionnel, que c'était juste arrivé comme ça ?

Je fronçai les sourcils. Était-ce ça qu'il voulait dire ?

Je croyais qu'il avait tout prévu, avec ses commentaires à propos de vouloir me posséder entièrement. Mais si ç'avait été un accident ?

— Ouais, donc, la vie d'un vampire n'est pas aussi glamour qu'on le croit, marmonna Angelica, levant les yeux vers le ciel nocturne. Il n'y a pas de guide pratique, et mon créateur n'est pas vraiment un super mentor. Alors j'ai appris à compter sur mes instincts pour survivre.

— Tu as l'air de t'en être bien tirée jusqu'ici.

Elle haussa les épaules.

— Ouais. La semaine dernière, j'ai craint que Kylan ne

me tue pour lui avoir parlé de Tremayne, mais je n'ai pas pu m'en empêcher, même si j'ai essayé. Tout le…

Quelque chose chanta dans sa poche. Elle en sortit un fin appareil et fronça les sourcils en regardant l'écran. Il affichait un long numéro, sans nom associé.

— En parlant de mon créateur, grommela-t-elle. Je dois prendre cet appel.

— D'accord. (Je me forçai à sourire.) Je reste là.

Elle acquiesça, l'air reconnaissant.

— Merci, articula-t-elle avant de répondre au téléphone. Vilheim ?

Elle retourna vers le manoir, me laissant à mes pensées et à la nuit claire qui m'entourait.

Paisible.

Magnifique.

Solitaire.

Était-ce cela que Kylan appréciait ici ? La raison pour laquelle il préférait le lac secret dans les bois ? *Tu es là maintenant ?* chuchotai-je, sachant qu'il ne m'écoutait pas.

Je fermai les yeux, caressée par la brise fraîche.

J'aimerais que tu me parles, Kylan.

Il pourrait au moins m'expliquer ce qu'était ce lien, ce qu'il signifiait. Ou peut-être ne voulait-il pas le savoir, vu qu'il avait l'intention de le briser.

— Raelyn ?

La voix de Mikael flotta vers moi, et je me surpris à sourire depuis la première fois depuis ce qui me parut des années. Il vint vers moi d'un pas nonchalant, vêtu d'un jean et d'un pull, l'air quelque peu réservé mais les yeux souriants.

Je me jetai à son cou, plus qu'un peu soulagée de le revoir.

— Tu vas bien, chuchotai-je, les larmes aux yeux. (Je savais qu'il irait bien, mais le voir en chair et en os faisait remonter les émotions de ces derniers jours.) Déesse, je suis si contente que tu ailles bien !

Il me tapota le dos et m'adressa un sourire en coin.

— Je t'ai manqué ?

— Tu n'as pas idée. C'est un gros boulot de gérer Kylan toute seule.

— M'en parle pas, gloussa-t-il.

Je faillis accepter sa proposition rhétorique comme une invitation. Je voulais tellement parler à quelqu'un, mais mon instinct me retenait. Une sorte d'avertissement qui me disait que Kylan n'approuverait pas, et même si je voulais l'ignorer, je ne pouvais pas.

Alors à la place, je le lâchai avec un sourire.

— Je suis vraiment contente que tu ailles bien. Je m'inquiétais.

Il m'embrassa sur la joue.

— Je t'aime beaucoup, Rae.

Mes joues rougirent.

— Je t'aime beaucoup aussi, Mikael.

— Je sais. (Il glissa un bras sur mes épaules, m'emmena marcher dans la cour.) C'est pourquoi c'est si dur.

— Qu'est-ce que tu veux dire ?

— La vie. (Il soupira, leva les yeux dans la nuit.) Tu sais que ça fait onze ans ce mois-ci que Kylan m'a acheté ? J'ai l'impression que ça fait toute une vie. Il m'a beaucoup donné. Je devrais lui en être reconnaissant, mais il est si…

— Lunatique ? suggérai-je, me rappelant la fois où je lui avais jeté ce mot à la figure.

— Oui, et trop complaisant, aussi. (Il secoua la tête en soupirant.) Il te fait désirer des choses qu'il ne donnera jamais complètement. Il te rend accro à lui. Te force à l'aimer. Mais il ne t'aimera jamais en retour.

Ses paroles étaient comme des clous qui se plantaient dans mon cœur.

— Je sais, murmurai-je.

— Il va te détruire, Rae. Je ne veux pas qu'il te brise.

Je me mordis la lèvre. *Trop tard.*

— C'est vraiment mon seul choix, poursuivit-il doucement. Tu comprends ça, hein ?

Je plissai le front.

— Ton seul choix ?

— Oui. (Il se tourna face à moi, le regard triste.) Ce que nous faisons, c'est la seule façon de te protéger.

— Je ne… (Je déglutis.) Mais qu'est-ce que tu dis ?

— Qu'il est désolé, répondit une voix féminine sur la gauche.

Zelda émergea des arbres, la tête haute, ses fines épaules droites. Je ne l'avais jamais vue dégager une telle assurance.

Mikael la rejoignit, l'entoura de son bras et embrassa sa tempe.

— Oui, c'est exactement ça. Je suis désolé.

Je fronçai les sourcils.

— Pour… ?

Je m'interrompis, repensant à tout ce qu'il avait dit. À propos de Kylan qui rend accro, de son penchant à manipuler les humains pour qu'ils prennent soin de lui, du désir de Mikael de me protéger *de* Kylan.

Non.

Il ne pouvait pas insinuer…

Zelda fit tourner une lame entre ses doigts.

J'écarquillai les yeux.

— Tu… (Je ne pus en dire plus. Mais Mikael n'était-il pas avec Kylan quand son harem avait trouvé la mort ?) Mais comment… ?

— C'est compliqué, murmura-t-il. (Il fit un pas en avant, j'en fis deux en arrière.) Tu dois voir ça comme un cadeau, Rae. Il ne t'apportera que du malheur. Crois-nous, on le sait.

— Je préfère ça à être tuée, lançai-je, choquée par leurs actes insensés. Vous avez perdu l'esprit, tous les deux ?

Il gloussa.

— Probablement. Kylan a foutu le mien en l'air il y a bien longtemps. (Il avait l'air tellement triste, tellement brisé par cela.) Rae, ne résiste pas, je t'en prie. Je vais faire vite.

Je haussai les sourcils.

— Vite ? (Il était complètement dément.) Kylan va te tuer quand il le découvrira.

— Il sera trop occupé à gérer d'autres choses, dit Zelda. Comme les retombées du meurtre d'un autre membre du harem. C'est un timing parfait. Juste avant son grand événement et après t'avoir exposée en ville. Tout le monde s'attend à revoir sa précieuse Raelyn. Mais où est-elle allée ? (Zelda tapota son menton avec le couteau.) Oh, c'est vrai. Kylan l'a tuée pour le sport, comme tous les autres. Et pourtant, il a puni Tremayne pour avoir fait la même chose. Ce n'est pas beau à voir, hein ?

Je la dévisageai bouche bée, voyant pour la première fois au-delà de son attitude d'humble chef de cuisine.

— Qui es-tu ?

Ses lèvres s'incurvèrent.

— C'est bien trop gros pour toi, Rae. Tu n'es qu'une victime des circonstances, et le dernier clou dans le cercueil de Kylan.

Ce n'était absolument pas une réponse, juste une autre preuve de sa folie.

Mikael bondit et empoigna mon biceps avant que je ne puisse m'enfuir. Son regard croisa le mien et il battit des paupières, trahissant son indécision.

— Je suis désolé, chuchota-t-il, son ton empreint d'un réel chagrin. Je t'aime vraiment beaucoup.

Je faillis en rire, mais l'éclat de la lame de Zelda me fit me reprendre.

Ils vont me tuer.

Je me débattis et réussis à m'arracher à lui, mais Zelda m'attrapa par-derrière. Elle me bloqua les bras avec dextérité, m'immobilisant.

Coincée.

Mes épaules me firent mal quand je tentai de me décaler, de l'écarter de moi, mais je ne pouvais pas bouger.

Ça ne peut pas arriver.

Mon cœur cognait dans mes oreilles.

Pourquoi étais-je restée là à leur parler ? J'aurais dû m'enfuir. Mais le choc et la confusion m'avaient bloquée devant eux.

— On ne peut plus attendre, dit Zelda. (Sa voix paraissait lointaine, bien qu'elle soit juste derrière moi.) Fais tes preuves, Mikael.

Il pinça les lèvres en une mince ligne, et une lueur d'irritation passa dans ses yeux.

— La compassion prend du temps, Zelda.

— Pas quand on a un délai. Il ne pourra pas gagner plus de temps.

Il ? Il qui ? Kylan ? Non. Ce n'était pas ça.

— Bien.

Mikael fit un pas en avant, et mon pouls s'emballa.

— Ne fais pas ça, suppliai-je, tentant en vain d'échapper à la prise de Zelda. S'il te plaît, ne fais pas ça.

Ses yeux clairs irradiaient le chagrin, mais une nuance de résolution scintillait dans ses iris.

— Je t'offre la paix, Rae.

Oh, Déesse, il le croit vraiment.

— Mikael…

Mais c'était sans espoir. Je le vis à sa façon de me regarder. Il allait le faire, il allait me tuer et faire accuser Kylan. Tout comme quelqu'un d'autre, Zelda peut-être? l'avait fait avec son harem.

Kylan ! criai-je mentalement ; il fallait qu'il m'entende. *Kylan, s'il te plaît !*

Mais la porte entre nous demeurait close.

S'il m'entendait, il n'en montra pas signe.

Kylan… J'ai besoin de toi !

— Je suis désolé, répéta Mikael.

— Ne…

Mon appel s'acheva en un gargouillement, quand mon cou irradia du feu.

Un coup de couteau.

De Mikael ?

— Adieu, Rae, chuchota-t-il en faisant retomber sa main.

Du sang frais, *mon sang*, gouttait de son couteau.

Le temps se figea, mon esprit refusant de croire, d'accepter…

Il l'a fait.

Il l'a vraiment fait.

Un liquide chaud s'épancha dans ma gorge, noyant mes voies respiratoires. Trop vite. Trop.

Kylan, gémis-je. *Au secours…*

Rien.

Zelda et Mikael t'ont trahi, lui dis-je. Il fallait qu'il le sache.

Un gargouillement pénible emplit mes oreilles, étouffant ma réalité.

Kylan…

Pas de réponse.

Mes yeux s'emplirent de larmes. Il avait bloqué notre connexion si minutieusement qu'il ne m'entendait plus du tout.

Car il n'en avait jamais rien eu à faire.

S'était débarrassé de moi.

De notre lien.

J'aurais dû es-essayer p-plus fort.

J'aurais dû…

Mon flanc hurla de souffrance, quelque chose de pointu plongea en moi, mon monde s'obscurcit, se déchira en deux.

Je-je ne peux pas…

Kylan… Je ne peux pas respirer…

Je me noie…

Je cillai, ma vision s'obscurcissait.

La neige était froide. Lourde.

Un tel échec. Le mien. Le sien.

Mon âme cria, passa à travers le lien, tirant sur la seule personne qui pouvait me sauver maintenant. *Kylan, je t'en prie…*

Les murs étaient trop sombres.

Si seule.

Si triste.

Abandonnée.

Il ne vient pas à mon secours.

Mon cœur eut des ratés.

Je vais mourir ici…

Seule.

KYLAN

J'augmentai la cadence et la force de mes pompes sur le sol, appréciant l'épuisement intense qui s'installait dans mes membres. J'éprouvais une sensation de picotement que je n'avais pas ressentie depuis très longtemps. Elle me consuma, me laissant tremblant lorsque je retournai à la maison.

Ma bouche était sèche, me suppliant de m'hydrater ; il me fallait dusang.

Merde. Je ne m'étais pas autant dépensé depuis… Je fronçai les sourcils. Depuis toujours ? Je n'avais besoin de me nourrir qu'une fois par mois pour maintenir ma force, or je me faisais plaisir presque tous les jours, j'avais même fait des excès l'autre soir.

J'ouvris le frigo en quête d'un en-cas quand une impression de malaise me traversa.

Pourquoi suis-je si fatigué ?

Ç'avait été une sacrée course, mais pas *si* éprouvante. Je faisais de l'exercice assez souvent, même sans en avoir besoin.

Je roulai mon cou, relâchai mes muscles tendus, mais mon énergie s'épuisait à chaque respiration. Presque comme si mon essence vitale était aspirée hors de moi.

Un spasme me parcourut, me forçant à empoigner le comptoir pour me soutenir.

C'est quoi ce bordel ?

Je fermai les yeux, cherchant en moi la source de ce malaise qui me frappait comme un train de marchandises.

Raelyn.

Elle siphonnait mon immortalité, l'absorbait, *me* consumait.

Je grognai et cherchai son esprit, je voulais savoir comment c'était possible, mais ne trouvai rien. Aucune conscience. Juste le vide.

L'inexistence.

— Raelyn !

Je tournai en rond en quête d'une fragrance, la trouvai qui rôdait dans l'air. Je fonçai dans l'escalier, m'arrêtai dans notre chambre. Vide.

Son sang était par là. Faible, mais présent.

Je suivis l'odeur jusqu'à la chambre de Mikael, devant laquelle j'hésitai.

Si elle avait choisi de briser ce lien par elle-même en cherchant auprès de lui du réconfort…

J'enfonçai du pied la porte qui s'ouvrit à la volée et alla heurter le mur. Pas trace d'elle ni de Mikael, mais le bruit de la douche me précipita dans la salle de bains.

Zelda glapit en s'écartant d'un bond d'un Mikael très nu et très mouillé. Il avait le regard inquiet, voire coupable.

— V-Votre Altesse ?

L'odeur du sang de Raelyn persistait ici, mais assez faiblement. S'était-elle attardée dans la chambre de Mikael aujourd'hui ?

— Tu as vu Raelyn ?

Il déglutit et secoua vivement la tête.

— N-non. Pourquoi ?

Zelda se pointa derrière lui, ses yeux bleus écarquillés.

— Je l'ai vue sortir avec Angelica il y a un petit moment, mon Prince.

Ce rappel me fit les quitter sans un mot.

Quelque chose n'allait pas du tout.

Je ne sentais plus Raelyn du tout, en dehors de sa marque sur mon essence. Mon cœur martelait ma poitrine à l'idée de ce que cela pouvait signifier.

En un clin d'œil je fus dehors, où l'odeur de son sang était bien plus prégnante.

Pourquoi étais-je rentré par la porte de devant ? Je l'aurais sentie par ici après ma course si j'étais passé par l'arrière.

— Raelyn ! appelai-je, me déphasant vers où son odeur était la plus forte.

Angelica était à terre, couverte de sang. Elle leva sur moi des yeux hagards.

— V-votre A-Altesse… Je… Je…

Je l'écartai de Raelyn, son cri de douleur retentit loin de mes oreilles.

— Raelyn, haletai-je, tombant à genoux à ses côtés. (Mes mains voletaient au-dessus d'elle, ne sachant par où la prendre.) Oh, Raelyn…

Elle était déchirée, la gorge ouverte, la poitrine truffée de coups de couteau, ses yeux couleur glacier vitreux, aveugles.

Ma gorge se serra.

Je l'avais rejetée.

Elle était morte.

Comment ?

Pourquoi ?

Qui ?

Je levai les yeux vers Angelica qui frissonnait près des arbres, son corps incliné en une révérence que j'avais très envie de démolir.

— *Toi*, grondai-je, mes instincts me hurlant de la déchirer vivante comme elle l'avait fait à Raelyn.

— Ce-ce n'est pas moi ! cria-t-elle, toute tremblante à

terre. J'essayais de la s-soigner, ajouta-t-elle avec un sanglot brisé, en levant son poignet.

Je fus sur elle en un éclair, j'attrapai son bras et remarquai les fraîches morsures. L'odeur de Raelyn était partout sur elle. Je lui serrai le bras et son cri de douleur me suggéra que j'avais brisé un os, mais je m'en fichais.

— Ne bouge pas, ordonnai-je.

Je revins à Raelyn, coupai mon propre poignet et le plaçai devant sa bouche.

Une idée ridicule.

Elle ne pouvait pas avaler.

Elle était morte, putain !

Je hurlai de fureur, la souffrance me déchirant de l'intérieur.

Brisée…

Mon cœur cognait fort, je serrai les poings sur sa poitrine, mon corps se brisa sur le sien.

Morte…

M'avait-elle appelée durant ses derniers instants ?

Je ne le saurais jamais, car j'avais verrouillé le lien. L'avait bloquée hors de mon esprit. L'unique lien qui aurait pu, qui aurait dû, la protéger.

Au lieu de la rejoindre moi-même, je lui avais envoyé Angelica.

Je suis un lâche.

Indigne.

Je la savais en danger et je l'avais laissée seule, trop arrogant sur mes propres défenses pour envisager qu'elle puisse courir un risque ici.

Elle méritait mieux.

— Raelyn, chuchotai-je, posant ma tempe contre la sienne. Je suis tellement désolé.

Le massacre de mon harem m'avait blessé, mais ça…

Je tremblai, ma vision troublée, mon esprit en rébellion, mon âme…

Ma compagne.

Parfois, tu le sais, c'est tout, lui avais-je dit. *Je savais que c'était toi, Raelyn.*

Mes poumons se comprimèrent, mon corps tremblant de fatigue.

Sa mort est en train de me tuer…

Est-ce que ce serait si terrible ? me demandai-je. J'avais vécu si longtemps seul, j'avais survécu pour faire quoi ? Diriger un empire ? Profiter des plaisirs de la vie auxquels je m'étais livré plusieurs fois déjà ?

Raelyn avait été la première chose excitante qui soit arrivée dans ma vie depuis très longtemps.

Et elle est partie.

Aucun battement de cœur.

Aucun souffle.

Son corps inerte, encore chaud.

La mort ne l'avait pas encore totalement emportée.

J'avais été si proche d'elle. J'aurais dû être capable de la sauver.

J'ai échoué.

Et ça faisait foutrement mal.

Ça m'écrasait la poitrine, ça me détruisait de l'intérieur. La cérémonie liait nos âmes, et la sienne criait, m'entraînant avec elle, tirant sur mon essence, comme si elle essayait de se frayer un chemin jusqu'à la surface.

Je me redressai, la scrutai.

Aucun signe de guérison.

Mais elle est encore en vie.

Son esprit était vacant, mais présent. Son âme était toujours attachée à la mienne.

Si elle était morte, je ne la sentirais pas du tout.

Je me remémorai tout ce que je savais à propos de la

cérémonie, les histoires, les attentes…*elle est reliée à mon immortalité.*

Voilà pourquoi j'étais si épuisé.

Mon essence la guérissait.

Je la pris dans mes bras, me relevai. Combien de temps cela prendrait-il ? Y avait-il quelque chose que je puisse faire pour accélérer le processus ?

Darius saurait, lui.

Je me dirigeai vers la maison, mais m'arrêtai. Quelqu'un ici m'avait trahi. Peut-être Angelica, vu l'évidence de la scène, mais le sang de Raelyn était frais dans la maison…

Quelque chose ne colle pas.

Tant que je ne saurais pas la vérité, je ne pouvais faire confiance à personne. À part Judith. Je l'avais vue pendant mon jogging, patrouillant elle-même autour du périmètre. Ce qui confirmait que le coupable était déjà à l'intérieur.

Je calai d'un bras Raelyn contre ma poitrine nue et touchai l'appareil dans ma poche pour alerter mon équipe de sécurité. C'était une sorte d'alarme que Judith avait installée dans mon téléphone. Ils pourraient ainsi me localiser.

Judith apparut, l'air inquiet, son pistolet déjà dégainé. Le soulagement adoucit ses traits en me voyant alerte, puis elle fronça les sourcils devant le corps mutilé de Raelyn.

— Oh…

Elle porta la main à sa bouche, sa réaction me confirmant qu'elle n'avait rien à voir avec ce merdier. Je pouvais avoir un traître dans mon entourage, mais je pouvais encore déchiffrer mes proches, et ses yeux reflétaient un choc sincère.

— Kylan, mon Prince, je…

— Je veux que tu mettes Angelica aux arrêts. Prive-la de sang, mais pas d'autre punition jusqu'à mon retour.

Judith cilla, et remarqua finalement la vampire recroquevillée dans la neige. Je ne pouvais même pas la regarder. Peu importe qu'elle ait ou non fait ça à Raelyn, elle m'avait déçu.

Et elle serait punie.

— Votre retour ? demanda Judith à mi-voix.

— Je reste en contact.

Je laissai tomber mon téléphone, ne voulant pas être tracé, et filai au garage avec Raelyn avant que Judith ne puisse protester.

Je choisis les clés de ma voiture la plus rapide, calai Raelyn dans le siège passager et éteignis le GPS.

Si n'importe qui me cherchait noise dans cet état, il mourrait. Y compris les gardes de la cité.

Je parcourus les rues à vive allure, connaissant toutes les plaques de verglas grâce à mon expérience de près de deux siècles. Raelyn était toujours brisée à mes côtés, sans aucun signe de vie à part le tiraillement de son âme sur la mienne. Sa forme souple confirmait également mes soupçons que son corps n'avait pas encore atteint les dernières étapes de la mort, bien que son âme soit dans les limbes.

Il devait y avoir un moyen d'accélérer sa guérison, un truc que je ne faisais pas.

Mon Dieu, la douleur qu'elle avait dû endurer pendant que je l'ignorais…

Je tressaillis et attrapai sa main.

— Je ne te laisserai plus jamais tomber, promis-je. *Jamais.*

Les lumières de la ville apparurent loin devant, polluant le ciel nocturne. J'avais toujours détesté cette vue, préférant la solitude de mon chez-moi, mais cette nuit j'avais hâte de rejoindre ces bâtiments et un certain vampire qui y rôdait.

T'as intérêt à être là, Darius.

J'ignorais où il pourrait aller, surtout considérant notre stratagème pour faire croire que je jouais avec Juliet. Leur lien était pur, vrai, créé par amour. C'était devenu de plus en plus clair au cours du dîner l'autre soir, dans les petites attentions de Darius à son égard. Elle souriait souvent, et ses yeux sombres débordaient d'adoration chaque fois qu'elle le regardait.

Raelyn et moi n'avions pas ça. J'avais créé la connexion par accident, puis l'avais finalisée dans le but de la briser, car je ne pouvais pas supporter l'idée que quelqu'un la touche avant moi.

Tellement égoïste.

Pourtant c'était la seule chose qui la gardait en vie.

Mon cœur manqua un battement, mon souffle s'accéléra. J'avais sauvé sa vie par inadvertance. Comment pouvais-je rompre un tel lien après ça ? Je… Je ne voulais pas qu'elle meure. Jamais.

Cette prise de conscience me fit serrer les dents. Comment cette femme s'était-elle accolée si complètement à ma vie ? À mon esprit ? À mon cœur ? Dès le début, elle m'avait obsédé. Une familiarité innée m'avait fait m'arrêter devant elle à la Journée du Sang, puis ses yeux bleu glacier m'avaient captivé. Et quand elle m'avait mordu, j'ai su qu'il me la fallait.

Je m'attendais à ce que cet engouement meure rapidement, mais il n'avait fait qu'augmenter à travers cette obsession dévorante. Raelyn était en moi.

Et je veux qu'elle y reste.

J'entrai dans les tunnels tous phares éteints, ma vision nocturne et mes instincts guidant notre chemin. Les gardes patrouillaient rarement ici, très peu dans la ville sachant comment les emprunter. Mes ingénieurs avaient construit un labyrinthe à dessein, me fournissant la seule véritable carte routière. Des portes se fermaient fréquemment, bloquant des accès, mais je possédais la télécommande pour chacune d'elles. Une simple pression sur un bouton et les souterrains devenaient mon terrain de jeu.

Cette nuit, c'était une issue nécessaire.

J'accélérai, submergé par le besoin de réponses.

Elle est vivante, me consolai-je. *À peine.*

Mais elle ne respirait pas.

Je serrai les mains sur le volant, et la sortie que je désirais apparut bientôt. Les rues de la ville grouillaient de vampires, tous dehors pour leur déjeuner de minuit.

Par chance, la plupart marchaient sur les trottoirs et les voitures n'encombraient pas les rues.

Quelques minutes plus tard, je me garai et pris Raelyn dans mes bras.

J'appelai l'ascenseur avec l'empreinte de mon pouce. Le dernier étage n'arrivait pas assez vite.

Son cœur ne battait toujours pas.

Allez, Raelyn. Où est ma combattante ?

Darius attendait debout, l'appel de l'ascenseur l'ayant averti d'une arrivée imminente. Son pantalon noir lâche et sa chemise à moitié boutonnée indiquaient qu'il s'était préparé rapidement.

— J'ai besoin de toi, lui dis-je en guise de salut.

Son regard tomba aussitôt sur la femme ensanglantée dans mes bras. Il haussa les sourcils.

— Jésus Christ.

— Voilà un nom que je n'ai pas entendu depuis longtemps, marmonnai-je, le dépassant pour allonger Raelyn sur le canapé. Elle ne respire pas, mais je peux la *sentir*. (Je croisai son regard alarmé.) Nous avons complété la cérémonie.

— Ce qui la rend immortelle, déduisit-il, le front plissé. Mais elle ne respire pas.

— Et son cœur ne bat pas. (Je passai mes doigts dans mes cheveux.) Aide-moi. Que devrais-je lui faire que je n'ai pas fait ? Je sais qu'elle est là, mais elle ne… elle ne guérit pas.

Darius exhala en hochant la tête.

— Bon.

Il lança un regard en biais à Juliet qui entrait, vêtue d'un pull et d'un jean, les joues rouges et les cheveux ébouriffés. C'était clair qu'ils venaient de se faire du bien. Elle le rejoignit, ses grands yeux fixés sur le corps mutilé de Raelyn.

— Ta connexion est ouverte à quel point ? demanda-t-il, entourant de son bras son *Erosita*.

— En ce moment ? (Je cherchai, incertain.) Difficile à dire, vu que je ne l'entends pas du tout.

— Mais tu la sens, murmura-t-il. Est-ce que tu peux suivre ce fil, pénétrer son esprit ?

— Il n'y a rien d'autre qu'un vide.

Un grondement de frustration souligna mes paroles. Ce vide était dû au fait que j'avais fermé l'accès et n'avait pas entendu ses cris.

Combien de fois m'as-tu appelé, petit agneau ?

Elle avait dû se sentir si seule, sans défense.

Parce que je l'avais abandonnée, écartée, avais bloqué son esprit.

— …plus profond, disait Darius. Quand Juliet perd conscience, je peux toujours la ressentir. Il faut juste un peu naviguer dans les ténèbres. Ne cherche pas tant des pensées que des émotions.

— Tu peux me sentir quand je suis inconsciente ? s'étonna Juliet d'une voix douce.

— Oui, répondit-il, sans développer davantage.

Je m'agenouillai auprès de Raelyn, posai mon front sur le sien. *Très bien, petit agneau, qu'est-ce que tu caches ?*

Elle ne répondit pas, non pas que je m'y attendais.

Je me glissai dans son esprit à travers notre lien, son absence de conscience me faisant frissonner.

— Est-il possible que son âme s'accroche, mais que son corps soit trop abîmé pour guérir ? m'enquis-je, craignant que son accès à mon immortalité ne l'ait piégée en un lieu d'où elle ne pourrait plus jamais s'échapper : une éternité en enfer.

— L'*Erosita* partage l'immortalité avec son compagnon. Est-ce que tu pourrais guérir des blessures dont elle souffre ?

— Oui, sans nul doute.

Il en fallait beaucoup pour tuer un vampire, et encore plus pour un de mon âge.

— Donc elle guérira aussi, mais peut-être plus lentement. Ce qui m'inquiète davantage, c'est qu'elle ne montre encore aucun signe de guérison. Même une nouvelle commencerait à se régénérer lentement à présent.

— Je sais, soupirai-je, me concentrant de nouveau.

Qu'est-ce que je rate ?

La cérémonie était achevée. J'avais senti tout se mettre en place, son être fusionner avec le mien, nos esprits se fondre en un seul. Ça m'avait foutu les jetons, m'obligeant à ériger un bouclier impénétrable entre nous.

Et si ç'avait eu un impact sur notre union ?

Non.

J'étais complètement en elle à présent, son essence vacante m'entourait.

Si seule.

Fade.

Triste.

Fronçant les sourcils, je tirai sur cette dernière sensation, la suivis.

Une telle douleur.

L'abandon.

Plus aucune volonté de vivre.

Un profond, profond chagrin

Il m'a quittée...

Ces trois mots furent comme un souffle à mon oreille, éthérés mais clairs.

Les illusions de trahison de Raelyn me transpercèrent le cœur, pas seulement à cause de mon blocage, mais aussi à cause de sa dévastation intérieure, due à ce que je lui avais fait. Je *sentais* sa souffrance, tout ça à cause de mes actes.

Et elle se complaisait dans cette autodestruction au lieu de se battre.

Car elle ne voyait pas l'intérêt d'essayer.

Je ne lui avais donné aucune raison de revenir vers moi, aucune raison de survivre. J'avais plutôt démoli ses espoirs par mon insensibilité.

Ma Raelyn. Je tentai de caresser son âme, de réconforter son être, mais autant caresser un fantôme.

Si brisée, si perdue, si abattue.

Sa psyché ne voulait pas la laisser guérir.

Je n'accepte pas ça, petit agneau, lui chuchotai-je. *Tu reviens à moi.*

Elle ne répondit ni ne réagit, l'esprit flottant, impuissant, sans guère de détermination ni de combativité. J'avais chassé tout cela sans le vouloir, accusant le lien d'être à l'origine de mon obsession inhabituelle, mais c'était toujours elle qui m'attirait. Pas son sang, ni même son corps, mais son âme.

Tu es à moi, chérie.

Le temps ne comptait pas. Je l'avais revendiquée sitôt que je l'avais vue. Je ne m'en étais simplement pas rendu compte.

Je pris sa joue dans ma main en coupe, mon esprit

flirtant toujours avec le sien. *Tu ne peux pas te cacher de moi. Je te trouverai, Raelyn.* Mes ennemis me qualifiaient d'implacable pour une bonne raison. Je n'abandonnais jamais quand je désirais quelque chose, et là maintenant, c'était elle que je voulais.

Si c'était de la force qu'il lui fallait, je lui donnerais tout.

Mon immortalité.

Mon âme.

Mon cœur.

Prends tout, l'encourageai-je. *Sers-toi de moi.*

J'entourai sa nuque de mes doigts, résolu à forcer autant que je pouvais en elle. Elle survivrait à ça. Elle se réveillerait. Elle serait à moi dans tous les sens du terme. Quel qu'en soit le prix, je le paierai.

Maintenant, Raelyn, exigeai-je. *Tu vas respirer de nouveau, même si c'est la dernière chose que je te fais faire.*

Elle était têtue, mais j'étais tenace.

J'avais besoin d'elle, pas seulement pour savoir qui lui avait fait ça, mais parce que je me sentais vide sans elle. Nous étions loin d'en avoir fini. Peut-être même qu'on n'en finirait jamais.

L'éternité, c'était long, mais si je pouvais en profiter avec quelqu'un, c'était bien Raelyn. Elle possédait le feu que je désirais, une intelligence que j'admirais, et la passion entre nous était plus profonde que toutes mes expériences combinées. C'était pour cette raison que je l'avais marquée, lui avait donné mon sang. Je n'avais jamais permis, ni même envisagé de permettre, à une autre consort d'être aussi proche de moi. Je garantissais notre satisfaction mutuelle, rien de plus.

J'avais donné mon sang à Raelyn car je l'avais voulu. Je l'avais mordue car la chaleur du moment l'exigeait. Je me nourrissais rarement sur quiconque pendant que je prenais mon propre plaisir, mais je n'avais pu m'empêcher de la goûter.

Elle était mon addiction.

Mon but renouvelé.

Une raison de profiter à nouveau de la vie.

Respire, bon sang, grognai-je. *J'ai besoin de toi.*

Raelyn était résistante. Elle survivrait à ça. Je refusai d'envisager toute autre issue, et le lui répétai encore et encore. Elle pouvait m'ignorer autant qu'elle voulait, mais je la forcerais à guérir.

Toute mon énergie, tout mon être, s'écoulait en elle, mon âge, mon expérience, tout. Je poussai tout ça à travers notre lien, sans rien retenir.

La connaissance.

Le pouvoir.

Le passé.

Mes secrets les plus enfouis, les plus sombres.

Exposés.

À elle.

Pour toujours.

Parce que je ne pouvais plus rompre notre lien maintenant, pas après lui avoir donné accès aux profondeurs de mon âme. Elle garderait toujours une conscience de moi différente de celle des autres. Et je ne répéterai plus jamais cela.

Un coup sourd me fit tendre l'oreille.

Juste un fantôme de son.

Suivi par un autre cognement lointain.

J'attendis, mon souffle gelé dans mes poumons.

Les secondes s'écoulèrent.

Puis un troisième battement. Un quatrième. Un cinquième.

Les yeux emplis de larmes, je pressai mon front contre le sien.

Raelyn.

Le chant de son pouls ne m'avait jamais paru si beau. Elle avait encore une longue route à parcourir, mais elle guérirait. Et je serai à ses côtés quand elle rouvrirait enfin les yeux.

KYLAN

— Comment va-t-elle ? demanda Darius après avoir frappé à la porte, une tasse de café à la main.

Je caressai les cheveux de Raelyn, blottie nue contre moi sous les couvertures.

— Toujours en train de récupérer de la perte de sang, mais elle se régénère progressivement.

Il posa le café près de moi sur le chevet.

— Bien. Sa peau aussi paraît saine.

Oui, son teint crémeux était revenu plus tôt dans la journée. Je l'avais baignée de nouveau, nettoyant les dernières traces de sang de son corps, la rendant toute propre et prête à renaître.

— Ses pensées reviennent également.

— Un indice sur qui lui a fait ça ?

— Pas encore. (Je fronçai les sourcils et me décidai pour la franchise.) Jusqu'à présent, toutes ses pensées tournent autour d'à quel point elle me déteste.

C'était chiant. L'entendre le dire était une chose, capter la vérité derrière cette déclaration en était une autre.

— Je me suis vraiment comporté comme un enfoiré envers elle.

Darius gloussa.

— Bon, je suis sûr qu'elle te pardonnera quand elle réalisera que tu lui as sauvé la vie.

Je ricanai.

— Tu ne la connais pas comme moi. Elle va me faire vivre un enfer.

Ce que j'allais apprécier bien plus que je ne le devrais.

Quelque chose de semblable à de l'étonnement traversa ses traits. Il ouvrit la bouche, puis la referma.

— Exprime-toi, l'encourageai-je.

Il secoua la tête.

— Ça n'a pas d'importance.

— Je ne vais pas riposter, Darius. Dis ce que t'as à dire.

Il s'appuya contre le mur, les mains dans les poches de son pantalon noir, les chevilles croisées.

— Elle t'a changé.

Je retroussai les lèvres.

— Ce monde, la création de Lilith, nous retire tout le plaisir de vivre. Raelyn m'a apporté quelque chose que je n'ai pas connu depuis des lustres. Un défi.

— Donc tu n'es pas fan de l'Alliance de Sang, présuma-t-il.

— Je peux respecter certains aspects du système, mais dans l'ensemble ? Non, je n'aime pas ce nouveau monde.

Il était ennuyeux, trop structuré.

— J'aurais pensé que tu étais l'un de ses plus grands supporters.

— Qui ? Lilith ? (Je pouffai à cette idée.) Je déteste cette pétasse. Toute cette connerie de Déesse est juste un délire mégalo de glorification.

— Pourtant elle a un tas de soutiens.

— Malheureusement, oui. Pour l'instant.

— Pour l'instant ? répéta-t-il, haussant un sourcil.

— S'il y a une chose que j'ai apprise dans cette vie, c'est que les dictateurs ne restent au sommet qu'un certain temps. Lilith est très douée pour faire semblant d'être attentionnée, pour garder tous ses royaux et ses alphas dans le droit chemin en caressant leur ego quand il le faut, mais elle finira par commettre une erreur. Et tout le monde ne l'adore pas, quelles que soient les façades en place.

— Tu penses qu'il y en a qui veulent la renverser ?

— Bien sûr. (Je fis courir mes doigts dans les cheveux de Raelyn, soutenant le regard de Darius.) Ils ne vont pas abattre leurs cartes avant un bon moment, car les meilleurs plans prennent du temps, mais j'imagine qu'on va voir du mouvement dans les rangs sous peu.

Ou peut-être que c'était déjà le cas.

J'étudiai son expression soigneusement neutre, cherchant des signes de sa connaissance du sujet.

Il ne cilla pas.

Ne bougea pas.

Ne tressaillit même pas.

Soit Darius était un excellent acteur, soit il ne savait vraiment rien. Je pariai sur la première proposition. Un vieux vampire qui s'intéressait soudainement à la politique et qui s'accouplait avec une femelle humaine qu'il aimait de toute évidence ? C'était deux changements de vie très intrigants à relier ensemble. Presque comme s'il l'avait planifié.

Mais qui étais-je pour spéculer ?

Je souris.

— Enfin, qu'est-ce que j'en sais ? Je suis juste le plus ancien royal en vie, à supposer que Cam soit vraiment mort.

Toujours aussi stoïque.

— Tu feras un politicien fantastique, Darius, murmurai-je. Je suis impatient de voir où ta carrière va te mener.

Il sourit enfin.

— Merci, Votre Altesse.

Il s'écarta du mur et gagna la porte d'une démarche assurée, où il s'arrêta.

— Tu peux essayer de lui suggérer des scènes.

Je plissai le front.

— À Raelyn ?

— Oui. Transmets-lui une image d'elle dehors avec Angelica, et vois si elle te mène à la vérité sur ce qui s'est passé. (Ses yeux verts croisèrent les miens.) Elle a subi un traumatisme important. C'est tout frais quelque part dans son esprit. Tu dois juste le trouver.

Il s'en alla sans un mot de plus, me laissant réfléchir à sa suggestion.

La réponse était-elle tapie derrière sa haine de moi ?

Voyons voir, petit agneau.

Je caressai ses pensées, et reculai en arrivant devant un mur de frustration sur lequel était gravé mon nom.

Tout ça n'est qu'un jeu. Je ne signifie rien pour lui, juste une distraction temporaire en attendant que ses nouvelles consorts arrivent.

Je gloussai. Oh, si c'était vrai, j'aurais déjà visité les camps de harems pour voir lesquelles sélectionner. Alors que je n'avais même pas étudié leurs dossiers ni visionné les vidéos que m'avaient envoyées les instructeurs.

Car je m'en fichais.

Je ne voulais que la consort à mes côtés.

Mais jamais elle ne croirait une chose pareille.

Il s'est servi de moi. Il m'a liée à lui pour pouvoir maîtriser mon esprit et mon cœur, et comme une idiote, je l'ai laissé faire. J'ai espéré… Non. Arrête. C'est ridicule. Quel intérêt ? Je n'ai jamais rien signifié pour lui.

Si ce flux de conscience avait été en temps réel, j'aurais pu la corriger. Hélas, son esprit ne faisait que répéter ses pensées les plus cohérentes, celles qu'elle avait ruminées encore et encore : les éléments les plus importants de sa psyché. Tous centrés sur moi et comment je l'avais laissée tomber.

Je soupirai et passai à travers ce premier mur, curieux de voir ce qu'il y avait au-delà.

Des images de Silas et d'une femelle blonde vacillèrent au loin. Je suivis le fil jusqu'à un souvenir d'eux en train de rire, du point de vue de Raelyn.

— *Son visage*, disait la femme, *ses lèvres pleines étirées en un sourire.*

— *Comme si la performance de Rae était meilleure*, répondit Silas en secouant la tête. *Mon Dieu, j'ai cru qu'ils verraient tous qu'elle simulait.*

Le rire de Raelyn me transperça le cœur ; un son qu'elle n'avait jamais émis en ma présence.

— *N'importe quoi pour réussir un cours.*

— *Tu ne vas pas passer au niveau suivant, alors ?* la taquina Silas, en lui faisant un clin d'œil.

— *Chère Déesse, non. Les arts sexuels ne sont pas pour moi.*

— *J'espère que tu ne finiras pas dans les harems, alors*, dit la blonde. *Ou pire, dans les camps de reproduction.*

Mais c'est là où tu es allée, chuchota Raelyn, le souvenir se transformant en une pensée. *Putain, Willow, j'espère que ça va pour toi. Tu me manques.*

Je me retirai, notant le nom. Elle l'avait mentionné une ou deux fois, comme quoi cette femme était son amie. À voir maintenant leur interaction du point de vue de Raelyn, je le croyais volontiers.

De vrais amis.

Tous les trois.

Et la société les avait arrachés les uns aux autres.

Je pris ma tablette, ignorant le café que Darius m'avait laissé, et fouillai dans les dossiers en quête d'une image de la femme. Son affectation à un camp de reproduction et ses cheveux blond pâle me permirent de la trouver facilement.

Toujours en vie.

Mais les dernières images d'elle montraient qu'elle aurait préféré qu'il en soit autrement.

Non, ce n'était pas un sort agréable, surtout pour une femelle.

Et qu'en est-il de Silas ? Je sortis les dernières statistiques de la Coupe Immortelle. Il n'en restait que quatre, dont Silas. Le vainqueur serait bientôt annoncé, en supposant que l'un d'eux survive au dernier round. Ses yeux bleu saphir n'avaient plus l'assurance que j'y avais vue lors de la Journée du Sang, son corps musculeux montrait des signes de fatigue, mais ses lèvres pincées marquaient sa résolution.

C'était un survivant.

Tout comme Raelyn.

Je repassai à Willow, zoomai sur son visage contusionné. Son regard baissé rendait difficile à deviner si elle possédait la même forte volonté que ses amis, mais quelque chose me disait qu'elle aussi était une humaine impressionnante.

Un sujet à aborder avec Raelyn à un moment donné. Après qu'on ait résolu notre problème actuel.

Je voulais toujours savoir qui avait tenté de tuer ma consort. Non, mon *Erosita*.

Ce terme réchauffa mon cœur, et savoir simplement *qui* elle était me faisait me sentir bien mieux que je ne l'aurais imaginé.

Je reposai la tablette et me glissai de nouveau dans sa tête, passant outre l'assaut de phrases répétitives sur mon horrible caractère, en quête de nouveaux fils. L'idée que Darius avait mentionnée s'infiltrait par le lien, mais plutôt que d'imaginer Angelica dehors, Raelyn contemplait le ciel, quelque peu émerveillée.

Mes lèvres se retroussèrent à voir son bonheur.

Elle adorait vraiment le grand air, la neige, les

montagnes. Son cœur chantait à l'unisson, rayonnant d'un plaisir que moi seul aurais souhaité pouvoir lui donner.

Puis sa joie s'accrut devant l'apparition de Mikael.

Je grognai au fond de moi. Pourquoi *lui* la rendait-il plus heureuse que moi ? Parce que je les avais laissés seuls pendant une semaine pour s'entraîner ?

Attends…

Le soulagement émanait de tout son être.

— *Déesse, je suis si contente que tu ailles bien.*

— *Je t'ai manqué ?*

Je fronçai les sourcils à cet échange. Quand s'était-il produit ? Mikael prétendait ne pas l'avoir vue, pourtant sa vision le montrait qui l'emmenait dehors, le long des arbres. Sans Angelica.

Était-ce un rêve ou un souvenir ?

Ils continuaient leur promenade, et la confusion s'insinuait dans son esprit, l'image devenant floue sur les bords.

Continue, la pressai-je, plissant les yeux.

Tout s'assombrissait, comme si elle ne voulait pas repenser à ce qui s'était passé ensuite. L'image vira au noir, puis s'éclaira de nouveau, et son cœur accéléra quand Zelda apparut.

La trahison résonnait à travers notre lien.

Kylan, au secours…

Mes mains tremblèrent. Ces mots n'étaient pas actuels, ils sortaient de ses souvenirs. Elle m'avait appelé, tout comme je le pensais, et son âme avait pleuré devant mon absence de réponse.

…t'ont trahi.

Une boule se forma dans ma gorge. Raelyn avait… elle avait passé ses ultimes secondes à tenter de me dire la vérité. Non pas à me maudire, mais à *m'avertir.*

— Oh, mon cœur, chuchotai-je, l'attirant contre moi. Mais qui, chérie ? Qui m'a trahi ?

Je suivis son fil de tristesse immense jusqu'à une image qui me serra le cœur.

Une vision de Mikael passant une lame en travers de sa gorge.

— *Adieu, Rae.*

Je me figeai.

Mikael ?

Non. Non, c'était impossible.

Il…

Je…

La vision apparut de nouveau.

Et encore.

Elle se répéta dans mes pensées, brisant ma compréhension de la réalité.

Le coup de lame.

Les gargouillis de Raelyn.

La voix triste de Mikael.

Tout cela culmina en moi, me déchirait le cœur. Je lui avais fait confiance. L'avais aimé, à ma manière. Mon meilleur ami…

Ça ne pouvait pas être vrai. *Pourquoi ?* voulus-je savoir. *Pourquoi ferait-il ça ?*

— *Tu dois voir ça comme un cadeau, Rae. Il ne t'apportera que du malheur. Crois-nous, on le sait.*

Ses mots dans l'esprit de Raelyn véhiculaient tant de chagrin, de souffrance. À cause de moi ? Parce que je l'avais blessé ? Comment ? Je prenais le plus grand soin de lui. Je le protégeais. Je lui donnais des choses que peu d'humains connaissaient.

Et il m'avait pris la seule chose que j'adorais.

La seule lueur de bonheur sur mon horizon.

Tout ça pour quoi ? La sauver de son malheur à lui ?

J'étais un enfoiré, mais pas *si* terrible. Il y en avait pas mal d'autres qui étaient bien pires que moi, mais Mikael n'avait jamais subi leurs marques « d'affection » parce que je l'en avais protégé.

Je serrai Raelyn contre moi, mon cœur battant à l'unisson avec le sien. *Tu ne me trouves pas si horrible, si ?* lui demandai-je doucement, et j'entendis de nouveau toutes ses accusations en réponse. *D'accord, tu as sans doute raison.*

Je soupirai, la trahison de Mikael bouillonnant entre nous, m'échauffant le sang.

Je les avais déçus tous les deux.

Elle.

Lui.

Pas intentionnellement, juste par habitude.

Mais ça ne justifiait pas que Mikael prenne la vie de Raelyn.

Ma gorge se serra, mon cœur martela ma poitrine. Comment en était-on arrivés là ? Pourquoi ?

Mikael était avec moi pendant le massacre du harem. Il avait pleuré de vraies larmes, sa souffrance avait été tangible. Je l'avais apaisé de la seule façon que je connaissais. Mais était-il au courant depuis le début ? Avait-il été impliqué ? Qui l'avait aidé ?

« Crois-nous, on le sait », avait-il dit.

Qui était ce « nous » ?

L'esprit de Raelyn s'ouvrit de nouveau, la scène vacillant d'arrière en avant, révélant des bribes et détails. Les yeux lumineux de Mikael chargés d'un tel chagrin, d'un regret palpable.

— *Il te fait désirer des choses qu'il ne donnera jamais complètement. Il te rend accro à lui. Te force à l'aimer. Mais il ne t'aimera jamais en retour.*

— *Je sais.*

Mon cœur chancela à ces paroles, si franches, si

brutales. Était-ce vraiment ce qu'ils pensaient ? Que je les forçais à ressentir des choses tout en refusant de leur rendre la pareille ?

— Putain, exhalai-je rudement.

Le souvenir se poursuivait dans le désordre. Le choc de Raelyn se mêlait au mien, sa peur s'intensifia quand…

— Zelda, réalisai-je, serrant la mâchoire.

Je cessai d'écouter, son couteau captant mon attention.

Elle faisait partie du complot, elle narguait Raelyn, la faisant reculer. Mikael semblait si résolu.

Et cette lame trancha de nouveau la gorge de Raelyn.

Et encore.

Et encore.

— Putain !

Je coupai tout, incapable d'en voir davantage.

Je ne pouvais pas…

Ce n'était pas…

J'enfouis mon visage dans le cou de Raelyn, l'esprit embrouillé de désirs contradictoires.

Vengeance.

Punition.

Chagrin.

Loyauté.

Raelyn gémit de nouveau mentalement, répétant mon nom encore et encore, suivi d'une profonde tristesse à l'idée que je l'avais laissée mourir seule.

Merde, ça me faisait plus mal que tout le reste, son angoisse.

Elle croyait que je m'en fichais.

Que je l'avais abandonnée à son triste sort.

— Non, chuchotai-je, bloquant mes bras autour d'elle. Non.

Je ne la laisserai plus seule de nouveau. Ni maintenant ni jamais.

Mikael…

Je jurai dans ses cheveux.

Il devrait attendre.

Tout devrait attendre.

C'était Raelyn qui comptait le plus.

Je suis là, lui promis-je. *Je ne te laisserai plus jamais.*

Même pas pour chercher vengeance.

RAE

Du savon. Je fronçai le nez. *Mentholé. Masculin.*

Bizarre. Le parfum était partout. Partout sur moi. En moi. Il me consumait. Et puis j'avais trop chaud, ma peau moite était pressée contre quelque chose de tout aussi chaud, la source de cette chaleur.

Kylan.

Je clignai des yeux dans les ténèbres de la pièce. Pas de montagnes enneigées, rien que des rideaux noirs comme ceux de son penthouse.

Je plissai le front. M'avait-il déplacée pendant que je dormais ? Je cillai de nouveau. Quand m'étais-je endormie ? Je n'arrivais pas à m'en souvenir, tout était embrumé, les dernières heures étaient confuses.

Kylan m'avait ramenée chez lui. Nous étions sortis nous promener. Mon cœur cafouilla, me rappelant ce qui s'était passé alors. Les jours de douleurs qui s'étaient ensuivis. Angelica me poussant à aller dehors. Et…

Je me redressai d'un bond, la main sur ma gorge.

Mikael.

Zelda.

Kylan m'abandonnant à mon sort.

Cela me frappa si fort que j'en eus le souffle coupé : la douleur de ma mort, si aiguë, si vive. Ils n'arrêtaient pas de me poignarder. Encore et encore et encore, mon corps agonisant tandis que mon âme s'accrochait, ressentant tout.

Je palpai mon flanc nu, mes seins, mon ventre.

Pas de marques. Pas de sang. Rien qu'une peau lisse et chaude.

Comment ?

Je tâtai de nouveau ma gorge intacte, convaincue que c'était une sorte de tour. Les humains ne guérissaient pas par magie.

Ne suis-je donc plus mortelle ?

— Non, tu es mienne, répondit Kylan d'une voix basse, prudente, soulignée d'une émotion plus sombre.

Je pivotai pour lui faire face et grimaçai quand ma tête tourna en même temps. Je portai les mains à mes tempes, un frisson de douleur ricochant dans tout mon corps.

— Aïe, articulai-je, ma voix me faisant défaut.

— Tiens. (Il glissa quelque chose entre mes lèvres : une paille.) Aspire et avale.

Je faillis refuser, mais j'avais besoin de liquide, ma gorge en manquait douloureusement. L'eau froide descendit le long de ma langue, calma le feu dans ma bouche et plus bas. C'était bon. Ça me calmait, me soulageait. Mes paupières se fermèrent tandis que je continuais de boire, mes muscles se détendirent jusqu'à ce que l'envie me prenne de me rallonger.

Kylan posa le gobelet et me prit dans ses bras, ma tête reposant contre son épaule. C'était confortable et trop, trop bon.

Je bâillai, mon corps sombrant doucement…

— Raelyn, murmura Kylan, me faisant sursauter.

Je suis dans ses bras.

Quand lui avais-je permis de m'attirer dans cette position ? Il m'avait abandonnée quand j'avais besoin de lui, m'avait repoussée, s'était servi de moi et m'avait brisée, et…

— Je t'ai sauvé la vie, ajouta-t-il à mi-voix. Ça n'excuse

pas tout le reste, mais c'est grâce à ton lien avec mon immortalité que tu es en vie. (Il resserra son emprise, ses lèvres frôlant ma tempe.) Tu voulais abandonner et je ne t'ai pas laissée faire.

Quoi ? La dernière chose dont je me souvenais, c'était de l'avoir appelé au secours dans ma tête sans recevoir aucune réponse.

— Aïe, marmonna-t-il en tressaillant. Ouais, je mérite bien ça.

Mériter quoi ? me demandai-je.

— Le souvenir, répondit-il. Et la douleur associée.

Je fis la moue, confuse. *Qu'est-ce qu'il… ?* Mes pensées s'évanouirent quand une image de mon corps mutilé flotta à travers mon esprit, suivie par une vague d'émotions.

Confusion.

Fureur.

Détresse.

Pas les miennes, mais celles de Kylan.

Suivies d'une volée de mots entremêlés avec ses propres souvenirs.

Raelyn ! Où es-tu ? Que s'est-il passé ?

Elle est morte…

Je vais tuer celui qui a fait ça, le mettre en pièces, disperser ses restes, tout brûler.

Je l'ai laissée tomber.

Le lien…

Elle le combat.

À cause de moi.

Putain, Raelyn, ne fais pas ça. Ne t'avise pas de lâcher prise.

C'est ça, petit agneau. Respire pour moi. Je ne te laisserai pas tant que tu ne seras pas réveillée. Peut-être même pas après.

Tu es coincée avec moi maintenant, princesse.

Il faut que tu me dises qui t'a fait ça. Qui est derrière tout ça ?

Cette dernière pensée me fit m'écarter de lui, ses vraies motivations enfin révélées.

— T-tu… (Je déglutis, la gorge encore douloureuse malgré l'eau fraîche. Mais je devais le dire.) Tu m'as sauvée seulement pour savoir…

— Non. (Il posa un doigt sur mes lèvres, me repoussa sur le lit et s'étendit au-dessus de moi.) Regarde plus profond, Raelyn, et tu verras que ce n'est pas vrai.

Je scrutai ses yeux presque noirs, entourés de cils épais et sombres. Il ne détourna pas le regard, le sien était ouvert, je pouvais explorer son esprit. D'autres mots se ruèrent en moi, tous empreints de fureur et de confusion, de bribes de désir, de murmures de dévotion, de regret, de tristesse et d'une totale dévastation.

Parmi eux, le nom de Mikael était crié le plus fort.

Et il rôdait une rage retenue envers Zelda.

Kylan avait capté mes souvenirs quand je m'étais éveillée la première fois… *Non*… Il les avait vus dans mes cauchemars pendant que je guérissais.

— Tu le savais déjà, exhalai-je.

— Oui, acquiesça-t-il.

— Et pourtant tu es resté ici ?

Il prit mon visage en coupe.

— J'ai promis de ne plus jamais te quitter, Raelyn. Je le pensais.

Mes lèvres bougèrent mais aucun son n'en sortit. Il était resté avec moi.

Je fouillai de nouveau ses pensées, il me fallait plus d'explications. Il resta patient, m'offrant un complet accès à tout. Tout de lui.

La cérémonie avait fait de moi son *Erosita*, comme Juliet pour Darius. Et me donnait accès à l'immortalité de Kylan.

C'était comme ça que j'avais survécu, et grâce à son insistance mentale pour que je ne perde pas espoir.

Ses souvenirs me submergèrent : son angoisse quand il avait cru que j'étais morte, sa réaction quand il avait réalisé que mon âme était encore florissante, lui nous conduisant ici et me cocoonant dans son penthouse pendant près d'une semaine pendant que je guérissais.

Des promesses.

Des décisions.

Il n'avait jamais vraiment voulu briser le lien, ça le rendait furieux rien que d'y penser, mais il n'avait jamais voulu l'instiller non plus. Et maintenant il refusait de le détruire. Pourtant subsistait un soupçon d'incertitude, son désir de me laisser choisir, de ne pas m'imposer le lien.

— Il ne peut être brisé que si un autre vampire te saute, dit-il doucement, naturellement conscient que je fouillais dans sa tête.

Ce qui voulait dire qu'il l'avait autorisé et continuait de s'ouvrir à moi.

— Je m'en souviens, grommelai-je, me rappelant clairement ses intentions premières.

Une bouffée de possessivité m'envahit, au point de me faire haleter. Elle oppressa ma poitrine, tortura mes entrailles, enflamma mon sang, me fit monter les larmes aux yeux.

Et puis elle disparut en un clin d'œil, me laissant essoufflée et légèrement étourdie.

— Ce n'est qu'une fraction de ce que je ressens quand je songe à te partager, Raelyn. (Il darda sur moi ses yeux noirs intenses.) Bien que j'ai pu avoir une telle intention au début, il y a une bonne raison pour laquelle je ne l'ai pas poursuivie et refuse de le faire maintenant.

Je le regardai fixement, choquée par une autre explosion de cette énergie avide de son esprit vers le mien.

— Comment tu fais ça ? réussis-je à prononcer d'une voix enrouée.

— Nous sommes accouplés. Je peux tout partager avec toi et vice-versa, y compris des émotions intenses.

— Et des pensées.

— Oui, et des images. (Son pouce parcourut ma lèvre inférieure, et il baissa les yeux.) Je peux voir tes souvenirs tout comme tu peux voir les miens. Notre connexion est grande ouverte, ce qui nous permet aussi de pousser des choses l'un vers l'autre.

— Ce qui peut nous amener à nous souvenir de certaines choses.

Comme ce qui s'était passé dehors.

— Oui, chuchota-t-il. Je t'ai imaginée dehors. Tu m'as montré le reste.

Je frissonnai et caressai de nouveau ma gorge.

— C'é-c'était horrible.

Kylan roula sur le flanc, m'entraînant avec lui. Nos têtes partageaient le même oreiller, nos yeux étaient rivés l'un à l'autre. Il fit courir ses doigts dans mes cheveux, qu'il écarta de mon visage.

— J'aurais dû être là, j'aurais dû t'écouter. Au lieu de ça, je t'ai laissée avec Angelica en supposant qu'elle te protègerait.

Son irritation à ces derniers mots bourdonna à travers notre lien, ce qui me fit froncer les sourcils.

— Tu lui en veux.

— En partie, oui. Mais je m'en veux surtout à moi-même.

— Mais tu la réprimandes quand même. (Je captais ses intentions meurtrières à son sujet, juste parce qu'elle m'avait laissée sans protection.) Son créateur l'a appelée. C'est pour ça qu'elle s'est éloignée.

Je ne comprenais pas bien le lien qu'il y avait en un

créateur et sa progéniture, mais j'imaginais que cela faisait de lui son supérieur.

— Vilheim l'a appelée, répéta Kylan, un pli marquant son front. Sacrée coïncidence.

Son commentaire éveilla un souvenir en moi. Quelque chose à propos de délai…

« Pas quand on a un délai. Il ne pourra pas gagner plus de temps. »

Les mots de Zelda tournaient dans ma tête. J'ignorais de qui elle voulait parler à ce moment-là, mais si c'était…

— Elle parlait de Vilheim, acheva Kylan à ma place. C'est grâce à lui que je l'ai embauchée. C'est Vilheim qui m'a recommandé Zelda.

Son corps se tendit contre le mien, ses souvenirs de leurs conversations vacillant à travers notre lien. Il ne cacha pas un seul détail, me laissant tout voir de son point de vue.

— C'était il y a deux ans.

Il suggérait qu'elle avait été introduite par Vilheim dans l'intention de discréditer Kylan. Je l'écoutai en déduire des complots, des considérations, des alliances potentielles.

Vilheim n'a pas assez d'expérience pour hériter de la région.

Mais il pourrait devenir un souverain sous le règne d'un autre.

Donc quel roi lui a promis le pouvoir en échange de ma destitution ?

Des noms défilaient dans son esprit, des mobiles étaient jugés et attribués, jusqu'à ce qu'il obtienne une liste solide de suspects qui pourraient essayer de s'emparer de ses terres. Ainsi qu'une liste de royaux et d'alphas qui s'ennuyaient et qui pourraient s'en prendre à lui juste pour le sport.

— Notre dîner la semaine prochaine devrait être

amusant, murmura-t-il, un plan se formant et se mettant en place dans ses pensées.

Très rapide et précis, et indéniablement intelligent.

Je le contemplais avec admiration, j'aimais cette facette de lui, les réflexions complexes d'un être brillant ayant des milliers d'années d'expérience. Sa cruauté apparente était le résultat d'un complot rusé. Kylan ne prospérait pas sur la douleur. Il punissait les autres pour faire une déclaration, pour garder tout le monde dans le rang. Et il portait le poids de la région sur ses seules épaules, ne faisant confiance à personne pour l'aider.

Il me caressa les cheveux, puis entoura ma nuque de sa paume.

— Je n'ai jamais laissé personne en voir autant de moi, Raelyn, déclara-t-il, un soupçon de peur dans la voix.

— Tu crois que te confier à autrui est une faiblesse, chuchotai-je.

J'en captai la confirmation dans ses réflexions :

— Fournir à autrui l'opportunité de me blesser est une faute intrinsèque, oui.

— Mais ça te rend aussi plus fort. (Je pris sa joue en coupe, soutins son regard.) Je n'ai survécu que parce que je comptais sur le soutien de Silas et Willow. Ils m'aidaient quand j'étais irréfléchie, et je leur rendais la pareille. Parfois, un allié peut te donner l'avantage qu'il te faut pour réussir.

— Il y a une différence entre un allié et un confident, répliqua-t-il. J'ai de nombreux alliés…

— En qui tu n'as pas confiance, le coupai-je. Tu n'as même pas dit à Judith que nous étions ici. (Une pensée que j'avais surprise pendant qu'il passait en revue ses plans de vengeance pour la fête.) Or elle a tout fait pour la mériter. (D'après tout ce qu'il m'avait montré, en tout cas.) Tu repousses tous ceux qui pourraient t'aider, ne comptant

334

que sur toi-même pour survivre. C'est stressant comme façon de vivre.

— C'est encore plus stressant de te demander quand quelqu'un pourrait te trahir, rétorqua-t-il. Les gens sont cruels, Raelyn. J'ai appris que le seul sur qui je peux compter dans ma vie, c'est moi-même.

Il me fit part de ses expériences, montrant comment d'autres lui avaient fait du mal au cours de sa très longue existence. Tous les incidents mineurs qui s'ajoutaient collectivement à une seule conclusion sensée : il ne pouvait compter que sur lui-même.

— Oui, je suis d'accord, te débrouiller seul garantit que le résultat sera toujours dans ton intérêt. Mais ça ne veut pas dire que tu ne peux pas faire confiance aux autres pour t'aider, Kylan. Tu as laissé une poignée de mauvaises expériences dicter ton approche de la vie. (Je posai une main sur son visage.) Ma vie entière a été dirigée par des vampires et des lycans, dont la plupart étaient cruels. Et je devrais ne pas te faire confiance à cause de leur comportement ?

— Tu ne me fais pas confiance, dit-il doucement. Je vois ton indécision, Raelyn. Tu t'inquiètes que je te fasse du mal.

— Oui, et j'imagine que ça va être comme ça pendant un long moment, admis-je. Mais ça ne veut pas dire que je ne prendrai pas le risque et ne te donnerai pas l'occasion de me prouver que j'ai tort.

Je le pensais vraiment. Même après tout ce qu'il m'avait fait subir, j'avais encore envie de lui faire confiance. Cela venait en partie du fait que j'avais accès à son esprit, ce qui me permettait de comprendre ses méthodes et motivations, mais surtout de la conviction innée de mon âme que Kylan était ma destinée.

Je n'arrivais pas à le comprendre, mais je me fiais à mon instinct.

Qu'est-ce que j'avais à perdre ?

Rien du tout.

J'étais venue au monde pour être servante, et Kylan m'offrait la chance d'être plus que ça. C'était ce qui se rapprochait le plus de l'immortalité, de vivre une vraie vie.

— Ce ne sont pas les meilleures raisons pour accepter ça, petit agneau, dit Kylan d'un ton empreint d'une pointe de tristesse. Mais elles sont pratiques.

— Quelles autres raisons me donnerais-tu ? demandai-je doucement en étudiant ses traits.

Oui, il avait passé la semaine dernière à me soigner, mais ce qui m'avait sauvée – notre lien – n'était pas prévu. Et si j'avais bien compris, pour rester immortelle, il fallait ma fidélité, pas la sienne. Quel genre de relation était-ce ? Une relation unilatérale où je bénéficiais de son énergie vitale tout en étant obligée de rester fidèle pour l'éternité, alors que lui pouvait faire ce qu'il voulait.

— Tu veux un engagement, murmura-t-il, suivant mes pensées. (Il effleura mes sourcils de son pouce, puis ses doigts remontèrent courir dans mes cheveux.) Je n'ai jamais donné ça à personne, Raelyn.

Je hochai la tête, l'ayant également vu dans ses pensées.

— Je sais.

— Je n'ai jamais non plus été lié de cette manière avec quiconque, ajouta-t-il. Je ne peux pas te dire à quoi nous attendre, parce que je n'en sais rien. (Il pencha la tête de côté, ses yeux sombres flamboyant.) Mais je sais que je te veux.

— Pour le moment.

— Oui, pour le moment. (Il effleura mes lèvres des siennes, d'un geste plus lent et plus doux que ses baisers habituels.) Je crois qu'il nous faudra du temps à tous les deux pour comprendre tout ça.

Un temps qu'il m'avait donné en prolongeant ma durée de vie.

— Oui.

— Mais d'abord, nous devons nous occuper de ceux qui tentent de me discréditer.

— Nous ? répétai-je en haussant les sourcils.

— Oh oui. (Il mordilla ma lèvre inférieure, puis s'écarta.) J'ai une idée qui va beaucoup t'impliquer.

— Je t'écoute.

Ses lèvres se retroussèrent.

— Oui. Oui, en effet.

KYLAN

— Lilith, comme c'est gentil de te joindre à nous.

J'accueillis la vampire blonde d'une accolade superficielle au pied du grand escalier. Sa robe d'un rouge profond révélait tout, lui donnant une apparence plus diabolique que sainte. Très, très approprié.

— Kylan, murmura-t-elle, effleurant ma joue de ses lèvres. Tu sais que je ne rate jamais tes fêtes, aussi rares soient-elles ces derniers temps.

— Oui, ça fait un moment, opinai-je, lui tendant mon coude pour l'escorter dans la salle principale. C'est trop de travail à organiser, et je ne sais jamais qui pourrait ou ne pourrait pas y faire une apparition.

Et ton arrivée tardive signale que je peux enfin commencer le spectacle, songeai-je en souriant intérieurement. *Lançons le compte à rebours.*

— Eh bien, d'après ce qu'on m'a dit, la plupart de la société a prévu d'y assister.

Je souris.

— On dirait qu'ils s'attendent à je ne sais quel divertissement.

Ses lèvres se contractèrent sournoisement.

— J'en ai bien l'impression.

La rumeur de la mort de Raelyn s'était répandue, ce à quoi Jace avait contribué. Il avait aussi suggéré, dans des conversations à bâtons rompus, qu'il était peut-être temps que quelqu'un prenne temporairement la tête de la région de Kylan.

C'était pourquoi presque tous les royaux et alphas étaient présents ce soir.

Les remarques désinvoltes de Jace étaient devenues des spéculations pour savoir s'il allait ou non me défier ce soir.

Exactement ce que nous voulions.

Tous ces immortels qui s'ennuyaient voulaient du spectacle.

J'allais leur en donner un, mais pas la révélation qu'ils attendaient.

— Je suis sûre que ce sera une soirée éclairante, Kylan.

Lilith m'adressa un clin d'œil et me laissa me mêler aux autres. Son intrigue était claire. Elle était montée sur le trône le plus haut pour une bonne raison, son âge et son expérience la désignant comme reine sur l'échiquier. La stratégie était sa version des préliminaires, et elle en maîtrisait l'art depuis longtemps.

Je la méprisais et l'admirais tout à la fois.

Tu me donnes des palpitations cardiaques, murmura Raelyn, ce qui fit relever le coin de mes lèvres.

Je pris une flûte de champagne sur le plateau d'un serveur pour dissimuler ma réaction derrière le verre en cristal.

Pourquoi ? Parce que je détruis tes perspectives sur la religion, petit agneau ?

Tu détruis beaucoup de choses.

Je sirotai le liquide enrichi au sang, amusé.

Bien. Rappelle moi de te montrer quelques textes religieux à l'occasion. Je pense que tu trouveras certains passages familiers, mais avec un langage légèrement altéré.

Son amusement palpita à travers moi, me distrayant presque de la tâche en cours, mais pas tout à fait.

Tu vas bien, hein ?

Aussi bien que quand tu me l'as demandé il y a cinq minutes.

Tu me reproches de m'inquiéter ?

Mikael et Zelda se trouvaient dans le même bâtiment qu'elle, bien qu'ignorant totalement sa présence. Les seuls qui savaient que Raelyn était en vie étaient Judith, Darius, Juliet et Jace.

Judith est avec toi, hein ?

Son soupir mental faillit me faire sourire de nouveau.

Oui, Kylan.

Elle ferait bien…

…de n'aller nulle part, acheva-t-elle à ma place. *Oui, on sait. Et je te dirai s'il arrive quoi que ce soit, comme je te l'ai promis mille fois déjà.*

Sa fougue habituelle me fit sourire.

Arrête de me provoquer.

Arrête d'être lunatique.

— Tu as l'air de bonne humeur, ronronna une voix familière. (Robyn planta ses ongles dans mes biceps sous mon costume.) Qu'est-ce qui te fait sourire comme ça ?

— Un homme ne révèle jamais ses secrets, ma chère. Tu le sais.

Je l'embrassai sur la joue, ce qui fit grogner Raelyn dans ma tête.

Calme-toi, petit agneau. Robyn n'est pas mon genre.

Est-ce que tu aimerais que j'embrasse un autre homme ?

Je faillis briser la flûte dans ma main.

Certainement pas !

Alors cesse d'embrasser d'autres femmes.

Ça fait partie de la mascarade, amour.

Son ricanement en réponse me dit ce qu'elle en pensait.

Ton instinct de possession est vraiment très attachant, Raelyn.

Tu le trouveras moins attachant tout à l'heure quand je te mordrai de nouveau.

Elle m'envoya une image crue de ce qu'elle avait l'intention de mordre au juste, ce qui me fit rire tout fort.

En ce moment, amour, même cette petite attention pourrait me faire jouir.

Cela faisait bientôt deux semaines que je ne m'étais pas introduit en elle, surtout parce que je voulais qu'elle soit totalement guérie et prête pour cette soirée. Et en partie suite à mon inquiétude sur les sentiments de Raelyn envers notre lien.

— Kylan ? lança Robyn, ramenant mon attention sur elle.

— Désolé, chérie. Tu disais quelque chose ?

Ses yeux bleus s'écarquillèrent.

— Que diable t'est-il arrivé ?

— J'ai passé un mois très édifiant, répondis-je. Et je ne suis plus tout à fait moi-même.

Elle afficha une expression réellement inquiète.

— Kylan…

— En fait, dis-je d'une voix forte, décidant de lancer le spectacle, à présent que tout le monde est là, j'aimerais dire quelques mots.

Je posai mon verre sur une table et m'avançai d'un pas nonchalant au milieu de la salle.

Prête, Raelyn ?

Ce n'est pas comme si j'avais le choix, pensa-t-elle en retour, d'une voix mentale amusée. *Tu n'as qu'un mot à dire et j'arrive.*

Le sourire qui m'échappa fit reculer d'un pas quelques invités. Tous croyaient clairement que j'étais fou. Ç'allait être drôle.

— Merci à tous de vous joindre à moi à Kylan City ce soir. Je sais que cela fait un moment que je n'ai pas organisé de rassemblement, et j'ai pensé, avec les récents événements, que ce serait le bon moment pour vous divertir tous.

Plusieurs vampires gloussèrent, le sous-entendu était clair. Ils s'étaient tous rassemblés ici ce soir parce qu'ils attendaient une distraction, et je venais de confirmer mon intention de leur en donner une.

— Comme vous l'avez tous entendu, dernièrement j'ai massacré mon harem pour le sport, et ma dernière consort a connu un sort semblable. Pour être honnête, elle était dès le départ une petite femelle rebelle, comme plusieurs d'entre vous ont pu l'observer, n'est-ce pas ?

Des murmures d'assentiments bourdonnèrent dans la salle, tandis que Raelyn pouffait dans ma tête.

Merci pour ça.

Pas de quoi.

Gros malin, gronda-t-elle, m'amusant énormément.

J'adorais ce son. Il me donnait envie de l'entendre l'émettre dans la chambre, en particulier sous la forme de mon nom.

Arrête de me distraire, petite friponne. J'ai un spectacle à assurer.

Alors vas-y.

Je m'éclaircis la gorge pour masquer le rire prêt à éclater. Raelyn rendait tout ça presque agréable, une émotion dont j'avais bien besoin, vu les tâches à accomplir.

— Ah, avant de continuer, puis-je vous présenter la cuisine de ce soir ?

Je claquai deux fois des doigts, indiquant à Cherise que j'étais prêt pour sa présentation.

L'ancienne responsable de la réception s'était montrée tout à fait capable d'organiser les salles à manger du K Hôtel, j'avais donc décidé de lui donner une autre occasion de m'impressionner, cette fois en assurant la restauration de la soirée dans les salles de bal de l'hôtel.

Maeve avait également aidé en organisant les chambres des invités et en accueillant tout le monde de manière appropriée. Le nouveau gérant de l'hôtel se faisait plaisir en les embauchant comme personnel. Une autre annonce pour moi à faire ce soir.

Des humaines vêtues de lingeries diverses sortirent de la cuisine, portant des plateaux. C'était habituel pour un hôte d'offrir du sang. J'avais demandé à Cherise d'improviser en mélangeant du sang à des hors-d'œuvre populaires, ainsi que de pimenter le divertissement avec des tenues suggestives.

L'approbation rayonnait dans toute la salle, les mortelles furent admirées et caressées. Les quelques lycans présents gravitaient autour des entrées plus substantielles, tandis que les vampires se concentraient plus sur les appâts des mortelles que sur les choix alimentaires.

Si quelqu'un souhaitait emmener une humaine à l'étage après la fête, je ne pouvais pas le lui refuser. Pas sans éveiller les soupçons. Que je l'approuve ou non, c'était la nature de notre monde.

Zelda apparut parmi elles, l'air confus, les yeux fureteurs.

À dessein, j'avais demandé à Cherise de l'ajouter à l'équipe. D'habitude, elle se cachait dans les cuisines. Pas ce soir.

Et enfin, Mikael. J'avais requis quelque chose de très spécial pour lui.

Il se présenta en smoking, flanqué de deux de mes agents de sécurité, deux éléments qui faisaient de lui mon égal et non mon serviteur.

C'était la première fois que je le revoyais depuis la nuit du meurtre de Raelyn, et je dus faire un effort considérable pour retrousser mes lèvres en un sourire de bienvenue.

— Ah, mon vierge de sang préféré, murmurai-je tandis que le silence tombait dans la salle. (La tenue que j'avais choisie pour lui choquait tout le monde à l'évidence, vu comme ils restaient figés.) Je ne l'ai pas vu depuis deux semaines, les informai-je. Après ce qui est arrivé à ma consort, j'ai eu peur que mon bien-aimé Mikael puisse connaître un sort similaire, et j'ai choisi de le garder loin de moi pour sa sécurité personnelle.

Une légère rougeur colora ses joues tandis qu'il avançait vers moi en souriant. Il avait interprété mes paroles comme je le désirais, comme une subtile excuse de l'avoir abandonné si longtemps. Je voulais qu'il croie que j'avais eu l'intention de le mettre à l'abri alors que tout le monde pensait que je voulais le protéger de ma propre folie. L'habiller comme un égal ne faisait que prouver que mon état mental s'affaiblissait, du moins pour un observateur distrait.

Il s'arrêta à mes côtés, adoptant une posture soumise tout en gardant une certaine assurance. C'était physiquement douloureux de ne pas réagir à sa proximité.

Il m'avait trahi. Piégé. Il avait fait du mal à Raelyn.

Pourtant, ce bâtard avait l'audace de sourire comme si tout allait bien dans le monde.

Je lui avais tout donné.

Et je ne lui laisserais rien.

Je plaquai ma paume sur son échine, un geste de soutien qui m'aida à dissimuler la tension qui irradiait de mon bras.

J'y suis presque, me dis-je, les représailles couvant dans mon sang.

Le dernier élément de cette parade de chair suscita plusieurs halètements dans la foule, y compris de Lilith elle-même. Elle n'avait pas paru impressionnée jusque là, mais finalement ses lèvres s'entrouvrirent quand Angelica trébucha sous un lit de chaînes d'argent. Son corps émacié frissonna, ses yeux sombres étaient fous à cause du manque de sang.

Kylan… La gêne de Raelyn me refroidit. Bien que j'aie

mentionné cette partie du plan, elle n'avait pas vraiment saisi mes intentions jusqu'à maintenant.

Fais-moi confiance, mon cœur, soupirai-je. *Laisse-moi me concentrer.*

D'accord, répondit-elle, réchauffant mon cœur. Je m'attendais à ce qu'elle hésite, mais pas du tout. Pas une seconde.

Merci. Je caressai son esprit avec le mien, une version intime d'une étreinte.

Angelica s'arrêta devant moi, tête basse. Gavin, le plus grand des deux agents de sécurité qui escortaient Mikael, s'avança pour la pousser, la forçant à se mettre à genoux. Elle gémit en atterrissant, les chaînes d'argent s'enfonçant dans sa peau. Contrairement aux lycans, les vampires étaient immunisés contre le métal précieux, mais les chaînes étaient épaisses et lourdes, surtout pour une personne aussi émaciée.

— Mmmh, il nous manque quelqu'un. (Je promenai mon regard pour la galerie, sachant exactement où se tenait cette fouine.) Oh ! (Je captai le regard de l'enfoiré et affichai un sourire théâtral.) Vilheim, celle-ci t'appartient, hein ?

— Oui, mon Prince, répondit-il en haussant les sourcils.

— Alors tu devrais nous rejoindre.

Je ponctuai l'invitation d'un grand geste de la main, pleinement conscient de l'impression de démence que je donnais à la salle. C'était ça ou tuer tous les coupables sans explication, et je préférais de loin cette approche. D'autant plus que j'espérais qu'elle me permettrait de découvrir le véritable acteur dans les coulisses.

Après de longues délibérations avec Darius et Jace, nous avions convenu que le coupable devait être quelqu'un qui désirait simplement s'amuser un peu dans le chaos. Car tous ceux qui étaient éligibles pour hériter de mon territoire étaient soit peu intéressés par une extension, soit trop éloignés pour vraiment récolter les fruits de mes terres. Et bien que j'aie autant d'ennemis que le prochain roi, prouver que j'étaisfou ne rapportait que très peu sur le long terme et n'engendrait que mes représailles.

J'avais donc réduit ma liste à une poignée de candidats, et seulement deux d'entre eux avaient daigné venir ce soir.

Robyn et Walter. Le vieil alpha était sur le point de se retirer, la vieillesse le forçant à la retraite. Il bénéficierait d'un dernier rang parmi les membres les plus hauts placés de la société, surtout si cela lui laissait un héritage dont il pourrait profiter.

Bien sûr, cela ne signifiait pas que j'écartais Robyn. Elle était tout aussi probable, surtout considérant sa propension à baiser les autres.

— Vilheim, l'accueillis-je quand il nous rejoignit, l'air ennuyé. Maintenant on peut commencer.

J'observai la foule silencieuse, content qu'ils soient tous plus intrigués par moi que par les humaines à demi nues qui se montraient dans la salle. Parfait.

— Que diriez-vous d'assister à un procès de vampire ?

— Tout dépend de quoi tu l'accuses, répliqua Lilith, son expression demeurant soigneusement neutre.

— De meurtre. (Ma brève réponse provoqua divers murmures et échanges de regards confus.) Bon, peut-être que je devrais expliquer. Il y a certaines rumeurs qui se répandent sur mon état mental, que je ne remettrai pas en question, mais j'aimerais aborder les hypothèses concernant mon harem . Vous voyez, je n'ai tué aucune d'entre elles.

Les murmures augmentèrent, plusieurs exclamations d'incrédulité et quelques gloussements flottèrent dans l'air.

— Oh, allez, Kylan. On sait tous que tu as un

penchant pour le sang, commenta Robyn sur un ton de surprise amusée.

— Sans le moindre doute, opinai-je. Mais pas pour le meurtre irréfléchi. Je n'étais pas chez moi quand mon harem a été tué, et le meurtre de Raelyn s'est produit alors que j'étais sorti courir. J'ai trouvé Angelica debout devant son corps, couverte du sang de ma consort. C'est pourquoi je l'ai gardée enfermée et privée de sang pendant deux semaines. Ce soir, je vais la juger pour le meurtre de ma propriété.

Un chœur d'incrédulité et d'agacement répondit à ma proclamation, plusieurs déclarant qu'ils ne pouvaient pas croire que j'étais assez fou pour accuser autrui, d'autres affirmant que punir un vampire pour le meurtre d'une mortelle était ridicule. Et beaucoup d'autres soupirant que j'avais officiellement perdu la tête. Clairement.

— Ça suffit. (Lilith leva la main pour calmer la foule, ses yeux verts aiguisés par la connaissance.) Très bien, Kylan. Je suis intriguée. Continue.

Je souris. Elle venait d'accepter un procès non seulement pour les péchés d'Angelica, mais aussi pour les miens. Si ça se passait mal, elle se servirait de l'incident pour affirmer que j'étais mentalement instable. C'était ce que je ferais à sa place.

— Merci, Lilith.

J'inclinai la tête en signe de compréhension mutuelle et lâchai Mikael pour faire le tour de la vampire enchaînée, les mains dans le dos. Elle semblait si brisée et fragile que je me sentais presque mal, mais je me rappelais comment elle avait abandonné Raelyn.

— Tu sais de quel meurtre je t'accuse, Angelica. Que plaides-tu ?

— J-je n'ai pas f-fait ça, bafouilla-t-elle en secouant la tête. C-ce n'est p-pas moi.

— C'est intéressant, vu que je t'ai trouvée sur la scène du crime, couverte de son sang. Explique-moi ce qui s'est passé.

— Je… je p-parlais avec V-Vilheim. (Elle marqua une pause, frissonnant violemment.) J-je l'ai trouvée comme ça. Je l'ai trouvée a-après avoir raccroché le téléphone.

Je haussai les sourcils, l'air faussement surpris, et me tournai vers Vilheim.

— Elle se sert de toi comme alibi. Tu y crois ?

Il émit un rire sans défaut.

— C'est ridicule. Pourquoi l'appellerais-je ?

— V-vous l'avez fait ! (Elle redressa la tête, un feu dans le regard qui témoignait de sa fureur et de son désespoir.) V-vous m'avez appelée !

Il fit un pas en avant, mais je l'arrêtai d'une main sur l'épaule.

— Chut, écoutons-la, l'incitai-je. Au moins ça m'amusera.

Il rajusta sa veste et recula en hochant la tête.

— Oui. Bon. Mais je veux avoir l'honneur de la tuer.

— Bien sûr, répondis-je. Ce sera tout à ton honneur.

Je m'accroupis devant Angelica, croisai son regard furieux. La plupart sangloteraient dans sa situation, mais elle avait l'air prête à commettre un meurtre.

— Que t'a-t-il dit quand il t'a appelée ?

— Il m'a demandé ce que vous me faisiez faire, grogna-t-elle. Il voulait que je lui parle de Rae. (Son visage se décomposa sur ce dernier mot.) Je n-n'aurais pas dû la laisser. Mais j-je ne l'ai pas tuée. Je le jure.

Vilheim ricana.

— Ce n'était même pas amusant. Pourquoi me soucierais-je d'une consort ?

Je me relevai et lissai ma cravate.

— Oui, pourquoi, en effet ?

Tu es prête, Raelyn ? lui demandai-je, en simulant un air pensif.

Oui. Sa réponse immédiate était enflammée. Elle voulait venger Angelica, même si elle la connaissait à peine. J'admirai cette ténacité et ce sens de la loyauté, même si je les remettais en cause.

Elle a été punie, Kylan.

Vraiment ? rétorquai-je, observant la femme émaciée. *Je lui ai confié une tâche et elle a échoué.*

Mais ce n'est pas elle qui m'a attaquée.

Tu n'aurais pas été attaquée si elle avait fait son travail, remarquai-je.

Elle soupira dans mon esprit. *Elle a assez souffert.* Une bouffée de culpabilité me frappa, Raelyn libérant son tourment intérieur de voir Angelica punie pour quelque chose qui lui semblait incontrôlable. *S'il te plaît, Kylan.*

Mon commandement l'emportait sur tout le reste dans ce territoire, ce qu'Angelica aurait dû savoir avant de prendre cet appel. Mais apaiser la gêne de Raelyn était plus important pour moi que de faire un exemple avec Angelica.

Très bien, petit agneau. C'est le moment.

— Je pense qu'on a besoin d'un autre témoin, lançai-je à l'assemblée, y promenant mon regard. Quelqu'un qui peut être en mesure de commenter la version d'Angelica de ce qui s'est passé. (Je sortis un appareil de ma poche et appuyai sur un bouton.) Judith, nous sommes prêts.

— Bien sûr, mon Prince, répondit-elle dans le haut-parleur, jouant son rôle comme demandé.

Mikael se raidit notablement, mais Vilheim demeura stoïque. J'étais impatient de voir ce masque s'effriter.

Des murmures de spéculations flottèrent dans l'air, la majorité des invités étaient silencieux et intrigués, mais quelques-uns remettaient en cause mon état mental en chuchotant. Jace croisa mon regard à l'autre bout de la salle. Il ne laissa rien paraître dans ce regard glacial, mais je savais qu'il approuvait. C'était tout à fait la façon dont il aurait géré ça.

Des talons hauts claquèrent sur le carrelage, et plusieurs se tournèrent vers l'entrée de la grande salle de bal.

Les coins de mes lèvres se retroussèrent, j'étais prêt à accueillir ma grande surprise.

Elle apparut au sommet de l'escalier, ses mèches auburn relevées en chignon sur sa tête pour exposer la colonne délicate de sa gorge. La robe rouge que je lui avais choisie lui descendait aux pieds mais était fendue d'une manière suggestive jusqu'en haut de ses cuisses, son tissu opaque moulant parfaitement ses formes sans rien dévoiler.

Magnifique, me dis-je, souriant largement à présent.

— Je vous présente mon *Erosita*, Raelyn.

RAE

Des discussions chaotiques et des murmures incrédules fusèrent autour de moi tandis que je descendais les escaliers, mes jambes tremblantes à force de me montrer assurée. Judith marchait derrière moi, sa présence m'aidant à m'ancrer dans le moment présent.

Je sentais leurs regards sur moi.

La faim.

Le choc.

La létalité générale qui rôdait dans la salle.

Les lycans et vampires, la plupart de haut rang, attendaient tous que je les rejoigne en tant que témoin vedette.

Respire, petit agneau, chuchota Kylan, son esprit effleurant le mien. *Je t'attends en bas.*

Je ne pouvais pas le voir, mes yeux étant détournés en signe de la soumission exigée par mon rôle. Savoir qu'il était là m'aida à avancer plus vite, mes talons claquant sur les marches de marbre, ma robe épousant mes mouvements.

— Salut, petit agneau, m'accueillit Kylan.

Dès que j'atteignis le bas de l'escalier, il entoura ma nuque de sa main et m'attira à lui pour un baiser.

— Tu es exquise.

— Merci, mon Prince, chuchotai-je contre ses lèvres, mon cœur cognant dans mes oreilles.

Tu es avec moi, mon amour, promit-il. *Fais-moi confiance.*

La chaleur inonda mon sang et mes pensées. *Je sais.*

Il recula d'un pas et tendit le bras.

— À présent, voyons si nous pouvons obtenir des réponses dignes de ce nom.

Un peu de ma chaleur quitta mon corps quand Kylan me plaça près de Mikael. Gavin se tenait derrière lui dans une attitude protectrice, tandis qu'il serrait le biceps de Mikael. Les autres penseraient qu'il était censé garder le vierge de sang, et c'était peut-être même ce que Kylan lui avait ordonné. Mais je connaissais la vérité, ainsi que Mikael. Ses yeux clairs croisèrent les miens, irradiant un mélange d'horreur et de chagrin.

Parce qu'il se sentait mal à cause de ce qu'il m'avait fait ?

Ou parce qu'il s'apitoyait sur son sort ?

S'il était désolé de ce qu'il t'a fait, il éprouverait au moins un brin de soulagement. Or je ne sens rien.

Ces derniers mots furent grognés dans ma tête, et le mécontentement de Kylan hérissa les poils de mes bras. Il s'était attendu, et il avait même espéré que Mikael montre un semblant d'intérêt de me voir en vie, mais son pouls palpitait plus de peur qu'autre chose, prouvant à Kylan qu'il se souciait uniquement de lui-même.

Une profonde tristesse rampa à travers notre connexion. Kylan était vraiment désemparé d'avoir déçu son vierge de sang.

Mais ce n'est pas le cas, lui dis-je avec certitude. *Tu as traité Mikael mieux que quiconque l'aurait fait ou le ferait jamais.*

Oui, toutefois il a toujours désiré davantage de moi. Quelque chose que je n'ai jamais pu lui donner.

Il m'ouvrit le fil de ses pensées, me montrant ce qu'il voulait dire.

Mikael prenait soin de Kylan par de petits gestes comme lui apporter le petit-déjeuner du soir, le café, lui servir du vin, faire tout ce qu'on lui demandait même si cela faisait clairement mal.

Il ne disait jamais non.

Il avait toujours obéi.

Et il n'avait jamais cessé de regarder Kylan comme s'il était sa seule raison de vivre. Son désir était évident dans chaque regard, son corps se pliant à toute volonté qui lui était conférée, et son cœur était toujours à prendre.

L'amour, réalisai-je. *Il voulait ton amour.*

— Bon, où en étions-nous ? lança Kylan d'une voix forte au lieu de me répondre.

À voir l'expression brisée de Mikael, une confirmation n'était pas nécessaire. Son chagrin provenait du fait qu'il savait qu'il avait trahi Kylan, qu'il ne l'aurait plus jamais. Qu'il avait perdu l'amour de sa vie pour toujours. Et tout le monde le saurait sous peu.

— Ah oui, Angelica a dit qu'elle devait prendre un appel et que c'est pourquoi elle a laissé Raelyn seule. Je suis curieux d'entendre la version de mon *Erosita* de cette histoire, vu qu'après tout, elle l'a vécue en direct. (Il me tourna vers lui et me releva le menton pour que je croise son regard.) Parle.

Un soupçon de malice suivit ce mot à travers le lien, sa façon d'essayer d'alléger notre sombre situation en me rappelant notre première fois ensemble.

Je plissai les yeux. *Je ne suis pas un chien, Kylan.*

Non, et j'en suis tout à fait conscient, mon chou.

— Maintenant, Raelyn.

— Angelica et moi étions dehors quand son téléphone a sonné. Elle m'a dit que c'était Vilheim, son créateur, et qu'elle devait prendre l'appel. Mikael m'a rejointe peu de temps après.

Je fis une pause pour lui jeter un regard en biais, ses

yeux clairs étaient bordés de larmes. Mon cœur cafouilla, l'incertitude me gagna.

Qu'est-ce que tu vas lui faire ?

— Que s'est-il passé ensuite, Raelyn ? s'enquit Kylan.

Désolé, mon amour, mais j'ai besoin que tu le dises.

Mais qu'est-ce que tu vas lui faire ? répétai-je, observant Mikael qui se fracturait à côté de nous. Il savait ce qui l'attendait. Il connaissait son sort. J'aurais dû être ravie par la perspective d'une vengeance, mais tout ce que je ressentais, c'était une immense tristesse pour notre situation. De savoir jusqu'où il était allé pour garder Kylan pour lui, au détriment de sa propre vie.

Je n'en sais rien encore, avoua doucement Kylan. *Mais il faut que tu termines ton récit.*

Le malaise et les attentes de la foule pesaient sur nous, son impatience de m'entendre me submergea. Je déglutis en frissonnant et fermai les yeux, incapable de supporter plus longtemps la vue des larmes de Mikael.

Je pris une grande respiration pour me calmer.

— Mikael s'est promené un moment avec moi, à me dire qu'il m'aimait bien et à s'excuser, mais je ne comprenais pas pourquoi. Puis Zelda est apparue armée d'un couteau, a dit quelque chose à propos de ma mort qui serait le dernier clou dans ton cercueil, et a demandé à Mikael de faire ses preuves en me tuant. Alors il m'a tranché la gorge avant de me poignarder.

Je tressaillis au souvenir de la lame acérée perçant ma cage thoracique, ma poitrine, de la sensation de me noyer dans mon propre sang…

Soudain Kylan posa la main sur mon cou et serra. J'ouvris grand les yeux pour croiser son regard passionné, son expression me ramenant dans le présent plus vite qu'un ordre.

— On dirait que tes humains ont besoin d'une leçon

de discipline, remarqua une femme parmi l'assemblée.

L'attention de Kylan glissa lentement vers la femme, Robyn, réalisai-je, et se concentra dessus.

— Tu suggères que les mortels sont assez intelligents pour élaborer d'eux-mêmes un plan comme celui-ci ?

— Eh bien, oui, vu que je n'ai pas entendu mentionner le nom d'un vampire dans cette histoire.

Les lèvres de Kylan se retroussèrent et il lâcha mon cou, me tirant de son côté pour lui faire face.

— C'est intéressant que tu abordes ça. Tu vois, d'après les souvenirs que j'ai extraits de mon Erosita, je peux confirmer qu'Angelica a bien reçu un appel de Vilheim, car l'image du numéro de téléphone est dans la tête de Raelyn. En plus, il y a la phrase que Zelda a dit à propos d'avoir un délai et de ne pas pouvoir gagner plus de temps.

Il claqua des doigts sur sa gauche, où Judith apparut avec une Zelda en larmes dans ses bras. Je n'avais même pas remarqué la femme captive, mais la voir maintenant m'échauffa le sang pour la punir.

Mes yeux se plissèrent. *Toi !*

— Je vais te tuer, Zelda, annonça Kylan sans ambages. La question est maintenant de savoir si je vais te tuer rapidement ou te faire souffrir longuement et atrocement. Tu veux bien développer ce que tu as dit à Raelyn ?

Elle blêmit et porta un regard suppliant par-dessus mon épaule.

Kylan se retourna pour suivre son regard. Un vampire aux cheveux noirs et au visage cendreux nous fixait d'un air impénétrable.

— Oh, bien, fit Kylan. Oui, pour ceux qui l'ignorent, Vilheim a été le propriétaire de Zelda, mais il me l'a offerte après que je l'ai complimentée pour un de ses desserts. (Il fit de nouveau face à Zelda.) Je commence à penser que ce n'était pas une coïncidence, Zelda. Je te suggère de parler car il ne pourra pas t'aider, et crois-moi, ça me démange de punir quelqu'un pour ce qui a été fait à mes biens.

Le choix de ses mots me piqua au vif jusqu'à ce que je perçoive leur sens caché. Kylan ne pouvait pas risquer que l'on sache que je comptais vraiment pour lui. Il devait paraître fort et infaillible, pas affaibli par les émotions.

—Je… je…

Elle se mit à pleurer à chaudes larmes, ses jambes l'abandonnèrent et elle s'effondra par terre.

— C'est Vilheim qui lui a dit de le faire, dit tranquillement Mikael. (Son cœur était dans ses yeux tandis qu'il regardait uniquement Kylan.) J'ai compris qu'elle l'avait fait entrer pour éliminer les filles, ton harem, pendant que nous étions absents. Quand…

— Tu l'as compris ? répéta Kylan.

— Oui. J'ai trouvé une chemise pleine de sang dans sa chambre, et quand je lui ai demandé ce que c'était, elle a craqué et m'a raconté ce qui s'était passé. J'allais te le dire, mais elle a appelé Vilheim. Et… (Mikael s'interrompit sur une grimace, l'air de nouveau anéanti.) I-Il a dit que si je les aidais à te discréditer, il s'assurerait que je finirais en exil avec toi. Rae était ma mission. (Ses yeux bleu-vert croisèrent les miens, débordant d'excuses, avant qu'il ne les reporte sur Kylan.) Je suis dés–

— Ne fais pas ça, gronda Kylan

Sa douleur déchirait notre lien. Il ne supportait pas de l'entendre, pas maintenant, pas en cachant sa fragilité émotionnelle.

— Tu aimerais dire un mot, Vilheim ?

Il se tourna lentement vers le petit mâle, me lâchant au passage. Alors qu'à l'extérieur, Kylan rayonnait de calme, sa fureur brûlait entre nous. Il voulait tuer.

— Ou aimerais-tu que je parle à ta place ? insista-t-il, haussant les sourcils. Parce que si je devais deviner, je dirais que tu voulais discréditer mon état mental afin qu'un autre s'empare de mon territoire et t'accorde plus de pouvoir. Je veux dire, nous savons tous les deux que tu es loin d'avoir l'âge approprié pour hériter d'une région par toi-même, ce qui laisse la possibilité d'avoir un nouveau dirigeant comme seule option. Et cela soulève la question : quel royal avais-tu en tête ?

— C'est une grave allégation, intervint la Déesse en se plaçant à côté de Kylan. Cependant, je suis curieuse aussi, Vilheim. Et comme tu le sais, conspirer contre un royal, sans parler de *ton* royal, est puni de mort. Je suis sûre que Kylan voudra faire durer cette peine aussi longtemps que possible.

Elle leva un sourcil blond vers lui.

— Tout à fait, confirma Kylan.

Elle hocha la tête.

— C'est bien ce que je pensais. Vilheim, je te suggère de parler rapidement avant que Kylan ne t'arrache la langue pour le sport.

L'image macabre se forma dans ma tête, grâce à Kylan. Sa main saisit la mienne avant que je ne puisse grimacer, son contact me forçant à garder mon calme.

— Il est fou, dit Vilheim. Tu dois sûrement le voir.

La Déesse haussa ses sourcils.

— Il y a trente minutes, je l'aurais peut-être envisagé, mais après tout ce que j'ai vu ce soir ? Il est assez clair pour moi que Kylan se porte très bien. (Elle posa une main manucurée sur son bras et se tourna vers lui.) Je veux dire, changer une consort en une *Erosita* juste pour attraper le coupable ? C'est brillant.

Mon sang se figea dans mes veines à cette insinuation. Ça ne pouvait pas…

— Et ça a fonctionné à merveille, comme tu peux le voir, murmura-t-il, picotant mes entrailles.

Non. Il avait établi la connexion par accident, non pour me fortifier en tant qu'appât.

Kylan, dis-moi que ce n'est pas pour cette raison que tu as fait ça.

Il m'ignora, ses yeux et son attention totalement centrés sur la Déesse.

Elle secoua la tête.

— Vraiment, Kylan, je me dis parfois que tu es meilleur à ce jeu que moi.

Il lui adressa un sourire indulgent.

— Oh, allons, ma chère, tu seras toujours la reine de l'échiquier.

Elle rougit en esquissant un sourire.

— J'avais oublié comme tu peux être drôle. Je devrais te rendre visite plus souvent.

— Je t'en prie, opina-t-il. Mais d'abord, Vilheim ?

Mon cœur palpita dans mes oreilles, mon sang ne fit qu'un tour.

S'il te plaît, dis-lui…

Je dois me concentrer, Raelyn, me coupa-t-il d'un ton mental sec et direct.

Je déglutis. *Bien sûr.*

Une fois tout ceci terminé, nous pourrions parler. Puis il me confirmerait qu'il n'avait pas forgé ce lien entre nous juste pour me garder en vie pour ce soir. Il m'ouvrirait son esprit. Et je le verrais bien, n'est-ce pas ?

À moins qu'il ne sache le cacher.

J'ai froncé les sourcils. Pouvait-il me dissimuler des détails ? Non. Il m'avait donné un accès illimité à ses souvenirs, à son être, et j'avais toujours la possibilité d'y entrer, sauf que cela semblait plus trouble maintenant, comme s'il essayait effectivement de me cacher quelque chose.

La vérité sur notre lien ?

— Je n'ai rien à dire.

Vilheim ne paraissait pas troublé par la menace des deux plus vieux vampires en vie qui se tenaient devant lui.

— Rien ? releva Kylan. Eh bien, c'est intéressant parce qu'on sait tous deux que tu n'as pas conçu ce plan tout seul. Tu n'es pas assez intelligent pour ça, c'est pourquoi je ne t'ai jamais promu. Donc je me demande qui t'a poussé à le faire.

Il tapota son menton et promena dans la salle un regard fureteur.

La Déesse l'observait d'un air calculateur, comme le ferait un adversaire.

Ses brillants yeux verts se tournèrent vers les miens, et je me figeai. Oh… Je n'étais même pas censée regarder. Mais à présent je ne pouvais plus bouger, mon esprit était gelé. Elle pencha la tête sur le côté, la curiosité éclairant ses traits. Comme si elle n'avait pas vu d'humain depuis des années.

Si ancienne.

Si froide.

Si… peu Déesse.

Cette révélation me frappa soudain, manquant m'envoyer par terre. J'avais craint cette créature depuis mon premier souffle, mais à présent je voyais sous le vernis.

Elle n'était qu'une autre vampire. Bien qu'elle soit incroyablement âgée, comme Kylan, il n'y avait rien d'éthéré ni de divin en elle.

— Robyn, appela Kylan. Tu sais combien j'adore te voir en action, chérie. Ça t'ennuierait de m'aider à briser Vilheim ?

La Déesse, non, *Lilith*, parcourut lentement l'assemblée du regard.

— Oh, chéri, je crois que tu es bien plus avancé que la petite vieille que je suis, rétorqua la royale blonde. Et je préfère de loin observer ton travail.

— Ne dis pas de bêtises.

Il lâcha ma main et la tendit vers elle, avec un sourire si séduisant que mon cœur manqua un battement. Ce mâle était bien trop beau, et cette expression rendait les choses pires.

— S'il te plaît. Rejoins-nous. J'insiste.

Son ton avait un tranchant que personne n'oserait défier, pas même moi.

Robyn posa son verre et s'engagea dans la foule.

— Eh bien, je ne peux pas dire non à ça.

— Excellent. Je me disais donc que, plutôt que de lui arracher la langue, nous pourrions le saigner et donner son sang aux humains présents dans la pièce pour le fun. (Kylan jeta un coup d'œil à Lilith.) Un acte aussi dégradant devrait forcer un vieux vampire comme Vilheim à s'ouvrir, non ?

— Gâcher un sang aussi précieux avec des mortels ? (Elle avait l'air carrément dégoûtée.) Oui, tout à fait. Mais nous devrons tuer les humains par la suite, tu t'en rends compte.

— Bien sûr. (Kylan évacua l'argument d'un geste de la main.) Je me suis dit que ça constituerait l'after.

— Alors oui, vas-y, s'il te plaît, acquiesça Lilith.

Plusieurs membres de l'assemblée reculèrent quand Kylan ôta la veste de son costume. Il me la tendit sans un mot et se mit à rouler les manches de sa chemise.

— Commence, chérie. Je te rejoins dans une minute.

Robyn frotta ses paumes sur sa robe et marcha sur Vilheim. Son regard s'étrécit notablement devant elle, la première craquelure de son vernis. Elle balaya de ses ongles la veste du vampire, faisant voler les boutons, et l'écarta rudement de ses épaules. Il ouvrit la bouche, mais elle la referma d'une claque si vive et si forte que du sang perla à ses lèvres.

Kylan, avertis-je.

Je vois ça. Mais il faisait semblant que non, concentré à retrousser ses manches.

Vilheim se prépara de nouveau à parler, mais n'en fut frappé que plus fort, les ongles de Robyn lui entaillant la peau du visage.

Je tressaillis devant une telle brutalité, choquée qu'une main nue puisse causer autant de dégâts. Tout le monde avait soudain reculé de plusieurs pas, ce qui était sensé, surtout quand Robyn déploya toute sa force en pleine face.

Tendue, Lilith posa une main sur le biceps de Kylan. Elle hocha une seule fois la tête, comme une sorte d'échange entre eux.

Vilheim se mit à se défendre, les bras levés devant son visage, et à riposter aux coups de cette femelle folle.

Tout cela allait trop vite pour mes yeux de mortelle, leurs mouvements étaient vifs comme l'éclair, et des mots sortirent de la bouche de l'homme en un sifflement bizarre.

Je n'en comprenais aucun, la scène se déroulant à un rythme que mon cerveau ne pouvait appréhender.

Une rafale d'air tournoya autour de moi, ma tête tourna puis je heurtai quelque chose de dur. Le ciment m'entourait, implacable. Mes lèvres s'ouvrirent sur un cri qui fut étouffé par celles de Kylan. Ce fut bref. Assez pour me ramener au présent, et l'instant d'après je fixais son dos.

Que s'était-il passé ?

Je haletais, mon cœur battait la chamade. J'attrapai les flancs de Kylan pour m'équilibrer. Il grondait sourdement.

— Tu viens d'attaquer mon *Erosita,* Robyn ? lança-t-il.

— Quoi ? (Elle paraissait essoufflée, mais je ne pouvais pas la voir.) Non, bien sûr que non. Elle s'est mise en travers de mon chemin. Tout le monde l'a vu.

— Non, ce que j'ai vu, c'est que tu t'en es prise à la

propriété d'un autre royal, répliqua Lilith d'une voix calme. Et on dirait bien aussi que tu t'efforces de mutiler Vilheim jusqu'à le rendre incohérent.

— C-c'est ç-ça, bredouilla l'homme. E-elle m'a p-piégé.

Des murmures choqués brisèrent le silence qui régnait dans la salle et me firent frissonner. C'était quoi maintenant ?

Regardant autour de moi, je vis Zelda par terre, dans une attitude suppliante. Mikael se tenait à ses côtés, flanqué de deux des gardes de Judith, laquelle veillait sur une Zelda tremblante.

Kylan m'attira lentement près de lui. Sa veste maculée de sang traînait par terre. Je l'avais laissé tomber dans la mêlée, mais ça n'avait pas l'air de le chagriner tant que ça.

— Pourquoi, Robyn ? demanda-t-il. Pourquoi avoir orchestré tout ça ?

La blonde se redressa, la lèvre en sang, la robe ruinée. Et elle sourit. Son regard était si étrangement délirant que je me suis demandé si elle était vraiment devenue folle.

— Oh, allez, Kylan. Ce n'était pas une si grosse affaire. Tout ce que j'ai fait, c'est dire à Vilheim que Jace hériterait de ton territoire et le promouvrait à la souveraineté, sur ma suggestion, bien sûr. Et vraiment, il s'est chargé de presque tout le reste. La seule chose que j'ai dû faire a été d'envoyer quelqu'un dans ton avion pour envoyer ces e-mails, ce qui était facile après avoir impliqué ta petite pétasse de sang.

D'un geste théâtral, elle indiqua Mikael, qui tressaillit comme si elle l'avait touché.

— Tu as tenté de discréditer un autre royal juste par ennui ? s'étonna Lilith d'un ton incrédule.

— Pourquoi pas ? (Robyn haussa les épaules.) Franchement, ce n'était même pas si marrant que ça.

— Pas si marrant que ça, releva Kylan. Tu as massacré mon harem, Robyn, et tu as failli tuer mon *Erosita*.

Elle haussa de nouveau les épaules.

— Les humains sont remplaçables. Tu le sais mieux que personne. Ne sois pas fâché, amour. C'était juste pour le fun, et tu m'as démasquée. Facile.

— Ne sois pas fâché, répéta-t-il, comme s'il goûtait ces mots. Tu as tenté de mettre en doute ma santé mentale, et tu veux que je sois d'accord avec ça. Lilith, je crois que c'est Robyn ici qui souffre de démence sénile.

— On le dirait bien, opina-t-elle, songeuse. Je ne peux pas laisser ça impuni, Robyn.

— Bien sûr. (Nouveau haussement d'épaules.) Fais de ton pire.

Sa nonchalance envoya une pique de rage dans mes entrailles. Cette femme se fichait d'avoir été prise et ne craignait pas les représailles.

Car les royaux étaient rarement tués. Le dernier à avoir subi une peine de mort était Cam, pour avoir défié la Déesse elle-même, et d'après ce que Kylan avait sous-entendu, Cam pourrait bien être encore en vie.

Il n'était donc pas étonnant que Robyn n'ait pas peur.

Elle savait qu'ils ne la blesseraient pas d'une façon permanente.

Lilith tapa dans ses mains.

— En conséquence de quoi, Robyn, tu es excommuniée de tous les événements, y compris la Journée du Sang, pendant une décennie. Cela te rend inéligible pour acheter ou acquérir de nouveaux humains à tout moment après que ton expulsion sera effective.

La blonde royale pâlit.

— Une décennie ?

— Mmmh, oui, ça semble un peu court. (Lilith se

tourna vers Kylan.) Combien de temps a-t-il fallu à ton *Erosita* pour guérir de ses blessures ?

— Sept jours, répondit-il d'un ton neutre.

— Oui, un chiffre bien meilleur. Ton temps d'excommunion sera de sept décennies, Robyn. Puis-je te suggérer de traiter convenablement ton harem actuel et ton personnel domestique dans l'intervalle ? Tu n'auras pas l'occasion de le remplacer avant un bon moment, et la plupart mourront de vieillesse avant la fin de ta peine.

Robyn bredouilla, ses lèvres pleines formant des mots muets de désaccord.

— Préfères-tu une peine plus longue ? demanda Lilith en arquant un sourcil.

— Je… Non, non, ma Reine. (Robyn fit une révérence, ses jambes tremblant sous elle.) Je… j'accepte. Bien sûr, j'accepte.

— Parfait. Donc je te conseille de partir, car c'est un événement social ici, et tu n'y es plus la bienvenue.

Robyn se figea dans sa révérence.

— Tout de suite, trancha Lilith.

— Oui, bien sûr.

Robyn se redressa, ses yeux bleus remplis d'émotions mêlées : le choc, la douleur, la fureur. Elle darda sur Kylan un regard trop rapide pour que je puisse le déchiffrer et disparut en se déphasant hors de la salle.

— Eh bien, ça a été une soirée fascinante. (Lilith se tourna vers Kylan, une dague ornée de joyaux dans la main.) Aurais-je cet honneur ou préfères-tu t'en charger ?

— Oh, permets-moi. (Il tendit la main.) S'il te plaît.

— Il est à toi et a nui à tes biens. (Elle lui donna la dague et se tourna pour s'adresser au public.) Vilheim est accusé d'avoir conspiré contre son royal. Bien que Robyn l'ait manipulé en effet, il aurait dû aller voir Kylan pour signaler cette activité plutôt que de jouer le jeu.

Elle marqua une pause, comme si elle attendait des questions. Mais nul ne prononça un mot.

— Y a-t-il quelqu'un ici qui s'oppose à ce que Vilheim, vampire de la région de Kylan, reçoive la punition requise pour ce crime ?

Silence.

— N'entendant aucune objection, tu peux procéder, Kylan.

— Merci.

Il s'écarta de moi pour s'approcher de Vilheim, à genoux par terre, maintenu par deux vampires anonymes.

— Enfoiré, grommela-t-il.

— C'est ton dernier mot ? demanda Kylan. Parce qu'il ne m'impressionne guère.

Vilheim chanta quelque chose dans une langue étrangère qui fit glousser Kylan, qui secoua la tête.

— Tu n'as jamais été digne d'estime, Vilheim. Et tu ne le seras jamais.

Rapide, efficace, il plongea la lame dans sa poitrine, ce qui provoqua un sifflement collectif.

Bel et bien mort, réalisai-je, choquée.

Je n'avais jamais vu mourir un vampire. Je ne savais même pas qu'ils pouvaient mourir. Et Kylan venait d'assassiner ce mâle dans une salle pleine de ses frères et de lycans.

Le cadavre se désintégra en cendres qui se répandirent au sol. Kylan essuya la lame effilée sur la veste de Mikael avant de la rendre à Lilith.

Était-elle la seule à posséder cette arme ?

Était-elle imprégnée d'une substance particulière ou conçue spécialement pour cet usage ?

— Parfait. (En un clin d'œil, elle dissimula l'arme quelque part dans sa robe.) Maintenant, j'imagine que tu vas régler ton problème d'humains, non ?

— Eh bien, il y a une question qui demeure irrésolue.
Elle haussa un sourcil.

— Ah ?

— Oui. Il me manque officiellement une personne dans ma région, une conséquence non pas de mon fait mais de celui d'un autre royal. Et étant donné le mal de tête que tout ça m'a causé avec mon harem et les fausses accusations concernant mon caractère, j'estime avoir droit à une nouvelle ressource.

Je ne suivais pas très bien ce qu'il insinuait, mais les chuchotements dans la salle indiquaient que tout le monde le savait.

— Je vois, murmura Lilith, plissant les yeux. Nous avons des règles pour une bonne raison, et je ne suis pas certaine que cet incident fournisse une justification pour les briser, Kylan.

— Une vie pour une vie, intervint quelqu'un dans l'assistance. Ça me paraît justifié dans ce cas de figure. Vilheim est mort. Kylan a besoin d'une nouvelle recrue pour maintenir l'équilibre sur son territoire. Des nombres égaux et tout ça.

Lilith porta son regard sur le parleur.

— Es-tu en train d'appuyer sa requête, Jace ?

— En effet. Je considère qu'elle est juste, considérant tout ce qu'il a vécu ces derniers mois. (Jace s'avança, une flûte de champagne au sang à la main, l'autre main fourrée dans sa poche, la nonchalance incarnée.) J'ai beau ne pas me soucier de cet homme, je suis enclin à être d'accord avec lui sur ce point.

D'autres murmures s'élevèrent, et la salle fut remplie de bavardages spéculatifs.

— Il a raison.

La voix chargée d'un grondement bas suggéra qu'elle provenait d'un lycan.

— Walter ? (Lilith semblait stupéfaite.) Tu es d'accord aussi ?

— Tout à fait. C'est ce que j'exigerais si j'étais à sa place.

— Moi aussi, renchérit un autre.

Plusieurs se mirent à élever la voix, tous opinant dans ce sens, et le brouhaha finit par atteindre un niveau que Lilith ne pouvait plus supporter.

— Assez ! s'écria-t-elle, faisant taire toute la salle.

Kylan se tenait devant elle, ses traits vides de toute expression, son esprit encore plus vide. Je n'avais aucune idée de ce qu'il pensait parce qu'il m'avait encore bloquée. Pas entièrement, mais juste assez pour m'empêcher d'entendre ses plans.

J'avais été tellement submergée par mon environnement et le chaos que je n'avais pas remarqué. Mon cœur eut un léger pincement d'être repoussée, mais je devais croire que c'était pour lui permettre de mieux se concentrer. Il aurait sans doute été trop inondé par mes inquiétudes et ma confusion pour se concentrer.

Oui, ça devait être ça.

Lilith soupira.

— La Coupe Immortelle touche à sa fin, Kylan. Je ne peux te donner aucune de ces recrues, car nous en sommes déjà réduits à deux, mais vu le tollé de soutien, je pourrais faire une concession pour l'année prochaine.

Mon cœur manqua un battement. *Déjà réduits à deux ? Silas était-il l'un d'eux ?*

— En fait, j'ai déjà un humain en tête, annonça Kylan d'un ton égal, m'arrachant à mes pensées.

— Vraiment ? (Lilith haussa un sourcil.) Puis-je demander lequel ?

— Oui. (Il sourit et tendit la main vers moi.) Raelyn.

RAE

Kylan agita sa main devant mes yeux.

Venait-il de suggérer… ?

Non.

J'avais mal compris.

Il ne voulait dire en aucun cas…

— Ton *Erosita* ? s'étonna Lilith, encore plus choquée que moi. Non, absolument pas.

— Pourquoi pas ? rétorqua-t-il, rabaissant sa main. Elle faisait partie des douze meilleurs candidats sélectionnés pour la Coupe Immortelle. Ses notes aux examens sont phénoménales. Elle est belle, intelligente, et a joué son rôle à la perfection pour confondre ceux qui m'ont trahis. Je n'imagine pas de candidat plus apte à recevoir l'immortalité.

— C'est une rebelle, remarqua Lilith en me jetant un regard. Même maintenant, elle ose me scruter directement.

— Parce qu'elle est née pour être vampire, pas humaine. Ma vampire.

Les murmures reprirent, plusieurs d'entre eux exprimant l'assentiment, tandis que mon cœur cognait sourdement dans mes oreilles.

Kylan, exhalai-je.

Mais il resta fermé, son attention focalisée sur Lilith.

— Darius, murmura Jace, les yeux baissés sur le verre qu'il faisait tourner dans sa main. Tu es devenu assez intime avec Raelyn la semaine dernière, non ?

L'interpelé sourit.

— En effet. Kylan a omis de souligner ses aptitudes orales au lit, qui méritent dix sur dix, si ça intéresse quelqu'un.

— Donc assez bonne pour rejoindre nos rangs ? s'enquit Jace.

Darius haussa les épaules.

— Elle aurait besoin d'être un peu raffinée sur les bords, mais j'imagine que Kylan est à la hauteur de la tâche. Il a fait des merveilles sur ma Juliette.

Que des mensonges. Nous avions passé la dernière semaine à nous reposer. La relation de Darius avec Juliet était différente de ce dont j'avais été témoin, son adoration pour elle était évidente. Et Kylan n'avait pas posé la main sur elle, trop occupé à comploter pour ce soir et à s'assurer que j'étais à l'aise.

Mais nous n'avions jamais revu cette partie du plan.

Plusieurs dans la salle exprimèrent leur consentement, l'un d'eux disant même de donner à Kylan ce qu'il voulait parce qu'il l'avait mérité.

Lilith me mesura de nouveau du regard, et le pli de ses lèvres me suggéra qu'elle me trouvait déficiente.

Elle n'approuverait jamais.

Et je n'étais même pas sûre de le désirer, plus maintenant.

Devenir une vampire ne signifierait-il pas de sacrifier mon lien à Kylan ?

Cela me frappa soudain, la raison de sa demande.

Tu m'offres une issue. Le cadeau de l'immortalité sans m'attacher à lui pour toujours. *Kylan…*

— Elle sera sous ma responsabilité, et je te promets que tu seras impressionnée à la prochaine Journée du Sang.

Elle détacha son regard de moi et haussa les sourcils.

— Proposerais-tu de la créer toi-même ?

— En effet.

— Ta première progéniture, remarqua-t-elle, sidérée. Je n'aurais jamais cru voir ce jour, Kylan, sans parler de te voir le gaspiller sur quelqu'un d'aussi indigne.

— Tu oublies que je peux voir dans son esprit à travers le lien. Crois-moi quand je dis qu'il n'y a personne qui mérite plus cet honneur que Raelyn.

La véracité de sa déclaration chanta à travers notre connexion, la fierté qu'il éprouvait pour moi effritant les barrières temporaires qu'il avait érigées.

Non seulement il m'offrait une porte de sortie, mais il nous donnait aussi l'occasion d'être ensemble par désir, et non par nécessité.

Parce que je ne compterais pas sur lui une fois immortelle.

Ce qui voulait dire qu'il devrait travailler à maintenir mon intérêt pour lui.

Et qu'il voulait le faire.

Comment m'avait-il caché cela ? En explorant son esprit maintenant, je vis que cela avait toujours fait partie de son plan : demander une compensation pour ses pertes sous la forme de ma vie éternelle.

Je ne savais pas quoi dire.

Je ne pouvais que rester bouche bée devant lui.

— Très bien, murmura Lilith. Si c'est là ta demande, considère-la comme accordée.

— Merci, répondit-il en inclinant la tête.

— Mais j'espère bien voir chez elle des améliorations considérables la prochaine fois que je la croiserai.

— Bien sûr. Discipliner Raelyn est l'un de mes passe-temps préférés.

Son amusement roula sur moi, mais j'étais encore trop choquée pour y répondre ou même lever mentalement les yeux au ciel.

Il veut me transformer.
Devenir mon créateur.

— Reste maintenant la question résiduelle de quoi faire du reste d'entre vous, reprit-il, faisant face à Angelica d'abord. (Il s'accroupit pour enlever quelques chaînes de son corps nu.) Tu as sacrément besoin de sang.

Elle darda sur lui ses yeux creusés.

— Vous le saviez, grogna-t-elle.

— En effet, mais tu m'as quand même déçu, Angelica. Je t'ai demandé de veiller sur Raelyn, et tu l'as laissée seule. (Il lui arracha d'autres chaînes, montrant sa force à chaque fois qu'il tirait pour la libérer de ses liens.) Quand je te dis de faire quelque chose, ça passe par-dessus tous les autres. Est-ce que tu comprends ?

Elle déglutit, et son corps frémit tandis qu'il enlevait le dernier morceau de métal en brisant les entraves de ses chevilles à mains nues.

— Ou-oui, Votre Altesse.

— Bien. Alors considère ta punition levée. (Il leva les yeux sur Mikael, l'air cruel.) Puis-je t'offrir à boire, Angelica ?

Mikael ouvrit la bouche, et les larmes lui montèrent de nouveau aux yeux. Il avait l'air d'un homme brisé, d'un amant abandonné et détruit.

J'avais mal au cœur pour lui.

Même après tout ce qu'il m'avait fait, je ne pouvais empêcher mon cœur de se serrer.

Tout ce qu'il avait voulu, c'était Kylan.

Et il ne l'aurait jamais.

— À genoux, ordonna Kylan.

Mikael tomba à terre, la tête basse. Il n'allait même pas supplier. Il savait, simplement.

Une pointe de douleur me traversa, provenant de Kylan. Sa peine me faisait encore plus mal au cœur, car il

371

ne savait pas quoi faire. Le tuer rapidement, prolonger la douleur, le massacrer pour l'assistance… le laisser vivre.

— Donne-lui ton poignet.

Sa voix ne vacillait pas, mais à l'intérieur, cet acte le tuait.

Tu n'es pas obligé de le tuer, chuchotai-je. *Pas pour me venger.*

Que devrais-je faire de lui ? demanda-t-il doucement. *L'enfermer à vie ?*

Tu peux le donner à quelqu'un ?

Il mérite un sort pire que ça, Raelyn.

Je sais, mais il a fait ça parce qu'il t'aime.

Mikael gémit quand Angelica perça sa veine, sa bouche vorace suçant et aspirant la substance dont son jeune corps de vampire avait besoin pour survivre. Elle était affamée et face à un vierge de sang. Son essence était addictive même pour le plus vieux des vampires. Contre elle, il n'avait aucune chance. Elle le dévorerait à moins que Kylan ne l'arrête, et Mikael le savait.

Kylan ignora la scène malgré son cœur déchiré, et se concentra sur Zelda avec un sourire sadique.

— Cherise, appela-t-il.

— Votre Altesse, répondit-elle en accourant vers lui, les yeux pleins d'espoir.

— Tu m'as beaucoup plu en t'améliorant. On discutera des opportunités de promotion plus tard, mais pour l'instant, j'ai besoin que tu t'occupes de celle-là. (Il désigna Zelda.) C'est une ancienne cuisinière. Elle pourra peut-être t'aider à créer quelque chose avec son sang.

Mon estomac se retourna à cette idée. *Kylan…*

Elle mérite pire que ça. Estime-toi heureuse que je ne la tue pas de mes mains.

— Bien sûr, mon Prince, répliqua Cherise en retroussant ses lèvres. Je le ferai avec plaisir.

— Merci. Assure-toi de la vider complètement. Elle ne

m'est plus d'aucune utilité, et elle est inemployable dans cette région.

— Je comprends. (Cherise s'inclina puis empoigna Zelda par les cheveux.) Viens par ici, ancienne cuisinière.

Kylan regarda Judith et son équipe de sécurité avant de revenir finalement à un Mikael faiblissant. Son esprit luttait entre le bien et le mal, entre l'achever et lui accorder le pardon.

Il se souciait vraiment de Mikael.

Je le voyais dans son âme. Ce n'était pas de l'amour, mais une amitié profonde établie depuis plus de dix ans.

Il émit un soupir mental lourd et fatigué.

— Ça suffit, Angelica, dit-il, l'arrachant à Mikael.

Elle se débattit une seconde avant de réaliser qui l'avait tirée, puis elle tituba en arrière en essuyant sa bouche sanguinolente.

— Judith, s'il te plaît, emmène Mikael dans mes quartiers. J'en finirai avec lui quand j'aurai un moment.

— Je vous le prépare, mon Prince.

Elle s'avança et le souleva sans peine.

Kylan hocha la tête, puis promena son regard sur la fête.

— Eh bien, j'espère que je vous ai procuré à tous une soirée riche en péripéties.

Quelques gloussements lui répondirent, ainsi qu'un hochement de tête de Lilith.

— On ne s'ennuie jamais en ta compagnie, Kylan.

— C'est la seule façon de vivre. (Il souriait à tout le monde, mais en lui-même, son cœur se brisait devant la tâche qui l'attendait, et ça me faisait mal d'entendre son chagrin.) Amusez-vous bien, tout le monde. Mangez. Buvez. Éclatez-vous. Et surtout, profitez bien de mon hospitalité. Ce pourrait bien être la dernière fête que j'organise avant un bon moment. (Il leva les mains et effectua une révérence théâtrale.) J'ai quelques affaires à régler, dont une *Erosita* à sauter une dernière fois, donc je vous laisse.

Lilith leva son verre, ainsi que Jace et Darius.

Kylan me prit la main et me fit passer devant eux, marchant à pas lents et murmurant des adieux aux invités qui croisaient notre chemin. Lorsque nous gravîmes finalement l'escalier et montâmes dans l'ascenseur, il lâcha un long soupir et se passa les doigts dans les cheveux.

— Laisse-moi juste une minute avant de dire quoi que ce soit, dit-il en appuyant sur le bouton du rez-de-chaussée qui nous amenait à la réception.

Au lieu de lui répondre ou lui signaler que je ne savais toujours pas quoi dire, je l'entourai de mes bras.

Il ne bougea pas tout d'abord, sa surprise se faufilant par le lien. Puis il me retourna l'étreinte, fourrant son visage dans mon cou, tout contre ma peau.

Je suis là, chuchotai-je. *Tu n'es pas seul.*

Il frémit et resserra son étreinte.

Comment était ma vie avant toi ?

Ennuyeuse ? suggérai-je. *Suffisante ? Plus facile ?*

Il pouffa dans mon esprit. *Ennuyeuse me convient.*

Il embrassa mon pouls et me lâcha quand les portes de l'ascenseur s'ouvrirent. Maeve nous attendait à la réception, et tendit ses clés à Kylan.

— Parfait. Merci. J'ai une dernière tâche pour toi, si ça ne t'ennuie pas.

— Bien sûr, mon Prince.

— Informe tout le monde que je vous ai promues, Cherise et toi, à l'ancien poste de Tremayne. L'une de vous peut gérer l'hôtel K ici, tandis que l'autre peut reprendre la tour Tremayne, mais assurez-vous de la renommer. Je conserverai ma propriété à Lilith City. Mais n'hésitez pas à vous partager les autres propriétés de manière équitable.

Sa mâchoire lui tomba.

— M-mais, Votre Altesse…

— Tu n'as pas postulé, je sais. Mais je suis fatigué de promouvoir de vieux vampires à des postes de pouvoir pour lesquels ils n'ont aucun respect. Il est beaucoup plus logique d'embaucher quelqu'un qui comprend et apprécie réellement le boulot, ce qui est clairement le cas de Cherise et toi. Elle avait juste besoin d'un subtil rappel, c'est tout.

Les yeux de la femme se remplirent de larmes, et un sourire à couper le souffle s'épanouit sur ses lèvres.

— Je ne sais pas quoi dire.

— Commence par me dire que tu ne me décevras pas, et on peut partir de là.

— Je ne vous décevrai pas, promit-elle, euphorique. Merci, Votre Altesse. Merci.

Il acquiesça, sa main au bas de mon dos.

— Assure-toi de le dire aux autres, y compris à Cherise, et fais-moi savoir qui s'occupe de quoi.

— Oui, bien sûr. (Elle sautillait littéralement sur ses talons.) Pardonnez-moi, je suis…

— Excitée, je sais. Profite de ta soirée, Maeve. Tu l'as bien mérité.

Il me poussa en avant, marchant rapidement cette fois, tandis que nous passions devant plusieurs humains qui s'inclinèrent.

Une fois installés dans sa voiture, je me tournai vers lui.

— C'était très gentil de ta part.

Il s'engagea dans la rue.

— C'était surtout pratique, Raelyn.

— Non, c'était sympa, rectifiai-je. Tu es loin d'être aussi redoutable et cruel que tu veux le faire croire à tout le monde, tu sais.

Il ricana.

— Ne dis ça à personne d'autre.

— Ne t'inquiète pas. (Je caressai sa cuisse et me détendis sur mon siège.) Ce sera notre petit secret.

Il me lança un regard en biais.

— Je crois qu'on va en partager beaucoup des comme ça, Raelyn.

KYLAN

— Tu es sûr que c'est ce que tu veux faire ? demanda Jace, son expression indéchiffrable.

Il avait quitté la fête de bonne heure avec Darius et Juliet pour me retrouver dans mon domaine, comme je l'avais demandé.

— Oui, j'en suis sûr, acquiesçai-je.

Il n'y avait pas d'autre alternative.

— Il ne mérite pas une telle gentillesse de ta part, remarqua Darius, appuyé contre le chambranle de la porte de mon bureau.

— Est-ce vraiment gentil ? relevai-je, en signant le dernier document.

Il haussa les épaules.

— Ça le serait aux yeux de certains.

Peut-être. Je ramassai le dossier et les dévisageai tous deux.

— Je ne peux pas le tuer, avouai-je. Même si je sais que je devrais…

— Tu l'aimes bien, conclut Jace. Notre espèce s'obstine à appeler ça de la faiblesse, mais ce n'en est pas. C'est ce qui nous relie à l'humanité et nous garde sains d'esprit.

— C'est une façon de voir, j'imagine, murmurai-je en remettant le dossier à Jace. Veille à ce qu'il soit pris en charge correctement, s'il te plaît.

Mon homologue royal hocha la tête.

— Luka s'assurera qu'il passe le reste de sa vie indemne.

— En territoire lycan, soulignai-je, encore confus par sa suggestion de placement.

— Peut-être que tu devrais le visiter de temps en temps, murmura Jace d'un ton énigmatique. Tu pourrais trouver quelque chose d'intéressant là-bas.

— Pourquoi j'ai l'impression d'être initié à quelque chose ? demandai-je d'un ton circonspect.

— Parce que c'est le cas, répliqua Jace en tendant la main. Tu n'es pas le seul à avoir des soupçons, Kylan.

Je lui serrai la main.

— À quel propos ?

— À tout propos. (Il me lâcha.) Bientôt j'obtiendrai plus de détails. En attendant, je vais régler le problème de ton vierge de sang comme tu me l'as demandé.

— Sain et sauf, répétai-je.

— Je t'ai déjà donné ma parole. Il ira bien. Il sera juste un peu seul. (Jace se dirigea vers la porte, mais s'arrêta.) Tu vas vraiment transformer Raelyn ?

— Oui, si c'est ce qu'elle veut.

— Et c'est ce que tu veux toi ? demanda-t-il en franchissant le seuil. Sois honnête avec elle, Kylan. Il paraît que c'est là-dessus que se fondent de bonnes relations.

— Comme s'il y connaissait quelque chose aux femmes, ricana Darius.

— On dirait pourtant qu'elles lui sont assez familières.

D'habitude, Jace en était entouré, toujours à les gâter. Mais au cours de ses derniers voyages, il était seul. Étrange de sa part.

— Pas quand il s'agit d'affaires de cœur, rétorqua Darius en suivant son supérieur. Bonne chance avec Raelyn. Suis tes instincts. Tu devrais trouver ton cœur.

Il disparut, me laissant bouche bée.

Quel affreux conseil ! À propos de Raelyn, mes instincts me dictaient de l'enfermer dans ma chambre et de ne laisser personne la voir.

Et c'était exactement où je l'avais laissée, pour évacuer les affaires de la soirée avec une douche et se détendre.

J'envoyai un e-mail à mes administrés pour confirmer le remplacement de Tremayne et fermai ma tablette.

C'était une nuit qui n'en finissait pas, et qui continuerait si Raelyn acceptait ma proposition.

Elle m'attendait assise sur le lit, drapée dans une serviette, ses cheveux mouillés tombant sur sa peau nue. Ses yeux bleus croisèrent les miens, chargés d'émotion.

— J'ai entendu ce que tu as fait à Mikael.

Je m'arrêtai devant elle, soudain inquiet qu'elle puisse ne pas approuver.

— Il ne pouvait pas rester ici.

— Je sais.

— Et je ne pouvais pas le tuer.

Même s'il le méritait amplement. Je ne pouvais simplement pas me résoudre à cette extrémité, pas après onze ans passés ensemble. Il m'avait aimé, ce qui était de sa faute, mais aussi de la mienne, en quelque sorte. Le soumettre à une vie de solitude me paraissait une punition suffisante.

Raelyn esquissa un petit sourire triste.

— Tu as fait le bon choix, Kylan. Aussi dur fût-il pour toi, je le comprends.

— Alors tu n'es pas fâchée contre moi ?

Elle ricana, se mit à genoux pour être à ma hauteur et me saisit par les épaules.

— Je ne peux pas te reprocher de montrer de la compassion.

Elle frôla mes lèvres des siennes, son baiser volontaire étant la meilleure des récompenses. Nous avions été

379

chastement intimes la semaine dernière en raison de sa guérison, tout le contraire de ce dont mon corps avait besoin, mais c'était ce que le sien exigeait.

Je suivis le bord de ses lèvres avec ma langue, demandant à entrer, et pénétrai sa bouche. Elle accueillit l'invasion avec un gémissement, entourant mon cou de ses bras. Je posai les mains sur ses fesses et l'attirai à moi. J'en voulais plus.

Ça avait été une foutue longue nuit.

J'avais besoin de me perdre un moment, de laisser les sensations prendre le dessus, de profiter de Raelyn. Son toucher hypnotique. Son parfum d'agrumes. La caresse de son esprit contre le mien. La sensation de sa peau nue. Son goût.

— Putain, soupirai-je, incapable de m'empêcher de prendre davantage d'elle.

J'approfondis notre baiser, la pris de la façon qu'elle désirait, explorant chaque centimètre de sa bouche avec ma langue. Si foutrement addictive. Si magnifique. Si *mienne*.

Je plongeai mes doigts dans ses mèches humides, la tenant contre moi comme si elle allait disparaître. Une fois que je l'aurais transformée, elle pourrait. Mais j'avais besoin qu'elle ait cette option, qu'elle soit mon égale en tout point sauf en âge, ou cette relation serait toujours à sens unique. Je voulais qu'elle me choisisse.

Mon cœur battait la chamade.

Rien qu'une fois encore.

Comme mienne.

C'était tout ce que je voulais. Puis je pourrais la libérer si c'était ce qu'elle décidait.

Mais cette nuit, je voulais l'avoir totalement.

— Raelyn, chuchotai-je. Je voudrais…

— Oui, répondit-elle, lisant déjà dans mes pensées. Mille fois oui, Kylan. Prends-moi. Garde-moi. *Saute*-moi.

Je frissonnai contre elle, ma queue déjà dure.

Elle déboucla ma ceinture sans me demander mon avis, sa main assurée, son habileté impressionnante. Je jetai sa serviette par terre, mes lèvres tombèrent sur son cou et plus bas, sur ses seins parfaits. Mûrs et beaux, aux petits tétons effrontés. J'en aspirai un dans ma bouche, ce qui la fit se cambrer en gémissant tandis qu'elle défaisait mon pantalon.

Je passai à son autre bouton rose, le léchai, le mordillai.

— Tu es parfaite, Raelyn, la complimentai-je. Tout en toi est juste foutrement parfait.

Je pensais vraiment ce que j'avais dit à Lilith tout à l'heure. Je ne pouvais imaginer candidate plus qualifiée pour l'immortalité.

Elle descendit le pantalon sur mes hanches et s'attaqua à ma chemise. Au troisième bouton, elle perdit patience et arracha les autres en tirant sur le tissu. Je m'en débarrassai d'un coup d'épaules, apparaissant torse nu devant elle.

— Pantalon. Enlève.

Il était coincé autour de mes cuisses.

J'eus un sourire en coin.

— Tu me donnes un ordre ?

— Effectivement.

Je gloussai en lui obéissant.

— Allonge-toi sur le lit, princesse. Écarte les jambes. Je veux voir à quel point tu mouilles pour moi.

Elle gémit et ses muscles se tendirent en réponse. Le doux arôme de son excitation m'accueillit, mon corps était impatient de se joindre au sien.

Personne ne m'avait jamais fait ressentir une telle chose : je me sentais complet. Comme si je pouvais me perdre pour toujours dans ses bras.

Je voulais que ça dure toujours.

Ne jamais dire au revoir.

Mes habits disparurent par terre tandis qu'elle se plaçait comme je le désirais, sa chatte luisant dans l'attente. J'embrassai ses lèvres humides, j'avais besoin de la goûter. Ma langue plongea en elle, enduisant mes papilles de sa saveur unique.

— Putain, Raelyn, tu as la chatte la plus jolie que je connaisse.

Je mordillai son clitoris et frottai mon nez dans les douces boucles rousses de son pubis. Elle avait cessé de se raser à ma demande mais soignait sa toison. Je l'embrassai partout, la vénérai, chéris chaque parcelle d'elle, mémorisai toute son intimité.

— Kylan, grogna-t-elle, ses doigts tirant mes cheveux. J'en veux plus.

— Oh, tu en auras plus, chuchotai-je. Tu en auras plus.

Une nuit.

Un mois.

Un an.

Dix ans.

Une éternité.

Ce ne serait jamais assez.

J'arrêtai d'essayer de le comprendre. J'arrêtai d'essayer de le combattre. Et je l'embrassai simplement.

Parce que je n'avais plus l'énergie de me battre contre ces sentiments. Il ne s'agissait pas du lien, mais de Raelyn.

C'était toujours elle.

Ce feu.

Son esprit.

Son cœur.

Je déposai un chemin de baisers sur son corps, adorant chaque centimètre, ignorant l'envie de mon membre de la retourner et de la prendre par-derrière.

Ça devait être différent. Spécial. *Réel.*

Je voulais lui faire l'amour. Une chose que je n'avais jamais faite avec personne, je n'en avais jamais vu l'intérêt, mais Raelyn le méritait et bien plus encore. Je voulais vivre cette expérience avec elle, l'honorer d'une manière différente de toutes les autres, la vénérer, l'aimer.

— Raelyn, soufflai-je sur ses lèvres en m'installant entre ses cuisses. Tu m'as changé de manière irrévocable.

Je me glissai en elle, mon sexe me suppliant de la prendre violemment tandis que mon cœur me contraignait à rester doux.

Elle poussa contre moi, m'enfonçant plus profond.

— Tu m'as détruite aux yeux des autres, chuchota-t-elle. Tu as tout pris de moi et l'as fait tien.

— Ah mais, Raelyn, je n'ai pas fait ça. (Malgré toutes mes railleries à ce sujet, je n'avais jamais capturé son esprit, ni son cœur, ni son âme.) C'est toi qui me possèdes, mon cœur. Tout mon être existe en toi et en personne d'autre.

Je l'embrassai doucement, bougeai en elle très lentement, savourai de la sentir, la façon dont ses parois intimes serraient ma hampe, dont elle gémissait à chacune de mes poussées.

— Kylan… (Ses yeux bleu glacier scintillèrent, ses joues rougirent.) Est-ce que ça fera mal ?

— De te transformer ? (Mes lèvres caressèrent les siennes.) Non, mon cœur.

Des lustres avaient passé depuis ma renaissance, mais je lui montrai ce dont je me souvenais : le profond sommeil, l'éveil à de nouvelles sensations, la première soif.

— Est-ce qu'on va perdre cette connexion ? souffla-t-elle, son corps arqué sous le mien en quête du plaisir qu'elle désirait tant.

J'embrassai sa mâchoire, son cou, mordillai son oreille, et lui dis la vérité :

— J'ignore ce qui va se passer. (Mon créateur était mort peu après ma renaissance.) Nous serons toujours liés, mais différemment.

— Est-ce que je serai toujours à toi, Kylan ? demanda-t-elle à mi-voix, ses ongles plantés dans mes épaules. Dis-moi que je serai toujours à toi.

— Encore un ordre ? la taquinai-je.

Je mordillai son pouls et poussai ma queue au plus profond d'elle. Elle gémit en retour, serrant son intimité autour de moi.

— Mmmh, continue à faire ça et je pourrais bien accepter pour toujours.

— Kylan, grogna-t-elle, me griffant le dos, me marquant de la façon la plus délicieuse.

— Encore.

— Accepte de rester avec moi, rétorqua-t-elle, resserrant ses cuisses autour de ma taille. Dis-moi que je serai tienne.

Je poussai de nouveau en elle, vite et fort, et souris quand elle hoqueta mon nom.

— J'adore ce son.

Je l'embrassai et répétai mon geste. Ses membres tremblaient son orgasme montait. Il exploserait sous peu.

Je fis pivoter mes hanches d'une façon que je savais qu'elle appréciait, et son cri me le confirma.

Elle lâcha mon nom comme un juron, son esprit se rebellant tandis que son corps suppliait d'en avoir plus. Elle voulait une réponse presque aussi fort qu'elle voulait jouir.

— Tu trempes mon sexe, constatai-je. Tu me possèdes tout entier avec ta jolie chatte.

J'empoignai ses hanches et l'inclinai vers le haut pour aller encore plus profond et la rendre folle. Elle planta ses talons dans mon dos, sa peau vibrait de désir.

— Hurle mon nom, Raelyn. Je veux que tout le monde t'entende me revendiquer comme tien.

Ces mots la firent basculer, et sa bouche obéit à mon ordre.

À chaque syllabe répétée encore et encore, je sentais qu'elle me possédait plus encore, solidifiant notre relation, me consumant de l'intérieur.

Elle pourrait bien être à moi, mais j'étais bien plus sûrement à elle.

De toutes les manières.

Mon orgasme jaillit et se répandit en elle avec un impact que je ressentis jusqu'au fond de mon âme. Cela me fit presque mal, si intense, si complet, si foutrement incroyable. Elle me pompa à sec, pressant jusqu'à la dernière goutte tandis que je tremblais sur elle.

Je ne m'étais jamais senti aussi vide, rassasié et pourtant rempli de toute ma vie.

Amour.

Dévotion.

Énergie.

Coulant librement, nous blottissant dans ce moment intime réservé uniquement aux couples. Mon cœur lui appartenait. Mon esprit. Mon âme. Je ne retenais rien, lui permettais de ressentir pleinement tout ce que je possédais et le lui confiais.

— Maintenant, soupira-t-elle, fondant sous moi. Je veux la faire maintenant.

— La transformation ?

— Oui. Fais-moi tienne. Ton égale. Ta vraie compagne. S'il te plaît, Kylan. C'est ce que je veux, ce dont j'ai *besoin*.

Ses pensées le confirmaient, sa décision était prise. Mais pas parce qu'elle désirait la liberté ou un moyen de me fuir.

Raelyn désirait l'immortalité pour être ma partenaire pour toujours.

Je ne pouvais imaginer une femme plus méritante.

Elle le voulait vraiment, l'avait toujours voulu.

Et je le voulais pour elle.

C'était l'unique cadeau que je pouvais lui offrir, la seule façon de la remercier pour tout ce qu'elle m'avait donné.

Ma Raelyn.

Mon cœur.

Ma compagne.

Je l'embrassai tout du long jusqu'à son cou, mes incisives déjà désireuses de cet ultime nourrissage. Ce ne serait plus pareil quand elle serait transformée ; ce serait meilleur. Je plantai mes dents profond et me mis à boire, son essence nappa ma gorge tandis qu'elle gémissait sous moi, jouissant de nouveau à cet impact.

Putain, que c'était bon autour de ma queue toujours logée en elle.

— Kylan, psalmodia-t-elle, ses ongles enfoncés dans ma peau. Oh, Kylan…

Continue à gémir mon nom comme ça et je serais forcé de m'arrêter pour te sauter à nouveau.

Elle grogna, sa voix mentale devint presque incohérente sous l'assaut de plaisir que je déchaînais dans son flux sanguin.

Je continuai de boire, surveillant son rythme cardiaque, attendant le bon moment.

Sa connexion à mon immortalité le prolongeait, son âme tirait déjà sur la mienne tandis qu'elle continuait à se tortiller.

Puis finalement, cela s'affaiblit.

Ses cris s'apaisèrent en gémissements.

En soupirs.

La peau de Raelyn se refroidit, son cœur ralentit.

Je m'écartai d'elle pour la voir à peine consciente, les paupières tombantes. C'était le moment crucial où l'âme commençait à se glisser hors du mortel pour danser avec la mort.

Je me mordis le poignet, le plaçai sur sa bouche, fis couler mon essence vitale sur sa langue.

Elle ne réagit pas tout d'abord, son esprit ensommeillé s'embrumait sans comprendre ce qui était nécessaire. Mais son corps prit le relais, ses instincts remontèrent à la surface et elle téta le liquide revigorant, prenant tout son soûl.

Les secondes devinrent des minutes, tandis qu'elle vidait mon corps. J'écartai mon poignet, et le cri de déception de Raelyn me provoqua un rire sombre.

— Tu en auras davantage plus tard, chérie. Mais pour l'instant…

Je l'embrassai doucement, détestant ce que j'avais à faire à présent.

C'était la partie qui pouvait faire un peu mal.

Temporairement.

Je lui couvris complètement la bouche et lui pinçai le nez.

Certains préféraient une balle. D'autres la strangulation. Quelques-uns, rompre le cou.

Mais je ne pouvais rien faire de tout cela, pas avec elle.

Je fermai les yeux, mon corps tremblait sous l'effort de l'étouffer. Afin d'arrêter complètement son cœur.

Ça va, chuchota-t-elle.

Pas encore, répondis-je. *Mais ça va aller.*

Je te fais confiance.

Ces mots me tirèrent des larmes, car c'était vrai. Elle me faisait vraiment confiance. Et je lui faisais confiance aussi. Ce que je n'aurais jamais cru possible avec quiconque, ça l'était avec elle.

Elle posa la main sur le bas de mon dos, une dernière caresse avant qu'elle ne retombe sur son flanc. Une larme tomba de mon œil quand elle commença à convulser, son corps se débattant malgré l'acceptation de son esprit.

La panique l'envahit, dernière étape de sa mort, là où la raison n'existait plus.

Puis elle retomba, inerte.

Son rythme cardiaque ralentit.

Ralentit.

Silence.

J'attendis un ultime instant avant de la relâcher, et posai mon front sur le sien.

— Fais de beaux rêves, Raelyn.

RAE

Les ténèbres m'engloutissaient, m'aveuglaient. Piégée. Seule.

Était-ce un rêve ?

Un cauchemar ?

La réalité ?

Je poussai contre la surface dure sous moi, à côté de moi, au-dessus de moi. Elle ne bougea pas.

Kylan ? Je le sentais à proximité, ses pensées amusées. *Kylan, qu'est-ce qui se passe ?*

Tu peux faire mieux que ça, princesse. À moins que tu sois encore un agneau ?

Sa moquerie me fit faire moue.

De quoi tu parles ?

Des pas traînants, tout proches, me firent tourner la tête à gauche. Des pieds crissant dans la neige. Les pas de Kylan. Son pantalon s'étira quand il s'accroupit au-dessus, me donnant une image parfaite d'où le trouver, mais pas comment.

Qu'est-ce que c'est ?

Un cercueil. Ouvre-le.

Ça ne bouge pas.

— Parce que tu as à peine essayé. Pousse encore, m'encouragea-t-il à voix haute et toute proche.

Je plaquai mes paumes sur le bois au-dessus de moi et imprimai une forte poussée. Le couvercle se souleva en grinçant, révélant un éclat de lune. Une autre poussée l'ouvrit complètement, faisant tomber de la neige et de la terre à l'intérieur.

Je sautai hors du cercueil, mes pieds nus touchèrent la terre froide avec bien plus d'aisance que je ne l'aurais cru.

Kylan haussa vivement les sourcils, tout surpris.

— Eh bien, c'était impressionnant pour une nouvelle. (Il se redressa, les bras chargés de vêtements et de chaussures.) Bien que ça me chagrine de le dire, est-ce que tu as envie de te mettre quelque chose sur le dos ?

Je pivotai sur moi-même, des glissements de pattes m'avertissant qu'on avait un public.

Des loups.

Six d'entre eux.

Paressant au bord de l'étang gelé, nous observant.

— Pourquoi je suis dehors ? m'étonnai-je, contemplant les stalactites miroitantes qui pendaient des arbres gelés. La froide morsure du vent. Et waouh, la lune pratiquement pleine.

C'était incroyable.

Je m'agenouillai, ratissai de mes doigts l'eau cristallisée au sol. *De la neige*, m'émerveillai-je, comme si j'en voyais pour la toute première fois. *Waouh…*

L'amusement de Kylan réchauffa ma peau fraîche, son plaisir de me voir réagir à mes nouveaux sens était tangible.

Attends…

— Je peux toujours t'entendre, constatai-je. (Je me relevai, mes pieds ressentaient à peine le froid.) Et te sentir.

— Oui, murmura-t-il en s'approchant de moi. Je ne suis pas au courant de quiconque ayant cette aptitude entre un créateur et sa progéniture, mais je soupçonne que c'est lié à nos âmes accouplées. J'ai ressentir ta renaissance comme si c'était la mienne.

Je tentai de me rappeler ce que j'avais ressenti, mais c'était vague.

— Tout est si… obscur.

Il m'avait mordue. M'avait étouffée, peut-être. Son sang dans ma bouche. Je secouai la tête, toute cette expérience était floue.

— Je ne m'en souviens pas vraiment.

— C'est normal. Tu vas voir des aspects de ta vie de mortelle s'estomper également, vu que tu es officiellement transcendée dans ta vie immortelle.

Il me tendit un pantalon que j'enfilai, ainsi qu'un pull, puis des chaussettes et des bottes. Je ne m'habillai que par habitude, n'en ressentant pas vraiment le besoin malgré la le froid.

— Mais pourquoi suis-je dehors ? demandai-je de nouveau, toujours confuse à ce propos.

— L'étape finale du processus est de s'unir à la terre. (Il posa un chapeau sur ma tête et embrassa mon nez.) J'ai pensé que tu préférerais t'éveiller ici, et j'ai déjà une niche dans cette terre, de toute façon.

Je haussai les sourcils.

— Pourquoi ?

Il haussa les épaules.

— Tous les vampires ont des endroits cachés, Raelyn. Maintenant tu peux partager celui-ci avec moi, car personne ne sait qu'il existe.

Il referma le cercueil, son couvercle recouvert d'herbe, et balaya de la neige sur l'endroit afin de le confondre parmi le paysage environnant.

Je reconnus le tronc couché derrière, et ma mâchoire pendouilla.

— C'est là où on a…

— Oui. (Ses lèvres se retroussèrent.) Le site qui convenait le mieux à ta résurrection, à mon avis.

Je souris et secouai la tête.

— Tu as tellement de couches, Kylan.

— Ah oui ? (Il me rejoignit et m'attrapa les hanches, m'attirant à lui.) Tu dois être affamée, mon amour.

Je plissai le front.

— En fait, je n'ai pas faim du tout.

— Vraiment ? La plupart des nouveaux s'éveillent affamés. (Il effleura mes lèvres des siennes.) Rentrons à la maison. Peut-être que l'odeur du sang va t'ouvrir l'appétit.

Je me grattai le nez, trouvant l'idée de mordre un humain guère attirante. Mais évidemment, c'était comme ça que je me nourrirais. Jusqu'à présent, je n'avais pas vraiment envisagé la réalité de la chose.

— D'accord, répondis-je, une autre prise de conscience envoyant une bouffée d'adrénaline dans mes veines. On fait la course.

Il gloussa.

— Raelyn, tu es un bébé vampire. Avançons étape par étape.

Je haussai les sourcils.

— Tu insinues que je n'arriverais pas à suivre ?

— J'ai plus de cinq mille ans. Je sais que tu ne pourras pas.

— Alors ça ne te dérangera pas qu'on fasse la course. (Je fis un pas en arrière, me sentant plus énergique que, eh bien, que jamais.) À moins que tu aies peur ?

— La seule chose dont j'ai peur, c'est que tu te fasses du mal, princesse. Tu es immortelle mais pas incassable. Pas encore, en tout cas.

— Je me sens plutôt résistante.

Et forte, même. Et rapide. Une partie de moi voulait sprinter juste pour voir de quoi j'étais capable. Je ne m'étais jamais sentie aussi vivante, aussi libre, aussi triomphante.

— La plupart des vampires s'éveillent faibles et assoiffés de sang. (Il inclina la tête, le regard curieux.) Je ne sens aucune faim en toi.

— Parce que je n'ai pas faim.

Pas du tout. Je voulais juste courir, sentir les éléments sur ma peau, voler.

— Très bien, chérie. On fait la course, juste pour voir si ça t'ouvre l'appétit et parce que je sens ton enthousiasme. (Il mordilla ma lèvre supérieure assez fort pour la faire saigner, et lapa la blessure.) Toujours aussi délicieux.

Je plissai les yeux.

— Je peux te rendre la pareille à présent.

— Tu peux essayer, me nargua-t-il. Attrape-moi et je te laisserai faire. (Il me lâcha.) Je vais même te laisser une longueur d'avance. (Il désigna le sentier.) Tu connais le chemin.

C'était un mâle bien sûr de lui qui me regardait, un sourcil arqué en signe de défi.

— Je pourrai te mordre où je veux si je gagne ?

Il afficha un petit sourire en coin, l'air très assuré.

— Bien sûr, princesse. Et si tu perds, je te mordrai où je veux.

Je frissonnai, appréciant ces paroles.

— D'accord.

— *Go !*

Je lui soufflai un baiser et partis au pas de course, me déplaçant sans mal sur la neige, à l'inverse de la première fois où j'avais essayé.

Tu vas devoir faire bien mieux que ça. Sa moquerie irradiait en moi, m'incitant à me pousser un peu plus. *Souviens-toi, mon amour. Tu n'es plus humaine désormais.*

Il m'ouvrit son esprit, transmit son expérience et sa connaissance à travers le lien. Cela mit le feu à mon sang, excita mes nerfs et tout mon être.

Tant de puissance. De force. D'agilité.

Et je possédais tous ces traits à présent.

Son sang était mon sang.

Son âme épousait la mienne.

Nos cœurs battaient à l'unisson.

Je fermai les yeux en courant, mes sens prenant le dessus, mon corps glissant et avançant sur le sentier d'après la seule mémoire musculaire, *sa* mémoire musculaire.

C'était exaltant.

Stupéfiant.

Magnifique.

Ma main atteignit la porte de derrière quelques secondes avant Kylan, qui affichait un air émerveillé.

— Tu t'es déphasée, souffla-t-il en me dévisageant. Putain, tu t'es réellement déphasée.

Je levai les yeux sur lui, confuse.

— Euh, ouais.

Je le supposais du moins. Ç'avait été incroyable, comme si j'avais volé au-dessus du sol sans que mes pieds le touchent.

— On recommence ?

Il m'attrapa les épaules avant que je ne décolle, et ses yeux se rivèrent aux miens.

— Raelyn, seuls les vampires les plus anciens peuvent se déphaser. Il m'a fallu presque deux mille ans pour acquérir cette capacité.

Je restai bouche bée.

— Quoi ?

— Exactement.

Il me mesura du regard, ses pensées élaborant des myriades de scénarios à la fois. Je les suivis tous, en captai tous les détails sans sourciller.

— Notre lien semble te donner mon niveau de capacités, résuma-t-il à voix haute. Je n'ai jamais entendu parler de ça, mais c'est la seule conclusion qui me paraît logique.

— Personne n'a jamais transformé son *Erosita* avant ?

— Pas à ma connaissance, non. (Il prit ma joue en coupe.) Tu es unique dans ton genre, Raelyn.

— Rae, corrigeai-je en souriant. À présent que je suis une vampire, je peux choisir mon nom.

Son regard scintilla en réponse, les ténèbres infusant en lui. Possession, adoration, domination, tout se déversait de lui, m'enveloppait d'une couverture mentale qui était tout Kylan.

— Tu seras toujours ma Raelyn, mais si tu préfères que les autres t'appellent Rae, c'est ton choix.

Je me hissai sur la pointe des pieds pour presser mes lèvres contre les siennes.

— Je serai toujours ta Raelyn, opinai-je. Mais pour tous les autres, je serai Rae. (Je trouvais intime de lui accorder l'usage exclusif du nom qu'il m'avait donné, tout en obligeant tous les autres à la version abrégée.) Je suis toujours à toi, Kylan. Pour aussi longtemps que tu seras avec moi.

— Attention, mon cœur, chuchota-t-il contre ma bouche. Parce que je pourrais bien te garder pour toujours, si tu m'y autorises.

— Je l'espère bien. (Et j'étais sérieuse.) Mais seulement si je te garde aussi.

— Oh, Raelyn, quand vas-tu comprendre ? (Il me plaqua contre la porte et sa bouche captura la mienne en un baiser dominateur qui me coupa le souffle.) Tu me possèdes déjà, mon amour. Complètement. Pour toujours.

Je frissonnai contre lui, ses mots brûlant tout mon être.

— Tu es en moi, Raelyn. Tu y es depuis que je t'ai vue pour la première fois, depuis cette première morsure rebelle qui a solidifié mon destin. (Ses deux mains sur mon visage, il me retenait contre lui, ses hanches plaquant les miennes contre la surface dure derrière moi.) Mon âme t'a choisi, ma compagne, ma partenaire, et mon sang a épousé le tien. Je n'en désirerai jamais une autre, pas si ça met en péril ce que nous partageons, pas si je t'ai dans mon lit chaque nuit. Quel intérêt ?

La sincérité de ses propos rivalisait avec les mots dans son esprit, les promesses qu'il n'avait pas dites, les émotions qu'il ne réservait qu'à nous. Il m'avait offert l'immortalité pour m'accorder la liberté, la capacité de choisir, parce qu'il voulait une partenaire à ses côtés dans la vie, pas une servante. C'était son plus grand secret, celui qu'il ne voudrait jamais avouer au monde parce que ce n'était pas nécessaire. Je le savais et c'était tout ce qui comptait.

Kylan n'avait jamais désiré un agneau.

Il voulait une combattante.

Moi.

Et il ferait tout ce qui était en son pouvoir pour se montrer digne de mon amour. Comme de m'accorder l'immortalité tout en sachant que cela me fournissait les outils pour lui échapper.

Ce que je ne ferais jamais.

— Toi aussi tu es en moi, chuchotai-je. Je veux ça, je te veux toi, Kylan.

Il m'embrassa, ses lèvres vénérant les miennes, sa langue une présence familière dans ma bouche. Je voulais que ça ne finisse jamais, et cela n'allait pas finir.

Nous allions combattre ce nouveau monde ensemble.

Avec moi à ses côtés.

Comme son égale.

Sa compagne.

— Pour l'éternité, promit-il.

— Oui. (J'entourai sa taille de mes jambes quand il me souleva en l'air.) Fais-moi tienne encore, Kylan.

— Oh, Raelyn… (Il mordilla ma lèvre, frotta son nez au mien.) Ça c'est un ordre que je vais accepter.

L'amusement réchauffa ma poitrine.

— Bien. Attends-toi à l'entendre souvent.

— Sauf si tu anticipes le mien en retour. (Il me transporta à l'intérieur, directement dans notre chambre.) Je te veux nue sur le lit. Maintenant.

— Toujours aussi dominateur.

— Ce côté-là ne changera jamais. (Il mordilla ma lèvre inférieure.) Maintenant, obéis avant que je te déshabille moi-même.

— Tu me dois toujours une morsure, lui rappelai-je en reposant mes pieds à terre.

— Tout à fait. Tu pourras me mordre quand tu seras nue.

Je souris.

— Et toujours à édicter les règles.

Non pas que je voulais procéder autrement.

— Toujours, petit agneau.

— Je ne suis plus un agneau.

Il jeta mon bonnet par terre et fourra ses doigts dans mes cheveux, me tirant brusquement à lui.

— Non, mon cœur, tu ne l'es plus. Tu es ma Raelyn.

— Alors tu es mon Kylan.

— Jusqu'à ce que la mort nous sépare, plaisanta-t-il. C'est ce que disent les vœux.

— Ça veut dire que tu es coincé avec moi pour un très long moment. (Je me mis à déboutonner mon pantalon pendant qu'il me tenait devant lui.) Je dois te prévenir : je suis du genre rebelle.

— Ah ouais ?

— Ouais.

J'empoignai ses flancs, laissant mon jean pendre sur ma taille.

— Prouve-le.

Je me hissai pour presser ma bouche contre la sienne, tout en soutenant son regard. Et je tirai sa lèvre inférieure entre mes dents.

La mordis.

Fort.

Le revendiquant.

Mon compagnon.

Mon vampire royal.

Mon Kylan.

ÉPILOGUE

RAE

Un mois plus tard…

Kylan m'avait réservé une surprise, quelque chose qu'il avait caché dans son esprit derrière un mur soigneusement élaboré. Il refusait de me donner le moindre détail, arguant que tout serait révélé lors de l'événement de cette nuit.

Un mois de coaching et je n'étais toujours pas préparée à cela.

Je voulais constamment baisser les yeux.

Me cacher.

Me fourrer dans un coin.

Être invisible.

Mais au bras de Kylan, aucune de ces actions n'était envisageable. Il me présentait à tout le monde sous le nom de Rae, sa nouvelle amante et progéniture, et tous me saluaient avec une curiosité sans retenue.

Cette année, Kylan avait refusé de prendre un harem, déclarant qu'il n'avait pas besoin de nouveaux membres. Ce qui ne faisait qu'ajouter à l'intérêt de ses pairs.

Un royal sans harem, avec juste une compagne vampire.

Très peu dans sa situation vivaient une telle existence. L'Alpha du clan Majestueux était l'un d'entre eux. J'avais rencontré Luka et sa compagne Mira plus tôt dans la soirée. Nous étions à une sorte de cérémonie d'accouplement lycane. L'Alpha du clan Clemente, Walter, se retirait officiellement et passait les rênes à son fils Edon.

— Je te présente Rae, ma progéniture, dit Kylan à encore un autre Alpha, Niko du clan Ernest. Il était flanqué de deux femelles, l'une que je reconnaissais comme sa compagne, l'autre aux yeux et cheveux noirs, tout comme lui.

— Ravi de faire votre connaissance, Rae, murmura Niko, qui me prit la main et la baisa d'une façon un peu trop suggestive.

C'est bien sa compagne, là ? demandai-je.

Cora, oui. Mais il n'est pas réputé pour sa fidélité.

C'est clair.

Je me forçai à sourire, tout en écartant prudemment ma main de la sienne, puis je glissai mon bras sous celui de Kylan.

— Ravie de vous rencontrer également.

— Ma compagne, Cora, et notre fille Luna, présenta-t-il les deux femelles derrière lui.

Luna a été promise à Edon, murmura Kylan.

Ça n'a pas l'air de l'exciter plus que ça.

Une femelle alpha promise à un mâle alpha ? Non. C'est une union conclue en enfer, mais elle n'a pas le choix.

— J'imagine que vous êtes impatients d'assister aux festivités de ce soir, dit Kylan à voix haute.

— Oui, très. Les Clemente ont accepté de prendre Luna cette nuit pour la familiariser avec leurs coutumes.

Luna tressaillit aux paroles désinvoltes de son père, et la moue qu'elle affichait s'accentua.

C'est une lycane, pourtant. Elle n'a pas certains droits ?

Oh, mon cœur, il y a tant de choses en ce monde que tu ne connais pas encore.

— Quand se déroulera la vraie cérémonie d'accouplement ? demanda Kylan, feignant de s'intéresser.

— À la prochaine pleine lune.

Niko était fier. Quant à sa fille, elle paraissait sur le point de vomir. Cora prit la main de Luna et la serra, soit pour l'avertir, soit pour la soutenir, je n'aurais su dire. Son expression était indéchiffrable.

— Peut-être que nous y assisterons, murmura Kylan. J'initie Rae à tous les aspects de notre société. Elle pourrait trouver ce rituel particulier fascinant.

Niko retroussa ses lèvres, et ses yeux bruns brillèrent de désir.

— Oui, ça peut être assez excitant.

Ça me paraît une affaire que je ferais mieux d'éviter, remarquai-je sèchement.

Tu pourrais changer d'avis d'ici cinq minutes.

— À propos de quelque chose d'excitant, j'aurais besoin d'une bonne boisson. Walter a parlé d'une salle de nourrissage ?

— Oui, dans les quartiers principaux, je pense.

Niko indiqua le pavillon monumental près de nous, là où se trouvaient la plupart des invités.

Le domaine du clan Clemente était très différent de chez nous. Toujours entouré d'arbres, mais bien plus chaud, et toutes les maisons avaient un aspect forestier bien loin de l'architecture propre et nette de Kylan City.

— Ah, d'accord, merci. (Kylan serra la main de Niko.) Je suis sûr qu'on se reverra sous peu.

J'espère vraiment que non, pensai-je, tout en déclarant :

— Ravie de vous avoir rencontrés.

Luna m'adressa un regard cynique tandis que sa mère hocha simplement la tête, les traits sans expression. Toutefois, Niko paraissait très content de m'avoir rencontrée. Un peu trop, même.

Il garda ses mains pour lui cette fois, surtout parce que Kylan me tirait hors d'atteinte, et nous nous dîmes au revoir.

Ouais, eh bien, je ne l'aime pas.

Non, j'imagine, répondit Kylan. *Je crois qu'il t'aurait choisie pour son harem, s'il en avait eu l'occasion.*

J'eus un haut-le-cœur mental, ce qui fit glousser Kylan.

Je me souviens d'une époque où tu ressentais la même chose envers moi.

Non, je t'ai toujours trouvé attirant, même quand je te détestais.

Il m'embrassa sur la tempe puis ouvrit la porte et m'escorta à l'intérieur.

— Est-ce que tu me détestes à présent, Raelyn ?

— Parfois seulement.

Il gloussa et me fit franchir une autre entrée.

— Bon, peut-être que ceci t'encouragera à m'aimer davantage.

Je regardai autour de moi sans rien voir de particulier.

— Quoi donc ?

— Tu vas voir. (Il me lâcha et fit un pas en arrière.) Je reviens dans un instant. Ne bouge pas d'ici.

Je me renfrognai quand il s'éclipsa, refermant doucement la porte derrière lui.

Qu'est-ce que tu fais ?

C'est une surprise. Profite !

Un nouvel examen de la petite chambre ne me révéla toujours rien.

Kylan ?

Pas de réponse.

Les rideaux bruissèrent quand quelqu'un fit glisser la porte-fenêtre depuis l'extérieur. Cela ne pouvait pas faire partie du plan de Kylan. Je gagnai la porte et posai la main sur la poignée, prête à fuir, quand une voix familière souffla mon nom.

Je pivotai et croisai une paire d'yeux bleu sombre que je n'avais jamais espéré revoir.

— Silas !

Il sourit et se précipita vers moi, les bras grands ouverts. Je sautai sur lui et l'étreignis ardemment, ses larges épaules supportant sans mal ma force de vampire.

— Tu es vivant, soupirai-je.

Ce que je savais déjà. Kylan m'avait dit que Silas avait gagné la Coupe, mais le voir ici rendait tout cela bien plus réel.

Il fourra sa figure dans mes cheveux et inhala.

— Mon Dieu, tu pues le vampire, gloussa-t-il. Et Kylan.

J'éclatai de rire.

— Hum, ouais, en quelque sorte, il…

— T'a transformée, acheva-t-il à ma place. Oui, j'en ai entendu parler, tout le monde en a entendu parler, et je t'ai aussi vue avec lui dehors, mais je n'ai pas pu m'approcher.

Je me reculai pour le dévisager.

— Quoi ? Pourquoi ?

— Oh, Rae, tu ne sais vraiment pas ? (Il gloussa et me lâcha pour ramener en arrière ses cheveux couleur sable.) La hiérarchie, ma douce. Tu es au bras d'un royal, alors que je ne suis qu'un lycan débutant. Ils me considèrent comme un bébé. M'adresser à un alpha, sans parler d'un royal ? Ouais, je peux déjà m'estimer heureux d'avoir un job à cette fête. Le clan Clemente m'a confié la tâche d'assurer la sécurité.

— Tu n'as pas le droit de me parler ? m'étonnai-je, sidérée.

— Ce n'est pas l'usage, non, intervint Kylan qui entra dans la pièce.

Silas recula d'un pas et baissa les yeux.

— Votre Altesse…

— Silas, murmura Kylan, glissant la main au bas de mon dos.

— Je m'excuse pour l'intrusion. C'est entièrement de ma faute. Rae n'y est pour rien.

Kylan garda le silence un moment tandis que je les fixais l'un et l'autre, choquée par les paroles et la soumission de Silas.

Quand un mortel accédait à l'immortalité, il acquérait des droits.

Mais en ce moment, Silas n'avait l'air de rien de plus qu'un humain, non d'un lycan tout neuf.

Et je *savais* que Silas n'était pas du genre soumis, je le voyais à la façon dont ses mains se serraient, alors même qu'il s'en remettait à un autre mâle.

— Tu es un bon ami à elle, dit finalement Kylan. C'est pourquoi je savais que tu l'aurais flairée quand je l'ai laissée seule.

Ma surprise, réalisai-je.

Oui, répondit-il laconiquement.

— Ça ne me dérange pas que vous deux restiez en contact. Simplement, soyez discrets.

Silas releva prudemment les yeux, sourcils froncés.

— Vous nous donnez la permission de nous fréquenter ?

— Tu es l'ami de Raelyn. Donc je l'accepte. (Ses lèvres effleurèrent ma tempe.) Ça ne veut pas dire que Walter ou Edon le feront, mais je n'ai jamais été très à cheval sur les règles. Demande à ma consort. (Il me lança un clin d'œil et se tourna pour partir.) Encore cinq minutes, mon amour. Puis il faudra qu'on retourne dehors.

Il referma la porte derrière lui, nous offrant un nouveau moment d'intimité.

Silas resta bouche bée devant la porte, ce qui me fit pouffer.

— Tu as l'air choqué, me moquai-je.

— C'est Kylan ? demanda-t-il avec un grand geste. Ce redoutable royal sadique qu'on nous enseigne à l'université ?

— Il a plutôt cette réputation, oui, mais il n'est pas si mauvais. Parfois je l'aime bien. (Je savais qu'il m'entendait et je ressentis son amusement dans mon esprit.) Mais assez parlé de moi, et toi alors ? Un lycan, hein ?

Silas grimaça.

— Ouais, Walter a eu le premier choix puisqu'il prend sa retraite. En fait c'est son fils qui m'a transformé, au grand dam d'Edon.

— Il ne voulait pas te transformer ?

Il ricana.

— Non. Je suis son premier et sans doute son dernier, vu l'expérience. Ça fait partie des épreuves de l'alpha. Son ascension va s'achever à la prochaine pleine lune.

— Je croyais que c'était ce soir l'ascension ?

— Oh non, ce soir, c'est juste la cérémonie initiale. (Il posa la main sur sa nuque en soupirant.) Ça va être un mois sanglant.

— Comment ça ?

Il secoua seulement la tête.

— C'est en grande partie des rituels de clan, des secrets, tout ça.

— Mais ça ira pour toi, hein ? insistai-je.

— Pfff, depuis combien de temps tu me connais, Rae ? (Il me tapota l'épaule.) Je suis un survivant, comme toi.

Je souris, quelque peu rassurée.

— Ouais, en effet.

— Et Willow aussi, quelque part, dit-il doucement.

J'eus un pincement au cœur.

— Ouais, elle survit aussi.

Je l'espère.

— Bon, je ferais mieux d'y retourner avant qu'on remarque mon absence. Mais je suis content que tu ailles bien, Rae.

— Moi aussi, Silas.

Je l'étreignis fort une fois encore et le regardai s'éclipser par la porte-fenêtre en agitant la main.

Kylan me rejoignit de nouveau, et glissa ses bras autour de moi par-derrière.

— Tu veux le revoir le mois prochain ?

— À la cérémonie de la pleine lune ? devinai-je.

Il hocha la tête sur mon épaule.

— Oui.

— C'est bien ce que je pensais. (Il m'embrassa dans le cou.) On retourne à la fête ou on se retire de bonne heure ?

Je pivotai pour lui faire face, et mon sang s'échauffa quand je saisis son smoking scandaleux.

— Je suis pour qu'on se retire de bonne heure.

— Une femme à la poursuite de mon cœur, murmura-t-il en m'embrassant doucement.

— Non, ça je l'ai déjà, lui rappelai-je. C'est ta queue que je veux.

— Raelyn, grogna-t-il. Qu'est-ce que je vais faire avec ta bouche ?

Je lui adressai mon regard le plus innocent.

— La punir ?

— Je vais faire plus que ça. (Un autre baiser, plus fort.) Toujours si provocante.

— Tu adores ça.

— Non, je t'adore toi, chuchota-t-il.

Je souris.

— Je t'adore aussi.

L'histoire continue avec *La Triade de l'Alpha*…

Jadis, l'humanité gouvernait le monde et les lycans et vampires vivaient en secret.
Cette époque est révolue.

Luna

Un mariage arrangé ? Putain, non.
Je suis une femelle alpha. C'est moi qui choisis mon avenir.
Pas la société. Pas mon père. Et certainement pas *lui*.

Silas

Je n'ai pas survécu juste pour être rejeté comme un lycan de bas niveau. Je suis plus puissant qu'ils ne le pensent. Plus déterminé. Plus intelligent. Et bien plus digne d'*elle* que quiconque.

Edon

Le devoir – un mot que je déteste.
Je suis le futur Alpha du clan Clemente. Il y a des règles. Il y a des responsabilités.
Il ne peut y avoir d'amour. Pas de libre arbitre.
Mais le cœur veut ce qu'il veut, et en ce moment, je les désire tous les deux.

Bienvenue dans le clan Clemente.
Soyez prudent. On mord.

SÉRIE L'ALLIANCE DE SANG
ET ENSUITE ?

Chère lectrice, cher lecteur,

Merci d'avoir lu *Le Vampire royal* ! J'espère que vous avez apprécié Kylan et Rae autant que j'ai apprécié d'écrire sur eux. Vous les rencontrerez de nouveau au cours de la série. Faites-moi confiance.

Le prochain volume est *La Triade de l'Alpha*. Je suis vraiment impatiente de jouer avec les lycans et d'en savoir plus sur Silas. Oui, c'est lui le héros. Et Luna sera son héroïne. Mais qu'en est-il d'Edon ? Décisions, décisions… Peut-être vais-je l'inclure lui aussi. ;-)

Merci encore pour votre lecture !

À bientôt,
Lexi

L'auteure à succès d'*USA Today* Lexi C. Foss est une écrivaine perdue dans le monde de l'informatique. Elle vit à North Carolina, avec son mari et leurs enfants à fourrure. Quand elle n'écrit pas, elle est occupée à cocher des cases sur sa liste de voyages à faire. On peut retrouver beaucoup des endroits qu'elle a visités dans ses écrits, notamment le monde mythique d'Hydria, inspiré d'Hydra, dans les îles grecques. Elle est excentrique, boit beaucoup trop de café et adore nager. Tchao !

https://www.lexicfoss.com/Français

Pour être au courant des dernières nouvelles et connaître les dates de publication, abonnez-vous à ma newsletter:
https://www.lexicfoss.com/la-newsletter-de-lexi

Les Loups du X-Clan

La Promise de l'Alpha

La Compagne de l'Alpha

Le Trône de l'Alpha

La Revanche de l'Alpha

Les Loups du V-Clan

Le Secteur Sanglant

Alliance de Sang

L'Esclave du Vampire

Le Vampire Royal

La Triade de l'Alpha

Le Vampire Rebelle

L'Adadémie des Faë de Minuit

Livre Un

Livre Deux

Livre Trois

Livre Quatre